JN114577

夏目漱石の中国紀行

原武哲

鳥影社

大連・老虎灘（呂元明 画）

営口・清真寺

「回々教の寺だと云ふ。赤く塗つた塔の如きもの見ゆ」（漱石日記）

『夏目漱石の中国紀行』　目次

第二章　奉天へ　229

『夏目漱石の中国紀行』

序章　漱石と中国と私と

漱石と中国

夏目漱石が英国に留学したのは、一九〇〇（明治三三）年九月、初めての外国旅行であった。当時の文部省専門学務局長上田万年《かずとし》[1]は、高等学校の教授にも留学の道を開き、若手の優秀な高校教授を選んでヨーロッパに派遣しようと考えた。そこで選ばれたのが、英語・英文学専攻の第五高等学校教授夏目金之助（漱石）であり、ドイツ語・ドイツ文学専攻の第一高等学校教授藤代禎《てい》輔《すけ》[2]であった。

夏目金之助は五高校長中川元《はじめ》[3]の推挙もあり、一九〇〇（明治三三）年六月一二日、英語研究のた

上田万年
（文部省専門学務局長）

藤代禎輔
（第一高等学校教授）

中川　元
（第五高等学校校長）

め、文部省第一回官費留学生として、満二ヶ年イギリス留学を命じられた。この二年間の英国留学は、漱石の生涯にとって初めての海外体験であり、好むと好まざるとに関わらず、彼に大きな功績と傷痕を残した。多くの研究者が、漱石の英国留学についていろいろな角度からアプローチして、彼のその後の生き方や文学にどのような影響を与えたかを究明しようと、既に三〇～四〇冊以上の研究書が刊行されている。関係する論文は、数百本にわたり、枚挙にいとまがない。

これに比して、夏目漱石と中国との関係を論じた研究書は、漱石の漢詩を論じたもの、漱石と魯迅《ろじん》について論じたものを除いて、ほとんど皆無である。漱石の紀行文『満韓ところぐ〵』（『東京朝日新聞』一九〇九年一〇月二二日～一二月四日）を扱った論文はあるが、漱石の中国旅行全体について、またそれによって得られた中国観や作品に与えた影響を論じたものは少ない。まして、一九〇〇（明治三三）年九月のヨーロッパ留学途中の上海・香港寄港の行跡や一九〇九（明治四二）年九月の満韓旅行について実地踏査した研究は、まだ断片的なものしかなく、研究書として纏まったものはない。

中国と私

私の祖父市太郎（一八六九〈明治二〉年生）は、日露戦争後一九一〇年頃か、戦後発展途上の大連に渡り、港湾関係の仕事をしていたらしい。一九一四（大正三）年、父八十一《やそいち》（一九〇〇年生）は一五歳の時、単身赴任の祖父を頼って大連に渡り、建設会社の小使いをした後、南満洲鉄道株[4]

式会社経営の南満洲工業学校から南満洲工業専門学校土木科（第一期）を卒業し、大林組・永吉組・吉川組・満洲土木株式会社に勤務した。[5]

一九三二（昭和七）年三月、満洲国が建国宣言を発した。陸海軍将校たちが首相官邸を襲撃、犬養毅首相を射殺した五・一五事件の前夜、私は福岡県大牟田市本町二丁目の母の実家（酒店）で生まれた。一年後、私は単身赴任の父を追って、祖母タキ・母ミツエに連れられて大連に渡った。言わば、満洲出稼ぎの満洲っ子三世である。

漱石が亡くなった二ヶ月前、一九一六（大正五）年一〇月二四日、海難事故で遭難死した祖父は別として、父が王道楽土・五族協和の理想に燃えていたかどうか知らない。南満洲鉄道の路線延長で父の吉川組（後に満洲土木株式会社に改称）は隆盛に向かっていた。土木技師の父たちは、所謂《いわゆる》匪賊《ひぞく》（反満抗日連軍を含む）の脅威に耐え、関東軍や警備隊に守られながら、鉄道敷設・トンネル掘削・鉄橋架橋に携わっていたらしい。私の家に匪賊から送られたという手紙があった。父の話によると、日本人技師数名が匪賊に連行され、重機関銃、小銃数百挺、弾薬数千発を提供するならば、捕獲した日本人を解放するという内容だったそうである。父がそこで中国人苦力《クーリー》を酷使したり、虐待したりしたとは、思いたくない。しかし、後に、第一次世界大戦中の一九一五（大正四）年、欧米列強の関心が中国から逸れたのに乗じて、日本の権益拡大を狙って、大隈重信内閣の加藤高明外相が対華二一ヶ条要求[6]を突き付けたことを知り、異民族の領土を武力で制圧し、あたかも植民地支配の宗主国のごとく振る舞う傲慢さには、身の毛のよだつ嫌悪感を覚えた。当時の私は何も知らず、内地では考えられない、安楽に暖衣飽食し、欧米並みの豊かな文化生活を謳歌《おうか》享受していた。死の前年の二一ヶ条要求を漱石は知っていたと思われるが、一九一九年の朝鮮三・一独立運動や中国の五・四運動は知らない。

一九三九（昭和一四）年四月、吉川組牡丹江出張所長の父の下、私は牡丹江円明尋常高等小学校に入学した。父の転勤で奉天高千穂小学校、奉天千代田在満国民学校、敗戦間近の四五年三月、満洲国の首都新京（現・長春）で白菊在満国民学校を卒業し、四月新京第一中学校に入学した。八月九日、突如、ソ連軍が侵攻し、一三日、もぬけの殻の関東軍、てんてこ舞いの満洲国政府、私たちはリュックサック一つで疎開、新京を無蓋貨車で脱出、朝鮮を経て日本に帰ろうと南下した。一五日、安東《あんとう》（現・丹東）で敗戦の報に接し、列車は安東で頓挫した。ソ連軍、そして中国共産党軍（八路軍）の占領下、安東で父を亡くした。困窮の末、一三歳の私は玩具の行商や中華料理店「遼東飯店」に住み込みの皿洗い・掃除夫など、敗戦国民の悲惨と辛苦を体験した。四六年九月帰国命令が出て安東を出発、中国国民党軍・共産党軍内戦の真只中、母ミツエ、祖母タキ、妹直美と山野を跋渉《ばっしょう》し、葫蘆島《ころとう》を経由して、一一月福岡県久留米市の叔父を頼って引き揚げ帰国した。

あれから四六年後、一九九二（平成四）年八月、私は勤務校福岡女学院短期大学の短期研修で、漱石の『満韓ところぐ〳〵』の臨地踏査を目指し、大連・瀋陽（旧・奉天）・撫順・丹東（旧・安東）・長春・哈爾濱《ハルビン》など漱石曽遊の地を訪問、各地の大学とも交流した。長春の吉林大学では一年間客員教授として、日本近代文学講義の招聘《しょうへい》を受けた。

一九九四（平成六）年二月から一年間、吉林大学外国語学院日本語系の専家（客座教授）として赴任した。半世紀前、ソ連軍が侵攻する中を、決死の覚悟で脱出した新京――現在の長春において、今、教師として、中国人日本語科学生に日本文学を教える奇妙な隔世の感、そして平和のありがたさをしみじみと肌で体感した。時間の許す限り、学生を連れて、漱石の辿った足跡——長春・哈爾濱・瀋陽・上海——の外、延吉・図們・通化・集安・北京・蘇州・杭州・紹興などを歩いて見た。

ＮＨＫドラマスペシャル『大地の子』 右から仲代達矢・原武和子・原武哲・ＮＨＫチーフプロデューサー河村正一　1994 年 9 月 18 日　長春市美麗華大酒店。

一九九四年六月のある日、突然、吉林大学外国人教師宿舎の私の所にNHKの河村正一チーフ・プロデューサーから電話があり、「今、NHKではスペシャルドラマ、山崎豊子原作『大地の子』の現地ロケで長春に来ています。終戦直前、満洲開拓団はソ連軍の満洲侵入で壊滅状態になりました。戦後二〇年、日中国交が回復して、中国に取り残された残留孤児を探す物語です。長春日本人会から紹介されたのですが、先生には、肉親捜しの中国訪問団の一員として、かつての開拓地跡を訪問して、ソ連軍に破壊された国旗掲揚台を墓に見立てて、虐殺された妻子を悼んで号泣、慟哭《どうこく》する場面に出演していただきたいのです。日本語の台詞が二言ありますから、日本人でなければならないのです。」
という思いがけないエキストラ出演依頼に驚いた。

その数日後、三日間、仲代達矢・渡辺文雄・藤木悠たちと共に南湖賓館・光机学院（現・長春理工大学）などのロケに参加し、俳優たちと交流することができた。中国訪問残留孤児家族団に扮するエキストラ中国人——京劇俳優閻宗義・長春映画撮影所元所長呉代堯夫妻・元軍医で白求《ペチュ》恩《ーン》医科大学（現・吉林大学医学部）日本語教授金毓賢・残留孤児で一度日本に帰国したがなじめず、また中国に戻った男性江崎順二（王非）——などの各氏と親しく交流して、帰国後も二〇年間文通を続け、五、六回長春で再会を果たすことができた。

その後も「漱石日記」（岩波書店『漱石全集』第二十巻）「満韓ところ〴〵」を原資料として、吉林大学・東北師範大学の教授、大学院生、在校生、卒業生をガイド通訳に頼んで、漱石曽遊の地——大連・旅順・熊岳城《ゆうがくじょう》・営口・湯崗子《とうこうし》・瀋陽・撫順・長春・哈爾濱・丹東などを可能な限り追体験した。

また、我が家三代にわたる中国との関わりの中で、私は中国の大地に生きた者として、中国に対する親近と、過去の日本人が中国人民になした傷痕の反省から、自分のできる贖罪《しょくざい》の意を表さなければならないと思った。私は親しい吉林大学の崔崟《さいきん》教授に、「中国で経済的に恵まれないために小学校にも行けない児童を支援したい。できれば長春から二時間以内で行ける地方の農村の小学校を援助したい」と私の意志を伝えた。

二〇〇一年九月、崔崟教授の紹介で、吉林省徳恵市の中心街から三〇分くらい郊外に入った朱《ジュ》家《ジャ》小学校に行った。玉蜀黍《とうもろこし》畑の中に悄然《しょうぜん》と建つ小さな学校に入ると、床はなく地面を踏み固めただけで、四〇〜五〇年も使ったような古い机・椅子、硝子窓は所々割れて、ボール紙で補修していた。学校には電気の配線もなかった。私はここに校舎を建て増し、運動場を拡張し、電気を配線し、机・椅子を買い替え、教育機器も揃え、外柵で囲った。

二〇〇二年九月、徳恵市の原武哲希望小学校は市幹部列席の下、在校生が全員参加して、運動

吉林省徳恵市「原武哲希望小学」捐贈儀式、
2002 年 9 月 11 日撮影

「漱石句碑・菅虎雄先生顕彰碑」久留米市梅林寺外苑、
2013 年 10 月 20 日除幕式

場で援助儀式が挙行された。大型テレビ・エレクトーン・バレーボール・サッカーボール・バスケットボールなどを整備し、生徒数は次第に増加していった。その後、ほぼ毎年希望小学校を訪問し、支援を続けたが、中国も経済成長して、一人っ子政策少子化を迎え、有名進学校志向が強まったことなどから、一〇年頃から生徒数は次第に減少に転じた。そして、一三年には役割を終え、合併されて廃校となった。

二〇一〇年一〇月、私は久留米出身で漱石の親友である「菅虎雄先生顕彰会」を設立し、会員を募集し寄付を募り、久留米市の観光スポット事業補助金の交付を受けた。一三年一〇月、久留米梅林寺外苑に「漱石句碑（碧巌を提唱す山内《やま》の夜ぞ長き・真筆）」「菅虎雄先生顕彰碑（気龍の如し）」を建立完成させ、除幕式を挙行した。翌一四年一〇月、論文・文芸・顕彰会の歩みを纏めた『夏目漱石外伝――菅虎雄先生生誕百五十年記念文集――』を発行して、顕彰会を締めくくった。

中国各地で活躍している吉林大学外国語学院長于長敏教授・日本語系主任宿久高教授、東北師範大学の谷学謙教授、教え子の卒業生洪波《こうは》（中国語音ホンボ）君・艾春燕《がいしゅんえん》（中国語音アイチュンヤン）さんが、今回の著作では資料収集に協力してくれ、随分助けられた。深く感謝申し上げたい。

漱石と漢詩・漢文

江戸期までの文化人・文学者にとって、中国（震旦・唐土《もろこし》・漢国《からくに》）は遠い、遥かなる先進国の香り豊かな文化を享受する憧れの国だった。

平田篤胤らの神代文字《じんだいもじ》が完全に否定された今日、言葉はあっても文字を作り得なかった日本人は、初めて接した文字が中国渡来の漢字であり、漢字を基にして草化した平仮名を作り、省化して片仮名を作った。そして古来のやまと言葉の上に漢語を加えて、多様性のある、豊かな日本語をつくり上げてきた。

明治期になっても中国は、日清戦争に勝利するまでの日本人にとって、漢字・漢文という表現手段を授けてくれた、そして、日本人の思想、道徳、価値観の基準・教養の基礎となる『論語』『老子』などを齎《もたら》した父親であり、恩人であった。直接、古代の中国人と会話したり、指導を受けたり、交流したりすることはできないけれども、書籍、文物資料を読むことによって、先進国中国の香り豊かな文明を摂取してきた。

明治の文化人が、文献として読んできた漢字・漢詩・漢文、それは日本文化の根幹をなす日本人の心そのものであった。それはあたかもヨーロッパ人における古代ギリシャ語、ラテン語の文化のようなものであった。

きびきびした力強い漢詩・漢文の魅力に取り憑かれていた漱石が、英語・英文学を専攻し、教師を脱却し、満を持して江湖の処士に身を投じたのは、言葉に対する確固たる覚悟があったからである。その言葉の根っこにあったものは、漢詩・漢文であって、やまと言葉でもなく、英語でもなかった。森鷗外も、幸田露伴も、尾崎紅葉も、樋口一葉も文語文で素晴らしい小説を書いた。漱石も文語文で小説を書こうと思えば書いたであろうが、関心を寄せることは彼らほど強くなかったのだろう。漱石は若い頃落語を愛し、俳句を好み、漢詩の朗詠も好きで、晩年は漢詩の作詩を日課としたが、現実の中国語、中国人に強く惹かれるものがあったとは、思われない。英語英文学を専攻したので、ギリシャ語やラテン語は基礎段階までは学習したけれども、現実のギリシャやイタリアに特段の関心を持っていたとは思われないのと同じだろう。

夏目漱石はまた、幼少期から漢詩・漢文の雄勁闊達《ゆうけいかったつ》な漢文調の文章を好み、簡潔できびきびと句が引き締まった荻生徂徠一派の文章が好きだった。「余が文章に裨益《ひえき》せし書籍」（一九〇六年三月）によれば、安井息軒の文は軽薄、浅薄でなくて良いと言い、林鶴梁《はやしかくりょう》も面白く読んだと書いている。『源氏物語』、「馬琴もの」、「近松もの」、『雨月物語』などは好まないといい、寛政の三博士（柴野栗山・岡田寒泉・尾藤二洲）以後のもの、頼山陽・篠崎小竹はだれて嫌味、嫌いだと言った。

漱石は「余児時、誦唐宋数千言、喜作為文章。」（「木屑録《ぼくせつろく》」一）とあるように、幼少より漢詩・漢文に親しみ、好んだ。『文学論』（序）に、

「余は少時好んで漢籍を学びたり。之を学ぶ事短かきにも関らず、文学は斯くの如き者なりとの定義を漠然と冥々裏に左国史漢より得たり。」

とあるように、漱石はまず文学という概念を漢籍（春秋左氏伝・国語・史記・漢書）から得たのである。

市ヶ谷学校当時（明治九～一一年）、同窓の島崎友輔（柳塢《りゅうう》）の父は儒学者島崎酔山であり、漢学塾を開いていたので、この塾に通っていたかもしれない。署名を「塩原」としている「正成論」は、島崎柳塢主宰の回覧雑誌に所収されていたもので、柳塢自身の筆で一、二圏点が打たれ、批評が書かれ、甲・乙・丙・丁の評価が与えられている（岩波書店、『漱石全集』第十四巻、一九三六年九月、

小宮豊隆「解説」)。

漱石は、一八八〇(明治一三)年または八一年三月までの間、理由はよくわからないが、東京府第一中学校(現・東京都立日比谷高等学校)正則科を中途退学した。正則科は基本的に日本語・漢文を重視する一般の普通学の学科で、上級学校進学希望者にとっては、英語を重視する変則科の方が、遥かに有利で競争率も高かった。漢学好きで、英語嫌いだった漱石が、正則科入学を選んだ気持ちはわかるが、一中正則科を中退した理由はわからない。

一八八一年四月、一中を中退した塩原金之助(漱石)は、三島中洲《ちゅうしゅう》が創立した漢学塾二松学舎(現・二松学舎大学)第三級第一課に入学した。より深く漢学を勉強するためか。ここでは『十八史略』『小学』『蒙求《もうぎゅう》』『文章軌範』『唐詩選』『古文眞寶《しんぽう》』『孟子』『史記』『三體詩』『論語』『唐宋八大家文』『前漢書《ぜんかんじょ》』『後漢書《ごかんじょ》』などを読んだと思われる。

この頃漱石は、漢籍や物語などをたくさん読み、文学に興味を抱くようになった。英語は兄の大助から習ったが長く続かず、『ナショナル・リーダー』第二巻くらいで終わりになってしまった。この文明開化の世の中に漢籍ばかり読んで漢学者になったところで仕方ないと、漱石はとにかく大学に入って何か勉強しようと決心した。中学校は正則科に入ったので、英語力の不足を痛感し、一八八三(明治一六)年七月頃、東京大学予備門(後の第一高等中学校・第一高等学校。現・東京大学教養学部)に入学するための予備校成立学舎に入学し、好きな漢籍を一冊残らず売り払って猛烈に英語を勉強した。その後、英語を学び始めると、英語に専念するために、意識的に漢詩文から遠ざかったように見える。

しかし、茨城県下館で発行された『時運』第八号（時運社、一九〇六年六月一五日）の漢詩欄（選者奥田必堂）に掲載された「枕雲眠霞山房主人詩草　文学士夏目漱石」の作として見える「鴻台」以下八首（成立学舎時代の一八八三〈明治一六〉年か、八四年ごろの作）が、『漱石全集』第十八巻（岩波書店、一九九五年一〇月六日）「漢詩文」の中で最も若い時の作である。一六～一七歳の少年の漢詩にしては、恐るべき早熟、重厚な詩である。

漢文としては大学予備門時代の一八八五年九月頃、学校に提出した作文「観菊花偶記」が最も古い。

第一高等中学校時代の一八八九（明治二二）年五月、正岡子規が隅田川畔向島の月香楼で書いた詩文集『無何有洲七草集』に、五月二五日、漱石が加えた批評「『七草集』評」(7)がある。子規が向島で詠んだ『七草集』は、秋の七草に因んで七つの章（蘭《らん》之巻、萩之巻、女郎花《おみなえし》の巻、芒《すすき》乃まき、蕣《あさがお》のまき、葛《くず》の巻、瞿麦《なでしこ》の巻）にわけ、漢文・漢詩・和歌・俳句・謡曲・擬古文などの諸形式で書いた詞華集である。子規が『七草集』を友人たちに回覧し、批評を求めたのに応じて、漱石が漢文で批評したものである。そして、末尾に漱石は七言絶句を付け、初めて「漱石」と署名した。

一八八九年八月、第一高等中学校本科一部一年の漱石は、七日から三一日まで同窓生四人と共に房総半島を旅行した時の漢文の紀行文を「木屑録《ぼくせつろく》」と名づけ、故郷松山で静養中の正岡子規に送った。

これを読んだ子規は、「余の経験によると英学に長ずる者は漢学に短なり　和学に長ずる者は数学に短なりといふが如く　必ず一短一長あるもの也　独り漱石は長ぜざる所なく達せざる所なし、然れ共其英学に長ずるは人皆之を知る、而して其漢文漢詩に巧みなるは恐らくは知らざるべし」と「筆まか勢」第一「〇木屑録」に書いた。以後、漱石・子規の二人は、互いの文才を認め合い、急速に親近の度を深めていった。

友人大塚保治《やすじ》[8]（旧姓・小屋）によると、帝国大学生時代、散歩する時など漱石は、

「魂は溟漠に帰し　魄《はく》は泉に帰す
只だ人間《じんかん》に住すること十五年
昨日　僧に施す　裙帯《くんたい》の上
断腸す　猶ほ琵琶の絃を繋《か》くるを」
（朱褒《しゅほう》「亡妓を悼む」『三體詩』）

を微吟愛唱し、「一体に高青邱《こうせいきゅう》の詩が好きであった。」という（大塚保治「学生時代の夏目君」『文豪夏目漱石』〈『新小説』臨時号、一九一七年一月〉）。

大塚保治
（東京帝国大学教授）

この当時の漱石は、古典としての雄勁峻抜な漢籍が、嫋々《じょうじょう》たる軟弱な和文よりも好きだった。漢詩・漢文という表現手段に強く魅かれたのであって、その文明を育てた中国人そのものに魅かれたわけではなかった。陶淵明・老子・荘子を愛しても、それは漢籍つまり中国古典の中でのみ生き続けた、理想化された偶像であって、生身の中国人ではない。あれほど漢詩・漢文に魅

かれながら、中国語を学んだ形跡はない。帝国大学文科大学には「支那語」の講師として張滋昉《じほう》という清国人がいたが、受講していたという記録はない。日本古典としての漢文に魅かれても、生きた当代（清代）の中国人、中国文化を知ろうとした気配は見えない。

漢学から英学へ

それは、漱石だけでなく、明治の文化人・文学者の大部分の者が、書籍を読むことによって、「追いつけ、追い越せ」と、先進文明を一日も早く摂取同化し、凌駕《りょうが》しようと努力した。それは、遣隋使・遣唐使の古《いにし》えからの日本知識階級の宿命であった。先進国の文献を読解することが語学であり、本国人と会話することは留学生だけで、日本で先進文化を学習する者にとって会話はまどろっこしい無駄なこと、廻り道と思われていたに違いない。

事情は江戸期の蘭学学習においても同様であった。長崎を通して輸入された西洋医学書は、専ら先見性のある優秀な医学生によって翻訳された。来日した阿蘭陀《オランダ》医師や通事を媒介して翻訳された部分は多かったかもしれないが、日本の優れた蘭方医の涙ぐましい刻苦奮闘はリーディング、ライティング重視という日本の語学学習の基盤となり、原型となった。

漢学、蘭学の学習の偏頗《へんぱ》な跛行《はこう》的文献解読重視は、明治期になっても、英語・ドイツ語・フランス語習得の過程にも受け継がれた。上級学校の入学試験は、専ら英文和訳・独文和訳・仏文和訳がほとんどで、少しばかりの和文英訳・独訳・仏訳が課せられていた。このような文献解読重視の歴史の中で、漱石は早くもスピーキング・リスニングを尊重した総合的な、有機的統一的な学習法を提言している（「中学改良策」「語学養成法」「佐賀福岡尋常中学校参観報告書」）。

夏目漱石は熊本の第五高等学校教授の時、一八九八（明治三一）年一二月一〇日〜一三日、五高と中学校との連絡協議会が開かれ、漱石は五高英語科を代表して、九八年夏の五高入試英語成績概況を講話した。漱石はその冒頭で、「従来英語科ハ英文和訳ヲノミ試験シ来リシカ本年ハ尚進ンテプラクチカルノ方面ヲモ試験スルコトトナシヌ」と言っている。そして、この年から綴字、文法、会話、作文、発音など、総合的な出題を行なっている。その結果は割合に良好ではなかった。「余顧フニ生徒ハ専ラ読書的方面ニ力ヲ注キテプラクチカル方面ニハ極メテ冷淡ナルカ如シ」と評した。さらに、「是等ハ多ク読方ト理解トヲ箇々別々ニナシ来レル積弊ノ致ス所ニハアラサルカ」と文献解読を中心とした外国語習得法を排して、会話も含めて、読解と理解を一体化した総合的な学習を提起している（原武哲『喪章を着けた千円札の漱石――伝記と考証――』「第四章　五高時代の漱石――五高入試英語成績の概況報告――」笠間書院、二〇〇三年一〇月二二日）。

漱石と南画

漱石と中国を考える時、欠かせないものに南画がある。もともと漱石は絵を描くことが好きだった。『吾輩は猫である』（一）で珍野苦沙弥が「水彩絵具と毛筆とワットマンといふ紙」を買ってきて絵を描くことに熱中し出す場面がある。

小宮豊隆（東北帝国大学教授）

一九〇三（明治三六）年、ロンドンから帰朝後、東大・一高に勤務するようになって、七月一〇日頃、漱石は精神的に不安定になり、一時妻鏡子と別居した。そのストレスを解消する意味もあって、漱石は絵を描き始めた。八月には「書架」という水彩画をスケッチブックに描き、「わが墓」と漱石自筆の題がついた絵があり、小宮豊隆《とよたか》[9]に与えられた。以後、水彩画に熱中し、〇四年一月三日付橋口貢[10]（五高時代の教え子。外交官）宛葉書をはじめとして〇五年二月頃まで教え子たちに自筆の水彩絵葉書を盛んに出した。

講義の準備や創作活動が多忙になり、絵画に費やす時間が取れなくなっていた。津田青楓[11]（亀治郎）の『春秋九十五年』「夏目漱石」（求龍堂、一九七四年一月一五日）によると、一九一一（明治四四）年六月、津田青楓が小宮豊隆の紹介で漱石宅（漱石山房）を初めて訪問した。その後、漱石は青楓に、

「俺も油絵をかきたいから少し教えてくれ。」

と言って、数枚描いたが、

「油絵は俺の性に合わぬ。」

と言って辞めてしまった。津田青楓は、「油絵の形式が事物を写生」するのに対して、漱石の仕事はすべて主観的で、現実そのものを軽蔑する傾向があったので、油絵は漱石の性に合わなかっ

たのだろうと思っていた。

それ以後、日本画をやりだすと、たちまち南画的なロマンチックな画題の絵をたくさん描き、長足の進歩を遂げた。その頃の絵は、竹藪の中に霜枯れの柿が二つ三つ、枝に取り残されて烏が二羽ばかり止まっている図柄などであった。材料は日本的・俳味的であるが、表現は全く洋画的であった。青楓が訪問する度に描いた絵を見せた。達磨、老子、木の下で眠っている中国人などの図柄があった。それらは水彩絵具を使ったもので、後に本格的な南画になる準備期間であった。

第一期が水彩画の時代、第二期が材料は日本画的・表現は洋画的な時代とすると、第三期は南画の時代と言っていいだろう。その頃は、薄墨で猫を描いて、その上に萩が垂れさがっている絵や、藪の中の小径に坊主が歩いている絵や、梧桐の下に猫が眠っている絵や、萩の上に月が出ている絵など、本格的南画に入る準備期間があり、水彩画的手法が残存していた。石濤《せきとう》山人の画冊を買っていた青楓は、漱石の絵を見て、

「先生の下手さ加減は、石濤という中国人の絵に似ていますよ。」

と率直に評した。漱石は早速調べたらしく、その後数日して行くと、

「君、石濤という坊さんは偉いんだよ。」

と言った。青楓は石濤がどのくらい偉いか、その絵がどのくらい価値をもっているか、まだ知らなかった。

ある時、青楓は野上豊一郎《とよいちろう》(12)の案内で、式部官の岡田とい

野上豊一郎
（法政大学教授）

う人の御宅へ、漱石の御伴で所蔵する掛物・軸物を見せてもらいに行った。岡田式部官は愛蔵家でかつ茶人であったので、雪舟・狩野探幽・本阿弥光悦・尾形光琳・円山応挙・呉春などの絵を見せられた。漱石は空間の多い茶趣味の絵は好きではなく、野暮ったくても、丹念に描きつめた中国画に興味を感じていた。

その中で風変わりな高芙蓉《こうふよう》(一七二二〜八四。甲斐《かい》の人)の緻密な中国風の山水が気に入っていた。漱石は青楓に、

「俺は今度高芙蓉をやるよ。」

と言って、四、五日して訪れた青楓に南画風な絵を壁にピンで張り付けて見せた。それは今までの絵とは格段の違いで、南画としての本格的な形を具えていたという。

その後、雪のある山に、鶴が飛んでいて仙人がいる「放鶴山水」と題した一幅を見せられた津田青楓は、

「先生、この絵は傑作ですよ。あるいは先生の生涯の傑作かもしれません。」

と言うと、

「馬鹿言え。俺はまだまだ傑作を描くよ。こんなことで行き詰まるものか。俺は死ぬまでに、津田を俺の絵の前でお辞儀をさせるようなものを一つ描いて見せてやる。」

と言い、それ以後はずんずん進歩していったという。

「放鶴山水」は、

「起臥乾坤一草亭　眼中只有四山青　閑来放鶴長松下　又上虚堂読易経」(一九一四年)

という漱石自作の「賛」を付けて、表装された。

かくて、文人画の伝統に適う南画を深め、一九一二（大正元）年一一月の「山上有山図」を手始めに、「煙波縹渺図」「一路万松図」などの南画の大作が生まれた。

このように夏目漱石の東洋趣味、中国趣味は、雄勁簡潔な漢詩・漢文や閑寂高雅な南画風の絵画から入ったと思われる。


夏目漱石は生涯で二回中国旅行を体験した。第一回は一九〇〇（明治三三）年、英語研究のため、文部省第一回官費留学生として第五高等学校教授のまま渡欧する途上、九月一三日、一四日の二日間を上海で過ごしている。九月一九日、二〇日には香港に上陸、市内を見学している。

第二回は、一九〇九（明治四二）年、南満洲鉄道株式会社総裁になった旧友中村是公《よしこと》[13]（旧姓・柴野）に招待されて、九月二日、大阪から大阪商船の鉄嶺丸で出航、九月六日、大連に着く。以後、旅順・熊岳城・営口・湯崗子・奉天（現・瀋陽）・撫順・哈爾濱・長春・安東（現・丹東）・平壌《ピョンヤン》・漢城（現・ソウル）・釜山を経て、帰国した。

中村是公（満鉄総裁）

この二回の中国旅行は、従来漱石が漢詩漢文・南画で得た漢学的教養・老荘思想・儒教的価値観・中国趣味と、近代中国を見聞した現実――各国租界に蹂躙《じゅうりん》された上海・イギリス植民地香港や日本の租借地となった関東州・日本に譲渡された南満洲鉄道など――とのギャップをどう感じていたか、を考える時、重要なポイントとなる。

二回の海外渡航というのは、英文学者・作家としては、比較的少ない方であろう。そこで、漱石の二回の中国旅行を現代と比較して検討し、中国体験が人間夏目金之助と作家夏目漱石に与えた影響を考えてみたい。

第一部　留学途中に見た上海・香港

第一章　漱石が見た上海

漱石の英国留学

第五高等学校教授夏目金之助（漱石）が、文部省第一回官費留学生として、「英語研究ノ為満二年間英国へ留学ヲ命ズ」（官報五〇八二号）という辞令を受けたのは、一九〇〇（明治三三）年六月一三日であった。六月二〇日には、「外国留学生夏目金之助　英国留学中一箇年金千八百圓ノ割ヲ以テ学資ヲ給ス」という辞令を文部省から受領した。六月二八日、「第五高等学校教授夏目金之助　外国留学中年俸金三百圓支給ス」という辞令を文部省から受けた。身分は五高教授のまま、留守宅には休職給月額に直して二五円が支給されたが、製艦費二円五〇銭を差し引かれたので、生活はたいへん苦しかった。七月二日、第五高等学校から「英国留学中英語授業法ノ取調ヲ嘱託ス」という辞令をもらう。五高の入学試験、期末試験、後任の英語教師、英語科主任の推薦など、一切の職務を完了させ、夏季休暇に入って七月一八日か一九日頃、一旦、熊本を引き払い、妻鏡子・長女筆子を連れて、上京した。

漱石は留学準備のため、鏡子の実家、牛込区矢来町二番地中ノ丸丙六〇号の中[14]根重一《しげかず》方に落ち

芳賀矢一
（東京帝国大学教授）

狩野亨吉
（第一高等学校校長）

着いた。今回の留学の目的が、「英語研究」となっているが、漱石としては英語学や英語教育法の研究には余り興味関心が持てず、英文学や文学論の研究をやって見たいと考えた。そこで東京に着いて早い時期に、文部省専門学務局長上田万年の見解を訊きに上田を訪ねた。上田から、そう堅苦しく考えなくてもいい、英語・英文学の研究と考えてよろしいという確認を得た漱石は、一応安心して帰ったという。

九月一日、二百十日であるが、晴れ、静かな一日であった。同行する第一高等学校教授藤代禎輔（ドイツ語）・東京帝国大学助教授芳賀矢一《はがやいち》[15]（国文学）は帝国大学文科大学の同窓生なので、気心の知れた仲間である。三人で横浜の北ドイツ・ロイド汽船会社代理店アーレンス（H. Ahrens & Co. Nachfolger 横浜居留地二九番地）に行き、船便のことを問い合わせ、汽船は留学生活に備えて早目に異文化に慣れておこうと考えた藤代禎輔の提案が受け容れられて、ドイツ船のプロイセン[16] Preussen 号で行くことに決まり、切符（一九〇〇年九月二四日改正の「外国旅費規則」の「汽船賃表」〈官報第四二七二号、明治三〇年九月二七日〉によれば横浜―ヴェネツィア間船舶料二等三六三円、巴里―

倫敦間汽車料二等二六円）を買った。停車楼《ステーションビル》で洋食を食べ、午後三時帰った（『芳賀矢一文集』「日記」一九〇九年九月一日付、芳賀檀編、冨山房、一九三七年二月六日）。

プロイセン号

一九〇〇（明治三三）年九月八日、午前五時四五分、新橋停車場を出発、六時四〇分横浜停車場に到着した。残月が見え、晴れていた。横浜埠頭に着き、プロイセン号に乗り込む。妻鏡子・友人狩野亨吉《かのうこうきち》[17]（第一高等学校校長）などが見送りに来た。五高の教え子寺田寅彦[18]（東京帝国大学理科大学学生）は、船が出航する時、同行の芳賀矢一と藤代禎輔は帽子を振って見送りの人々に景気のいい挨拶を送っているのに、漱石だけは一人少し離れた舷側に凭《もた》れて身動きもしないで、じっと波止場を見下ろしていた、という（寺田寅彦「夏目漱石先生の追憶」）。

中等船室では戸塚機知《みちとも》[19]（軍事医学）と同室になる。隣の一〇三号室には芳賀矢一・藤代禎輔・稲垣乙丙《おとへい》[20]（農学）三人が乗り込む。一番多く折衝にあたった、ドイツ語の堪能

プロイセン号

寺田寅彦
（東京帝国大学理科大学学生）

鈴木禎次
（名古屋高等工業学校教授）

な藤代が、厳格なプロシア軍隊式のドイツ人給仕頭の横暴に、少なからず悩まされた（藤代禎輔「夏目君の片鱗」『藝文』第八年第二号）。

プロイセン号は一〇時横浜を出港した。あたかも入港したフランス汽船に敬意を表するため、慣例により港を出るプロイセン号は、相手国フランス国歌「La Marseillaise ラ・マルセイエーズ」の曲を演奏した。

遠州灘では船が少し揺れて、漱石は船暈《せんうん》のため晩餐を喫することができなかった。

九日、午前一〇時神戸に到着上陸する。神戸港到着予定時刻が狂ったため、大阪に住む、漱石の妻鏡子の妹時子とその夫鈴木禎次《ていじ》(21)（三井銀行大阪支店設計監理）に行違いで面会できなかった。諏訪山温泉の中常盤旅館に入り、午餐を食べ、温泉に入浴する。夜、下痢をして晩餐を喫することができない。午後一〇時、予定のごとく出航する。瀬戸内海を通って、一〇日午後三時頃、関門海峡を通過し、夜半、長崎に到着した。

一一日、八時朝餐をとって直ちに長崎港に上陸した。長崎県庁で馬淵鋭太郎・鈴木兼太郎両氏と面会する。筑後町の迎陽亭《こうようてい》（「芳賀日誌」の「向陽亭」は誤り。一八〇四〈文化元〉年杉山藤五郎が東語楼の名で開業、後に関白一条忠良が迎陽亭と命名改称した。一九〇〇年当時の主人は三代目杉山吉太郎。長崎市上筑後町一八番地。現存せず）に入り、入浴して昼食をとる。午後四時半、帰船する。五時、出航の予定であったが、水先案内人《パイロット》が来ないため、九時にようやく出航した。西洋人の女性が多く乗り込むが、熊本市で一度会ったノット夫人[22] Mrs. Nott が乗船する。長崎港を出港する時、ドイツ船ハンブルグ Hamburg 号が上海から入港したので、プロイセン号は「Heil dir im Sieger Kranz」皇帝陛下万歳（ドイツ帝国成立の一八七一年から崩壊した一九一八年までの非公式な国歌）を奏楽して迎えた。プロイセン号が出航しようとする時、ハンブルグ号もまた「皇帝陛下万歳」を奏楽し、終わって「君が代」を奏楽して送った。漱石はドイツ国歌とイギリス国歌〔God Save the Queen〕が同じ曲（作曲はトマス・アーン、ヘンリー・ケアリなど諸説）であるので、会心の笑みを浮かべたことだろう（藤代禎輔「夏目君の片鱗」）。

一二日、夢覚めて既に日本の山は見えず、四顧渺茫《びょうぼう》としていた。燕が一羽波の上を飛ぶのを見る。船は頗《すこぶ》る動揺して、食卓に枠を着けて転覆したり、墜落したりするのを防いでいる。西洋人は男も女も、若い者も老人も皆船に強く、甲板上で種々の遊戯を楽しんでいる。特にフランス人の家族に六、七歳の子供が玩具の蒸気船を引っ張って、甲板を駆け回っていた。幼女が嬉々として楽しんでいるのに、大日本男児が気息奄々《えんえん》として、ベッド上で困臥《こんが》しているのは、情けない。漱石ら日本人留学生の中で船酔いに最も強いのが芳賀矢一で、最も弱いのが漱石であった。

漱石のカバンの中に俳書『几董《きとう》集』『召波《しょうは》集』があったから、少し読もうと思ったが、周囲が西洋人臭くて到底読めず、俳句など味わう余地はない。芳賀矢一は『詩韻含英』（清の劉文蔚編輯。漢詩作成の韻書）をひねっているが、これも何もできぬらしい。俳句も一、二句は作ってみたいが、いっこう出て来ない。恐れ入ってしまった。

横浜を出帆して、周囲を見ると右も左も漱石ら同行者以外は、皆外国人ばかりである。中等（二等）船客は五十名以上いて非常に賑やかであった（一〇月八日付鏡子宛漱石書簡）。その中に一人日本人がいたから、漱石は面白いと思って話しかけてみたら、驚くなかれ、香港生まれのポルトガル人であった。神戸からも一人日本人が乗ったと思って喜んでいたら、これもあにはからんや、中国女性とイギリス男性との混血人であった。

「是カラ先モ気ヲツケナイト妙ナ間違ヲシシクジルコトガアル注意々々」

と、自戒の言葉を日記に綴った。

上海へ

「十三日〔木〕昧爽《まいそう》（未明）呉淞《ウスオン》ニ着ス　濁流満目左右一帯ノ青樹ヲ見ル、夢ニ入ル者ハ故郷ノ人　故郷ノ家　醒ムレバ西洋人ヲ見　蒼海ヲ見ル　境遇夢ト調和セザルコト多シ」

（一九〇〇〈明治三三〉年九月一三日付漱石日記）

一三日、明け方のほの暗い時分、漱石たちを乗せたプロイセン号は、呉淞《ウスオン》（上海市の北部、長江に注ぐ黄浦江河口左岸に位置する上海の外港）に到着した。長江の濁流が満目一面に満ち満ちて、左右の両岸一帯には、青い樹木が見える。寝付かれない昨夜の夢には艶めかしい妻鏡子やあどけない長女筆子の顔や姿が現れた。しかし、覚めて見ると、周囲は西洋人ばかりで、遠くを見れば、茫洋たる蒼い海を見るばかりである。甘い夢と孤独な今の境遇の調和しないことおびただしい、と漱石は早くも望郷の念に囚われている。

「小蒸汽ニテ濁流ヲ溯《さかのぼ》リ二時間ノ後上海ニ着ス、満目皆支那人ノ車夫ナリ
家屋宏壮横浜抔《など》ノ比ニアラズ」
（九月一三日付漱石日記）

午前九時前、小蒸気ブレーメンに乗って、長江の支流黄浦江を二時間ばかり遡《さかのぼ》り、両岸の楊柳は翠色《みどりいろ》で滴るように鮮やかである（芳賀矢一「留学日誌」）。処々に中国風の楼門が見える。農家もまたその間に点々と見える。一一時ころ上海に上陸した。河口には日本海軍の軍艦「厳島《いつくしま》」「豊橋」「摩耶《まや》」「八重山」が碇泊《ていはく》していた。「八重山」には将旗が翻っている。

日清戦争勝利の結果、下関条約で日本は清国が欧米諸国との間に存在する条約と同様の日清条約を締結する権利を得て、長江（揚子江）の航行権を与えられた。それによって、日本人居留民保護の目的を持って、日本海軍艦隊が上海に派遣されていたのである。

日章旗を外地で見るのは、意気自ずから揚がるを覚える、と芳賀は愛国者振りを日誌に記しているが、漱石の日記には軍艦の記載はなく、ホームシックにかかっている対照が面白い。

上陸地は、一八七四年建設された招商局中桟碼頭《チュンチェンマトウ》（現・外虹橋客運站）かとも思われたが、小蒸気では、やはり外灘（中国語名・ワイタン。英語名・バンド The Bund）か。「満目皆支那人ノ車夫ナリ」（漱

石日記）と黄包車《ファンパオチェ》（人力車）の多さに一驚した。九年後、一九〇九年九月、満韓旅行の時、大連港に着くと、クーリー（苦力。中国人の肉体労働者）の一団が、怒った蜂の巣を突いたように鳴動していたのと、似た光景である。

上海の人力車（上海では黄包車）車夫は悲惨の極みで、江蘇省北部あたりの農村の食い詰め者が血縁・地縁を頼って、人力車と営業鑑札を持つ車行《チエハン》（車屋の元締め）から高い借り賃（一日五角、〇・五元）を払って人力車を借り、一日走って車借り賃を引くと七角か八角しか残らない、その日暮らしである。

埠頭苦力は埠頭資本家の支配下に洋大班《ヤンダバン》（外国人支配人）、買弁《マイバン》（中国人支配人）、大包工頭《ダバオゴントウ》（元請負）、二《アル》包工頭、小包《シャオ》工頭に請け負わせる。小包工頭は船から肩で積み荷を担ぎ、浮き桟橋を渡り、倉庫まで運ぶ苦力を監督、酷使した。しかし、その利益の七五パーセントは埠頭資本家が取り、買弁が一五パーセント、大・小包工頭が五パーセント、苦力の手に入る賃金は五パーセントに過ぎなかったという（『上海　職業さまざま』菊池敏夫編、勉誠出版二〇〇二年八月）。

東大英文唯一の先輩　立花政樹

一三日、漱石たちは帝国大学文科大学の先輩である英文学科卒業の立花政樹《まさき》を江海北関に訪ねた。

「税関ニ立花政樹氏ヲ訪フ　家屋宏大ニテ容易ニ分ラズ　困却セリ
東和洋行ヲ教ヘラレテ此ニ午餐ス、立花至ル」
（九月一三日付漱石日記）

立花政樹（一八六五〜一九四二）は筑後（現・福岡県）柳河藩主立花家の一族で、五百石番頭《ばんがしら》の父・親英《ちかひで》の長男である。上京後、東京共立学校を経て、一八八五年四月、東京大学予備門に入学、八八年七月その後身第一高等中学校を卒業した。帝国大学文科大学に英文学科が開設されたのは一八八七年九月であったが、その年は志望者がなく、翌八八年九月、立花政樹が日本最初でただ一人帝国大学文科大学英文学科に入学した。

立花が帝国大学英文学科に入学した時、日本の大学は帝国大学（後に東京帝国大学。現・東京大学）ただ一校のみ、英文学科は立花が第一期生でただ一人本科生（他に撰科生三名）だった。先輩もなく、後輩は彼が三年の時、夏目金之助（漱石）がただ一人入学した。

立花政樹（清国税務司）

立花は漱石の二歳年長で、一八九一（明治二四）年七月、漱石より二年早く帝大英文学科を唯一人卒業した。日本最初の英文学専攻の文学士である。後に漱石は、

「政樹公には十年前上海で出逢つたぎりである。其時政樹公は、サー、ロバート、ハートの子分になつて、矢張り其処の税関に勤務してゐた。政樹公の大学を卒業した

のは余より二年前で、二人とも同じ英文科の出身だから、職業違ひであるに拘はらず、比較的縁が近いのである。」（「満韓ところ〴〵」十、一九〇九年）

と書いている。

サー・ロバート・ハート Sir Robert Hart（一八三五〜一九一一、中国語表記＝赫徳）はイギリスの外交官で、一八六三年、清国海関総税務司に任ぜられ、特に貿易関税制度について清国の近代化に尽力し、四八年間歴任、一九一一年退任した。一九一三年、外灘《ワイタン》の上海海関前にハート銅像が建てられたが、日本軍が租界を占領した時、廃棄された。

立花政樹は帝大卒業後、山口高等中学校（現・山口大学）教授になった。一年後、旧柳河藩主立花寛治より、藩校の後身福岡県尋常中学伝習館で学校騒動が起きて収拾がつかないため、帝大出で郷土出身の立花政樹に帰郷してもらう以外収拾の方法がないと懇願され、二七歳の若さで伝習館館長になった。

九七年七月、学校騒動解決後の第二高等学校に招聘され、仙台に赴任した。学生は優秀で授業は楽しかったが、後から来た帝大後輩の菊池謙二郎(23)校長は狷介不羈《けんかいふき》な性格で、不愉快な思いをすることが多くなった。第二高等学校で快々《おうおう》として楽しまない立花は、その内情を帝大英文学科時代の恩師神田乃武(24)《ないぶ》（ラテン語）に伝え、その斡旋で清国税務司となり、一九〇〇年二月中国上海に赴任した（原武哲編著『夏目漱石周辺人物事典』笠間書院、二〇一四年七月）。

江海北関

清国税務司として赴任した立花政樹が勤めた「税関」（漱石日記）・「江北海関」（芳賀日誌）は、正しくは「江海北関」という清国の税務庁である。一八四五（弘化二）年、清国は上海道台（上海の行政事務をつかさどる役職。清朝の地方官）、西洋商船盤験所を廃止し、外灘（バンド）新海関（江海北関）を設置した。初代の税関である。一八九三（明治二六）年、初代の「江海北関」の址に建

江海北関（二代目）

てられた二代目の「江海北関」は、J・コーリー等が設計したイギリス教会式建築（ゴシック様式と西洋古典様式とが混合され、赤と黒のレンガを交互に並べる華やかなスタイル。アン女王復古スタイル）で、中間が五層の高さ、最上階四面が時計台になり、外国人はロンドンのBig Benを連想して、「大清鐘」Big Chingと称した。開港五〇周年の年に竣工、イギリスの地方都市のシティ・ホールを模倣したものであった。漱石たちが行った「江海北関」は、二代目の「江海北関」で、一九二七年、三代目の現在の上海税関が竣工するまで使用されていた。

一九〇〇年九月一三日、夏目・芳賀・藤代らは上海の外灘《ワイタン》に上陸し、まず帝大文科大学で同窓だった上海税務司になってい る立花政樹に会おうと、話は決まった。芳賀（国文学）・藤代（ド

イツ文学）は帝大で専攻学科こそ違え、同期で卒業し、漱石は立花より二年下であるが、同じ英文学科である。帝大の寄宿舎でも共に生活した仲間であった。徒歩で江海北関に立花政樹を訪ねた。家屋が余りに宏大で、容易にわからず困却してしまった（漱石日記）。異郷で同窓生が予告なしの来訪の感激は、何物にも代えがたい感動であっただろう。立花は驚喜して、一行を迎えた。立花に教えられ、黄包車を雇って、東和洋行に行き、午餐をとる。

東和洋行《トンウヤンハン》

東和洋行は蘇州河沿岸の北蘇州路と河南北路（当時・鉄馬路。後に北河南路）の交叉する河南路橋（旧・鉄大橋）畔にあり、一八八六（明治一九）年長崎出身の吉島徳三の設立した最も早い日本上等旅館という。一日の宿泊費は半元以上であった。当時、日本人娼婦が至る所で公然と活動していたので、東和洋行は日本語新聞『上海新報』（一八九〇年一〇月三一日）に広告を出し、「醜業婦」の宿泊を拒絶すると宣言し、さらに、「御婦人にて御夫婦連の外、相当の御添書にても有之の外、あいまいなる婦人は一切御断り申す事と致候」と声明した。これによって東和洋行の上海日本人社会における知名度は、大いに高まったという。現在では

東和洋行（上海）

河浜大楼となっている。

東和洋行は一八九四年三月二八日、朝鮮の親日開化党指導者金玉均が刺客洪鐘宇により射殺された宿として有名である。東和洋行では広告に、

「当館は明治二十年の創業にして朝鮮の人傑金玉均事件を以て有名なり」の言葉を入れて宣伝に利用していた（陳祖恩『上海の日本文化地図』上海文芸出版有限公司、二〇一〇年六月）。

末延芳晴『夏目金之助 ロンドンに狂せり』（青土社）では、「からゆきさんたちは、九州の長崎や天草地方出身の女が多く、金之助が昼食を取った東和洋行は、長崎出身の男が経営していたというから、実体はからゆきさんを抱えた娼館であったと見ていいだろう。」とあるが、前述のように『上海新報』に「醜業婦」の宿泊を拒絶すると宣言する、日本人最上等旅館であった。立花が紹介するほどであるから、いかがわしい旅館ではない。

ただ、後述のように二一年後、芥川龍之介が行った時は、相当古くなったと見えて、芥川たちは汚さに辟易《へきえき》して宿替えをした。

一八九七（明治三〇・光緒二三）年九月、永井荷風は、一時帰国した日本郵船会社上海支店長の父久一郎に伴われて、母恒・弟威三郎と共に上海に上陸し、港近くの社宅に一一月まで滞在し、上海市内を見物、「上海紀行」を書き、翌九八年二月、『桐蔭会雑誌』に発表した。この中に東和洋行は金玉均遭難事件の場所として描かれている。

「我三菱公司（郵船会社）領事公館等皆黄浦江に枕して美（注・アメリカ・美利堅《メリケン》）租界にあり又日本移民多く居を此地に卜《ぼく》し彼金玉均遭難の客桟東和洋行又美租界にあり」

（永井荷風「上海紀行」「滬《こ》北洋場」『荷風全集』第一巻、岩波書店、一九九二年九月二一日）

芥川龍之介の『支那游記』「上海游記」（一九二一年）にも出てくる。

「やがて馬車が止まつたのは、昔金玉均が暗殺された、東亜洋行《ママ》と云ふホテルの前である。（中略）我々はすぐに薄暗い、その癖装飾はけばけばしい、妙な応接室へ案内された。成程これぢや金玉均でなくても、いつ何時どんな窓の外から、ピストルの丸《たま》位は食はされるかもしれない。（中略）それからその部屋へ行つて見ると、ベツドだけは何故か二つもあるが、壁が煤けてゐて、窓掛が古びてゐて、椅子さへ満足なのは一つもなくて、――要するに金玉均の幽霊でもなければ、安住出来る様な明き間ぢやない。そこで私はやむを得ず、沢村君の厚意は無になるが、外の三君とも相談の上、此処から余り遠くない万歳館へ移る事にした。」

（芥川龍之介「上海游記」二　第一瞥〈上〉）。

東和洋行は、日本旅館とは言うものの、家屋の構造、寝室の体裁は全く西洋風である。ただ食膳に日本の御飯、香の物の出る所が日本旅館たる所以である。当時、上海の日本旅館は東和洋行の他に立花の止宿する朝日館（旭館とも書く）の二館あるのみと芳賀矢一「留学日誌」に書いているが、実際は中等以上の日本旅館は既に一〇館以上あった。なお、芥川が、「東亜洋行」と書いているのは、「東和洋行」の誤りである。

東和洋行には韓国人が三名いた。日本軍艦「厳島」の水夫数名もまた階下で球戯《ビリヤード》をしていた。漱石たちはここで一風呂浴び、椅子に腰かけて、街中を見下ろすと、中国人の往来が頻繁で、風俗や言葉が自分たちのと全く異なっているので、珍しく興味深い。午後四時半、立花が旅館に来た。

朝日館（旭館）

「立花ノ家ニテ晩餐ヲ喫シ公園ニ到リ奏楽ヲ聞ク　夫ヨリ南京町ノ繁華ナル所ヲ見ル　頗ル稀有ナリ」

（九月一三日付漱石日記）

立花政樹は半年前の一九〇〇年二月上海に赴任したばかりで、日本旅館「朝日館」（旭館）に仮寓していた。上海共同租界虹口《ホンキュウ》文監師路（現・塘沽路）一号にあり、一九〇〇年夏、孫文が広東恵州での武装蜂起を計った旅館として名高い。

三人は立花に同道して、朝日館に行く。異国で初めて会う帝大同窓生たちは、ラムネ、ウィスキーを傾けつつ、談論風発、久し振りに日本食を堪能すること数時間、漱石は酒を飲めないが、芳賀・藤代は強かった。階下では三絃の音が聞こえて来る。また水夫らが宴会を開いて、騒いでいるのだろう。

パブリック・ガーデン――犬と中国人入るべからず

英語名パブリック・ガーデンPublic Garden、中国名公家花園《ゴンジャファユエン》、現在は黄浦公園《フワンプーゴンユエン》になっている。一八六八（慶応四・同治七）年六月一日、外国人居留民の憩いの場所として、租界工部局《ゴンブジゥ》（中国語名。英語名はMunicipal Council. 英米仏租界の自治行政機関。一八五四年に成立。当初土木建築事業を中心に行なっていたが、やがて警察権・行政権を司る機関に発展）により、黄浦江と蘇州河の合流点の河畔に開園された。外灘《ワイタン》にたむろする非衛生的な苦力《クーリー》が公園に入り、不作法に飲食・睡眠して衛生的に問題があると、欧米人から工部局に苦情が来たので、工部局側は中国人の入園を禁ずる園規を作成した。

『中国近代史』（二〇〇八年三月、中国社会科学院近代史研究所、月刊）に掲載された熊月之の「外争権益與内省公徳――上海外灘公園歧視華人社会反応的歴史解読」によると、一八八一年四月、上流階級の中国人である虹口医院の医師顔永京と怡和洋行買弁の唐茂枝の二人が公家花園に入園しようとしたが、拒否された。当局の工部局に中国人の入園要求を訴えたが、やはり否決された。

一八八五年一一月二五日、唐茂枝・顔永京ら八名が「唐茂枝等八人致工部局秘書函」を提出し、「隣国の日本人と高麗人が自由に入場できるのに、我々中国人はかえって服装が異なるだけで、意外なトラブルに遭遇し入園を断られることは、全く理屈に合わない。」と抗議した。

一八八一年四月二九日付『申報』という新聞に、「請馳園禁」（中国人の入園許可を要請す）が掲載された。

「上海の公家花園は西洋人によって造られたが、運営資金の大半は中国人の納税に頼っている。西洋人は大公無私を標榜するため、この公園をPublic Garden（公家花園）と名付けたが、実際は〈私家花園〉に過ぎない。西洋人は自由自在に入場し、園景を楽しむことができる。日本人と高麗人でも入場に恵まれて園内で嬉遊できるのに、我々中国人だけが厳しく入園禁止されている。この事実の存在は既に久しい。

名実矛盾の公家花園について、筆者が中国人として西洋人に訊きたいのは、この公園の創立と平日の管理運営がすべて西洋人の出費で賄われてきたか？　それとも中国の手も借りてきたか？　工部局への納税金額を見ると、中国人が西洋人よりもどのくらい多く納税しているか？　西洋法律にたとえても、中国人の貢献に対しては、入園禁止とされるはずはなかろう。だが、納税が西洋人より甚だ少ない日本人と全然納税しない高麗人がかえって優遇されている。どうしてこのように顚倒しているのか？」

パブリック・ガーデン　英文園規

パブリック・ガーデン　音楽堂

中国人側から抗議されたものの、工

部局は妥協する姿勢をあまり見せなかった。一八八五（明治一八・光緒一一）年に明示された「公園遊覧規則」は六ヶ条からなっていた（史梅定主編『上海租界志』上海社会科学院出版社、二〇〇一年一一月）。

一、脚踏車及狗不准入内。（自転車及び犬を引き入れざること）。
二、小孩之座車応在傍辺小路上推行。（乳母車は園内の小路を推行すること）。
三、禁止採花捉鳥巣以及損害花草樹木、凡小孩之父母及傭婦等理応格外小心。（花を採り鳥の巣を荒し草花を痛め樹木を害すべからず。子供の両親及び家政婦などは格別に注意すべし）。
四、不准入奏楽之処。（音楽堂に上るべからず）。
五、除西人之傭僕外、華人一概不許入内。（西洋人の婢僕にあらざる中国人は一切園内に入るべからず）。
六、小孩無西人同伴則不准入内花園。（中国人の子供は西洋人の同伴にあらざれば花園に入るべからず）。

（杉江房造、江南健児『新上海』一九二三年訂正増補版、上海・日本堂書店）

この工部局の作成した六ヶ条の園規は、パブリック・ガーデンに掲示されていたという。しかし、園規第一条と第五条を一ヶ条に括った「犬と中国人は入るべからず」「狗《コウ》与《ウィー》華《ファ》人《レン》不《プ》准《ジュン》入《ルー》内《ネイ》」「Dogs and Chinese are not admited」という看板が掲示されている写真はいまだ発見されていない。狗（犬）と華人（中国人）を並列、同格視した蔑視、侮辱的、差別的な看板はなかっただろう。しかし、六ヶ条の園規の中、第五条・第六条は充分に侮辱的である。「犬と中国人は入るべからず」という犬と中国人を同列に見なした「一ヶ条」プロパガンダによって、民族意識は燎原《りょうげん》の火となって火焔を吹き上げた。

園規は数度改訂され、一九一三年には、

1、此園為外国人専用。（この公園は外国人専用となっている）。

2、狗与自行車不得入内。（犬と自転車は入るべからず）。

と変更された。

一九一七年九月公布の「外灘公園的英文園規」（英文）は次のようなものであった。

PUBLIC AND RESERVE GARDENS
REGULATIONS

1. The Gardens are reserved for the Foreign Community.
2. The Gardens are opened daily to the public from 6 a.m. and will be closed half an hour after midnight.

3. No persons are admitted unless respectably dressed.
4. Dogs and bicycles are not admitted.
5. Perambulators must be confined to the paths.
6. Birdnesting, plucking flowers, climbing trees or damaging the trees, shrubs or grass is strictly prohibited;visitors and others in charge of children are requested to aid in preventing such mischief.
7. No person is allowed within the band stand enclosure.
8. Amahs in charge of children are not permitted to occupy the seats and chairs during band performances.
9. Children unaccompanied by foreigners are not allowed in Reserve Garden.
10. The police have instructions to enforce these regulations.

By Order.
N. O. Liddell.
Secretary.

Council Room,Shanghai, Sept.13th.1917

（羅蘇文『滬濱閑影』「公園的誕生」上海辞書出版社、二〇〇四年七月一日）。

この英文園規はパブリック・ガーデンの正門に掲げられた。

中国人が入園を認められたのは、五・三〇事件（一九二五年）、国民革命（一九二四〜二七年、共産党と国民党が反帝国主義・反軍閥を目指す民族統一戦線を結成した革命）と、ナショナリズムの高まりを工部局は無視できなくなり、抗議運動が始まって実に四三年目の一九二八年七月一日のことであった。

日本人の場合

では、日本人は欧米人並みに、自由に公家花園内に入場できたかというと、必ずしもそうではない。明治初期から一九世紀末まで上海日本人居留民人口は男七三七名、女四三五名、合計一一七二名（一九〇〇年当時。副島円照調査、陳祖恩『上海の日本文化地図』上海文芸出版有限公司）で、少数の政府役人や一流会社社員以外、一山当てたい投機師《やまし》、食い詰めた出稼ぎ者、騙されて売られて来た娼婦（いわゆるカラユキさん）たちであった。彼らは日本での生活環境や習慣を容易に捨て切れず、上海租界の西洋化した唐風に溶け込むことができず、貧しい身なりや奇異な行動が目立った。貧しい農村からやって来た日本人が、藍や灰色の単衣《ひとえ》を着て兵児帯《へこおび》を締めて租界を歩く姿は、西洋人の眼には奇異に見えた。日本女性が乗船する時、強風にあおられ、着物の裾がめくれて白い太ももが露わになり、「はしたない」と西洋人から非難を受けた。岸田吟香（ジャーナリ

スト・事業家。岸田劉生の父）は、

「上海にて日本人と云へバ一種の奇風俗なりと常に中西各国人の指笑する所なるも無理ならず、領事館の官員と一、二の会社員との外ハみな洋服を着せず、木綿の短き単衣《ひとえ》に三尺へコ帯を〆《し》めイガグリ坊主に大森製の麦藁シャップを冠り素足に下駄をはき、ギチギチひよこひよこと虹口《ホンキュウ》辺を往来するハ贔屓目《ひいきめ》の我々日本人が見ても是が我同胞なりと云ふハ余ほど恥づかしく、夫よりハまだポルトガル人、印度人の方が衣服も調《ととの》ひ体格も宜しき様なり。」

（一八八四年一〇月二五日付『朝野新聞』）

と「脱亜入欧」が果たせていないことに慨嘆した。

日本男子が伝統的な「奇妙な服装」（単衣・兵児帯）でパブリック・ガーデン（公家花園）に入り、車座になって飲酒したり、放歌高吟したり、着物を着た日本娼婦がしどけない恰好で園内を徘徊していたりしていることに対して、西洋人から工部局や日本領事館に抗議がきた。一八九〇（明治二三）年、工部局総董事《とうじ》は日本領事に、「正式な民族衣装を着用していなければ、日本国民はパブリック・ガーデンへの入園を禁ず」と通達してきた。日本領事館は新たに、「婦人子供の外、日本人は着袴し足袋を穿《うが》つか洋服を着せざれば、園内に入るを得ず」という規定を付け加えた（羅蘇文『滬濱《こひん》閑影』「外灘―近代上海的眼睛」上海辞書出版社、二〇〇四年七月一日）。この追加規定は明らかに西洋人と日本人を差別した侮辱的な規定だった。

ところで、漱石・芳賀・藤代らは、この「奇装異服を着た日本人は公家花園に入れるな」という侮蔑的な「日人不准入園、着西服除外」（日本人は西洋服を着用した者以外、公園に入るべからず）除外規定の存在をおそらく知らされていなかったであろう。洋服を着た漱石らは、中国人ではないので、当然のごとく西洋人と等しく入園を許された、と思っていただろう。しかし実は日本人ではあるが、西洋服を着ていたから入園を許されたのであった。多分、漱石たちは、原則日本人入園禁止、民族衣装正装並びに西洋服着用者は除外する例外規定を知らなかっただろう。芳賀矢一の「留学日誌」では、中国人入園禁止のみ記して、日本人の規定については何も書いていない。もし知っていたならば、漱石は別として、愛国主義者の芳賀は憤慨して、侮辱的規定に対する憤懣を「日誌」にぶっつけていただろう。

「九時一同同市の公園にいたる　公園は河畔に在り　毎夜九時音楽隊の演奏ありといふ　外人の両々相携へて入り来るもの引きも切らず　同園は支那人の入園を禁ずといふ　椅子に踞し一、二曲を聞きたる後南京路を歩し左折して四馬路にいたる」

（九月一三日付芳賀矢一「留学日誌」）

園内の小高い芝生に音楽堂があり、夏には毎日工部局より派遣される音楽隊の奏楽がある。多くの西洋人紳士淑女が肌寒いまでに吹き来る黄浦江の風に夏を忘れて嚠喨《りゅうりょう》たる洋楽の音に酔い、一日の労を癒すという。

なお、「犬と中国人入るべからず」問題を考察した論文として、石川禎浩の「「犬と中国人は入るべからず」問題再考」（伊藤之雄・川田稔編者『環太平洋の国際秩序の模索と日本――第一次世界大戦後から五五年体制成立』山川出版社、一九九九年一一月二五日）がある。

上海一の繁華街　南京路・四馬路

漱石たちは一、二曲聞いて後、繁華街の南京路を歩き、左折して四馬路に到る。漱石は、

「南京町ノ繁華ナル所ヲ見ル　頗ル稀有ナリ」
（九月一三日付漱石日記）

と簡単に書いているが、芳賀は、

「同路は夜店のあるところにして戯場、寄席、酒楼等櫛比《しっぴ》し京都京極通の趣あり　一酒楼に芸妓の盛粧して客を待つを見る　又轎《きょう》に乗りて街上を往復するもの多し　轎は二人にて之を肩《けん》舁《よ》し一人提灯を持ちて前に立つ　提灯の大さ吉原遊郭の古図を見るが如し　一書肆《しょし》に就きて試に梨園叢書の有無を問ふに無しといふ　帰寓夜十一時　立花氏亦来りラムネを飲みて別る」
（九月一三日付芳賀矢一「留学日誌」）

と、詳細に描いた。

上海一の繁華街南京路は、現在では外灘の陳毅像を西に西蔵路までを貫く大通り（長さ一・六キロ）が南京東路である。上海開港後の一八五〇（嘉永三、道光三〇）年から修築が開始された。当初の呼び名は派克《パク》（Park）路《ル》、花園弄《ファユエンロン》（Park Lane）であった。現在の河南路西側にイギリス人が開いた競馬場への道として作られたので、大馬路《タマル》とも呼ばれた。五四年競馬場が泥城浜の東沿いに移転し、一八六二年、三代目競馬場（現・人民公園）の移転につれて順次延長された。英国領事の公示した規定により、租界内の南北の通りには省名、東西の通りには都市名が当てられた。南京条約に因んで、一八六五（慶応元）年、南京路と命名され、ガス灯が点灯された。以後、共同租界（一八六三年九月、イギリス・アメリカ両租界が合併。中国名は公共租界）の軸線として上海最大の繁華街に発展して行った（木之内誠『上海歴史ガイドマップ』大修館書店・一九九九年六月）。

四馬路《スマロ》は原名を布道街《ブダオジェ》といい、キリスト教伝道師麦都思[26]（麦杜斯《マイドゥシ》）が布教した場所だったので、工部局董事《とうじ》（最高責任者）が布道街と名付けた。現在の福州路である。上海開港以前からあった細道を、工部局が整備して一八六四（元治元・同治三）年に完成した。南京路から数えて南に四番目の通りであるから、四馬路と通称された。南京路に次ぐ繁華街である。河南路以東は官庁・オフィス街であった。福建路までは書店・文具の集まる文化街を形成していた。西に向かうと、茶館・劇場・妓楼などが軒を連ねる遊興の町として名高い界隈であった（木之内誠『上海歴史ガイドマップ』大修館書店）。

芳賀が買おうとした『梨園叢書』については、一九〇〇年ごろ中国で出版された中国演劇・京劇に関するシリーズ物の出版物は、何をさしているか、不明である。

乗り物――轎《ジアオ》・一輪車・人力車・馬車・自転車

轎は「轎子《ジアオズ》」ともいい、開港（一八四二年）前、役人・富豪らが所有し、担ぎ手が八人で金張りのもの（道台用）、四人担ぎで朱塗りのもの（知県用）、二人担ぎの藍塗りのものなどがあった。担ぎ人足は主にチップで生活した。一八六〇年代に、貸切の「轎子」が現れた。小東門以南の埠頭一帯で営業し、西洋人を始め利用客も少なくなかったという。担ぎ人足は蘇州人・無錫人が歩調も軽快で、接客も行き届いていた。ただし、「轎子」は料金が高かった上に輸送効率は低く、公共性にも乏しかった。貸切の「轎子」は、一九〇六年の七五八挺をピークに、馬車・人力車の普及と共に激減した（菊池敏夫編『上海　職業さまざま』勉誠出版、二〇〇二年八月）。

「只今上海著支那人印度人毛唐人日本〔人〕の如き外国にて大騒動に候是から段々失策をやる事と存候」

（九月一三日付狩野亨吉宛漱石書簡）

「十四日〔金〕愚園張園ヲ見ル愚園頗ル愚ナリ、支那人ノ轎、西洋人ノ車雑多ナリ
午後三時小蒸汽ニテ本船ニ帰ル、就寝、支那人ノ声毛唐ノ声荷ヲ揚ル音ニテ喧騒窮ナシ、」

（九月一四日付漱石日記）

「九月十四日（金曜）起床窓外より街路を見渡せば種々の物売呼声高く通り行く　其節は我国のと大差なし　野菜を売るを見るに売手の権衡《けんこう》を所有するは勿論買手も亦秤を手にして一応之を検査す　流石にこの国の気風もおもはる　天秤棒は多く孟宗竹の太きものを唐竹割にしたるものを用ふるが如し　車には一輪車甚だ多し　両側に人を載せ又は荷物を載せて押しゆく　一車に五、六人を載せたるも見ゆ　人力車は東洋車と唱へて車夫の衣服に番号を附けたること我国に同じ　但し其服装の如き一様に浅黄を用ふれども概して汚き事いふべからず　車体は極めて岩乗に出来て我人車の如き美観なし　辻待の車に乗らんとすれば争うて客を引かんとし汚れたる手を以て衣を引く　我国の如く鬮《くじ》を以て後先を定むる事全くこれ無きにや相互に話す声を聞けば恰も喧嘩の如し　馬車は半日の雇賃二円にして割合人車よりも廉なりといふ　街路の上自転車を駆るものあり人車を駆るものあり馬車に乗ずるものあり轎によるものあり千態万状といふべし」

（九月一四日付芳賀矢一留学日誌）

小車は、一輪車で一八五〇年代から六〇年代に導入され、上海における車輛の草分けであった。一八七四年には三千台近くあったが、同年の人力車導入以降客数が激減し、その後は専ら貨物用として広汎に使われていった（菊池敏夫編『上海　職業さまざま』勉誠出版、二〇〇二年八月）。

人力車は英語名 rickshaw として、数少ない近代日本の発明品である。一八七〇年代に東京に出現したが、最初は「腕車」とも呼ばれた。四年後の一八七四（明治七・同治一三）年五月九日、フランス人メナード（梅納爾 Menard）が日本（東洋《トンヤン》）から三百台輸入し、初めて上海の通りを走った。日本から来たので、中国では東洋車《トンヤンチエ》、略して洋車といい、上海では黄包車《フアンパオチエ》と呼ばれた。二人乗りで、お抱え車夫もいるが、ほとんどは辻待ち車夫で、一九一五年には一万五千台という数字がある（菊池敏夫編『上海　職業さまざま』勉誠出版、二〇〇二年八月）。

東洋車は最初木製の車輪を鉄枠で覆っていたので、走るとガラガラと音がして、振動も大きかった。その粗漏な形を改良することができなかったが、上海の紳士にはこの車が非常に好まれた。ボールベアリング、鋼線ハンドルなど画期的な技術だけではなく、銅で覆われた車や細首のラッパ、脚鈴、銅の時計などの装飾を装備したものもできた。その後人力車は、車体に黄色のペンキを塗るようになり、「黄包車《フアンパオチエ》」と称された。一八七四年には三百台だった上海の人力車は、一九二〇年代には六万台以上あったという。最盛期には、九万台前後あったというから、まさに上海市民の一般的な交通手段だったのである（『SHANGHAI WALKER』一九九九年、創刊号「OLD Shanghai　道の都　大上海車輪巡り」湯偉康）。

一九〇〇年ごろ、日本から新規の東洋車が上海に導入されたが、鉄輪の凹《へこ》みに硬いゴムを挟み込み、弾力性のある人力車になった。

一方、上海でも木輪に硬いゴムを張り付けた改造タイプの人力車が製造された。二〇世紀初期、共同租界では人力車の普及利率は五人に一台、フランス租界では二人に一台の割合だった（黄臻睿著「上海人力車の変遷」『新民晩報』B一三版、二〇一一年二月一三日）。

馬車は一八五一（嘉永四・咸豊元）年、イギリス商人が最初に貸切馬車会社を設立した。後、中国人の会社も増大していった。一九〇〇年前後が馬車の全盛期で、共同租界だけでも貸切用が七百余両、自家用が千両近くあり、貨物運搬（商業・郵便・消防隊など）にも盛んに利用された。大規模な貸切馬車会社の中には電話を装備し、呼び出しや予約に応じるものもあった。貸切料金は一ヶ月六〇元、一日三元、半日一・五元で、特に新年、春と秋の競馬、「遊龍華」（龍華寺《ロンホアスー》の三月一五日の廟会《ミヤオフイ》。桃の花見）などには金持ちたちがこぞって利用した。

一八七〇年代初頭には欧米の路線馬車をまねた乗合馬車（通称「野鶏馬車」）が登場した。例えば十六鋪から虹口までの路線は、定員八名、料金は一人一角前後と安く、早朝から夜一〇時まで約三〇分間隔で運行され、市民に重宝がられた。乗合馬車は人力車と並んで、上海の主要な旅客輸送手段であった。しかし、通りを往来する人が増え、馬車が雑踏の中を走ると、通行人の安全を脅かすことが多くなった。光緒年間（一八七五〜一九〇八）租界工部局は馬車の高速走行を禁止した。静安寺一帯では違反すると馬車夫を捕え、鑑札取消の処分が行なわれた。一九〇一年、ハンガリー人リンツ（李恩斯 Leinz）が香港からフォードの自動車を二台上海に初めて輸入した。一九〇八年九月一八日、アメリカ人がタクシー（出租汽車《チユツウチチエ》）の営業を四川路九七号で始めると、馬車客は減少した。さらに電車が開通すると、輸送力と低運賃には勝てず、馬車はすっかり客を失っていった（菊池敏夫編『上海　職業さまざま』勉誠出版、二〇〇二年八月）。

自転車が上海に初めて現れたのは、一八六八（明治元・同治七）年一一月二一日であった。脚踏車と呼ばれ、現代では自行車《ジシンチェ》という。当時の自転車は一般的な交通手段というよりも、裕福な欧米人のレジャー用としての色彩が強かったと思われる。

電車・自動車がもたらす人力車夫の悲惨な生活

一九〇八（明治四一・光緒三四）年三月五日、上海初の路面電車が共同租界で英商上海電車公司の経営によって、外灘から静安寺までの約六キロを営業開始した。五月にはフランス租界で法商電車電灯公司によって、初めは新開河から善鐘路（常熟路）までの五・六キロ、七月に徐家匯《フィ》まで延長して営業を開始した。

一九一四年には上海県城の城壁が取り壊され、電車道が敷設されるという都市化、道路整備、近代的モータリゼイションが進むと、人力車は次第に電車・自動車の邪魔になってきた。一九一五年、租界工部局は一万三千台の人力車を六千台にまで減らそうという人力車逓減《ていげん》政策を実施し始めた。これに反対する人力車夫の大規模な争議が一九一五年、一八年、一九年と頻発するようになる。

事実、人力車夫の生活は悲惨そのものであった。人力車と営業鑑札を管理しているのは、車行という人力車の貸し出しを業とする元締めで、飛星・享利などの大手であった。無一文の人力車夫は五角(〇・五元)払って車行から車を借りる。一日走って車貸し賃を引くと、手元に残るのは七、八角という。当時の一日の生活費は七角というから、まさにその日暮らしであった。違反して罰金を取られようものなら、食うこともできなくなった。

上海の人力車夫の大部分は、貧しい江北（江蘇省の長江以北の地域。蘇北）の出身者だった。人力車は近代化、都市化の中で、モータリゼーションの進展と共に消えて行った（菊池敏夫編『上海職業さまざま』勉誠出版、二〇〇二年八月）。

張《チャン》園《ユエン》

「九時一行車を聯ねて張園、愚園の二園を見んとす　南京路を西に行く事半里許左側に在るを張園とす　宏壮なる西洋料理店あり　又喫茶台等もあり　園中頗る広潤にして蓮池あり芝生あり　雑草等を見るに狐の鎗、野菊など皆我国のものに同じ　唯我国の庭園として欠くべからざるは松なれどもこゝには一向に見当らず」

（九月一四日付芳賀矢一留学日誌）

張園　大門口

張園は張家花園ともいい、清末租界時期の新式庭園である。西洋人の別荘を無錫《ウーシー》（江蘇省）の張淑和《チャンスホ》（鴻禄）が一八八二（明治一五・光緒八）年に白銀一万数千両で買い取り、一八八五年四月一七日に入場料銀貨一〇銭で一般に開放した。現在の南京西路（旧・

静安寺路）の南、茂名北路（旧・慕爾鳴路）の東、威海路（旧・威海衛路）の北、石門一路（旧・同孚路）の西の約二〇アールの土地を占めていた。洋式邸宅に舞台・テニスコート・茶室などを備えた総合遊園である。一九一一年一月には張園で断髪会が挙行され、千人余りが弁髪を切り、上海の政治活動の中心の一つともなり、蔡元培《さいげんばい》（ツァイユワンペイ。一八六八～一九四〇）・章太炎〔炳麟《へいりん》〕（チャンピンリン。一八六九～一九三六）らのグループの政治集会などが開かれ、辛亥《しんがい》革命に発展した。一九一五年、廃園となり、一九一八年以降住宅地となった。現在、「張園大客堂」では「張園風情陳列館」として往時をしのばせてくれる（木之内誠『上海歴史ガイドマップ』大修館書店。羅蘇文『滬濱《こひん》閑影』「外灘―近代上海的眼睛《ヤンジン》」上海辞書出版社、二〇〇四年七月一日）。

さて、漱石は張園について何ら興味を惹かなかったらしく、張園に行ったという事実しか、日記に記していない。芳賀は好奇心をもって、宏壮なレストラン、喫茶店を書き、庭園の広さ、蓮池・芝生に讃嘆している。雑草では狐の鎗《やり》・野菊など皆日本と同じだとほっとしている。ただ、日本の庭園では欠くべからざるものは松であるが、ここには一向見当たらない、と日中の違いに注目している。神経質な漱石の簡略な日記に対して、緻密であるがおおらかな芳賀は、興味津々でつぶさに観察しているのは、面白い。

愚《ユ》園《エン》

「張園を出でゝ尚行く事十町余愚園にいたる　愚園は観覧料として各人十銭を徴す　楼榭相

錯綜して全然支那の古画を見るが如し　楼榭の中間には小池あり小橋を架す　室に入れば所所名人の書画を掲げ喫茶台、喫煙台等を置く　皆紫檀の立派なる机なり　一亭には演劇の舞台もあり番附等も見えたり　支那人の亭長しきりに茶を勧む　阿片を喫して眠れるもありき廊下壁間等に画ける画の幼稚なる浅草奥山の看板の如し　岩の魁奇なるものを喜ぶこと甚しく人工を以て殊更に穴を穿ちたるもの多し　恰も芝居の巌石の如きものなり　其側に芭蕉の葉の高く聳えたる如何に考へても支那的なり　愚園を一覧して帰途につく」

（九月一四日付芳賀矢一留学日誌）

上海愚園

愚園　喫茶室

上海愚園

上海愚園

愚園は一八八八(明治二一・光緒一四)年、寧波《ニンポー》人の巨商張氏が開いた中国・西洋合壁式庭園である。現在の南京西路(旧・静安寺路)の北、常徳路(旧・赫徳路)の西、愚園路の南、静安寺の東に位置していた。一八九〇年に隣の西園の敷地を購入し、面積は一挙に三三・五畝(二万二三〇〇平方メートル)まで拡張された。同年七月二二日から営業が始まった。入場料を取って一般に開放され、園内の茶館は行楽客で賑わった。初期の経営状況は良好であったが、当時の名園徐園・張園に対して見劣りがし、場所も当時の中心市街から離れていたため、入園者が次第に減少していった。一八九八年競売で売却され、園主は初めて変更された。一八九九年三月、「和記愚園」として再開された。その間、園主は五回も変わり、数回の営業停止をたどり、一九一六年以降廃園となった。その跡は住宅街・商店街になり、昔の面影は全く残らず、愚園路という路名のみ由来を後世に伝えている。

(程緒珂編『上海園林志』上海社会科学院出版社、二〇〇〇年四月)

ところで、漱石日記の愚園表記は、「愚園頗ル愚ナリ」と語呂合わせのような切り捨て方をしているが、芳賀の描写は日中の比較などを交えて頗る詳細である。

阿片吸引者が横たわっている姿、廊下壁間に掲げた絵画が幼稚で、浅草奥山の看板のようだ、岩は魁奇なるものを好むようで、人工的に穴をあけているものも多い。これらを漱石は「愚ナリ」と言ったのであろう。頽廃的なもの、洗練されていないもの、自然でないものを排除したい気持ちがあったのだろう。

街路の異臭と袒裼《たんせき》

芳賀は続けて、上海の町中の風景についても詳しく感想を綴っている。

「この間の道柳楊槐樹《えんじゅ》路を夾《はさ》んで日光を遮り清涼人に快なり　樹上に蜩声を聞く　我国のに比すれば声甚だ弱し　眠るが如き声なり　帰途戸塚氏と写真舗にいたりて写真を見る　又一書肆をひやかして一見哈々笑を購ふ　上海の街路は整斉《せいせい》にして二層若《も》しくは三層大厦《たいか》相列《あいつらな》りて我横浜神戸の比にあらず　支那人の鋪《みせ》は金看板をいくつとも無く下げて金色燦爛《さんらん》目を奪ふ　誠に美観なり　唯だ支那人元来の不潔なる故にや街上何となく一種の臭気あるは堪へ難し　恐くは豚脂《とんし》の臭なるべし　支那人の商店にある多くは袒裼《たんせき》せり　但し腰以上丸裸にして我国人の車力等が褌《ふんどし》をあらはせるものとは全く上下を異にす　こはむしろ支那人をよしとせんか　例の金看板いかめしき老舗《しにせ》にもこの半裸多きは不体裁なり」（九月一四日付芳賀矢一留学日誌）

「上海にては愚園と申す庭園一見いたし候　全く支那流の庭園にてツクネ芋の如き岩石、芭蕉、畫欄ある亭榭など宛然支那の畫を見る感有之候　其途中老槐路を夾んで清涼人に可なり　樹上に蟬吟《せんぎん》を聞き候処其声日本の如く勢よからず　あはれな弱き声を出し居候　支那人の町は綺麗なれども非常に臭し　然し上海といひ香港といひ大廈高楼の多きは驚くの外無之候　日本は此点は誠にはづかしく御座候」

(一九〇〇年九月三〇日付竹村鍛宛芳賀矢一書簡、『芳賀矢一文集』芳賀檀編)

漱石は町の光景を、「支那人ノ轎、西洋人ノ車雑多ナリ」としか書いていないが、芳賀は街路樹、蜩《ひぐらし》など日中の違いを観察している。「戸塚氏」とは、同行の留学生戸塚機知(軍事医学)のことである。『一見哈々笑』は、清代の程世爵編の短編小説集のようであるが、私は未見である。「上海の街路」とは、欧米人が作った租界のメインストリートであろうが、開港(一八四二〈天保一三・道光二二〉年)以来五八年を経た上海と、一八五八(安政五)年の開港から四二年の横浜、一八六七(慶応三)年の開港から三三年の神戸とは、発展において格段の差があったことは当然であろう。上海中華店舗の金看板の派手な金色燦爛さは、さすがの芳賀も「誠に美観なり」と、兜を脱いでいる。しかし、中国人の臭気には辟易したと見えて、その正体を「豚脂」と推測しているが、嗜好する香辛料(例えば、大蒜《にんにく》など)などには言及していない。

「袒裼《たんせき》」とは肌脱ぎのことであるが、帯から上の衣服を脱いで、肌を出すことである。暑さの厳しい中国南部・中部地方では、男子は夏季上半身裸体になったり、午睡をしたりする風習があった。この風習は新中国になっても、東北部にも伝播し、私は一九九〇年代に長春市内でも、夏路上で上半身裸体の男性をしばしば見た。一九九五年、浙江省の紹興でバスの中に上半身裸体の男が生きた鶏を二、三羽ぶら下げて乗車して来た時は、さすがに驚いた。

芳賀が例によって日中比較して、上海の上半身裸体姿と、日本の人力車の車引きや駕籠《かご》舁《か》きの褌姿とは、全く上下を逆さまにしている。これはむしろ中国人の上半身裸体姿の方が、日本の下半身裸姿よりましだ、と言っているのは、面白い比較だ。金看板の「美観」の老舗にも半裸の者が多いのは、不体裁だ、と批判しているが、店員だろうか、客だろうか。

「東和洋行に帰り午餐す　立花氏今日も来りて食事をともにす　食卓の上は常にパンタを動かして涼を取る　之を立花氏に聞く　税関に於てパンタを動かす人を雇ふ一日の賃金十五銭也と　廉といふべし　食卓に集る蠅を見るに太りて頭赤し　食後清人来りて筆墨を購はんことを勧む　夏目氏余と少許を購ふ　懸直の多き驚くに堪へたり」

（九月一四日付芳賀矢一留学日誌）

「パンタ」は使用人が大きな団扇を綱で引き、風を起こして、貴人のために涼を送る器具である。人力の大型扇風機のようなものである。税関で雇っている女子労働者の低賃金ぶりに驚いている。食卓に群がる蠅の肥満ぶりにも驚いている。異臭を放つ食卓に蠅が群がり、飽食して肥え膨れた蠅にも驚く。食後、外国人観光客目当ての中国人文具行商人が来て、筆墨を売り付けようとうるさく付きまとって来る。その懸《か》け値《ね》の凄まじさは、現代の観光客目当ての行商人も同じで、半額に値切って喜んでいると、実は一〇分の一でも売る値だったという伝統は確かに受け継がれている。漱石と芳賀は筆と墨を少しばかり買った。

上海出航

「午後三時一同波止場にいたりブレーメンに投じ本船にかへる　沿岸漁翁の四ッ手網を以て魚を捕ふるを見る　我国のと少しも異ることなし　今夜新旅客本船に入るもの頗多く談話室食堂大に賑ふ　別を送りて来りし人々七時頃かへりゆくとて接吻処々におこる　余に取りては一奇観たり　晩食後甲板に上れば籐の寝椅子俄に増加して二十有余となれり　夜風大に起る

滾々大江注海東　滔天濁浪勢何雄　蜀呉豪傑今何在　不似水流今古同

（こんこんとして大江は海の東に注ぎ、天をうち濁れる波の勢い何ぞ雄ならんや

蜀呉の豪傑は今いづこにあらんや、水の流れは今古同じに似ず）

歴代文華跡已荒　忍看白皙甚跳梁　花園奏楽歓声湧　不許華人来入場

（歴代の文華の跡はすでに荒れ、白皙（西洋人）の甚だ跳梁するを見て忍び、

花園の奏楽に歓声湧き、華人（中国人）の場に来入するを許さず）―原武書き下し文―

（九月一四日付芳賀矢一留学日誌）

一三日、一四日の二日間、上海観光を楽しみ、漱石たちは午後三時、波止場に集合し、小蒸気ブレーメンに乗り、本船プロイセン号に帰船した。沿岸に漁師が「四つ手網」で魚を捕っているが、日本のものと変わらない。「四つ手網」は四角い網の四隅を、十文字に交差した竹で張り広

げた漁具で、これを水底に沈めておき、勢いよく網を引き揚げて魚を獲る。

上海から乗船した新しい旅客は多く、談話室や食堂は急に賑やかになる。午後七時ごろ、別れを惜しむ見送りの者との接吻が始まる。芳賀たちは初めて外国で接する別離の作法に戸惑い、奇異に感じている。漱石もその後ヨーロッパ生活に慣れてからも、しばしば公衆の面前での男女間の接吻・抱擁に対しては、

「西洋人ハ執濃《しつこ》イコトガスキダ華麗ナコトガスキダ〜夫婦間ノ接吻や抱キ合フノヲ見テモ分ル」

（一九〇一年三月一二日付漱石日記）

「男女ノ対《つい》此処《ここ》彼所《かしこ》ニ bench ニカケタリ草原ニ坐シタリ中ニハ抱合ツテ kiss シタリ妙ナ国柄ナリ」

（〇一年五月二二日付漱石日記）

「西洋人ハ往来で kiss シタリ男女妙な真似をする」

（〇二年断片八）

と欧米流の風習は知っていても、眼前で見せ付けられては驚きを隠せない。

「十五日〔土〕今日ハ上海ヲ出帆スル日ナリ　昨日ヨリ吹キ暴レタル秋風ノ黄河ノ濁流ヲスクヒ揚ゲテ見ルモ凄《すさま》ジキ様デアル　檣頭《しょうとう》ニカ、ゲタル白地ニ錨《いかり》ヲ黒ク染メヌキタル旗ヲ吹キチギル許リニ吹ク、十時頃ヨリ雨サヘ加ハリテ甲板上ニ並ベタル籐ノ椅子ヲ吹キ吹〔飛〕バス許《ばかり》ナリ是等ハ皆潮水ニ濡レテ腰ヲカクベクモアラズ　且《かつ》腰ヲカケタリトテ人間サヘモ洗ヒ去ランズル勢ナリ」

（九月一五日付漱石日記）

一五日出航予定であったが、前日から大荒れに荒れて、終日出航不能であった。おそらく季節的に考えて、台風であろう。

「九月十五日（土曜）天色暗澹風威未だ衰へずバロメーター次第に下降す　大風の惧《おそれ》あり　船午後二時にいたるまで出帆せず　二時抜錨《ばつびょう》して航行すること二時間許《ばかり》又進行を止む　大風を避くる為といふ　今夜二時頃風やゝ和ぎて進行をはじむ」

（九月一五日付芳賀矢一留学日誌）

漱石・芳賀の日記の記述は、大風で出航できなかったことは同一であるが、芳賀の方が詳しく、午後二時に一旦抜錨して二時間ばかり進んで、またも荒天のため、風を避けて停船、深夜二時やっと風が和らいで進行始めたことを記している。

「十六日〔日〕　昨日出帆スベキ筈ノ船ハ遂ニ出帆セズシテ今日始メテ出ヅ　船ノ動揺烈シクシテ終日船室ニアリ午後勇ヲ鼓シテ食卓ニ就キシモ遂ニスープヲ半分飲ミタルノミニテ退却ス」

（九月一六日付漱石日記）

「九月十六日（日曜）風威やゝ衰へたれども波浪尚高し　船客大半船暈《せんうん》にて甲板に上るもの寥々

たり　同行の諸氏皆船室に平臥し食堂にいでず　無聊《ぶりょう》甚し　驟雨《しゅうう》時々来りて甲板を洗ふ　船客に英独宣教師の一隊十数名あり今日日曜日なれども祈禱せず」（九月一六日付芳賀矢一留学日誌）

一六日、風はやや衰えたけれども、波高く、出航したものの、船客は大半船酔いで、船室に籠りきりである。同行の留学生藤代・戸塚・稲垣らは皆船暈で一歩も出ることができない。特に漱石は船酔いに一番弱かったので、終日船室に籠城、午後勇を鼓して食堂に行ったが、スープを半分飲んだだけで、むかついて退散した。船酔いに強い芳賀だけは、話相手がいず、無聊退屈極まりない。甲板に出ても、さすがに船酔いに強いはずの西洋人も日曜の礼拝も休みらしい。船室で祈禱をしたのであろう。

福州

「十七日（月）船福洲〔州〕辺ニ碇泊ス　昨日ノ動揺ニテ元気ナキコト甚シ　且下痢ス　甚ダ不愉快ナリ
午后四時頃福州ノ砲台ヲ左右ニ見テ深ク湾ニ入ル
夥多《かた》ノ支那人雑貨ヲ持チ来リテ之ヲ売ル　喧噪極リナシ
風呂番兼奏楽ノ隊長售《う》リニ来ル　支那ノ古服ヲ着ケテ得々タリ」

（九月一七日付漱石日記）

「九月十七日（月曜）波浪やゝ治まり同行の諸氏元気回復す　宣教師の一行拝神の儀をつとめ讃美歌をうたふ　洋客三四喫煙室に在りて賭博を行ふこと盛なり　微雨時々来る　午後五時福州湾に入る　峰巒《ほうらん》重畳として島嶼《とうしょ》碁布し風景画の如し　恰《あたか》も瀬戸内海に入る観あり　両岸砲台のある処を通過すれば風光益佳なり　群松の叢生せる山相連なり茂林の下時に支那風の村落を見る　山骨露《あらわ》るゝ処飛瀑蜿蜒《ひばくえんえん》として下る　一幅南宋画を見る想あり　六時投錨《とうびょう》　茶の積荷を為すためといふ　陶器、漆器、絹布等各種の雑貨を売らんとて支那の商人多く船中に入り来る喧嗷《けんごう》比なく船中頓《とみ》に賑ふ　竹の寝台を売り来るものあり試に一椅子を問へば一円といふ　三十銭に直切《ねぎ》れば直《ただち》にまけたり　殆ど労力を値せず　支那人の生活も亦憐れむべきかな船室の傍支那小艇の来るもの多し　舷窓より煎餅、ビスケット等を投下するに争うて之を拾ふ老若男女さながら餓鬼の如し　日本の民如何に貧困下等のものといへども恐くはこの態《てい》をなさゞるべしと坐《そぞろ》に清国を悲む心あり　十一時就寝」（九月一七日付芳賀矢一留学日誌）

一七日、波はやや治まり、漱石らも何とか元気を回復した。午後五時頃福州湾の奥深く入り、山の峰が折り重なり、大小の島々が碁石を並べたように点々としてまるで瀬戸内海の風景画を見るようである。両岸には沿岸警備の砲台を見ながら通過するのも風光明媚な眺めである。松の群生した山が連なり、茂った林の下には中国風の村落が見える。土砂が崩れ落ちて岩石が露出した所は、蛇がうねるように滝となって、流れ落ちる。まさに一幅の南宋画を見る思いである。六時に福州港に錨を下ろす。茶の積荷のためと言う。中国茶は大量に輸出されて、ヨーロッパでは歓迎されていたのであろう。

多くの中国商人たちが、陶器・漆器・絹布などの雑貨を売ろうとして船中に乗り込んでくる。その喧噪《けんそう》比類なく、一気に船内は爆発的な興奮の渦に巻き込まれてゆく。猛暑対策として竹の寝台を売りに来る。試みに椅子の値段を聞いて見ると、一円と言う。値段交渉で三〇銭に値切って見ると、直ちに交渉成立。あまりの気前のよさ、安値に、さっきの言い値は何だったのかと、却って不気味になる。中国式商取引を知らない日本人は彼らのいいカモである。そして労働力が呆れるほど安く、苛酷に頤使《いし》されている中国民衆の悲惨さに憐憫を感じている。船室の傍らに中国のボートが集って来る。舷窓より煎餅やビスケットなどを投げると、争ってこれを拾う。その様は老若男女さながら餓鬼のようである。日本人はいくら貧困下等な者でもおそらくこのような恥知らずなことはしないであろう、そぞろ矜恃《きょうじ》を喪失した亡国の民清国人――阿片《アヘン》戦争・太平天国の乱・日清戦争・義和団の変など夷狄《いてき》に敗れた清朝政権下の中国人に同情、哀憐を感じている。

二五日シンガポール港で、プロイセン号に向かって二箇の独木舟《まるきぶね》が波を越えて、矢を射るようにやって来たことがあった。これは汽船の乗客から銭をもらおうとして集って来たものである。旅客がもし銭を海中に投入すれば、舟人は直ちに水中に飛び込んで、海底から銭を拾って来た。芳賀は「其巧妙なること亦一種の芸術といふべし。」と水中から銭を拾う、その技術《わざ》の「巧妙さ」を「芸術」と称して感動しているのであって、植民地の被支配者シンガポール人の哀れな乞食根性を悲しむ心情ではない。福州湾の小艇の舟人が餓鬼のごとく争って煎餅・ビスケットを拾う姿と、シンガポール港の海底に落ちた銭を拾い上げる舟人とは、乞食根性に於いては変わりないだろう。「日本の民如何に貧困下等のものといへども恐くはこの態をなさゞるべし」という芳賀の矜持は「武士は食わねど高楊枝」に通じる武士道精神であろうが、民族の誇りを捨てさせるほどの貧困に亡国の悲しむべき現実を冷静に凝視している。

その点で漱石は、福州湾の餓鬼のごとく争って煎餅・ビスケットを拾う舟人の描写はなく、シンガポールの「船客銭ヲ海中ニ投ズレバ海中ニ躍入ツテ之ヲ拾フ」と事実のみ記述して論評はない。まして、船客たちがまるで動物園で猿などに餌を投げ入れて、面白がっているような傲岸不遜な態度に対する批判はない。

「十八日〔火〕曇風ナク波平ナリ　左右島嶼ヲ見ル　腸胃少シク旧ニ復ス　終日雨　甲板濡《うるお》ヒテ心地悪シ」

（九月一八日付漱石日記）

「九月十八日（火曜）終日細雨濛々として鬱陶しき事いふべからず　甲板の上斜雨時に来りて坐すべからず　喫煙室に在りて国学史を校訂す　この日船庫に入りカバンを開き日本服袴羽織を取出し着用す　バロメーター平常に復す」

（九月一八日付芳賀矢一留学日誌）

九月一八日は風なく、波穏やかであるが、終日細雨が濛々と霧のごとく降って、鬱陶しい。勉強家の芳賀は喫煙室で国学史の校訂をした。船庫に入りカバンを開き、羽織袴を取り出して、着用する芳賀は、やはり国学者、愛国者である。

第二章　漱石が見た香港

九　龍

アヘン戦争に勝利したイギリスは、一八四二年八月二九日、南京条約を結び、広東・厦門《アモイ》（中国語音シャメン）・福州・寧波（中国語音ニンポオ）・上海の五港開港と香港《ホンコン》（中国語音シャンガン。英語名 Hong Kong）のイギリスへの割譲、賠償金二千五百万ドルを獲得した。香港はイギリスが直接統治する直轄植民地として、総督 Governor の下、支配された。一八五六年一〇月、アロー号事件をきっかけに第二次アヘン戦争が勃発、イギリスはフランスを誘って、広州・天津を攻撃、首都北京に迫った。イギリスはフランス・アメリカ・ロシアとともに一八五八年六月、清朝と天津条約を結び、ついで北京条約で懸案の九龍市街地を獲得した。さらに日清戦争後の下関条約に便乗して、イギリスは九龍半島（いわゆる新界）を九九年間租借に成功した。アヘン貿易と苦力《クーリー》貿易によって皮肉にも発展した香港は、植民地前一八四一年に、七四五〇名だった香港人口は、一九一四年には五三万一三〇四名に膨張していた。もはやアヘンと苦力で暴利を貪った時代は過ぎ、金融・保険・造船・海運によって繁栄していった。

「十九日〔水〕微雨尚已マズ　天漸ク晴レントス
　阿呆鳥熱き国へぞ参りける
　稲妻の砕ケテ青シ浪ノ花」

（一九〇〇年九月一九日付漱石日記）

「九月十九日（水曜）暁起舷窓より覗《うかが》へば旭光瞳《とう》々として全空拭ふが如し　快適何ぞ堪へむ午後二時香港に入るべしといふ　衆皆喜色あり　四時香港の岬角を認む　双眼鏡をとりて甲板に上る　景色福州に劣らず　群嶼の間をゆいて四時半香港に入り九龍の埠頭に着す」

（九月一九日付芳賀矢一留学日誌）

一九日、微雨なおやまず、空はようやく晴れようとしていた。下痢と船暈に悩まされていた漱石は、この日留学出帆以来初めて俳句二句を作った。船酔いに強く、元気な芳賀が、出航以来既に九月八日（和歌二首、七言絶句一首）、一〇日（七言絶句一首）、一四日（七言絶句二首）をものしているのに比べて、漱石はかなり遅筆である。

「阿呆鳥熱き国へぞ参りける」の「阿呆鳥」は漱石自身を戯画化して、阿呆な鳥にも比すべき自分であるが、遠いそして灼熱地獄のような未知の世界に入って行く心細さを詠んだものであろう。この「阿呆鳥」と「稲妻の」の二句は、九月一九日付高浜虚子宛漱石書簡にも引用されている。

香港島

「午後四時頃香港着、九龍ト云フ処ニ横着ニナル　是ヨリ香港迄ハ絶エズ小蒸汽アリテ往復ス馬関門司ノ如シ　山巓《さんてん》ニ層楼ノ聳ユル様海岸ニ傑閣ノ並ブ様非常ナル景気ナリ、十銭ヲ投ジテ香港ニ至リ鶴屋ト云フ日本宿ニ至ル　汚穢《おわい》居ル可ラズ」

（九月一九日付漱石日記）

「上海ニテハ日本旅館ニ宿泊シ香港ニテモ同朋〔胞〕ノ営業ニ関ル宿屋ニテ日本飯ノ食納ヲナシ候上海モ香港モ宏大ニテ立派ナルコトハ到底横浜神戸ノ比ニハ無之」

（一九〇〇年九月二七日付夏目鏡子宛漱石書簡）

「直に上陸す　会々《たまたま》一日本人あり頻《しきり》に談話をしかく　之を問ふに日本旅店鶴屋の若者なりといふ　因て同道して之に赴く　同店は海岸通五層楼に在り外観甚だ美なり　然れども其入口たる急にして狭き長階を攀《よ》ぢざるべからず　人をしてまづ一驚を喫せしむ　室内に入るに及びて其陋猥《ろうわい》亦予想に反せり　日本婦人二三宿泊せり　器物皆穢くして心地よからず　楼上よりみれば隣屋亦日本旅館の榜あり　一行皆隣屋に入らざりしを憾《うら》む　入湯を勧むれども入らず　食膳は鯛の刺身、焼肴等あり味噌汁あり　割合に喰へたり　番茶の茶漬数碗を傾けて腹満つ」

（一九〇〇年九月一九日付芳賀矢一留学日誌）

一九日午後二時香港に入港と聞いて、旅客大喜びである。四時島の間を縫って岬を眺めつつ、香港に入り、九龍の埠頭に着岸、上陸する。一〇銭を払って小蒸気で香港島に渡る。日本で例えていうと、馬関（下関。赤間が関を赤馬関と書いた所から略して馬関といった）門司間の関門海峡のようである。山頂に高い建物が聳え、海岸にも高層の楼閣が立ち並んでいる様子はたいへんな好景気である。同じ一九〇〇年、パリの万国大博覧会見物の帰途、香港に立ち寄った大橋乙羽《おとわ》(27)も香港を関門海峡にたとえて、

「右に九龍島を望み、左に香港を望んで、両々呼べば膺《こた》へんとする有様は、恰も門司と馬関の如く、船上より望めば、風光双眸《そうぼう》に落ち来るなど、奇絶怪絶なり。」（『欧山米水』博文館、一九〇〇年）と評した。

一人の日本人が近づき、話しかけて来た。日本旅館鶴屋の客引きの若者だった。誘われて一行は鶴屋に行く。鶴屋がどこにあったか、末延芳晴『夏目金之助　ロンドンに狂せり』でも、「どういう宿か、資料が見つからない」といい、売春宿だっただろうと、推測している。漱石は「汚穢居ル可ラズ」といい、芳賀も海岸通り五層楼で外観は美しいが、入口は急で狭い階段を登らなければならない。一同は驚く。室内に入ると、その陋猥さは予想外であった。日本婦人二、三人が宿泊していた。現代なら、いざ知らず、二〇世紀初頭植民地香港に女性だけの宿泊・旅行など、売春婦以外考えられない。

私も二〇一九年、香港在住の知人吉野俊子氏、吉林大学卒業の教え子艾春燕《がいしゅんえん》（中国語音アイチュ

ンヤン）さんに鶴屋の遺構を探してもらったが、見つけることができなかった。
階上から眺めると、隣もまた日本旅館の立て札が掲げてある。一行は皆「客引きに騙された。隣の旅館に入ればよかった。」と憾みに思った。器物も汚く、気持ちが悪い。
「お風呂におはいりください。」
と勧められ、暑さと船内の不便なシャワーにうんざりして、一風呂浴びたいところではあったが、不潔さを思うと、入る気にもならない。ただ、健啖家の芳賀は、鯛の刺身、焼き魚、味噌汁、番茶の茶漬など久し振りの日本料理にお代わりを重ねて、満腹した。

クイーンズ・ロード

「食後 Queen's Road ヲ見テ帰船ス　船ヨリ香港ヲ望メバ万燈水ヲ照シ空ニ映ズル様綺羅星ノ如クト云ハンヨリ満山ニ宝石ヲ鏤《ちりば》メタルガ如シ　diamond 及び ruby ノ頸飾《くびかざ》リヲ満山満港満遍ナクナシタルガ如シ　時ニ午後九時」

（九月一九日付漱石日記）

「特に香港ノ夜景抔ハ満山ニ夜光ノ宝石ヲ無数ニ鏤メタルガ如クニ候」

（一九〇〇年九月二七日付夏目鏡子宛漱石書簡）

「乃ち同楼を辞し街上を散歩す　戸塚君写真師梅屋にいたり香港全景の写真を購《あがな》ふ　同店を

いでゝ一煙草店につき葉巻一箱を購ひ又絵はがき数葉を買ふ　暑熱堪ふべからず　船室にかへりて冷水を以て全身を払拭し浴衣を穿《うが》つ　快いふべからず　船中に支那商人の雑貨を売らんとて群集すること福州に於けるが如し」
（九月一九日付芳賀矢一留学日誌）

食後、Queen's Road を散策する。香港島北部の市街を東西に走るヴィクトリア市（植民地香港の中枢部）のメインストリートとして海岸沿いに造成された。現在は埋め立てが進んだため、海岸線は北に進出している。今も皇后大道中（Queen's Road Central）と呼ばれ、香港行政・経済の中心地、中環《ヅォンワン》 Central を形作っている。

香港クイーンズ・ロード

さて、漱石たちはクイーンズ・ロードを散歩し、戸塚機知は梅屋写真館（店主は梅屋庄吉〈一八六九～一九三四〉長崎出身。革命家孫文の支援者。映画会社日活創業者の一人）に入り、香港全景の写真を購入した。次に芳賀は煙草店に入り、葉巻一箱を買う。また絵葉書数葉を買った。九月後半とはいえ、次第に南下しているので、暑熱は忍耐の限界を超えている。

午後九時、芳賀は船室に帰り、鶴屋で入浴しなかったので、冷水で全身を拭き、さっぱりして浴衣を着た。快適は何とも言えない。船中に中国商人らが乗り込んで来て、雑貨を売ろうと値段交渉の喧噪は、福州の場合と同じである。
漱石は船から香港の眺望の美観を、多くの燈火は水を照らし空に映ずる様は綺羅星のようだというよりは、全山に宝石を鏤めたようである、ダイヤモンドやルビーの首飾を全山万港満遍なく着飾ったようだ、と生まれてはじめてネオンサインの夜景を見た感動を最大級の言葉で褒めそやしている。

ヴィクトリア・ピーク

「二十日〔木〕午前再ビ香港ニ至リ Peak ニ登ル　綱条鉄道ニテ六十度位ノ勾配ノ急坂ヲ引キ上ル　驚ク許ナリ　頂上ヨリ見渡セバ非常ナ好景ナリ　再ビ車ニテ帰ル　心地悪キ位急ナ処ヲ車ニテ下ル　帰船　午後四時出帆」
（一九〇〇年九月二〇日付漱石日記）

「又「ピーク」トテ山ノ絶頂迄鉄道車ノ便ヲ仮リテ六七十度ノ峻坂ヲ上リテ四方ヲ見渡セバ其景色ノ佳ナルコト実ニ愉快ニ候」
（一九〇〇年九月二七日付夏目鏡子宛漱石書簡）

「九月二十日（木曜）朝餐を終へたる後再び九龍より渡船朝星に乗じて香港にいたる　九龍と香港とは相対して其間海上四、五町許　朝星、晩星の二舟ありて往復す　賃金上等十銭なり
香港にいたりtramwayによりて香港の高峰に上る　鋼条鉄道にして傾斜四十五度許の山路を上

る　峰上peak-hotelあり　更に進むこと少許兵営あり　四望快闊《かいかつ》長風髪を吹いて快いふべからず　戸塚君曰く景色大連湾の如しと　元来香港は海上の一島にして全島花崗岩なり　樹木の繁茂するもの少けれども雑草矮木《わいぼく》全山を掩《おお》ふ　処々丘陵を開きて高楼大厦《か》を架す　皆英人の家にして多くは兵営に関する士官の住居たり　羊腸九廻して頂上に至る迄は十八町もあるべし　道路極めて立派なれども暑熱堪へ難く喘《あえ》ぎ〳〵頂上に達す　最頂上には巨礮《きょほう》を備ふ　其

香港ヴィクトリア・ピーク・トラム

下一支那屋ありラムネ、氷等を売る　少憩してラムネ二瓶を傾く　甘味忘れ難し　十一時再び停車場にいたり待つこと半時余　十一時半発車　香港市に下る　余と戸塚君とは郵便局にいたる　はがき数葉及国学史の原稿を投入せんがためなり　香港の市街たる繁栄は上海に及ばざるが如しといへども巍《ぎ》然《ぜん》たる層楼相連なりて昇降にはエレヴエーターを用ふ　全屋悉《ことごと》く大理石なるが如きは欧米の大都といへども及び難かるべし　住民二十三万余　其内二十万は支那人なりといふ　支那人の富裕なるもの甚だ多く大厦高楼多くは支那人の所有なりと聞く　公園の辺《あたり》目馴れぬ草木多く早くも熱帯に入りたることを知る　山上の雑草は日本のに同じきも多くあり　昼顔の咲きたる多くは紫色にして我国の朝顔に異ならず　十二時船にかへる　午後四時にいた

り抜錨す　宣教師の一群広東より来るもの尚二、三人を加ふ　横浜より同乗し来りし葡萄牙《ポルトガル》人こゝに下船す　上海より搭乗せる一美人妙齢十八、九船中の矚目《しょくもく》するところ亦こゝに上陸す晩宣教師等と語る　皆支那に布教の行はれ難きを慨く　支那の騒乱を惹起せしものは自己の所為たるを知るや否や」

（九月二〇日付芳賀矢一留学日誌）

「香港にてはピークの上にのぼり候　これは鋼条鉄道にて上れば香港眼下に見え候　誠に好風景に御座候」

（一九〇〇年九月三〇日付竹村鍛宛芳賀矢一書簡）

二〇日、一旦、九龍港に停泊していたプロイセン号に戻った漱石らは、翌朝食後、小蒸気で香港島に渡った。一八八八（明治二一）年五月三〇日開業した、世界一急斜面傾斜四五度（現代では最大勾配二七度）を登るといわれたVictoria tramway ヴィクトリア・トラムウエイ（鋼条鉄道・ケーブルカー）に乗って、山頂駅に着く。元来、岩肌だらけの香港島は、海上の一島であって全島花崗岩でできていたが、日本から移植した松や東南アジア一帯から移入した熱帯・亜熱帯植物によって、植林されたものである。丘陵を開発して、高楼の立派な建物が並ぶ。ピークホテル・兵営・イギリス士官住宅などがある。

山頂駅からVictoria peak ヴィクトリア・ピーク（中国名・維多利亜山）に向かって、羊腸の道を登る。船に最も弱い漱石を始め同船の者たちは、食事も咽喉を通らず、青息吐息であったが、芳賀矢一のみは、面憎いほど船に強くて、

「今日は食堂に出る人が少ないから、うんと食ってやった。」と自慢話をする。漱石や藤代禎輔たちは、枕も上らぬ病人のように床上に呻吟して、部屋ボーイに一品二品を枕頭に運ばせ、辛うじて命を繋いでいた。どんなに威張られても一言もない。海の上ではとてもかなわないので、陸で仇をとってやれ、と藤代は心秘かに思い定めた。香港でピークに上った時、この機逸すべからずと、芳賀を頂上まで無理やり引っ張り上げた。漱石は学生時代に文科には珍しい器械体操の名手であったから、このくらい山を登るのは朝飯前だった。戸塚も稲垣乙丙（農学）も揃って青瓢簞《あおびょうたん》ではあったが、体重が軽いだけに難なく登った。しかし芳賀だけは東京大学予備門（神田一橋）時代に豚と異名を授けられたほど肥満だから、途中で弱音を吐いて、何度か下山を主張したが、藤代は委細かまわず、ピークの絶頂まで登り切って、見事に船中の意趣返しを果たした。芳賀も道路は極めて立派であるが、酷暑堪え難く、喘ぎ喘ぎ頂上に達した。しかし、頂上からの眺望はまた一段と絶景で、芳賀も淋漓《りんり》たる流汗を充分補って余りあったことだろうと藤代は確信した、と書いている（藤代禎輔「夏目君の片鱗」『藝文』第八年第二号）。

最頂上には防備の大砲台を備えている。その下に売店があり、ラムネや氷などを売っていた。少し休憩してラムネを飲む。芳賀は一番汗をかいたので、二本も飲み、甘味忘れ難いものがあった。一一時にトラムの頂上駅に着き、一一時半発車、芳賀は香港市内に戻り、郵便局に行き、国学史の原稿を日本に送った。船にも強い芳賀は倦《う》まず弛《たゆ》まず、船中でも校訂の作業を続けていたが、遂に完成させたので、送り返したのである。

香港市《ヴィクトリアし》（現・中環《ヴォンワン》Central）の繁栄は、上海に及ばないが、巍然たる高層の楼閣が連なって昇降にエレヴェーターを使用していた。全館ことごとく大理石であるようなところは、欧米の大都会でも及ばないであろう。香港の人口二三万人、そのうち中国人は二〇万人という。アヘン・苦力貿易の掠奪的手段で富を形成した時代は終わり、海運・造船・金融など諸企業へ投資する資本主義的経済社会が構築され、香港の中国人商人（いわゆる買弁）らは、イギリス人商社主Taipan（中国語・大班）に奉仕しつつ、成長していった。一八八六年設立された香港上海銀行の傘下にイギリス商社・船舶会社が集り、その下に買弁《ばいべん》（中国語＝マイバン。上海・香港で英米仏の商社・銀行などが、中国人と取引する時仲介をする中国人商人。外国資本家のため自国の市場で商業・銀行業・保険業・鉱工業・運輸業などを取扱う。Comprador コンプラドール）が群れるという香港植民地経済の構造的枠組みが形成された。芳賀が見た「支那人の富裕なるもの甚だ多く　大厦高楼多くは支那人の所有なりと聞く」というのは、これらの買弁の邸宅であろう。

一二時、漱石たちはプロイセン号に帰った。午後四時、錨を上げて出帆した。広東から来たという宣教師二、三人が乗船してきた。彼らは中国でのキリスト教の布教は、困難であったことを嘆いた。芳賀は、欧米列強が清朝の弱体化に付け込んで、帝国主義的植民地掠奪によって中国の騒乱――アヘン戦争・アロー号事件・太平天国の乱・義和団の変など――を惹き起したのは、自分たち欧米人であることを知っているのか、と義憤を感じている。

横浜から同乗した葡萄牙人《ポルトガル》が香港で下船した。この葡萄牙人は、「夏目君に似た葡萄牙人もあり」（一九〇〇年九月二〇日付竹村鍛宛芳賀矢一書簡）という葡萄牙人のことだろう。この芳賀書簡には、漱石について「夏目氏は船に最弱かりしが此頃にいたりては大に慣れ候　同氏は不相変無言にて船中を睥睨《へいげい》いたし居候故知合は出来ず船中にて朋友の多きは小生に御座候」と書かれてあり、芳賀は誰彼の区別なく捕まえて、怪しげな英語、ドイツ語を使って、会話を試みていた。また、芳賀は生れて初めて洋式便器に戸惑い、「雪隠に入りて蓋の上に埋く（堆《うずたか》く、の誤）糞をやりたる」（同書簡）という傑作、愉快な失策を演じている。

上海から乗船した歳のころ一八～一九歳の妙齢の美人は、船中の嘱目するところであったが、香港で上陸してしまった。謹厳実直な芳賀が、佳人一人ここで下船したことをいかにも残念、惜しかったように真面目に日誌につけているのは愉快である。長い航海の間、慰みに語学研修を兼ねて、佳人を話し相手にしようと目論んでいたのであろう。

日本食は上海・香港・シンガポール到る所で食べている。食欲旺盛な芳賀は、あまりうまくはないけれど、と言いながら、茶漬けを七～八杯も食べた。漱石は「蕎麦が食いたい。」と言い、戸塚は「豆腐の味噌汁が食いたい。」と言っていた。

二〇日午後四時香港を出航後、二一日、二二日、ひたすら南シナ海を南下、二三日正午の掲示に香港を隔てること九四四海里（約一七四八キロメートル）と表された。ほぼベトナムのホーチミン沖のあたりか。香港～シンガポール間のほぼ中間である。二五日午前八時過ぎ、朝食を終えた頃、シンガポール埠頭に投錨した。

その後、漱石たちを乗せたプロイセン号は、二七日ペナン（マレーシア）・一〇月一日コロンボ（スリランカ）・八日アデン（イエメン）・一三日スエズ（エジプト）・一七日ナポリ（イタリア）を経て、一九日ジェノバ（イタリア）で上陸、ヨーロッパに入った。二〇日トリノ（イタリア）を経て、二一日パリ（フランス）に入り、二七日まで万国博覧会を見た。漱石が同行の諸氏と別れてパリを出発し、目的地ロンドンに着いたのは、横浜を出て、五〇日目の一〇月二八日であった。文部省派遣の留学生夏目金之助の留学生活が始まった。

第三章　上海・香港で見た中国と中国人

漢籍の中の中国と生身の中国人

英国留学途中の夏目漱石が見た中国――上海・香港――見聞は、わずか延べ四日間、実質三日間にも満たない。しかも上海という中国の中でも最も欧米列強の植民地的繁栄と収奪と民族蔑視の租界のみを見たに過ぎない。漱石の日記は、芳賀矢一の「留学日誌」に較べると誠に簡略で、従来彼が持っていた素養としての漢詩・漢文、南画から得た中国観が、現実の中国を見たことによって、どのように変容したか、その手がかりは乏しい。芳賀の「留学日誌」を補助線として、考えてみたい。

漱石が初めて海外に出て、現実の中国を見た時、最初に発した言葉は、「満目皆支那人ノ車夫ナリ」である。日清戦争後の戦勝国日本のエリート留学生夏目金之助は、多少の気負いはあっただろう。大日本帝国という国家を背負って、選ばれて異国に英語・英文学を学びに行くのである。漱石は無言で船中周囲を睥睨《へいげい》し、孤立無援、芳賀のように外国人と会話を楽しもうとはしなかった。着岸した船の舷に群がる人力車の車夫は、江北（江蘇省以北）地方から出稼ぎにきた最下層の苦力《クーリー》で、人力車と営業鑑札を独占する車行《チェハン》（人力車の元締め）に支配され汚穢と貧困にまみれて、客奪いの喧噪の中でその日暮らしに生きていた。異国から来た漱石は、彼らの悲惨な環境や生活は勿論正確には見えない。まるで蜂の巣を突いたような喧噪を見ただけであった。

日露戦争の勝利を挟んで九年間を経ても、漱石の中国大連の苦力（人力車夫・港湾労働者）に対する意識は全く変らない。あの屈辱の三国干渉、臥薪嘗胆《がしんしょうたん》の末、日露戦争の勝利によって大部分の日本国民は、漢字・漢文を齎した恩人を忘れ敗戦国民中国人を「チャンコロ」と嘲笑し、欧亜にまたがる大国帝政ロシアの国民を「ロスケ」と蔑視し、傲慢に思い上がっていた。ロシアをも破った大日本帝国は、アジアの盟主、一等国にのし上がったと有頂天であった。漱石もその国民的高揚感に突き動かされて、影響を受けていないとは言えない。「汚ならしい」とか「見苦しい」とかいう言葉は、決して中国人の面子《メンツ》を立てる言葉ではない。

確かに上海の車夫たちは極貧のため、肉体を酷使し、襤褸《ぼろ》をまとい、不作法で粗野、時に乗客に対して乱暴・略奪に走る者もいた。客を奪い合うために喧噪極まりない。地方からやって来て金もなく文盲の農民たちの取り柄と言えば、強健な肉体だけであった。金のない者が生きるためには、出身地のボスを頼って、車行や買弁の支配下に入り、仕事をもらって人力車夫や港湾労働者になる以外方法がない。かくて、彼らは各地の埠頭（碼頭）に蝟集《いしゅう》し、鳴動する。初めて彼らを見た外国人は、その襤褸に一驚し、異臭に辟易し、所嫌わず手鼻をかみ、痰唾を吐く中国人に対する嫌悪感、蔑視を抱く。勿論、現代の新中国ではかつての非衛生的な悪習はなくなった。

その点、芳賀は細かく観察している。「辻待の車に乗らんとすれば争うて客を引かんとし汚れたる手を以て衣を引く　我国の如く鬮《くじ》を以て後先を定むる事全くこれ無きにや　相互に話す声を聞けば恰も喧嘩の如し」（九月一四日付芳賀留学日誌）とあるように、中国の場合、人力車夫が客を取るのは全くの自由競争で、強い者勝ちであるが、日本では競合した場合、籤引きで後先を決めるというルールがある。だから、中国では車夫が客を奪い合って喧噪であるが、日本ではルールを決め調整して、整然としている、と芳賀はいう。そう言えば、「喧嘩」という漢字の熟語は口偏であって、手偏ではない。騒々しいのは当たり前だ。直ぐ手が出る民族とは違うのである。

高杉晋作の先見性

幕末の一八六二（文久二）年六月、官船千歳丸で上海に渡った長州藩士・高杉晋作が見た、太平天国戦下の上海は、「支那人は尽《ことごと》く外国人の便役たり。英法（英吉利《イギリス》・法蘭西《フランス》）の人街市を歩行すれば、清人（中国人）皆傍らに避け、道を譲る。実に上海の地は支那に属すと雖《いえど》も、英仏の属地と謂ふもまた可なり。（中略）我邦人（日本人）と雖も心を須《もち》ゐざるべけんや。支那の事にあらざるなり。」（『高杉晋作全集』下巻、新人物往来社、一九七四年五月）という危機的な状況であった。外国人を見て怖れ慄《おのの》き頤使《いし》される中国人、植民地・属国の奴隷を酷使するごとく傲慢に振る舞うイギリス人・フランス人を見て、高杉の胸には「中国のようになってはいけない。列強の野望に屈してならぬ」と強烈に危機感を燃やした。前車の覆《くつがえ》るは後車の戒めとすべきことを警告した。

明治新政府は中国清朝の失政、苛酷な惨状を見聞し、そうなってはならぬと富国強兵に奔走した。それがある程度成功した時、先進国欧米からやや一人前に待遇され出したので、すっかり舞い上がり有頂天になり、今まで漢字・漢文でお世話になった中国の恩義を忘れ、恩を仇で返すように欧米列強の尻馬に乗って、遅れ馳せながら、帝国主義的植民地争奪戦に割り込んでいった。後発の日本は、列強の愚行を模倣して、上海に日本租界を作ろうとした。日清戦争（中国名・甲午戦争）後、日本は一八九七（明治三〇）年、中国の杭州・蘇州に、九八年には天津・漢口に、一九〇一年には重慶に日本租界を設置することに成功した。しかし、上海には遂に租界を作ることはできなかった。

上海の租界と工部局

上海にイギリス租界ができたのは、一八四五（弘化二・道光二五）年一一月二九日であった。四八年にアメリカ租界、四九年四月にはフランス租界が成立した。租界の行政は一八五四年七月、上海駐在英国領事と清国の代表者たる地方官との間で協定した「上海土地章程」を基礎として初めて正式に工部局が租界行政を施行することとなった。参事会・公民会・土地委員などの自治機関を設けた。政庁を英語名 Municipal Council、中国語名・工部局《ゴンブジエ》と呼んだ。中国の領土でありながら、その永久借家人たる英・米・仏国は、貿易をはじめあらゆる商行為や行政権・警察・衛生・教育・消防・土木・電気など、時には義勇隊と称する軍事力をも持っていた。租界は次第に拡張し、「土地章程」はしばしば改訂された。一八六三（文久三・同治二）年九月二一日、イギリス租界とアメリカ租界が合併し、共同租界（中国語名・公共租界《ゴンゴンヅジェ》）が成立した。これによってフランス租界は別に工部局を組織したが、行政状態は共同租界と大差ない。

虹口《ホンキュウ》に集まる日本人

上海に居住する日本人は、大部分虹口《ホンキュウ》（共同租界。旧アメリカ租界）に暮らしていた。明治初年に開かれた外務省上海出張所が、一八七三（明治六）年正式に日本領事館と改称され、南蘇州路から虹口に移転し、九一一年総領事館に昇格した。一九一一年竣工の二代目総領事館は平野勇造設計の三階建て煉瓦造りで、曲線を描くマンサード屋根は優美である。一八七〇（明治三）年に七名だった上海在住の日本人人口は、一八八〇年には一六八名になり、一八九九年には一〇〇〇名を突破し、一九〇五年には四三三一名で、既にイギリス人に次いで第二位となった。日清戦争、日露戦争、第一次世界大戦に勝利し、戦争する度に国際的地位が向上する日本国民は、戦争は儲かるものという悪癖が身に付いた。上海で儲かるためには、日本租界という特権を上海でも得たいと欲を出した。しかし、そううまく問屋は卸さなかった。

イギリスの直轄植民地香港は住民の九割が中国人であるにもかかわらず、治政に参画することなく、イギリス総督の下、英人銀行・商社の一部に支配されていた。これら香港の負の歴史を漱石がどれほど認識していたかわからない。

日英同盟と貧乏人・富豪の婚約

漱石が渡英した翌々年一九〇二（明治三五）年一月三〇日、日英同盟が締結され、ロンドンにてイギリス外相ランズダウン侯爵ペティ・フィッツモーリスと駐英公使林董《ただす》との間で調印された。フランスの支持でロシアの北中国への露骨な野心に対立するイギリスと、ロシアに脅威を感じる日本と利害が一致し、①イギリスの清国における、日本の清・韓両国における利益擁護、②一方が第三国と交戦の場合他方の厳正中立、③一方が二ヶ国以上と交戦の場合他方の参戦義務などがあった。これによって、イギリスは日露戦争では中立を守り、日本は第一次世界大戦で対ドイツ戦に参戦した。

夏目漱石はこの日英同盟を皮肉って、高級官僚の義父中根重一に長い書簡を送った。

「恰も貧人が富家と縁組を取結びたる喜しさの余り鐘太鼓を叩きて村中かけ廻る様なものにも候はん　固より今日国際上の事は道義よりも利益を主に致し居候へば前者の発達せる個人の例を以て日英間の事を喩《たと》へんは妥当ならざるやの観も有之べくと存候へども此位の事に満足致し候様にては甚だ心元なく被存候が如何の覚召にや」

（一九〇二年三月一五日付中根重一宛漱石書簡）

東洋の成り上がり者の貧乏人が、世界に冠たる大英帝国の大富豪と玉の輿《こし》の縁組を取り結んだので、有頂天になって鉦《かね》や太鼓で村中を踊り廻っている、と見事に揶揄して、官僚の舅に感想を質問している。そして、ヨーロッパの今日の文明の失敗は、明らかに貧富の懸隔が甚だしいことに起因している、と政治経済に暗い自分ではあるが、気焔が吐きたくなったと手紙に記した。足らざるを憂うるのではなく、等しからざるを憂うるのである。カール・マルクスのような純粋の理窟は欠点があるとは言うけれども、今日の世界にこのような説が出るのは当然である、と漱石は社会主義出現の蓋然性を考えていた。

日本人より遥かに名誉ある中国人

漱石がロンドンに到着して四ヶ月半、中国人を軽侮する英国人・日本人が多いのに違和感を感じた漱石は、日記にこう書いた。

「日本人ヲ観テ支那人ト云ハレルト厭ガルハ如何、支那人ハ日本人ヨリモ遥カニ名誉アル国民ナリ、只不幸ニシテ目下不振ノ有様ニ沈淪《ちんりん》セルナリ、心アル人ハ日本人ト呼バル、ヨリモ支那人ト云ハル、ヲ名誉トスベキナリ、仮令然《たとい》ラザルニモセヨ日本ハ今迄ドレ程支那ノ厄介ニナリシカ、少シハ考ヘテ見ルガヨカラウ、西洋人ハヤ、トモスルト御世辞ニ支那人ハ嫌ダガ日本人ハ好ダト云フ之ヲ聞キ嬉シガルハ世話ニナッタ隣ノ悪口ヲ面白イト思ッテ自分方ガ景気ガヨ

イト云フ御世辞ヲ有難ガル軽薄ナ根性ナリ」　（一九〇一年三月一五日付漱石日記）

漱石は漢字や四書五経・左国史漢などの漢籍の教養がいかに深く日本文化の根幹に根付いているか、その恩義を忘れてはならぬことを強く戒めている。この日記の一文は、漱石の中国観の重要な観点である。西洋人の「中国人は嫌いだが、日本人は好きだ」というお世辞を、隣の悪口を聞いて喜び、自分が優位に立ったと錯覚する、軽薄な人種を揶揄する比喩は見事である。

我々は水を飲む時、井戸を掘った先人の労苦を忘れてはならないのである。長い生涯の間に、幸いにして順境の時もあるだろう、思わぬ逆境に転落することもあるだろう。今、中国（清朝）は欧米列強の植民地争奪の餌食となって、経済も領土も蚕食され、国民は悲惨にも貧困と疲弊の極にあり、奴隷化している。

今まで自分が尊敬し、信頼していた師匠が、不運にも零落し困窮している時、技量、業が師匠を凌駕したからと言って、師を粗略に扱う無礼は許されるものではない。漱石はそう思っていたのであろう。

『虞美人草』の小野清三は、京都では恩師井上孤堂から経済的支援を受け、教育を受けた。上京後、帝大卒業の時は、恩賜の銀時計を獲得した秀才である。一方、井上孤堂はわずかな恩給と利子で細々と暮らし、昔気質に一人娘小夜子と小野との婚約を信じて、小野を頼って上京した。

この井上孤堂と小野清三との関係は、何となく中国と日本との関係に似ていないだろうか。

第二部　満韓旅行

第一章　漱石と中村是公

一　大連

「満韓ところ〴〵」の旅行

一九〇九（明治四二）年七月三一日午後、東京大学予備門予科以来の旧友南満洲鉄道株式会社総裁中村是公《よしこと》（旧姓・柴野）が、夏目漱石を訪ねて来た。一九〇二年夏、ロンドンで会って以来、久し振りにやって来て、

「満洲に『満洲日日新聞』(28)（満鉄経営）を起こすから来ないか。」

と誘った。漱石は不得要領で曖昧な返事をしていた。是公は、

「近々御馳走をしてやる。」

と言った。是公はトラホームの治療中余病を併発して、左の黒眼が鼠色になり失明していた。

同年八月四日、是公から、「六日晩に来ることができるか。」と漱石に電報が来た。是公の使いの者が二五〇本入りのロシア煙草を二箱持って来た。

六日午後三時半から飯倉《いいぐら》の満鉄東京支社（麻布区狸穴《まみあな》。現・港区）に行き、是公に会う。支社の建物は立派である。公園の是公の邸（芝区芝公園）に行って、風呂に入る。茶色がかった立派な家である。それから木挽町の大和（京橋区）という待合に行った。満鉄理事の久保田勝美[29]と清野《せいの》[30]長太郎、経済学者の田島錦治[31]、是公と漱石の五人である。真龍斎貞水[32]が講談を二席やった。料理は浜町の常盤である。傍らに座っていた芸者の扇子に柳川春葉[33]の句が書いてあった。それは汚い扇子であった。どこかで拾ったように思われた。この日、漱石は総裁・理事から正式満洲講演旅行の招待を受け、八月二八日出発に決めたと思われる。

七日、是公宅から満洲の払子《ほっす》一本と煙草一箱をもらって帰る。その煙草には藁の管が二寸ほど付いている。

一三日、伊藤幸次郎[34]から手紙が来た。満鉄に入って『満洲日日新聞』を担当、社長になる予定

久保田勝美（満鉄理事）

清野長太郎（満鉄理事）

の男らしい。是公から話があったらしく、一応の挨拶やら、相談やら、わからない手紙である。要領を得ないので、返事に困る。

漱石招聘

満鉄初代総裁後藤新平は、満洲開発機関として植民政策を円滑に進めるため新聞発行を提唱した。一九〇七年一一月三日、初代社長森山守次《もりじ》を中心に『満洲日日新聞』が、日刊大判六頁英語・中国語欄を設けて創刊した。

一九〇九年九月、森山は辞任、実業家の伊藤幸次郎が社長になったが、新聞経営に素人で平凡庸才と言われて、発行部数が下降し、一〇年一月辞任した（李相哲『満州における日本人経営新聞の

伊藤幸次郎
（満洲日日新聞社長）

後藤新平
（満鉄初代総裁）

歴史』凱風社、二〇〇〇年五月一〇日)。創刊以来紙面に挿入された英語欄は分離して、小型の「マンチュリヤ・デーリー・ニュース The Manchuria Daily News」を本紙の付録として発行することになった。第二代総裁中村是公は「マンチュリヤ・デーリー・ニュース」を充実させて、国際的広報に役立たせるため、旧友夏目漱石を『満日』に引き入れようと考えただろう。しかし、既に自由な創作活動の場を得ていた漱石は、満鉄・『満日』に肩入れする気はなく、中村の思い付き的なアイデアは、中途半端な挨拶・旧交を温める交歓に終わり、伊藤の手紙も趣旨が何かわからない、不得要領なもので終わった。

一六日、中村是公から鬼頭玉汝著『不可不読』(一九〇九年七月、晩晴書房)を寄せて来る。

一七日、伊藤幸次郎が来訪、『満洲日日新聞』のことについて一時間半ばかり談話する。

一八日、是公から満洲に行くかどうか、返答を問い合わせて来る。行く旨を郵便で答えた。満洲旅行のため洋服屋を呼んで背広を作る。

二七日、医者が漱石の健康状態から満洲旅行は無理だと反対する。午後、自分でも無理だと自覚したので、是公に電話で延期の旨申し入れる。

二八日、是公だけ満洲に出発した。

新橋出発

九月二日、健康回復した漱石は、午後、新橋駅で下関行最急行列車寝台車に乗車した。箱根で日が暮れた。

三日、京都で起き出した。天候は次第に晴れた。大阪梅田駅到着、下車。午前七時、大阪商船[35]株式会社の待合所（富島町）に入る。九時に小蒸気で鉄嶺丸に乗り込んだ。鉄嶺丸は大阪商船株式会社所有の旅客船で、総トン数二一四二トン、一九〇五年一二月二七日長崎三菱造船所で完成して、四年に満たない新造船である。残念ながら、翌一〇年七月二二日朝鮮竹島燈台付近（木浦沖）で座礁沈没した。漱石も自分が乗船して一年も経たないうちに沈没したので驚いたのであろう、「日記」（一〇年七月二九日付）で「鉄嶺丸沈没」と記している。

鉄嶺丸船中

午前一〇時頃、鉄嶺丸出航。大阪商船の[36]大河平《おこひら》武二（「満韓ところ〳〵」「漱石日記」ともに「大河内」と誤っている）がサルーン（談話室）に案内して煙草・菓子・飲み物を供してくれた。佐治事務長は、漱石の著書を読んでいると言う。友人の[37]畔柳芥舟《くろやなぎかいしゅう》（第一高等学校教授）と同郷だと言うから、山形県人である。

「満洲航路が朝鮮航路ほど繁盛すればいいのですが。」

と言う。鉄嶺丸の姉妹船開城丸（二〇八四トン。一九〇五年一一月八日、川崎造船所製造）も大阪港にいた。漱石は「美麗也」と日記に記しているが、自分が乗っている鉄嶺丸の方が五八トン大きく、一ヶ月半ばかり新しいのだから、美麗と言えば、鉄嶺丸の方が美麗だろう。遠景で見る方が美しく見えるのだろう。

大阪商船会社の満洲航路（大阪〜大連線）は、日露戦争勃発するや、一九〇四（明治三七）年七月社員を派遣して、満洲航路開始に関する調査を実施、翌〇五年一月には旅順開城と共に満蒙開発の先駆としていち早く大阪〜大連線を開設し、第一船として舞鶴丸が一月一四日神戸を発航した。〇六年四月から逓信省の命令航路となり、一週二回の定期航路になった。〇七年満洲開発と満鉄の開始に伴い好評であったが、〇八年に入り経済の不振と建材輸出の減少、豆粕出回り減少によって、営業成績不良となった。〇九年、満洲大豆豆粕が豊作で満船の載貨を得たが、運賃率が低かったために収益を挙げることができない状況だった。一九〇九年度の「満洲航路荷客表」（『大阪商船株式会社五十年史』一九三四年六月）によれば、荷物一九万九千トン、船客三万七三七人であった。大阪商船大連航路に属する汽船は鉄嶺丸・開城丸・天草丸・嘉義丸の四隻を毎週二回、大阪を起点として神戸・宇品（宇品のみは月三回寄港）・門司を経由して大連まで航海した。その船賃は大阪・神戸〜大連間で一等四二円・二等二四円・三等一二円だった（『南満洲鉄道案内』南満洲鉄道株式会社編、一九〇九年一二月二五日）。

朝鮮航路は一九〇七（明治四〇）年仁川〜郡山線、大阪〜馬山線を廃止して航路の合理化整理を行なった。鎮南浦安東県の解氷期以来、出回りが多かったことにより一時の不況を救うことができたが、暴徒の蜂起により米穀の積み出しが中止されたり、阻害されたりした。しかし、日本国内からの輸出は在韓日本人の増加と共に年々増加したので、航路の営業成績は相当の伸びを示した。〇八年に入って日本の米穀価が低落し、韓国米の輸出が阻害されたため、三、四月ごろには、豆粕の好況をしても、収益は遂に予定に達せず不況に終わった。韓国鉄道の完成により日本との連絡より生ずる運賃の低減は、大阪商船の経営に大きな不利益を招き、〇九、一〇年はただ現状を維持するだけの状態であった。しかし、その後、日韓併合によって官庁、政府の施設、民間力により朝鮮の生産力が増大したので、経営も向上した。朝鮮航路に属する船舶は咸興丸以下一六隻であった（『大阪商船』野村徳七商店調査部編、一九一一年四月）。

こう見て来ると、満洲航路はまだまだ朝鮮航路に及ばないので、佐治事務長が、

「満洲航路が朝鮮航路ほど繁盛すればいいのですが。」

と述懐したのも無理ない。大河平が

「中村総裁と御一緒のように伺いましたが。」

と言う。佐治事務長も、

「総裁と同じ船でお出でになると、聞いていましたが。」

と聞く。船長にサルーンの出口で出逢うと、

「総裁と御同行の筈だと誰か言っていたようでしたが。」

と質問された。三人ながら、「総裁」「総裁」と言うので、漱石も「是公《ぜこう》」とは言い辛く、五〇日間「是公」を倹約して、偉そうな「総裁」と大げさに角の立つ呼称で、味わいなく、親しみなく呼んでいたのであろう。

漱石はサルーンから出て左舷に立って見る。日本郵船の営口丸が煙を吐いて近付いてくる。営口丸は抜かれまいと思ってか、鉄嶺丸の進路を妨害する。ライバル会社なので、彼我共に負けじ

魂を燃やして挑んで来る。船と船との間隔がますます接近して、遂に接触衝突した。鉄嶺丸が摺り抜ける時、救命ボートがでんぐり返って落ちた。長い木が二本折れた。会社が異なれば、対抗意識をむき出しにして、相手を妨害するような子供じみた競争をして、旅客の危険を顧慮しないとは、恐れ入った海員魂である。鉄嶺丸に非があるか、はたまた営口丸に非があるか、わからないが、佐治事務長は衝突事故の始末書を書かなければならなくなった。事務長は漱石に、

「身をかわすの〈かわす〉という字はどう書いたら好いでしょう。」

と聞くので、

「そうですね。」

と言ってみたが、実は漱石も知らなかった。佐治は「本船は身を躱《かわ》したが」という一言の弁明を入れたかったそうである。

四日、船中に二〇歳を少し超えたイギリス人がいる。頗る縁の遠い妙な顔をしたブルドッグを引っ張って、甲板を歩いている。美しい青年としか思われないこの男、英国の副領事だそうだ。彼は甲板で犬を抱いて寝ている。自分が用のある時は、犬を椅子に縛り付けておく。

午前七時過ぎ、門司に到着。石炭を積み込む。福岡県産の筑豊の石炭であろう。

船長に逢う。前日の営口丸との接触事故の話をする。営口丸は先行して、鉄嶺丸が追い越そうとすると、終始妨害をしたという。少し舳《へさき》を開いてくれれば、訳はなかったという。鉄嶺丸は右にも左にも避けられない状態だったらしい。これから門司海事局に届けに行くそうだ。もし故意の仕業だとすれば、重大事件になると言う。

夕暮れ、対馬を見る。夜半、玄界灘を抜けるという。

五日朝、左舷に島嶼を見る。朝鮮半島の南部、西部の島々を縫って、西に向かい、さらに北上する。午後二時ごろ、朝鮮諸島を離れて、黄海に入った。

甲板で船長と談話する。船長は、

「これが最後の航海です。瀬戸内の水先案内の試験を受けるつもりで、東洋汽船を辞職しました。まだ試験がないので、一時この汽船に乗りました。一〇月に試験があるので、それを受けるつもりです。」

と言う。船長は南米航海の話をする。

「アメリカ通いの時、一等航海士としてテーブルに着いた者は私一人でした。その時、ヨーロッパ女性が私の顔を見てすぐ席を立って、黄色人の隣に座るのは厭だ、と言ったことが二度ありました。」

と言う。日本が、日清戦争さらに日露戦争に勝利したことにより、いやが上にも高まった黄色人種に対する脅威・警戒論、いわゆる黄禍論（yellow peril）がヨーロッパ女性に感覚的に人種的偏見として現れたのであろう。

晩餐の席上で前に座っている西洋婦人がしきりにキリスト教の話をし出す。漱石は迷惑千万とばかり、拒絶反応を示す。漱石はかつてイギリス留学に向かう航海中、ノット夫人や熱心な宣教師から執拗な布教、伝道を受けた。

「彼らは、愚かにも、吾人を偶像崇拝者と決めつけ、改宗させようと及ぶ限りの機会を捉えて怠りない。取り合わないに限る。」（岩波書店新版『漱石全集』第十九巻、「断片四Ａ」岡三郎訳）と記して、いかなる宗教をも許容する多元的な宗教観を披歴しつつ、

「所詮、宗教というものは信仰の問題であって、議論や理屈の問題ではない。」

と言っている。漱石は信仰に基づく宗教の安息や救済を充分認めながらも、執拗な布教活動には嫌悪、反発を感じていた。

大連港到着

九月六日（月）、朝眼が覚めるとバースberth（船の寝棚）から窓の中にジャンク（戎克。中国の沿岸や河川で用いられる伝統的な木造帆船）の浮いているのが見える。午後五時、漱石らを乗せた鉄嶺丸は、大連に着いた。大きな煙突が見える。大連発電所の大煙突はロシア統治時代に六五万ルーブルの巨費を投じて建設したもので、東洋一の煙突と称された。外海を航海する船舶は高さ約六八・六メートルの煙突によって大連を確認したという。
埠頭の桟橋にはたくさんの人が並んでいる。その大部分は中国人の苦力《クーリー》であった。
「一人見ても汚ならしいが、二人寄ると猶見苦しい。斯《か》う沢山塊《かたま》ると更に不体裁である。」「船は鷹揚《おうやう》にかの汚ならしいクーリー団の前に横付になつて止まつた。」「クーリー団は、怒つた蜂の巣の様に、急に鳴動し始めた。」（「満韓ところぐ」四）
この部分は漱石の民族意識の偏見として、常に批判の的に曝されるところである。漱石の率直

な感想だとしても、彼らクーリーたちは故郷山東省の農村から親兄弟と別れて、芝罘《シーフ》（現・煙台《イエンタイ》）・龍口《ロンコウ》・青島《チンタオ》の三港から出稼ぎに来て、港湾荷挙げ・人力車引きなどどんな苛酷な肉体労働にも耐える筋肉労働者であること、彼らの僅かな仕送りを待つ故郷の貧しい親・兄弟がいることにまで思いを致すことはなかったであろう。後に油房《ゆぼう》のクーリーが出てくるので、まとめて述べることにしたい。

大連埠頭の荷役

入国の際、検疫がある。

佐治事務長が来て、

「夏目さん、上陸したら、まずどこにおいでになりますか。」

と聞いた。漱石は、

「まあ、ひとまず、総裁の家へでも行ってみましょう。」

と答えた。するとそこへ背の高い、紺色の夏服を着た立派な紳士が出て来て、懐中から名刺を出して丁寧に挨拶をした。それは満鉄秘書役の沼田政二郎(38)であった。沼田は故郷の京都から老人を自宅に呼び迎えるために埠頭まで来ると、漱石が同じ船に乗船していると聞いて、わざわざ挨拶に来たのであった。沼田と佐治が交渉して、漱石を中村総裁社宅まで馬車で送ると言う。

岸壁には馬車や人力車が並んでいた。泥だらけの馬車は、日露戦争後、ロシア人が大連を引き揚げる時、このまま日本人に引き渡すのは残念だと言って、御丁寧に穴を掘って土の中に埋《う》めたのを、中国人が土の臭《にお》いを嗅《か》いで歩いて、とうとう嗅ぎ当てて、一つ掘っては大騒ぎし、二つ掘っては大騒ぎして、とうとう大連を縦横十文字に鳴動させるまで掘り尽くしたという噂があった。この噂はあらゆる噂のうちで最も巧妙なものであったと、誰しも認めざるを得ないほどの泥だらけの馬車であったと漱石は書いた。この比喩は当時の日本人間に本当に流れた噂だったかどうかわからないが、いかにも中国人を小馬鹿にした、滑稽の衣を着せた蔑視である。

その中に二台だけ、東京でも見ることのできないくらい、新しい綺麗な馬車があった。大連ヤマトホテルの馬車である。馭者《ぎょしゃ》は立派なリベリー livery（馭者制服）を着て、磨き上げた長靴を穿《は》いて、哈爾濱《ハルビン》産の肥えた馬の手綱をとって控えていた。佐治は漱石をその馬車の側まで連れて行って、

「どうぞ、お乗りください。」

と勧め、馭者には、

「総裁の御宅まで」

と言った。馭者は鞭を執り、馬車は鳴動の中に車体を揺るがせながら走り出した。

青泥窪《チンニーワ》・ダルニー・大連

大連は東青泥窪《トンチンニーワ》・西青泥窪《シーチンニーワ》・黒咀子《ヘイチユーズ》の三つの漁村からなる寒村であった。ロシアは三国干渉の代償として旅順・大連租借条約（一八九八年三月二八日）を締結し、二五年間の租借を行ない、ロシア東清鉄道会社土木技師ケルベッチの献策を容れて東青泥窪海岸に築港工事を起こした。そして、黒咀子の一隅に官庁街を建設し、東清鉄道を延長し旅順・青泥窪に接続し、地名をダルニー（遠方）と命名した。

市街はヨーロッパ街、中国街に分れ、ヨーロッパ街は商業区・別荘区・市民区・政庁区の四つとなり、ヨーロッパ街と中国街との中間に公園を作った。ロシアの都市計画が完成しないうちに日露戦争が起こり、日本軍占領後一九〇五（明治三八）年二月一一日、市街を大連と改名した。日露戦争後は軍政下にあったが、一九〇六年九月一日、関東都督府民政部が置かれ、その下に大連民政署が置かれた。市街はロシアの設計を踏襲し、官庁街を露西亜《ロシア》町とし、行政区・商業区・市民区を一般市街地とし、小崗子を中国人町とした。鉄道線路を跨り、一五万六七〇〇円を投じて鉄骨コンクリートの大橋を架し、日本橋と名付けた。大連の町名は、日露戦争の将軍・政治家の名や美濃・信濃のような日本の古国名が付けられた。

満鉄総裁社宅

馬車は総裁社宅の大きな玄関前で停まった。ロシア統治時代は行政長官（市長）サハロフの官舎であった大連露西亜町第一豪華な邸宅である。一九〇二年に竣工した地上三階、地下一階の煉瓦造り建築物である。当初は東清鉄道技師長官邸として建てられたが、後に技師長サハロフがダルニー市長を兼任したので、そのまま市長公邸となった。

満鉄総裁社宅（大連露西亜町）

石段を上って入口に立っていると、色の白い一四、五歳の給仕が、頑丈な樫の戸を内から開いて、漱石の顔を見て挨拶をした。

「総裁はもうお帰りか。」

と尋ねると、

「まだでございます。」

と言う。中村是公の妻千代子も病気で臥せっていた。その時、沼田秘書が来て、

「さあ、どうぞ。」

と中に招き入れてくれた。

ホールの突きあたりにある厚い戸を開くと、お寺の本堂のように、滅法広い、ただ一枚の絨毯で敷き詰められた大広間に導かれた。百人の賓客を招いて盛宴を張ることもできる広さである。応接用の椅子とテーブルがちょんぼり二個所に並べてある。沼田は漱石をその一方に導き席を与えた。仰向いて見ると、天井が無暗に高い。広間の入口には二階が付いていて、その二階からテーブル席は一目で見下ろせる。一階の天井兼二階の天井は共有で、吹き抜きになっているのである。この広い応接間は舞踏室にもなり、手摺付きの二階は楽隊の演奏する場所にもなる。

沼田は給仕を呼んで、方々に電話をかけさせて、是公の行方を問い合わせると、どうやら、米国東洋艦隊が大連港に停泊して、歓迎野球大会があるので、それを観に行っているかもしれないと言う。宿はやっぱりヤマトホテルがいいでしょう、ということになり、沼田がホテルまで案内した。

大連ヤマトホテル

大連ヤマトホテル(39)（児玉町）は満鉄経営の純フランス式ホテルであって、一九〇七（明治四〇）年八月、元ダルニーホテル（児玉町り区一〇番地）を増改築して客室一三室で営業を始めた。しかし、たちまち手狭になったので、一九〇九年満鉄本社（児玉町。現・団結街）移転の跡を改修して大連ヤマトホテルとした。

一八九八年ロシアが東清鉄道事務所として造った建物で、一九〇二年から〇四年五月までダル

大連ヤマトホテル（二代目 1909 年当時）

ニー市役所となり、日露戦争後、遼東守備軍司令部（〇四年）、大連民政署（〇五年六月〜）、関東都督府民政部（〇六年九月〜）、満鉄本社（〇七年〜）、二代目ヤマトホテル（〇八年〜）に転用された。漱石が宿泊したのは、ここ（後に満蒙資源館となり、新中国になってからは大連自然博物館となった）二代目ヤマトホテルである。ここも狭隘になったので、大広場（現・中山広場）に大規模なホテル建設を計画、一九〇九年六月工事に着手し、一九一四（大正三）年三月竣工、同年八月営業を開始した。漱石の大連滞在中、大広場前の大連ヤマトホテルはまさに普請中であった。この三代目大連ヤマトホテルは現在、大連賓館としてまだ使用されている。

ホテルのバスで、湯槽に浸かっていると、こつこつノックする者がいる。まさか赤裸で飛び出して部屋の錠を開ける訳にもいかないから、バスの中から大きな声で、

「おい、何だ。」

と用件を聞いた。すると、

「ちょっと、開けなさい。」

と言う声が聞こえる。漱石は身体全体から雫を垂らしながら、素っ裸でボルトを外すと、案の

定、是公が杖を突いてドアに立っていた。

「飯を食ったら、遊びに来なさい。」

と誘われたから、

「よろしい。」

と答えた。締めながら、

「おい、この宿は少し窮屈だね。浴衣を着てぶらぶらすることは、御禁制なんだろう。」

と聞いたら、

「ここがいやなら、遼東ホテルへでも行け。」

と言って、帰って行った。

　遼東ホテルは大連市信濃町（現・長江路）九五番地にあった和洋両式高級旅館で、経営者は山田三平（静岡県生）であった。始め、大山通にあったホテルが間に合わせだったので、一九〇六（明治三九）年四月、信濃町に二階建て一五〇坪新築建物を完成させた。〇八年には二葉亭四迷が宿泊している（二葉亭四迷「入露記」『東京朝日新聞』一九〇八年七月）。大連の発展により旅客が増加し狭隘になったので、〇九年秋、新館が竣工し、哈爾濱停車場で暗殺される前に伊藤博文も来泊するなど繁盛した。

国沢新兵衛（満鉄副総裁）

満洲館

夕食後、約束だから総裁社宅に馬車で行く。表に出ると、アカシヤの葉が朗らかな夜の空気の中にシーンと落ち着いている。馬の蹄の音は総裁社宅の玄関前で停まる。是公の社宅の屋根から突き出した細長い塔が、瑠璃色の大空の一部分を染め抜いて、大連の初秋が日本では見ることのできない深い色の奥に数えるほどの星を煌《きらめ》かせていた。

総裁社宅（後に満洲館と言われる）で、副総裁の国沢新兵衛[40]を呼び出す。

「今アメリカ艦隊が四隻大連港に来ているので、明日の晩、歓迎の舞踏会をする予定だから、お前も出ろ。」

と是公が勧めた。

「燕尾服も何も持って来てないから、だめだよ。」

と断る。

「じゃあ、俺の羽織袴を貸してやるから、日本服で出ろ。出て、まあ、どんな様子だか見るがいい。」

と、是公は何でも引き摺り出そうとする。

「羽織袴はいけないよ。」

と断った。翌日の昼、満鉄本社の二階で秘書役の上田恭輔《きょうすけ》[41]に、

「君の燕尾服を此奴《こいつ》に貸してやらないか。君のなら、ちょうど合いそうだ。」

と言った。上田もこの突然の相談に辟易して笑いながら、

「いいえ、私のは誰にも合いません。」

と断られた。

日本橋（大連）

日本橋

それから、今度は、是公が、

「これから倶楽部に連れて行ってやろう。」

と言った。夜も遅いとは思ったが、側にいる国沢も、

「行きましょう。」

と言うので、三人で涼しい夜の街燈の下に出た。広い児玉町（現・団結街）通りを一、二町来ると、日本橋（現・勝利橋）である。

　大連の日本橋は美濃町・信濃町（現・長江路）・伊勢町（現・友好路）・大山通（現・上海路）・監部通（現・長江路）・飛騨町（現・新生街）・乃木町（勝利街）・北大山通（現・上海路）・児玉町の

交差する、日露戦争後大連の中心地に架かった橋である。露西亜町への入口にあたり、橋を渡ると、北広場である。真正面に大連倶楽部の建物が見える。大連の日本橋は関東都督府大連民政署が他の建築工事に優先して起工した鉄骨石造りの橋梁であった。全長九七メートル、幅六・四メートルの五連アーチ橋、欄干の飾りは前田松韻《まつおと》設計のバロック様式で、大連で最長の橋である。工費当時の金で一五万六七〇〇円、一九〇八年から二年間の歳月を費やして成った。橋の下は川の流れではなく、南満洲鉄道のアジア・ヨーロッパ連絡列車が走っていた。西南一キロほどの大連駅から北に奉天（現・瀋陽）・長春・哈爾濱《ハルビン》に通じ、西に旅順へ行く。日本植民地の各地に日本橋ができたが、大連の日本橋はその権輿《けんよ》であろう。

大連倶楽部《くらぶ》

大連倶楽部[42]は一九〇五年三月、浄土真宗本願寺布教師によって、軍人軍属の慰安施設として北公園（現・北海公園）内に開設された。日露戦争後、満鉄が継承し、会員制の高級クラブとなった。一時大連民政署であった尖塔を持つ瀟洒《しょうしゃ》な西洋的建物に移転し、大改修を施し室内の装飾は贅美《ぜいび》を尽くした。会長は満鉄総裁を当て、大連在住内外の紳士をもって組織せられ、顕官貴賓、才子佳人双々《そうそう》相携えて集い、歓声は常に堂に満ちていたという。後に満鉄日本橋図書館となり、現在は大連芸術展覧館となっている。建物は一九〇〇年着工、〇二年竣工したドイツ風ハーフティンバー half-timbered 様式と呼ばれる三階建て建築である。

漱石・中村是公総裁・国沢新兵衛副総裁の三人は尖塔のある煉瓦造りの大連倶楽部に入った。撞球場は明るく電灯が点いているが、球の鳴る音はしなかった。読書室に入ったが、西洋の雑誌が整然と並べてあるだけで、ページを繰る手の影は、どこにも見当たらない。碁・将棋・カードをする遊戯場に入って、ソファーに腰をかけてみたが、閑散として人一人いない。

「今日は夜遅いので、西洋人がいなくって、つまらない。」

大連倶楽部

と是公が言う。是公の英会話の下手さ加減は天下逸品のものであるから、

「お前は平生ここに出入りして、赤髯と交際するのか。」

と漱石が聞くと、

「まあ、来たことはないな。」

と澄ましている。

「それじゃ、西洋人がいなくって、詰まらないどころか、いなくって、赤恥をかかず、仕合わせなくらいなものだろう。」

と言うと、

「それでも、おれはこの倶楽部の会長だよ。出席しないでもいいという条件で会長になったんだ。」

と呑気な説明をした。

会員の名札は確かに外国人のスペルが多い。国沢は大きな

会員簿を広げて、

「どうぞ、お名前を。」

と漱石に姓名を書き込ませた上、

「総裁、ここへ。」

と是公に促した。

「よろしい。」

と是公は答えて、漱石の名の前にproposed by Nakamuraと付けた。それに国沢が同じくseconded by Kunisawaと加えた。総裁の推薦と副総裁の賛成によって、漱石は大連滞在中いつでも、大連倶楽部に出入りする資格を得ることができた。

それから、三人は倶楽部内の中国人がやっているバーに行った。英語か中国語か日本語かわからない、ごちゃまぜの言葉で注文して、ジンをコカ・コーラで割った赤いジンコークを飲みながら歓談した。

酒に弱い漱石はすぐ酔って外に出ると、漆黒の夜空が一層濃く澄み渡り、今まで見たことのない、深く高い大陸の星影をはっきりと認めた。国沢がわざわざヤマトホテルの玄関に送ってくれた。正面の時計がちょうど一二時を打った時、国沢は、

「お休みなさい。」

と言って、帰って行った。あわただしい一日であった。

電気遊園

九月七日（火）朝、中村是公が迎えに来る。是公が、

「馬車を。」

電気遊園（大連伏見台）

と言うと、

「ブローアム（brougham 一頭立ての屋根付き四輪馬車。馭者台が外にある）にいたしますか。」

と給仕が聞いた。

「いや、開いたオープンがいい。」

と命じた。馭者台が外にある四輪箱型馬車では市内見物をするには、見晴らしがよくないので、屋根のないオープン馬車を要求した。漱石は石段の上に立って、ホテルの玄関から真っ直ぐ日本橋まで続いている児玉町の大通りを眺めた。秋の中国東北（満洲）の空気は、乾燥して透きとおり、道路も樹木も屋根も煉瓦も鮮やかにくっきりと見えた。

　漱石と是公は馬車に揺られながら、日本橋を渡り、市街地に入らず、右に切れて西に向かう。やがて、伏見台の岡の上

に高い方尖塔《オベリスク》obeliskが、白い剣のように切り立って、青空に聳えていた。鈍い赤屋根の白い建物の棟が見える。方尖塔の手前には白い橋が架かっていた。

「あれは何だい。」

と漱石が馬車の上で聞くと、

「あれは電気遊園と言って、内地にはないものだ。電気仕掛けでいろいろな娯楽をやって、大連の人に保養をさせるために満鉄でこしらえてるんだ。」

と是公は説明した。

「娯楽ってどんなことをやるんだ。」

とさらに聞くと、

「娯楽とは、字のごとく娯楽でさあ。」

と総裁もよく知らないようである。

「実は今月末に開会するんで、何をやるんだか、その日になってみなければ、総裁にもわからない。」

と澄ましている。開業前だったので、漱石たちは内部に入場することはできなかった。

大連電気遊園は満鉄が一九〇九年九月二六日開業した、日本国内にもない近代的レジャーランドの濫觴《らんしょう》であった。豊富な電力を贅沢に使って、一年間三六五日イルミネーションで不夜城を現出したのは、東アジアでは大連電気遊園あるのみと言われた。演芸館・射的場・ボーリングアレー・メリーゴーラウンド・ローラースケート場・動物園・植物園・噴水池・喫茶店・音楽堂・驢馬場・児童図書館・児童遊戯場などが設備されていた。入園料三銭。面積七万余平方メートル、一九三五年には入園者年間二百万人と言われた。

漱石は一九一二（明治四五）年一～四月、『彼岸過迄』「停留所」七で、「大連電気公園」に勤める森本を描いたが、漱石宅のお手伝いだった西村梅の兄西村誠三郎（濤蔭《とういん》）が一時、大連電気遊園に月給三五円の嘱託で勤務していたのをモデルに使った。

中央試験所（大連伏見台）

中央試験所

漱石たちは伏見台の中央試験所に着いた。中央試験所は一九〇七（明治四〇）年一〇月一二日、満洲における殖産工業及び衛生上の鑑定並びに試験に関する事項を司らせるため、関東都督府によって設立された。仮事務所を大連児玉町の元商品陳列館内に置き、翌〇八年一月、伏見台に移転し、以来研究所員の来任、機械器具などの整理を待って、同年六月試験規程を施行し、七月から業務を開始し、一般公衆の試験依頼に応じた。しかるに、事業はますます発展し、急速に設備を完成する必要に迫られ、一九一〇年五月、関東都督府管轄から南満洲鉄道株式会社所属に移管することになった。

漱石が来た〇九年九月は、まだ都督府管轄の終期で、半年後に満鉄に移管されたのである。まず、大豆豆油《だいずまめあぶら》精製室を見学する。

「これが豆油の精製しない方で、こっちが精製した方です。色が違うばかりじゃない。匂いも少し変わっています。嗅いでごらんなさい。」

と技師が二つの器を差し出すので、漱石は嗅いでみた。

「どんなことに用いるのですか。」

と聞くと、

「まあ、料理用ですね。外国では動物性油が高価ですから、こういうのができたら便利でしょう。」

と答えた。

「値段はどうですか。」

と尋ねると、

「たいへん安いです。これでオリーブ油の何分の一にしか当たらないんだから。そうして、効用は両方ともほぼ同じです。その点でみても甚だ重宝です。」

と自慢げである。

「消化はどうですか。」

漱石が聞くと、

「この豆油の特色は、他の植物性油のように不消化ではないです。動物性と同じぐらいに消化《こな》れます。」

と言われたので、胃病の漱石は嬉しくなって、

「やはり天麩羅などにできますか。」

と卑しいことを聞くと、

「無論できます。」

と答えたので、近き将来、豆油の天麩羅を食ってみたいと思って、その精製室を出た。出る時、

「お邪魔でも、これをお持ちください。」

と言って、細長い箱をもらったから、何だろうと思って、すぐ開けてみると、石鹸が三つ並んでいた。

「これはやっぱり同じ豆油の材料から製造した石鹸です。」

と説明されたが、普通の石鹸と別に変わったところもないようだから、ただ、

「なるほど。」

と言ったなり眺めていた。すると、

「この石鹸の面白いところは、塩水に溶解するから奇妙ですよ。」

と言ったので、急にもらって行く気になったので、箱の蓋を閉めた。

　次に製糸室に行く。ヤママユガ科の大形の蛾、柞蚕《さくさん》の繭から取った、淡褐色の糸を並べて、

「これが従来のものです。」

と色が黒いものを並べる。次に、

「こっちは精製した方で。」

と傍に並べて出されると、全く白い。その上、節なしにでき上がっている。

「これで織ったのがありますか。」

と漱石が聞いてみると、

「あいにくありません。」

と言う答である。

「もし織ったらどんなものができるでしょう。」

と聞くと、

「羽二重のようなものができるつもりです。」

と言う。

「値段は高いでしょう。」

と言うと、

「いや、値段は半分です。」

と言う。柞蚕《さくさん》から羽二重が織れて、それが日本の半額で買えたら、漱石も妻のお土産に買って帰りたいと思った。

次は醸造試験場である。高粱酒《コーリヤン》を出して、コップに注ぎながら、

「こっちが普通の方で。こっちが精製した方で。」

とまたやり出したから、

「いやあ、お酒はたくさんです。」

と下戸の漱石は断った。さすが酒好きの是公も高粱酒の比較飲みは、閉口と見えて、並製も上製も同じく謝絶した。

先日、タカジアスターゼの高峰譲吉が来て、高粱酒からウィスキーを作る方法を研究していたそうである。ウィスキーがこの試験所からできるようになったら、是公がさぞかし喜んで飲むことだろう、と漱石は思った。

次の部屋は陶磁器室であるが、ここは試験中で並製も上製もなかった。

中央試験所は、現在大連化学物理研究所になり、建物は大連市重点文物保護単位である。

中央試験所を出て、俗に虎公園と言われた西公園（後の中央公園。現・労働公園）の南、緑山の背後にある射撃場に行く。是公は鉄砲の話や二、三千円もかかった家をここに寄付した話をしきりにするが、漱石は胃が痛むので、頭に入らない。

鳥の鳴き競べ

そこへよごれた中国人が二、三人、綺麗な鳥籠を下げ

秋の西公園（大連）

てやって来た。

「中国人は風雅な者だよ。着るものもない貧乏人なのに、ああやって、鳥籠をぶら下げて、山の中を歩き回り、鳥籠を枝に釣るし、その下に座って、食うものも食わずにおとなしく聴いているんだよ。それがもし二人集まれば、鳴き競《くら》べをするからね。ああ、実に風雅なものだよ。」

と是公はしきりに中国人を賞《ほ》めている。

中国人は愛玩するペットとして、小鳥では鳩、虫では蟋蟀《こおろぎ》・キリギリス・鈴虫を飼育することが好きである。「提籠架鳥」と言って、朝早く老人たちが自慢の鳥籠を提げて、公園などに集まり、樹木の枝に鳥籠をぶら下げて、その鳴き声を楽しみ、数人集まれば、鳴き声を競う。好んで飼う鳥は、カナリヤ・ガビチョウ・ヤブヒバリ・ノゴマ・オガワコマドリなどであり、竹籠で飼うのが普通であるが、後にはしばしば曲尺型の枝木に止まらせて飼う。地方の人は早朝これらの小鳥を連れて林や野原を散歩して鳴き声を楽しんだ。

老舎《ろうしゃ》（満洲旗人の生まれ。一八九九〜一九六六）の戯曲『茶館』（一九五七年発表）第二幕では、ミヤマウグイスを飼う松二爺に、

「わたしが飢えても鳥を飢えさせるわけにはいきません。」

と言わせている。

また同じ老舎の自伝的小説『満洲旗人物語（正紅旗下）』（未完の遺作）の中に紅頬児《のどあか》（和名ノゴマ）と藍頬児《のどあお》（和名オガワコマドリ）などの小鳥を飼う老人を描いている。彼はただ一度だけ半年分の俸禄をはたいて一羽の真っ白い雀を買った。不幸にしてその白い雀の名声は北京中の大きな茶館

に行き渡ったばかりという時に、どういうわけか病気にかかって死んでしまった話（一）や、鳩の脚に小さな笛を付けて空中をブーンと音を立てて舞う長閑な風景（九）が出て来る。

漱石は胃が痛むのでポケットから口中清涼剤ゼム（東京日本橋山崎愛国堂製）を出して飲んだ。

立花政樹再会

一九〇九年当時、大連税関は大広場（現・中山広場）の北、大山通（現・上海路）二丁目と愛宕町（現・同興街）との交差するところにあった。立花政樹が清国大連税務司になっていると聞いて、漱石も驚いた。立花は帝国大学（現・東京大学）英文学科の第一期生で漱石の唯一人の先輩である。九年前の一九〇〇（明治三三）年九月、漱石が英国に留学渡航途上、上海で出会って以来の再会であった。その時、立花は上海の江海北関で清国総税務司サー・ロバート・ハート Sir Robert Hart（一八三五〜一九一一）の部下として、上海の税務に携わっていた。本著でも立花と漱石が上海で再会したことについては既に述べた。漱石は大連に来るまで、立花が大連に赴任していたことを知らなかったので、思いがけなかったのである。

立花銑三郎（学習院教授）

漱石の「満韓ところぐ」（十）では、帝大文科生時代の回想として、筑後柳河藩出身の立花政樹を「政樹公」と

満鉄本社（大連東公園町）

いい、同姓の筑後三池藩出身の立花銑三郎《せんざぶろう》[43]を「銑さん」と言い慣わしていたことを、懐かしく思い出している。

漱石と是公の二人は馬車を降りて、大山通りの税関に入ってみると、立花は不具合で早退したと言う。

満鉄本社

そこで、馬車で満鉄本社（東公園町。現・魯迅路。大連鉄道責任有限公司）に向かい、玄関前に横付けにした。

一九〇六（明治三九）年一一月、南満洲鉄道株式会社が設立された時は、本社は東京市麻布区狸穴《まみあな》四番地にあった。翌〇七年三月、本社を大連児玉町元民政部跡（ロシア統治時代はダルニー市庁。漱石大連来訪時は大連ヤマトホテル）に移転した。そして、狸穴の元本社を東京支社とした。〇九年二月、本社を東公園町に移転したのである。

この建物はロシア統治時代商業学校建築の目的で着手して半年の建物を修築したもので、外観は宏壮とは言い難いが、内部は清浄美麗であった。

二人は二階に上り、重役室（理事室）に入る。東京支社以外の重役は皆出勤していた。是公から一人一人紹介される。そのなかに以前会ったことがある田中清次郎(44)がいた。

「どうです。初めて大連にお着きになった時の感想は。」

と聞かれたので、

「そうですね。船から上ってこっちに来る所は、まるで焼跡のようじゃありませんか。」

と漱石は正直なことを遠慮なく言うと、田中は、

「あすこはね。軍用地だものだから建物をこしらえる訳にいかないんで、誰もそういう感じがするんです。」

と教えられた。日露戦争後の廃墟が、まだ戦後処理されずに軍用地のまま、廃墟として残っているのである。

　正午になって、食堂に案内された。

「ここへ。」

田中清次郎（満鉄理事）

川村鉚次郎（満鉄調査課長）

と言う席に座ってサーヴェットserviette（テーブルナプキン）を取り上げると、給仕が来て、

「それは国沢副総裁のですから、ただいま新しいのを持ってまいります。」

と言った。食堂は二階にある大広間で、晩になると、舞踏会が開かれるほど広い。社員全体が集ってもいいほど広いが、今ここで食事をしている人数は三〇人程度に過ぎない。この人数から推測すると、上級の社員しか、入れない制限があるかと想像したが、誰でも入ることができるそうである。

料理はヤマトホテルから取り寄せるそうで、同席の三〇余人が同じ皿で食べていた。当時、一流ホテルの西洋料理をランチに取り寄せて食べるということは、日本では超一流サラリーマンの贅沢な昼食であっただろう。漱石は胃が痛むので、ナイフとフォークを人並みに動かしてはいるものの、肉や野菜を無理やり咽喉の奥に流し込んだ。

「一つ、どうです。」

と向かい側にいた田中が、瓢簞《ひょうたん》形の西洋梨を勧めたが、漱石は胃が痛んで手を出す勇気すらなかった。漱石はこの満韓旅行中しばしば胃病に苦しむ。

先刻、重役室で川村鉚次郎《りゅうじろう》(45)調査課長が入って来た時、是公が漱石を紹介して、

「川村さん、満鉄の事業の種類その他について、後でこの夏目君に説明してください。」

と言ったので、漱石はやむを得ず、調査課に行って、川村に挨拶した。

「まあ、お掛けください。」

と椅子を勧めながら、

「何を御調べになりますか。」

と正面から聞かれると、何を調べると言うほどの目的があるわけではないので、この質問には戸惑ってしまう。

「どういう方面の研究をやるのか。」

と真面目に真っ正面から聞かれると、まごついてしまう。決して悪気があって、冷やかしに来たわけではないので、しかつめらしい顔をして、

「満鉄のやっているいろいろな事業一般について知識を得たいと思いまして。」

と敬意を払って述べた。

するとそこに大きな印刷物五、六冊が運ばれて来た。見ると、第一回から第五回までの営業報告である。今この胃の痛い最中に、この大冊の営業報告を研究しなければすまないことになっては、到底耐えきれるわけがない。漱石は一計を案じて、

「私は専門家ではありませんので、そう詳しいことを調査しても、とてもわかりますまい。皆さんがいろいろな方面でどんなふうに働いておられるか、ざっとその状況を見せていただければ、結構ですから、縦覧すべき個所を御面倒でもちょっと書いてくださいませんか。」

と大部の営業報告を読まなくてもいい怠惰な一工夫を口にした。

俣野義郎《またのよしろう》――「吾輩は猫である」の畸人《きじん》・多々良三平

ところがどこからか、突然妙に小さな男が現われて、

「やあ。」

と声をかけて来た。見ると俣野義郎（一八七四～一九三五）である。俣野は漱石が熊本の五高で英語教授をしていた時、漱石宅（飽託《ほうたく》郡大江村）に書生として下宿していた教え子である。

漱石が「吾輩は猫である」を『ホトトギス』に書いた時、小説の中に、

「是は筑後の国は久留米の住人多々良三平君が先日帰省した時御土産に持つて来た山の芋である。」（五）

と書いたことがある。そのモデルが俣野義郎（久留米市東櫛原町生。福岡県尋常中学明善校卒）である。「吾輩は猫である」の多々良三平は久留米に帰省して東京に戻り、かつて書生をしていた時の恩師珍野苦沙弥先生の家に、故郷の土産の山の芋を寄贈した。

俣野義郎（満鉄鉱業課）

その夜、泥棒が入り山の芋の入った箱を宝の箱と勘違いして盗んで行った。翌朝、多々良が苦沙弥先生宅を訪ねる。

「久留米の山の芋は東京のと違うてうまかあ。」

と三平君がお国自慢をする。細君は山の芋をもらった御礼を言い、泥棒に盗まれたことを報告する。

「ぬす盗（盗人）が？　馬鹿な奴《やっ》ですなあ。そげん山の芋の好きな男がおりますか？」と三平君は感心する。

「山の芋ばかりなら困りゃしませんが、不断着をみんな取って行きました。」

「この猫が犬ならよかったのに。――猫は駄目ですばい。飯を食うばかりで。ちっとは鼠でも捕りますか。」

「一匹も捕ったことはありません。」

「早々棄《す》てなさい。私が貰って行って煮て食おうか知らん。」

「あら、多々良さんは猫を食べるの。」

「食いました。猫は旨《うも》うござります。」

下等な書生のうちには猫を食うような野蛮人がいると聞いて「吾輩」は「人を見たら猫食いと思え。」と驚いた。そこへ苦沙弥先生が出て来た。

「先生、泥棒に逢いなさったそうですな。なんちゅう愚なことです。」

「はいる奴が愚なんだ。」

「はいる方も愚だばってんが、取られた方もあまり賢くはなかごたる。しかし一番愚なのはこの猫ですばい。鼠は捕らず泥棒が来ても知らん顔をしている。――先生、この猫を私にくれなさらんか。こうして置いたっちゃ何の役にも立ちませんばい。」

「やってもいい。何にするんだ。」

「煮て食べます。」

苦沙弥先生は猛烈なこの一言を聞いて、胃弱性の笑いを洩らした。

多々良三平が再登場するのは、「十一」である。

「先生、胃病は近来いいですか。こうやって、うちにばかりいなさるから、いかんたい。」

「まだ悪いとも何とも言いやしない。」

「言わんばってんが、顔色はようなかごたる。先生、顔色が黄ですばい。」

そこで三平君の買って来たビールを先生は、迷亭、独仙、寒月、東風らと飲む。

猫の「吾輩」は客の帰った後、勝手に廻って盆の上の飲み残しのビールを舐めてみる。最初は舌の先が針に刺されたようにぴりりとしたが、やがて飲むに従って楽になり、ふらふら、よたよた陶然となり、愉快な気持ちで歩いているうちに、水甕の中に落ちた。「吾輩」はもがいていたが、やがて抵抗しないで自然の力に任せることにして、不可思議の大平に入って死ぬ。

漱石が「吾輩は猫である」を書いた時、「筑後の国は久留米の住人多々良三平」という畸人を描いた。当時、俣野義郎は三井鉱山合名会社（『猫』では「六ッ井」ともじっている）の三池炭鉱（大牟田市）に在勤していたが、どういう間違いか、多々良三平は即ち俣野義郎であるという評判がぱっと立った。しまいには俣野を捕まえて、

「おい、多々良君。」

などと言う者がたくさん出て来たそうである。

そこで俣野は大いに憤慨して、至急親展を漱石に送り、ぜひ取り消してくれと請求した。漱石も気の毒に思ったが、多々良三平の件を全面削除しては全巻を改版することになるから簡潔明瞭に、

「『多々良三平は俣野義郎にあらず』と新聞に広告してはいけないか。」

と照会したら、俣野は、

「いけない。」

と断って来た。それから三度も四度も猛烈な抗議文を送った後、次のような条件を出した。

「自分が三平と誤られるのは、双方とも筑後久留米の住人だからである。幸い、肥前唐津に多々良の浜という名所があるから、せめて三平の戸籍だけでもそっちに移してくれ。これだけはぜひお願いする。」

とあったので、漱石はとうとう三平の戸籍を肥前（佐賀県）唐津の住人に改めた。従って、『ホトトギス』（一九〇五年七月号）や『吾輩ハ猫デアル』の初版では「久留米の住人」となっているが、六版からは「唐津の住人」に改められた。しかし、一九一一年七月の縮刷版ではまたもとの「久留米の住人」にもどされたが、その事情はよくわからない。実は、「多々良の浜」は肥前唐津ではなく、筑前福岡にあるのを誤ったものであろう。

　漱石は俣野によほど手を焼いたと見えて、門下生の鈴木三重吉に、

「当人は人格を傷けられたとか何とか不平をいふて居る。呑気なものである。人身攻撃も文学的滑稽も区別が出来ないで自ら大豪傑を以て任じて居るのは余程気丈の至りだと思ふ」

と手紙（〇五年一二月三一日付）を書いた。

　この因縁浅からぬ俣野義郎に、満洲でひょっこり出会うとは、全く思いも寄らないことであった。俣野が熊本の五高生の頃、漱石宅（飽託郡大江村）に下宿して、野放図な傍若無人の生活ぶ

りで漱石夫妻を悩ませていたが、憎めぬ人情深さもあり、ロンドン留学中の漱石は常に貧乏な俣野を気にかけ、

「たまに来たら焼芋でも食はしてやるがいゝ」（〇一年一月二四日付）。

と妻に言い送っていた。

東京帝国大学法科大学に入学しても学資途絶し、大蔵次官田尻稲次郎邸の書生として世話になり、一九〇四（明治三七）年七月英法科を卒業、直ちに田尻の推薦であろう、大蔵省官吏を拝命したが、一〇月には辞任、三井鉱山部に入社、三池炭鉱に勤めて、〇七年には「己れの志を遂げるには、日本国内では狭い、広い中国にあり」と感じて、満鉄に入社、大連に渡った。

俣野は日本を去る時、本郷区西片町の漱石宅を訪ね、離別の挨拶をした。漱石は俣野に俳句を与えた。

「送俣野学士之満洲　雲の峰雷を封じて聳えけり　夏目漱石」

とあり、

「留別　顧りみもせでひた走る雲の峰　俣野節村」

と返している（一九〇七年七月三一日付『東京朝日新聞』「朝日俳壇」）。ただし、漱石の「雲の峰」の句は、新句ではなく、『ホトトギス』（一九〇三年七月号）に既に出ている。漱石が揮毫《きごう》した「雲の峰」の句は俣野の『陽関帖』に残され、今次大戦後、遺族が大連より持ち帰った（拙著『喪章を着けた千円札の漱石―伝記と考証―』笠間書院。一五三頁）。

俣野は満鉄では鉱業課に勤務し、鉱業課は満鉄が経営する撫順炭坑を担当するので、撫順に出

張することも多かったのであろう。漱石は俣野が撫順に住んでいると、思っていたらしい。後に奔放不羈《ふき》の俣野は、微温湯《ゆるまゆ》的生活に飽き足らずして満鉄を退職、独立し特許弁理士を開業して、一九一三（大正二）年二月、奉天の撫順炭特売店共益公司出資社員となり、一九一九年九月義昌号を興し、満鉄撫順炭特売人となって、二三年九月、合資会社に改め、その代表社員となり、二四年一一月、関東州大連市議会議員となった。

その後、撫順にいると思っていたら、大連で再会したので、漱石は驚いた。昔日の多々良三平紛議《ふんぎ》を忘れて、俣野は漱石を歓迎、二、三日は朝から晩まで懇切に市内を案内して廻って、旧歓を暖めることができたので、望外の満足であった。

なお、漱石は「満韓ところぐ＼」では、「股野」と書いているが、「俣野」が正しい。また、「満韓ところぐ＼」では「多々羅三平」とあるが、「吾輩は猫である」では「多々良三平」である。

俣野義郎（節村）の著書として『偉人の言行』（大学館、一九〇〇年一一月）、編著としては『紅葉青山・美文散文』（大学館、一八九九年一〇月）、『江山烟雲・美文散文』（大学館、一八九九年一一月）、『名家七絶日本風景詩集』（大学館、一九〇〇年一月）、『日本風景文範・古今大家』（大学館、一九〇〇年四月）、『相続税法要義』（同文館、一九〇五年一月）などがある。

舞踏会――是公の演説

その夜は本社の食堂で米国東洋艦隊歓迎の舞踏会をするので、準備中であった。雨が降って来たので、人力車を雇ってホテルに帰る。俣野が送ってくれる。胃がしきりに痛むので、部屋のソファーに横たわっていると、窓を打つ雨の音が次第に激しくなってきた。ポケットから歌麿の美人画を印刷した、絵葉書くらいの大きさの招待状には中村是公同夫人連名で、夏目金之助を招待している。寝室に食事を取り寄せ、肉汁《ソップ》を飲んで、入浴の準備を頼んだ。川崎造船所の須田綱鑑大連出張所長が来て、

「夕食を一緒に召し上がりませんか。」

と誘われたが、腹が痛むので、残念ながら辞退した。「漱石日記」では「須田綱雄」と書いているが、誤りで、『漱石全集』第十二巻（第二刷、二〇〇三年三月六日）「注解・桶谷秀昭」でも「須田鋼鑑」と誤っていたが、『定本漱石全集』第十二巻「小品」（二〇一七年九月八日）注解では「須田綱鑑」と正された。

うつらうつらしていると、給仕頭が来て、

「只今、総裁からのお電話で、今夜の舞踏会においでになられるか、お伺いせよということでございますが。」

と言うから、

「腹が痛くて、行かれない、と返事をしてくれ。」

と頼んで寝てしまった。

夜中眼が覚めると、雨はいつの間にか上がって、磨き上げたような綺麗な空が、一色に広く見える中に、明るい月がくっきりと出ていた。漱石はガラス窓越しに大きな明らかな月に向かって、

是公のために今夜の舞踏会の成功を祈った。

翌日、是公に聞くと、その夜舞踏会が終わった後で、多数のアメリカ士官と共に大連倶楽部のバーに繰り込んだそうである。士官たちが是公に向かって、今夜の会は大成功だったとか、楽しかったとか、口々に賛辞やら世辞やらを呈したので、是公はやむを得ず、大声を張り上げて、

「Gentlemen!」

と叫んだ。すると今までがやがや言っていた人々が、総裁の演説でも始まると思って、満場は水を打ったように静まりかえった。総裁が何を演説するのかと固唾《かたず》を飲んで、最初の一言を聴き逃すまいと待ちかねていた。ところが、ゼントルメン以外の英語が一言も出て来ない。英語という英語は、是公の頭の底からことごとく酒で洗い流されてしまっているので、出て来ない。仕方がないので、ゼントルメンの次に、

「大いに飲みましょう。」

と日本語で怒鳴った。

「ゼントルメン、大いに飲みましょう。」

では、大部分のアメリカ人に通じるわけがないが、そこがバーのバーたるところで、

「ゼントルメン、大いに飲みましょう。」

とやるや否や、士官たちがわあっと言って、是公を胴上げにしたそうである。

「ゼントルメン、大いに飲みましょう。」は、アメリカ語として士官たちに立派に通じたと、是公は信じているだろう。通じた証拠には、胴上げをしたじゃないかと、是公は酔うと言いかねな

いほど剛毅な男であった。

九月八日（水）。朝起きると、もうよかろうと思って、胃の近くに神経を張り巡らせて、探りを入れてみると、やっぱり変である。何だか自分の胃が朝から自分を裏切ろうと企んでいるような不安がある。さて、どこが不安だろうと、局所を抑えにかかると、どこも反応しない。ただ曇天の空のように、鈍痛が薄く腹一面に広がっている。漱石は苦い顔をして食堂に降りて、朝食をすませて、部屋でぼんやりしていると、川村がドアまで来て、

「今夜、満鉄の重役松木さん（不明。岡松参太郎の誤りか）が主人役になって、夏目先生・橋本左五郎先生を料亭の扇芳亭にご招待したいそうです。」

と言う丁寧な挨拶である。

扇芳亭

この扇芳亭は大連市浪速町四丁目にあり、経営者は三重県多気郡留川村生まれの岩間芳松であった。九歳で書家の父を失い、一一歳で東京に出て、料理を修業研究して、一八九〇（明治二三）年独立して、芝御成門《おなりもん》前に料理店を開業、上流夫人令嬢に家庭料理法を教授し、華族女学校（後の女子学習院）の割烹《かっぽう》術講師として奉職した。女学校課程の一つに料理法を加える端緒を開いた。鶏肉ソップの製法の創始に関わり、和洋折衷新式料理を開拓した。一八九四、九五年頃、烏森に居を移して、大いに産をなした。一九〇五（明治三八）年大連に来て、ロシア人所有の家

屋を買収改築し、江戸趣味をもって大いに名声を博した。妻国子の接客よろしきを得て、日露戦後の未だ血腥《ちなまぐさ》い荒涼たる無風流の天地に酒色以外の味覚の快感を知らしめた。一九一三（大正二）年には大広間を増築し「満洲」屈指の大料亭としてその名を馳せるに至った（『満洲十年史』附録「成功せる事業と人物」一九一六年三月三一日再版）。

なお、一九〇九年九月九日付「漱石日記」では「扇芳亭。下等料理茶屋」とあり、岩波書店『定本漱石全集』第十二巻（二〇一七年九月八日）「満韓ところぐ〳〵」「注解」六九七頁でも扇芳亭が下等料理茶屋であるかのように読めるが、「漱石日記」の「扇芳亭」と「下等料理茶屋」は、上から読んでいけば、別物であることが明白である。満鉄が当代一流の文豪を下等料理茶屋に招待するはずがない。扇芳亭は大連第一流の料亭だったのである。

「どうも折角のお招きですが、実は胃の調子が悪いので。」

と満鉄の招待を丁重に断る。

「実は総裁も今夜は所労で出られません。」

と川村は言って帰った。

川村が帰るや否や、俣野が案内もなくやって来た。この日は襟の開いた洋服を着て、白いシャツと白い襟を掛けて盛装しているので、感心した。俣野と話していると、また客が現れた。ボイ――漱石はboyを「ボーイ」とは読まず、必ず「ボイ」と短く読ませた。作品中でも必ず「ボイ」と書いた――が持って来た名刺を見ると、「東北帝国大学農科大学教授　橋本左五郎」とあったので、「おや。」と思った。

橋本左五郎——何ぞ憂へん席序下算の便

一八八三(明治一六)年頃、橋本とは、神田区駿河台の成立学舎で東京大学予備門受験準備のため、小石川区極楽水の側の新福寺の二階を借りて、毎月二円の自炊生活をしていた仲である。一等米を焚き、一日おきに一〇銭の牛肉を七名で食った。大鍋にさや豌豆《えんどう》をろくに洗いもしない火箸で掻き回して煮て食った。

「左五、左五。」

と呼んでいた橋本は英語や数学が漱石よりも勝れていた。八四年九月、予備門入学試験の時、代数が難しくて途方に暮れ、そっと隣の橋本から教えてもらったお蔭で合格した。ところが、教えた橋本は見事に不合格になり、一二月の二次試験でやっと入学した。

橋本左五郎
(東北帝国大学教授)

予備門では数学はできるまで黒板の前に立たされるのを常としていた。漱石は毎回一時間ぶっ通しに立ち往生し、脚が棒のようになった。みんなが代数の教科書を抱えて、

「今日も脚気になるかな。」

と言って教室に出かけていた。試験の成績が掲示されると、一人で見に行くのは恐いから、皆を駆り出して、

揃って見に行った。するとことごとく六〇点台で際どく引っかかっている。ある時、威勢のいい橋本が漢詩を作って一同に示した。韻も平仄《ひょうそく》もない長い詩であった。

「何ぞ憂へん席序下算の便」

という句が出て来たが、誰も意味が分らなかった。訊いてみると、席順を上から勘定しないで、下から計算する方が便利である、という意味であった。

八五年七月、漱石は幾何学の成績悪く、腹膜炎を患い学期試験を受けることができず、追試験を申し出たが、結局留年してやり直すことになった。橋本は落第したので、諦めが早くあっさり退学して、海軍兵学校か札幌農学校か迷ったが、先に試験を受けた農学校に入学した。八九年七月、札幌農学校を卒業し、同校助教授となり、九五年五月、畜産と畜産製造学研究のためドイツに留学し、一九〇〇年六月帰国し、八月札幌農学校教授に任ぜられ、〇七年改組されて、東北帝国大学農科大学教授に任命されたのであった。

この橋本が満鉄の依頼でモンゴルの畜産事情調査をして、大連に戻ったばかりであった。昔は慓悍《ひょうかん》の相があり、剽軽《ひょうきん》でかつ苛辣《からつ》であったが、今は落ち着いて慇懃《いんぎん》な教授である。

八日の午前中は、俣野の案内で諸方へ見物に行く。多分、まず最も近代的に整備された大連医院を観に行ったことだろう。

大連医院

川村調査課長と俣野が見学すべき場所を表にしてくれた。その第一の大連医院は日露戦争時、ロシア軍が使用していた野戦病院を、戦後日本陸軍が使用し、関東都督府所管となっていた。一九〇七（明治四〇）年四月一日満鉄営業開始と同時に、満鉄直営の「大連病院」を山城町（現・烟台街）に設置した。〇九年三月、「病院規程」を「医院規程」と改訂して満鉄社員も一般人も診療する制度に改め、「大連病院」を「大連医院」に改称した。今日、日本では「医院」というとベッド数の一九床以下の小規模の個人経営（医療法人）の診療所を指し、ベッド数の二〇床以上の大規模な大学附属病院などを「病院」という。中国では「病」という文字を忌み嫌って、大規模な医療施設でも大学附属

満鉄大連医院（山城町）

医院のように「医院」という中国式に倣《なら》ったものか。大規模に飛躍的発展を遂げたにもかかわらず、「大連病院」は「大連医院」と改称した。

大連医院は、内科・外科・耳鼻咽喉科・眼科・小児科・産婦人科・歯科があった。入院料は一日特等一〇円、一等五円、二等三円、三等一円五〇銭（食事付）であった（『南満洲鉄道案内』

一九〇九年一二月発行）。

一九二六（大正一五）年三月、南山麓（神明町。現・中山区解放街六号）に鉄筋コンクリート煉瓦造り六階建て、五八〇床、東洋一の大病院（現・大連鉄路医院）となった。山城町の旧大連医院は移転後、工業博物館になった。

夜、中村是公から電話があり、話に来いと言う。午後八時過ぎ、総裁社宅に行って、法螺を吹いて、一二時にホテルに帰った。

満鉄社宅（近江町）

近江町の満鉄社宅

漱石は「満韓ところ〴〵」では、「近江町の合宿所」と書いているが、西広場（現・友好広場）の南部にある近江町（現・友好路）の「満鉄社宅」のことである。俣野義郎の自宅は近江町の満鉄社宅にあった。

満鉄は一九〇八年近江町に約三・六三ヘクタールの土地に社宅三〇棟二階建て、戸数二八〇戸を新築入居した。街区を区切り、庭が造られ、イギリスの郊外住宅のテラスハウスを思わせる風格があったという。
俣野はこの近江町の社宅の自宅に漱石を招いたのである。

北公園

日本橋（現・勝利橋）より北大山通（現・上海路）を北の露西亜町波止場に向かって行くと、西側（左側）に北公園があった。最初、ロシア東清鉄道会社によって経営されたが、一九〇七年満鉄が完成させた。周囲約七六三メートル、瓦壁で周囲をめぐらし、庭園式で園内は狭く遠望はきかないが、胡藤鬱紆《ことううつう》として春は香しく夏は涼しく、大鹿は人に馴れて戯れ、鳥や魚は子供に親しんで驚かない。宛然たる小動物園として専ら女性子供に歓迎せられ、園内には別に弓道場・スケートリンク・テニスコート・器械体操場・クラブ室などがあって、時々競技会があるたびに多数の人が来遊した。料理店「北園」があった（『南満洲写真大観』『南満洲鉄道案内』）。現在は北海公園という。

北公園（大連露西亜町）

川崎造船所

一八六九（明治二）年八月加賀藩関係者が兵庫製鉄所を設立、七一年二月バルカン造船所を買収し、工部省製作寮兵庫製作所を設置、七二年工部省が兵庫製鉄所を買収、兵庫製作所と合併し、七三年四月、東川崎町に移転して、兵庫造船局となった。

一八七八（明治一一）年四月、川崎正蔵が「川崎築地造船所」を東京築地に開設した。八一年三月「川崎兵庫造船所」を神戸市東出町に開設した。八五年一二月、兵庫造船局は農商務省工務局「兵庫造船所」と改称した。八六年五月「兵庫造船所」の払い下げを受け、「川崎造船所」と改称、「川崎兵庫造船所」を合併、九月川崎築地造船所は閉鎖した。

川崎造船所（大連浜町）

一八九六（明治二九）年一〇月株式組織に改め、「株式会社川崎造船所」を設立した。一九二六年現在で資本金九〇〇〇万円（内払込五六二五万円）、社長松方幸次郎、副社長川崎芳蔵、本社は神戸市東川崎町三丁目一四番地、工場は神戸市東池尻町にあった。一九三九（昭和一四）年一二月、「川崎重工株式会社」となった。

大連出張所は、大連港を望む大連市浜町四〇番地にあった。創設一九〇八（明治四一）年七月以来、出張所長は漱石も会った須田綱鑑であったが、一九一五（大正四）年転出した。ロシア統治時代にロシアの設計起工した船渠《せんきょ》（ドック）は、日露戦争後、海軍防備隊の所管に移ったが、満鉄の創立と共に造船所は満鉄に継承され、一九〇八年七月、満鉄と川崎造船所との間に契約を締結して川崎造船所に貸渡し、造船所は大連出張所を設けて経営することになった。現在は大連造船重工有限責任公司となっている。

北公園を出て、俣野から満鉄社員倶楽部に連れて行かれた漱石は、謡の先生の月給が一五〇円だと聞いて驚いた。教師時代の漱石が、東京帝大から年俸八〇〇円、一高から七〇〇円計一五〇〇円で、月給に直すと一二五円だから、外地に勤務する者の高収入に驚くのは当然である。『値段の明治大正昭和風俗史　上』（朝日文庫）によると、小学校教員初任給は明治三三年一〇～一三円で、大正七年一二～二〇円とあるので、明治四一年は一五円前後か。国家公務員（高文・I種・総合職）初任給では明治四〇年五〇円、明治四四年五五円であるから、明治四一年は五三円程度か。謡の先生の一五〇円が当時の常識から言って、いかに高給だったかがわかる。

俣野に案内されて漱石は、川崎造船所の事務所に入って、所長の須田綱鑑に挨拶をする。前日、須田から晩食を誘われたが、胃の調子が悪く、残念ながら断っていた。そのお詫びを言う。

事務所の前はすぐ海で、ドックの中は蒼く澄んでいる。

「あれで何トンの船が入りますか。」

と聞くと、

「三千トンぐらいまでは、入れることができます。」

と須田は答えた。ロシアから継承当時のドックは、長さ三八〇フィート（約一一六メートル）、幅四二フィート一一インチ（約一三メートル）くらいで、三千トン級の艦船をドックに入れる程度の能力しかなかった。大連港の発展に伴って拡張の必要に迫られ、一九一三年改修を行ない、長さ四二〇フィート（約一二八メートル）、幅五一フィート（約一六メートル）となり、六千トン級の大船のドック入りが可能となるのは、まだ後のことである。

漱石は、高く昇った太陽がまともに水の中に射し込んで、動きたがる波を、じっと締め付けているように静かなドックの中を、窓から見下ろしながら、夏の真っ盛りにこの大きな石で畳んだような風呂に入って泳ぎ廻ったら、さぞ愉快だろうと思った。

大連発電所

「今度は、どこに行くのだ。」

と聞くと、俣野は、

「今度は発電所に行きましょう。」

と言う。

鉄嶺丸が大連港に入った時、先ず最初に漱石の眼に赤く真っ直ぐに映じたものは、発電所の高い煙突であった。船客たちは、

大連発電所（浜町）

「あれが東洋一の煙突だ。」
と言っていた

ロシア統治時代に六五万ルーブルの巨費を投じて建設したという大連発電所は、大連市の北隅浜町の一角にあり、直立して蒼穹《そうきゅう》を摩して屹立《きつりつ》している。煙突の内径一五フィート（約四・五七メートル）、高さ二二五フィート（約六八・六メートル）の、東洋第一という発電所である。前述の通り、外海を航海する船舶は、この煙突を発見することによって大連を確認したという。

満鉄がロシアから継承した時は、発電能力七五〇キロワット（二五〇キロワット発動機三台）しかなかったが、施設旧式で小規模、不経済で効率が悪く、到底将来の需要に応ずることはできないと古い機械を撤廃し、マッキントッシュ会社製千キロワット、ヴァチカルコンバウンド汽機に直結する発動機三台及び水管式汽罐を新設する計画を立て、一九〇七（明治四〇）年一〇月機械の購入及び改造の設計に着手し、一九〇九（明治四二）年九月、第一号機据え付けが先ずなった。その後、電力の需要が急速に激増して電力不足となり、発電機を増設し、新鋭化したので、一九一九（大正八）年には発電能力四五〇〇キロワットを算するに至った。

中に入ると凄まじい、恐ろしい轟音で到底尋常な会話はできない。煙突の一部分は、天井を突き抜いて、青空が見えるようにして、四方の壁を高く積み上げていた。漱石は工業世界では文学者の頭以上に崇高なものがあるなと感心したが、余りの騒音に耐えられず、すぐその棟を飛び出した。

漱石に発電所の近代的な施設の案内をさせようと、技師を探しに駆けずり回っていた俣野は、とうとう見付けることができなかった。

関東総督府・関東都督府民政部と大連民政署・旅順民政署

九月九日、旅順から電話がかかって、

「いつ旅順に来るか。」

という問い合わせである。

「おい、誰がかけてくれたんだろうな。」

と橋本左五郎に聞いてみると、

「そうだな。」

と言うばかりでさっぱり要領を得ない。

「おい、名前はわからないのか。」

とボイに尋ねてみると、ボイは依然として、

関東都督府民政部（旅順新市街）

「民政部からと言ってかけてまいりました。」

と言うばかりである。

「大方、（佐藤）友態だろう。」

と橋本と見当をつけて返事をさせた。

ところが旅順に着いて、これが白仁武《しらにたけし》関東都督府民政長官の好意から出た聞き合わせであることがわかった。

漱石は、この関東都督府民政部を民政所（日記）あるいは民政署（「満韓ところぐ〵」二十二）と誤っている。

そもそも日露戦争後、日本はポーツマス条約によって関東州租借権と長春・旅順間の東清鉄道（後の南満洲鉄道）をロシアから譲渡された。一九〇五（明治三八）年九月、関東州と鉄道を防衛するために天皇直属の関東総督府が遼陽に設置された。中国東北（旧満洲）に勢力を保持するロシアの脅威に対抗するため、強固な軍政を敷いたが、市場開放を主張するイギリス・アメリカの対日感情を悪化させた。

一九〇六年九月一日、第一次西園寺公望《さいおんじきんもち》内閣の加藤高明外相は辞任、外相を引き継いだ西園寺や文治派の伊藤博文（当時は朝鮮統監）らによって軍政から民政への移行が決定された。関東総督府の軍政は廃止され、関東都督府に改組され、関東都督府は陸軍部と民政部の二つに分けられ、旅順に移転した。防備・軍備を受け持つ陸軍部の長は陸軍大将か中将がなり、陸軍大臣・参謀総長・陸軍教育総監の指揮監督を受けた都督が担い、関東州を管轄し、南満洲における鉄道線路の保護及び取締りを掌《つかさど》った。漱石大連訪問時の一九〇九年は、大島義昌陸軍大将（初代。正三位）が関東総督時代から関東都督を引き継いだ。漱石が大島都督に会った形跡はない。

もう一つは新たに設置され統治・政務を受け持つ民政部であり、その長は外務大臣の監督を受けた民政長官が担い、漱石訪問時の民政長官は白仁《しらに》武（勅任官、従四位）で、民政部の事務を総理した。旅順で漱石を歓待したのは白仁武であった。

民政部の下に大連民政署・旅順民政署・金州支署があったが、時の大連民政署長は力石《ちからいし》雄一郎（正六位）、旅順民政署長は相《あい》賀《が》照郷《てるさと》（従六位）、金州支署長は村上庸吉（正七位）であった。署長は事務官を当て、都督・民政長官の指揮監督を受ける。関東都督府民政部は上部組織であって、旅

大島義昌陸軍大将（関東都督）

白仁武（関東都督府民政長官）

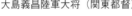

大連民政署（大広場）

旅順民政署（旧市街）

順民政署はその下部組織である（『明治四十二年職員録（甲）』）。

　旅順から漱石に電話をかけてきたのは、民政長官白仁武であって、旅順民政署長相賀照郷ではない。漱石は組織の上下関係がわからず、民政部を民政署と混同して、白仁を民政署の長官と誤解していたようだ。

　また、岩波書店『漱石全集』第十二巻（二〇〇三年三月六日第二刷）桶谷秀昭の注解「二七五4民政署」「二七五5白仁武」では、「関東都督府」を「関東庁」と誤っている。「関東都督府」が「関東庁」に改編されたのは、一九一九（大正八）年四月であって、漱石大連訪問の一〇年後のことである。

　また『漱石全集』第二十巻（岩波書店、二〇〇三年一一月五日、第二刷）の石崎等の注解

「一〇二4民政署」「一〇三11白仁長官」では、「関東都督府民政部」と「旅順民政署」とを混同し、「白仁武民政長官」を「旅順民政署長官」と誤解している。『定本漱石全集』第十二巻・第二十巻でも第二刷の誤りをそのまま踏襲している。

九日、朝食の後、ホテルの読書室で橋本左五郎と談話する。一二時散歩に出かけた。午後一時に昼食をとる。俣野義郎が来たので、一緒に児玉町（現・団結街）の従事員養成所に出掛けた。

従事員養成所

満鉄従事員養成所は、ロシアから東清鉄道南部支線（旅順～長春間）の譲渡を受け、一九〇六（明治三九）年六月、大連・遼陽・公主嶺に機関車従事員養成所が設置された。〇七年四月、満鉄営業開始後、大連に統合された。一九〇八（明治四一）年一二月には機関車従事員養成所と運輸事務練習所を合併して新たに鉄道従事員養成所となり、車両科（後に機関科。機関車乗務員の養成）・運輸科（駅務従事員の養成）の二科を設置して、最初、山城町（現・菜市街・烟台街）にあり、従事員を教育した。一九二〇（大正九）年七月、運輸従事員養成所と改称し、一九二三（大正一二）年七月、鉄道教習所と改称された。

漱石が養成所に入って見ると、一クラスは車両科（機関手・火夫養成）もう一クラスは運輸科（駅務・車掌など養成）が英語・中国語・製図を学んでいる。

運輸別科として中国人（公学堂もしくは日語学堂卒業者）より駅従業員を養成した。卒業すると、日給四〇銭だそうだ。

化物屋敷《ばけものやしき》

「今日は化物屋敷を見て来ました。」

と漱石は田中清次郎理事に言うと、田中は笑いながら、

「夏目さん、なぜ化物屋敷というんだか、わけを知っていますか。」

と聞いた。むろん漱石は下級社員合宿所の見本として化物屋敷の建物の中を一覧しただけであって、化物の由来までは聞いていなかった。とにかく、古色蒼然とした陰気な建物で、煉瓦造りの壁は一面の灰色で、日が透りそうもなく、薄暗い。

保野義郎に連れられた漱石は、この屋敷の長い廊下を一階、二階、三階と何回も往復した。廊下や階段を歩くと、コツコツと金属性の固い音がする。廊下の左右の部屋には所有者の表札がかかって、閉め切っていた。明るい光線に慣れた眼で、急に暗い廊下に行ったので、表札の字が読めない。漱石は立ち止まって、

化物屋敷（大連露西亜町）

「どんな生活をしているか、部屋の中を見ることはできないか。」

と俣野に聞いてみた。

俣野は持っていたステッキで右手の戸を次々と叩いたが、どこの部屋からも返事はなかった。三階に来た時、廊下の曲がり角で、鍋の御菜を煮ている一人の女に出会った。そこには台所があった。五、六軒で一つの共同台所を使っているそうだ。漱石が、

「御内儀《おかみ》さん、水は上にありますか。」

と尋ねると、

「いえ、下から汲んで揚げます。」

と答えた。漱石はこの暗い化物屋敷に便所がどこにいくつあるか不審に思ったが、つい聞きもせず、女の前を通り過ぎようとすると、

「そっちは行き止まりでございます。」

と注意された。道理で真っ暗であった。満韓旅行中、漱石が下級満鉄社員家族と会話した唯一の例である。やはり、こんな不気味な廃墟にも人が住んでいたのだ、と驚いた。

一般日本人に気味悪がられている通称「化物屋敷」は、日露戦争で日本軍の野戦病院の一部となった建物で、旅順攻撃の時は大量の死傷者が次々と送り込まれたが、充分な手当てができず、苦痛怨嗟《えんさ》の声が、大連中に満ち満ちたのでこう呼ばれたという説がある。また、内部が複雑で、一旦中に入ると迷路のように出口がわからなくなるのでこう呼ばれたという説もあるという。

満鉄の重役が初めて大連に渡った時、この化物屋敷に陣を構えたことだけは事実である。その

時、この建物は化物さえ住めないほど荒廃して、焼失家屋として骸骨のように突っ立っていたそうである。

さて、この化物屋敷に陣取った満鉄の連中は、厳寒の天候と物資の欠乏と不便に対して戦後の戦いを始めていた。寒さのため汽車の中で炭を焚いて一酸化炭素中毒になり危うく死に損なったり、貨車に乗ってカンテラを点けて小用を足そうとすると、そのカンテラが揺すぶられてすぐ消えてしまったり、サイホン（炭酸水）を飲むと、二、三滴、口に入るだけで、あとすぐ氷の棒状に変化したり、すべてが探検と冒険であった。

よほど、寒かったのであろう、

「清野《せいの》長太郎（満鉄理事）が、毛織の襯衣《シャツ》を半ダースも重ね着したのは、あの時だよ。」

と中村是公が言うと、田中清次郎（満鉄理事）も、

「清野は驚いて、あれっきりやって来ない。」

と噂話をするのを聞いていた。

油房《ゆぼう》

「満韓ところ〲」十七で「三階へ上つて見ると豆許《ばか》りである。」とあり、この日（九月九日）油房（大豆など植物性油を搾る工場。中国語で油房《ヨウファン》）に行ったように描かれているが、「漱石日記」では、「七日〔火〕中央試験所。豆油。精製」とあり、やはり、九日ではなく七日のことであろう。ただし、

どこの油房に行ったか、明確には書かれていない。

一九〇九（明治四二）年当時、大連にあった油房は三泰油房と日清豆粕が有力であった。三泰油房は日中共同事業促進するのを目的として、一九〇七（明治四〇）年三月、日本側三井物産会社、中国側東永茂・西義順等を主な出資者として、大連市軍用地区の一部一万一千余坪（約三万六三〇〇平方メートル、三六三アール）を借り受けて、ここに工場敷地と策定し、資本金五十万円を投じて豆粕製造工場の新築に着手した。翌〇八年六月工場は完成し、直ちに作業を開始し、一日に豆粕五千枚、豆油二万三千斤（約一三・八トン）の製造能力のある新式機械を運転して、盛んに製産品を出した。

豆粕は大豆から油を搾り取った残りの粕で、肥料・飼料に使う。豆粕一枚は約四六斤（二七・六キロ）の円形に圧搾したものである（坂口誠「近代日本の大豆粕市場――輸入肥料の時代――」『立教経済学研究』第五七巻第二号二〇〇三年）。

一方、日清豆粕製造株式会社は、一九〇七（明治四〇）年三月、大倉喜八郎・松下久治郎の両者が主な出資者となって、日清豆粕製造会社を東京に創立し、本店を京橋区五郎兵衛町に設置し、大連市軍用地区に約一万坪（三万三千平方メートル、三・三ヘクタール）の敷地を策定し、ここに大連製造所を新築した。翌〇八年六月、工事が完成して最新式機械を設備し、一日豆粕七千枚、豆油三万五〇〇〇斤（約二一トン）を生産する能力を備えていた。

大連における豆粕工業は三泰油房と日清豆粕との二大勢力により成長発展したが、漱石が見学したのは、どちらの油房か不明である。漱石は宮口の町を見学した時、胸が痛むので、粉薬を飲もうとしたが、あいにく水がない。ようやく一軒の事務所に入って、服薬のために水を乞うた所が、日清豆粕会社であったが、これは偶然飛び込んだのであって、大連の油房見学とは関係ない。

由来満洲の風土は最もよく大豆の栽培に適していたのであろう、満洲の農業産物では、大豆を主要産物とし、満洲の工業では油房を最大のものとする。以降、新中国になっても、大豆は中国の主要な輸出品目であった。しかし、近年、経済力の高まった中国は大量の消費により大豆の輸入国に転換したという。変われば変わるものである。

ところで、漱石が大連の油房で見て興味を引いたものは、大量の大豆の山ではない。漱石はクーリーの「大人なしくて、丈夫で、力があつて、よく働いて、」（十七）黙々と、朝から晩まで、重たい豆の袋を担《かつ》ぎ続けに担いで、三階に上っては、また下って行く、その沈黙と、規則的な反復運動と、忍耐と精力とに感嘆しているのである。案内人によると、僅か一日五、六銭の食費で、赤銅色の筋骨たくましい素裸の体格とあの頑強さが作られるという。

大連港では、怒った蜂の巣のように鳴動していた、見苦しいクーリーたち（車夫）は、一日の稼ぎを得るために、争って顧客を奪い合わなければならなかった。しかし、油房で大豆を入れた麻袋を背負って三階に上って来るクーリーたちは、温和従順で黙々と器械的に、大豆を運搬するのみである。「喧噪」と「沈黙」の違いはあるが、クーリーたちの非人間性と没個性に、漱石がどれだけ関心を寄せていたか、疑問である。「大人なしくて、丈夫で、力があつて、よく働いて、たゞ見物するのでさへ心持が」よければよかったのか。

「クーリーは実に見事に働きますね。且《かつ》非常に静粛だ。」

と感心するのみである。

食費を切り詰め、「一日五、六銭で食つて」激しい重労働に耐えつつ、故郷の山東省の家族に仕送りすることが、いかに過酷なことか、大部分の日本人は思い至らないのではあるまいか。

苦《クー》力《リー》

英語でいう coolie, cooly は中国やインドに来ているヨーロッパ人が、日雇いや荷担ぎの肉体労働者に付けた名称である。英語音［kú:li］をとって「苦力」と漢字を当てた。

篠崎嘉郎『大連』（大阪屋号書店、一九二一年一二月一五日）によると、中国内の苦力総数は、資料が区々で的確な数字を得ることは至難であるが、おおよそ三千万人と推定している。海外出稼ぎ中国人（華僑）六五二万人中、五五四万二千人は苦力で、従ってこれら中国人の本国に送金する約一万ドル中、その過半はこれら苦力の分担と言われている。

大連に来る苦力は山東省出身者が大部分で、芝罘《シーフ》（現・煙台）・龍口《ロンコウ》・青島《チンタオ》の三港から来て約三万人内外、そのうち埠頭の荷役八千人内外、交通運搬五千人以上（人力車一千輌、荷車三五〇〇輌、荷馬車・客馬車合わせて一七〇〇輌、総計六二〇〇輌）満鉄沙河口工場四千人、油房三千人、その他（散水夫・冠婚・葬祭行列人夫・飲料水運搬人・人糞運搬人・抱馭者・家僕・家婢・官庁雑役人夫など）五千人として、総数二万五〇〇〇人内外を数える。

賃金は雇い主・専門性・技術・職種・強制労働・出身地などによって微妙に異なるが、熟練労働者はおおよそ一日四〇〜五〇銭ないし二円まで、単純労働者は一日二四〜二五銭より一円までで、小洋銭（少額銀貨。一角〈一〇銭〉銀貨。一〇角で一元〈円〉）で支払われた。

大連苦力の多数を占める埠頭荷役苦力の賃金は、船積陸揚一日一円七〇銭、ウインチマン一日一円四〇銭、ターリーマン一日一円五〇銭、埠頭雑役一日一円三五銭であった。労働時間は冬季は朝六時半から一二時間、他の季節は一〇時間の労働であった。

その他の大連市内の辻待車夫・抱車夫・抱馭者・停車場苦力・道路修繕苦力・汚水汚物運搬夫・家僕・沙河口工場苦力などは、大抵一人一ヶ月の所得額は家僕を除き最低一八円、最高六〇円程度であった（篠崎嘉郎『大連』）。

日本人たちは、あの騒々しい、蜂の巣を突いたような大連港の苦力たちの故郷山東省の農村では、彼らの仕送りを待つ老いた両親、愛する妻子、兄弟が待っていることに思い致すことがあっただろうか。奴隷のような苛酷な労働と動物以下の汚穢に満ちた大連の「寺児溝」の生活環境の中では、仕送りどころではない者が大部分だったであろう。

保野公館

保野義郎が、

「先生、私の宅へ来なさらんか。八畳の間が空いています。夜具も布団もあります。ホテルにいるより呑気で好いでしょう。」

と親切に言って、誘ってくれた。折角の好意ではあるし、元来気の多い男だから、都合によっては厄介になってもいいぐらいに思って、ついでの時、

「俣野に誘われているからホテルを引き払って、行こうかと思っている。」

と是公に言うと、

「そんな所に行っちゃいかん。」

と忽ち叱られた。

「もしホテルが厭なら、おれの宅へ来い。あの部屋へ入れてやるから。」

と、畳の敷いている間を見せてくれたが、ホテルに愛想をつかしたわけではないので、総裁邸も断った。けれども、俣野邸に遊びには行った。

小山の上に建てられた瀟洒な満鉄社宅は近江町にあった。もともと満鉄設立当初は、ロシア東清鉄道の遺産をそのまま引き継いだので、露西亜町や浜町に社員は住んでいたが、社員が増大するにおよび、社宅の新増築が急務となった。

満鉄は一九〇八（明治四一）年大連市近江町に約一万一〇〇〇坪（三万六三〇〇平方メートル、三・六三ヘクタール）の土地に社宅三〇棟一九〇五坪（約六二八六・五平方メートル、約六三アール）戸数二八〇戸を新築したが、社員の増加に伴い不足したので、次々に新増築した（『南満洲鉄道株式会社十年史』一九一九年五月）。

俣野義郎は〇七（明治四〇）年八月、南満洲鉄道株式会社に入社し、大連に渡った。〇八年二月、俣野ハツヨと結婚し、近江町の満鉄社宅に住んだ。

一九〇九年九月九日、漱石は近江町の俣野の家に宿替はしなかったが、遊びには行った。小山の上に建てられて、岡の下から見ると、イギリスの避暑地に行ったような感じがして、外部は厚い壁で西洋式にできている。一戸建てではなく、長い棟がいくつもグレイ色に並んでいるうちの一番はずれの棟の、一番最後の番号のその二階が俣野の住宅であった。中は日本の匂いがする綺麗な畳が敷いてあった。上から見た景色は素晴らしくいい。座敷から大連の市街が見える。大連の海が手に取るように見える。大連の海の向こうに連なる突兀《とっこつ》極まる山脈さえ、座っていると、窓の中に這入って来てくれる。五高生徒時代、食欲旺盛で、服装住まいに驚くほど無頓着だった俣野の家には、もったいないくらい立派であった。漱石は「日記」に comfortable と書いた。俣野は自宅を「俣野公館」と自称していた。

村井啓太郎

俣野の家で満鉄工務課・運輸課に勤務していた村井啓太郎[46]に会う。村井も俣野と同郷の福岡県久留米市出身で、中学明善校・五高法科・東大法科大学と同じ道を歩み、ともに満鉄に在勤している仲であった。一歳年上の俣野は、天衣無縫、何度も高校・大学を落第したが、苦学力行の村井は、銀時計を戴いて俣野より六年も早く東大を卒業し、東京朝日新聞社に入社、義和団の乱の際、「筑紫二郎」の筆名で「北京籠城日記」を執筆、文名を謳われ、内外に深く感銘を与えた。村井は漱石着任の一年前、一八九五年七月に五高法科を卒業、漱石着任五年前一八九八年七月東大法

村井啓太郎（満鉄工務課・運輸課）

科を卒業、一九〇七年朝日新聞社を辞して満鉄に入社した時、漱石が入れ違いに朝日新聞社に入社し、二人は同じ五高・東大・朝日新聞社と同じ道を歩みながら、タイミングがずれて接点がない。

　一九〇七年朝日新聞社に入社した漱石は、満韓旅行の大連で俣野と再会、村井も俣野宅で三人、俣野の妻ハツヨの手厚いご馳走の接待を受けたのである。村井はこの時、満鉄の嘱託で工務課兼運輸課に勤務しており、俣野に、

「漱石に会わせてやろう。」

と言って招待されたのだろう。後に満鉄地方課長になり、満鉄退職後は大連市長（一九二〇年一二月二一日～二四年九月一八日）・大連商工会議所会頭・満洲銀行頭取となり、大連政財界の中心人物として活躍した。

日本文学で最初に描かれた麻雀《マージャン》

「支那の宿屋を一つ見ましょう。」

と俣野は言って、道路の左側にあるドアを開けて中に入った。内部では日本人が三人ばかり机を並べて事務を執っていた。俣野は紺の洋服を着た一人に向かって、

「君、ここは宿屋だろう？」

と、聞いている。

「宿屋じゃないよ。」

と、男は立ちながら返事をした。

漱石はこの紺服の人に紹介された。彼は東京高等商業学校卒業生の谷村正友(47)であって、中国人と組んで、大豆の取引をしていた。東北奥地から大連に取引にやって来た大豆の荷主と交渉しなければならないが、荷主たちは一人や二人ではなく大勢でやってきて、決して普通の旅館には泊まらず、取引先の店に泊まって交渉が成立するまで何日でもそこに滞在している。彼らは決して焦らず、悠々として談判が有利になる機会を窺っているのである。

従って、谷村の奥座敷は荷主たちを接待、宿泊させる旅館みたいな組織になっている。漱石は興味を持って、

「じゃ、その奥座敷をちょっと拝見できますか。」

と言うと、谷村は、

「さあさあ、こちらにどうぞ。」

と席を立って案内に起った。漱石も俣野も谷村の後ろについて事務室の裏へ出た。裏は四角形の、樹も草も花もないただの平らな中庭になっている。そこを突き抜けた正面の座敷が応接間で

あった。応接間の入口は低い板間で、突き当りの高い所に蒲団が敷いてある。その上で腰を掛けて談判するが、括《くく》り枕まであるところを見ると寝そべって阿片を吸飲しながら交渉する。また、水煙管《パイプ》で煙草を吸う。錫の胴に水を盛って雁首から洩れる煙がこの水の中を通って吸い口まで登って来る仕掛けのような器械である。

「一服やってごらんなさい。」

と勧められたから、やってみたが、ごぼごぼ音がして水を吸い上げて、脂《やに》臭い水を飲み込みそうになった。

二階が荷主の部屋だというので、二階に上がってみると、部屋がたくさん並び、一つの部屋では四人で博奕《ばくち》を打っていた。

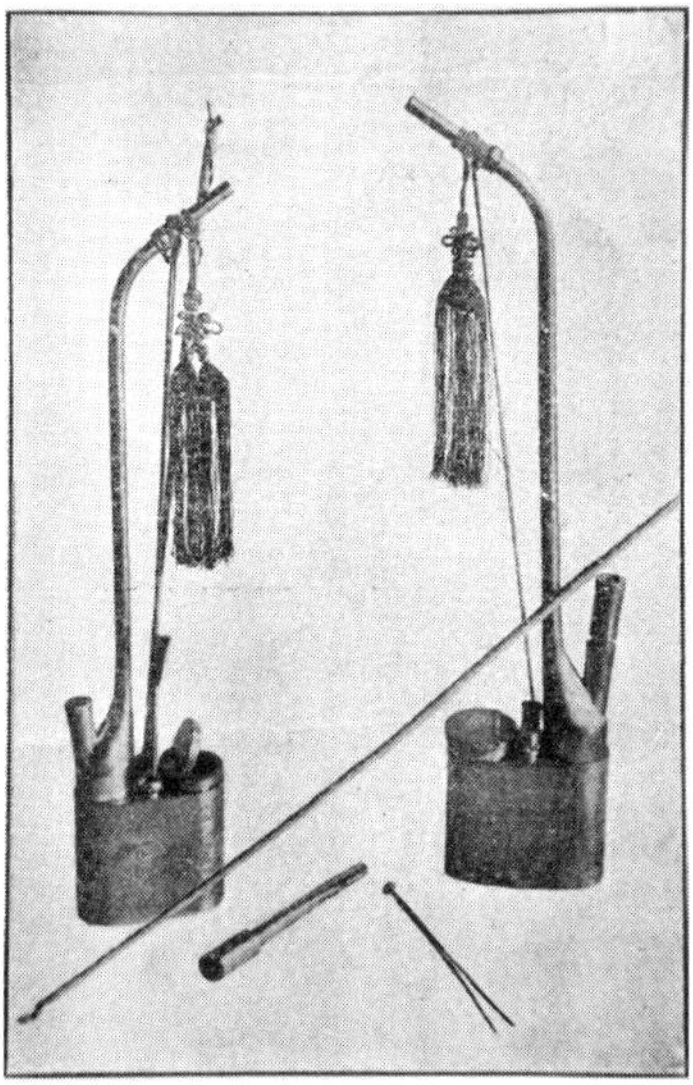

水煙管

「博奕の道具は頗《すこぶ》る雅《が》なものであつた。厚みも大きさも将棋の飛車角位に当る札を五、六十枚程四人で分て、それを色々に並べ更へて勝負を決してゐた。其札は磨いた竹と薄い象牙とを背中合せに接《つ》いだもので、其象牙の方には色々の模様が彫刻してあつた。此模様の揃つた札を何枚か並て出すと勝になる様にも思はれたが、要するに、竹と象牙がぱち〳〵触れて鳴る許《ばか》りで、何処が博奕なんだか、実は一向解らなかつた。たゞ此象牙と竹を接ぎ合はした札を二、三枚貫つて来たかつた。」（「満韓ところ〴〵」十九）

これが日本文学に麻雀が描かれた最初と言われているが、私は麻雀の歴史に疎く、麻雀史を調査するほど関心がないので、果たして正しいかどうか知らない。漱石晩年の門下生久米正雄や菊池寛などは麻雀愛好家として有名であるが、彼らから習ったという話は聞かない。

苦力の親分　相生由太郎《あいおいよしたろう》

満鉄の発展肥大化に伴い、従業員の社宅が不足し、大連港の東部、寺児溝（日本名東山町、後に相生町）に埠頭関係者の満鉄社宅が建設された。漱石が満韓を訪れた一九〇九年当時、満鉄の大連埠頭事務所所長は相生由太郎(48)だった。

日露戦争中の一九〇四（明治三七）年、石炭労働者が賃金値上げを要求して同盟罷業（ストライキ）をした時、三井物産門司支店に勤務していた相生は、身を挺して人夫頭に時局を説き説得し、円満解決した。支店長で後に満鉄理事となった犬塚信太郎《いぬづかのぶたろう》(49)とは深く親交を結んだ。

相生は労働者掌握の手腕を買われて、一九〇七年八月満鉄に入社した。満鉄から任用の話があった時、彼の子供が病気で危篤であったのに、彼はさっさと大連に来てしまった。来て一週間すると、子供が死んだという訃報が来た。相生は門司を去る時、既にこの悲報を受ける覚悟を固めていた。

彼は大連に来るや否や、仲仕その他すべて大連埠頭に関する業務を一切統一して、荷役作業の満鉄直営化を計画立案、仲仕の脅迫にもめげず、実現した。仲仕組合、運送組合従業員で希望する者は満鉄従業員にして、初代満鉄総裁後藤新平に直談判して、埠頭従業員の満鉄社宅を寺児溝に建てた。

漱石は相生の邸宅に案内された。埠頭から南に向かい、東に折れて、三、四町通り越したところに相生の家があった。西洋館の二階を客間にして古い仏像、鏡、銅器、陶器類を整然と飾っている。相生は若い時から骨董趣味があり、漱石の満韓旅行での二人の邂逅《かいこう》が契機となって、漱石墨蹟収集家として有名になった。

相生由太郎
（満鉄大連埠頭事務所所長）

犬塚信太郎（満鉄理事）

日本人専用の満鉄社宅には図書館もあり、漱石は『シェイクスピア全集』、ポルグレーヴ『経済字彙』のほか、漱石の著書も二、三冊あった、と書いている。

倶楽部では撞球台《ビリヤード》もあり、数人が玉を突いていた。運動場もある。演武場もある。柔道場では時によると高座を作って講談をやったり、講演会を開いたりするそうである。漱石は近いうちに、講演を頼まれて、ここに引っ張り出されはしまいか、と恐れて、質問もそこそこに、次に回った。

長い二階建ての社宅は真中が勧工場《かんこうば》（明治・大正時代、多くの商店が組合を作り、一つの建物の中に種々の商品を陳列して販売した所）のように往来になり、店に当たるところに長屋の上り口がある。長屋と長屋とは壁一重で仕切られながら、約一町（約一〇九メートル）も並んでいる。相生が狭い往来を通ると、裁縫をしたり、子供を寝かしたりしている御内儀《おかみ》さんたちが丁寧に挨拶をする。よほど地元では信頼を得ているのであろう。

相生由太郎が大連市民から深く記憶せられたのは、漱石帰国後間もない一九〇九年一〇月満鉄を退社して、倉庫保険代理業・輸出入商・埠頭人夫供給・土木建築請負を扱う福昌公司《コンス》を創立し、一九一一（明治四四）年には牛馬のように酷使されていた中国人クーリーのために寺児溝東山町に一万六千人収容の華工《ファゴン》（苦力と言う奴隷的呼称を排した）宿舎「碧山荘」（赤煉瓦を使って建てられたので、中国人は「紅房子《ホンファンズ》」と呼んだ）を建設したことである。日清・日露戦争後、傲慢に思い上がった日本人が、中国人に対して傲岸不遜な態度で賃金不払いや低賃金で苛酷に取り扱うのを見て、相生は衣食住を保証し、賃金を確実に支払い、「人類相愛の精神をもってこれを抱擁する」という念願を果たそうとした。碧山荘は敷地総坪三万八三七七坪（一二・六六四四ヘクタール）、建物総延坪一万一二二坪（三・三四〇三ヘクタール）の広大な土地に赤煉瓦造りの平屋と二階建て九五棟が整然と並び、排水、防寒、医療設備があった。また山東省出身の華工が大部分なので、構内に天后を祭る道教の天徳寺を建立した。

清岡卓行の描く寺児溝

漱石大連訪問の二五年後のことではあるが、詩人・小説家の清岡卓行《きよおかたかゆき》（一九二二〜二〇〇六）によると、碧山荘に入れない中国人貧民は寄せ集めの雑多な板・棒・アンペラ・ブリキなどで作られた無残な貧弱な小屋に住んでいた。作者の分身「彼」が一九三四（昭和九）年の驚くべき恐怖の体験を綴っている。

「彼は小学校の六年生頃、大連の東部にあった中国人の居住地、寺児溝の一部における惨憺たる有様を眺め、ほとんど恐怖に近いものを覚えたことがあった。（中略）

彼は、中国人ふうの普通の家のほかに、崖から崩れ落ちそうになっている、掘立小屋のような家とか、風に吹き飛ばされそうな屋根に重たい石をいくつも載っけて、今にも潰れそうになっている家とか、そのほか貧困そのものの象徴であるような住居を、いろいろと沢山見た。山東から、芝罘《チーフ》（現・山東省煙台）で、戎克《ジャンク》に乗って、直隷海峡（渤海）を渡ってやって来ている中国人の労働者、いわゆる苦力の多くはこのへんに住んでいるのだろうと彼は想像した。そして共同便所にはいったとき、その壁の隅に〈打倒日本〉という文字がいくつか落書されているのを見て、もしかしたら自分はここで誘拐されるのではないかと不安を感じた。」(『アカシヤの大連』5)

傀儡《かいらい》満洲国が帝政を実施し、国会では治安維持法の審議で、混乱を極め、軍国主義の暗い谷間に転落しつつあったこの時、植民地大連の極貧の中国人共同便所では、「打倒日本」の落書がいくつも書かれ、日本人少年を恐怖に陥れたことに、私は驚いた。

漱石が大連に来てまもなく、一九〇九年一〇月、相生は満鉄を退社、福昌公司《コンス》を設立し、八千人の中国人労働者を満鉄に提供した。

漱石は「満韓ところぐ〵」で、既知の人物には敬称なし、未知の人物に対しては例《たと》え年上でも君付けで書いているが、同年生まれの相生由太郎だけは「相生さん」とさん付けである。

相生さん

清岡卓行の『大連港で』(福武書店、一九八七年五月)でも、

「私の幼少期の記憶において、大連の日本人のおとなたちは相生由太郎を話題にするときに、なぜかみな『相生さん』と呼んでいた。日本から職を求めてやってきた左翼くずれの青年もそうであった。そこには一種の義人にたいするような敬愛のひびきがあると私は感じた。」(「寺児溝」)

とある。

また、清岡は相生の評価について、二人の日本人の碧山荘訪問を紹介している。一人は東洋文化を研究した東大教授で、終戦の年二月碧山荘を訪れ、労働者と同じ食事を食べ、案外おいしかった、浴場も広く快適であったという。

もう一人は東大を卒業して満鉄調査部に入社した若い社員で、設立十年目の碧山荘を訪れている。港湾荷役という重労働に耐える労働者のエネルギーにしては、極端に貧弱な食事であったこと、構内に公然と阿片の売店があり、その吸飲施設が存在していたことを伝えている（「寺児溝」）。

植民地主義の功罪については、いつの時代でも、どこの国でも、よって立つ立場やイデオロギーによって、比較的相対的に差異があり、光と影の部分がある。

漱石は多分相生の案内により、日本人用社宅のみを見せられ、その近代的な先進的な部分しか見ていないであろう。極貧の中国人貧民窟には足を踏み入れてはいない。相生も苦力の住む悲惨な貧民窟を見せたいとは思わなかったであろう。その時、碧山荘はまだできていなかった。

大連市はやがて碧山荘あたりの東山町を相生町と改名した。清岡卓行は、「日露戦争後の平和な大連で活躍した日本人の名が町名にとりいれられた例は、この場合のほかにはない。」（「寺児溝」）という。確かに大連の町名は山県通・寺内通・大山通・児玉町・乃木町・奥町・東郷町・小村公園・博文町などと日露戦争の将軍・政治家の名が使われたが、民間人の名はない。相生町だけがただ一つの例外であった。

ところが、現代中国大連では相生はどのように評価されているだろうか。その一例として、『大

連近百年史　人物』王勝利他主編（遼寧人民出版社、一九九九年八月）「相生由太郎」によると、相生は労働者の職長制を採用して、各級の職長に分断管理させ、月給の二〇パーセントを職長に与えた。碧山荘には独占的に日用品を販売する「三合盛売店」があり、浴場・理髪店・クリーニング店を設置し、周辺には賭場・妓楼・阿片窟・質屋があった。かように相生は労働者を低賃金で搾取し、暴利を獲得し、大連一の富豪となったと、低い評価を与えられている（島根大学講師王欣の翻訳を抄出）。

二〇〇二年八月、中国語研修の福岡女学院大学学生を引率して大連外国語学院に行った私は、余暇を利用して、かつての中国人労働者（苦力）の町がどうなっているか知りたいと思って、寺児溝を訪ねた。外観しか見ることができなかったが、六階建の瀟洒なマンション風の労働者集合住宅が何十棟、いや何百棟と林立して、一世紀前の貧民窟を想像することはできなかった。

漱石と出会ったことによって、相生は漱石遺墨の収集に熱心になった。一九一三（大正二）年一一月、相生は俣野義郎を通じて、漱石に書の揮毫を求めた。漱石が承知の回答をしたところ、突然三越百貨店から相生の注文で絖《ぬめ》六枚が送られて来た。漱石は書や画を書いて送った。末尾に、「乍筆末大連滞留中は一方ならぬ御世話にあづかり千万無辱《かたじけなく》あつく御礼申上候」（一九一三年一一月二五日付相生由太郎宛漱石書簡）と四年前のお礼を書いていた。

二　旅順

警視総長　佐藤友熊

「満韓ところ〴〵」二十一は専ら警視総長佐藤友熊という旧友の懐旧談で終始している。漱石は友熊が旅順で関東都督府の警視総長になっていることを大連に来る前、一九〇九年五月五日段階では知っていた。漱石の東大英文科の教え子で朝日新聞社社員中村蓊《しげる》（古峡）が、満韓旅行に行くというので、漱石宅に挨拶に来た。漱石は満韓在住の友人、大連の満鉄総裁中村是公、旅順の警視総長佐藤友熊、平壌《ピョンヤン》の韓国統監府鉄道管理局平壌出張所長小城齊《こじょうひとし》[50]への紹介状を書いた。

佐藤 友熊（関東都督府警視総長）

小城 齊
（韓国統監府鉄道管理局平壌出張所長）

中村は明治英学校、佐藤・小城は成立学舎を経て、三名とも東京大学予備門予科に入学した仲である。一八八六年四月、予備門は第一高等中学校（後の第一高等学校）に改称された。卒業後、中村・佐藤は帝大法科に進み、小城は工科に進み、漱石は文科に進学した。

一九〇九年七月五日、漱石は中村是公・佐藤友熊の夢を見る。やはり、五月五日中村蓊《しげる》に中村是公や佐藤友熊の紹介状を書いて以降、青春を共にした予備校・大学予備門時代を思い起こすことが多くなって、つい夢に見るまでになったのであろう。

佐藤友熊は一八六六（慶応元）年陰暦一一月二四日、薩摩国給黎《きいれ》郡喜入郷前之浜村（現・鹿児島県鹿児島市喜入町前之浜町一一四番戸）に、父・佐藤彦松、母・比佐の長男として生まれた。父は神官であった。一八八三年ごろ上京し大学予備門受験準備のため成立学舎（神田区駿河台鈴木町）に入り、牛乳・新聞配達などをしながら学資を稼いだ。同級に塩原金之助（夏目漱石）・橋本左五郎・太田達人・小城齊《こじょうひとし》・中川小十郎・斎藤英夫（真水）・上井軍平・白浜重敬らがいた。

漱石と佐藤との出会いを「満韓ところ〴〵」では面白く痛快に描いている。

「佐藤は其頃筒袖に、脛《すね》の出る袴《はかま》を穿《は》いて遣《や》つて来た。余の如く東京に生れたものゝ眼には、此姿が頗《すこぶ》る異様に感ぜられた。丁度白虎《びやつこ》隊の一人が、腹を切り損《そこ》なつて、入学試験を受に東京に出たとしか思はれなかつた。教場へは無論下駄を穿いた儘《まま》上つた。尤《もつと》も是《これ》は佐藤許《ばかり》ぢやない。我等も悉《ことご》く下駄の儘あがつた。」

「古い屋敷を其儘学校に用ひてゐるので玄関からが既に教場であつた。ある雨の降る日余は此玄関に上つて時間の来るのを待つてゐると、黒い桐油《とうゆ》を着て饅頭《まんぢう》笠を被《かぶ》つた郵便脚夫が門から這入《はい》つて来た。不思議な事に此郵便屋が鉄瓶《てつびん》を提《さ》げてゐる。しかも全くの素足である。足袋は無論の事、草鞋《わらぢ》さへ穿いてゐない。さうして、普通なら玄関の前へ来て、郵便と大きな声を出すべき所を、無言の儘すたすた敷台《しきだい》から教場の中へ這入つて来た。此郵便屋が即ち佐藤であつたので大いに感心した。何故鉄瓶を提《さ》げてゐたものか其理由は今日迄遂に聞く機会がない。

其後佐藤は成立学舎の寄宿へ這入つた。そこで賄《まかなひ》征伐を遣つた時、何《ど》うした機勢《はずみ》か額《ひたひ》に創《きず》をして、しばらくの間白布《しろぬの》で頭を巻いてゐたが、それが、後鉢巻《うしろはちまき》の様に如何にも勇ましく見えた。賄に擲《なぐ》られたなと調戯《からか》つて苛《ひど》い目に逢つたので今に其颯爽《さつさう》たる姿を覚えてゐる。

佐藤は其頃頭に毛の乏い男であつた。無論老朽《らうきう》した禿ではないのだが、まあ土質の悪い草原の様に、一面に青々とは茂らなかつたのである。漢語でいふと短髪種々《しやう〳〵》とでも形容したら好いのかも知れない。風が吹けば毛の方で一本々々に靡《なび》く傾《かたむき》があつた。此頭は予備門へ這入つても黒くならなかつた。夫で皆して佐藤の事を寒雀《かんすゞめ》々々と囃《はや》してゐた。当時余は寒雀とはどんなものか知らなかつた。けれども佐藤の頭の様なものが寒雀なんだらうと思つて、一所になつて矢張《やつぱ》り寒雀々々と調戯つた。此渾名《あだな》を発明した男は其後技師になつて今は北海道にゐる。」（「満韓ところ〴〵」二十二）

旅順へ

九月十日（金）、午前八時三〇分、漱石は橋本左五郎と共に中村是公総裁・国沢新兵衛副総裁

旅順表忠塔　(旧市街)

に見送られて、旅順線下り列車一等で大連停車場から旅順に向かった。途中臭水子《しゅうすいし》(後に周水子と表記を改めた)で連長(大連~長春)本線と分れて旅順支線に入る。夏家河子《かかかし》には満鉄経営の海水浴場があった。営城子付近は肥沃な農地が茫漠と続き、どこから耕作に来るか分らない。畑は高粱《コウリャン》・粟・蕎麦《そば》を作るという。畑に道を作らないのは、馬車が入って、畑を荒らされるのを恐れたからで、溝を掘ったり、往来の土を取って来て盛ったりして、通行を妨害している。農民のささやかな自衛策であろう。

旅順までの車中、蒙古から帰ったばかりの橋本は、しきりに中国旅館での困った話を始めた。橋本は手帳に書き写した、中国旅館の壁にべたべた貼り付けてあった広告の文字を漱石に残らず読んで聞かせてくれたので、漱石もその文字を手帳に書き写した。

和気生財(和気は財を生ず=恵比須顔は財産をもたらし)

和気致祥(和気は祥を致す=にこやかな心は幸せを呼ぶ)

名馳塞北(名は塞北に馳せ=名は北方に馳せ)

味圧江南(味は江南を圧す=味は揚子江以南を圧す)

客逢孺子休懸榻《とう》（客孺子に逢わば榻を懸くるを休《や》めよ＝客として孺子に逢ったならば榻（腰掛）を用意せよ）

門到薛《せつ》公且進餐（門に薛公到らば且《しばら》く餐を進めよ＝門に薛公がおいでになったならばとりあえず食事を出しなさい）

我有嘉賓（我に嘉賓あり＝私にはりっぱな客がいらっしゃる）

堆金積玉（金を堆《つ》み玉を積む＝金をうず高くつみ玉を積む）

発福生財（福を発して財を生ず＝幸福になって財産を作る）

これらは、商店、飲食店、旅館などの客商売の店内の柱や壁に懸けておくめでたい言葉で、古来よく使われた対句の聯《れん》であろう。商売繁盛のおまじないみたいなものだろう。漱石も興味をもって、書きとどめた。

旅順に入ると、左側東方の車窓より白玉山頂上に高さ約六六メートルの表忠塔が見える。日露戦争の旅順包囲作戦で戦死した日本将兵一万六〇四四名の霊を慰めるために建てられた。一九〇七年起工、一九〇九（明治四二）年一一月二八日竣工だから、完成二ヶ月半前であった。現在は白玉山塔という。

一〇時、旅順に到着する。漱石は、

「おい、旅順に着いたら、久しぶりに日本流の宿屋に泊まろうか。」

と相談すると、橋本も、

「そうだな、浴衣を着て、ごろごろするのもいいね。」

と同意する。

旅順停車場

旅順停車場

一九〇〇年ロシアによって建設され、〇三年営業開始した旅順停車場のプラットホームを降りると、関東都督府民政長官白仁武が渡辺秘書を出迎えに差し向け、馬車を用意してくれていた。二人は恐縮して、馬車に乗らなければならなくなった。橋本が、

「日本流の宿屋に行くつもりで来たんですが。」

と言うと、渡辺秘書は、

「どうもお泊りになれるような日本の宿屋は一軒もありません。やっぱりヤマトホテルになさった方がいいでしょう。」

と忠告した。旅順市内の和風旅館は、日之出ホテル・宝来館・松田旅館・台湾館などがあり、宿泊料一泊二食付最高四円最低一円だったが、旅順ヤマトホテルは貴賓室一泊三食付一〇円より一二円まで、普通客室七

円より八円までで、格段の差があった（『南満洲鉄道案内』南満洲鉄道株式会社編、一九〇九年一二月）。

馬車は西に向かい、一五分ほどで新市街の旅順ヤマトホテルに着いた。

旅順の市街は白玉山・龍河を挟んで、東側が黄金山下の東港に面して、昔からの中国人町旧市街が広がり、ドック・防備隊・兵営・民政署・旅順要塞司令部・旅順戦利品陳列館などがあり、日本・中国の商業街が多い。新市街は龍河の西側、西港の北、ロシアが中国人を入れず、純然たるヨーロッパ風の新文化街を建てようと都市計画を進めていた。しかし日露戦争敗北のため、計画は頓挫したので、日本がロシアの計画を基礎に新都市造りを始めた。関東都督府民政部・関東都督府陸軍部・関東都督府民政長官邸・旅順ヤマトホテルなどがある。

旅順ヤマトホテル

旅順ヤマトホテルは、ロシアが途中まで建設した建物であったが、日露戦後、満鉄が関東都督府から借り受け、一九〇八年三月開業した。(51)

旅順ヤマトホテルに着くと、二階の続きの部屋を取ってもらった。早速、関東都督府民政部に挨拶に行き、白仁武長官と旧友佐藤友熊警視総長に会う。白仁は五高の教え子白仁三郎（後の坂元雪鳥。漱石の朝日新聞社入社で奔走）の兄であり、佐藤は成立学舎・大学予備門以来の旧友薩摩っぽである。十何年ぶりかに佐藤に逢って、例の頭を注意して見ると、不思議なことに頭には満遍

旅順ヤマトホテル（新市街）

なく綿密に毛が生えていた。もっとも黒いのばかりではなかった。

「近頃は正当防衛のためにこう短く刈っているんだ。」

と言って、三分刈りの胡麻塩頭を掻いた。

ホテルに帰り、しばらく安楽椅子に腰掛け、休息していると、あたりは森閑として、ホテルの客は一人もいないようである。漱石はベランダに出て往来を見ると、手すりの真下は人道で、石の中から一尺余りの草が二、三本生えている。真昼だけれども、秋の虫の音が微かに聞こえてくる。隣の家は誰も住んでいないと見えて、締め切った門や戸に蔦が一面に絡み付いている。道路を隔てて向こうには、ホテルより広い赤煉瓦の家が一棟あるが、煉瓦が積んであるだけで、屋根もなければ、硝子窓もない。足場に使った材木が何年も使われず、半建ての状態で放置されていた。ロシア人が開発しようとした都市造りは、ロシアの敗北によって見捨てられ、兵《つわもの》どもの夢の跡と化した。漱石は、ベランダの手すりを手で押さえて、奥にいる橋本に、

「淋しいなあ。」

と言った。まるで廃墟《ルインス》だと思った。戦場となった旅順港は鏡のごとく暗緑に光っていた。港の周囲の山はことごとく木のない丸裸であった。日露両軍の激しい攻防戦によって草一本生えない不毛の山になったのであろう。道路も美しい空さえも寂寥感が漂っていた。

それに引き替え、ホテル内のベッドには雪のようなシーツが掛けられ、床には柔らかい絨毯《じゅうたん》が敷いてあり、部屋には豊かなソファーが置いてある。ことごとく洋風の新式であり、一切が完備している。内の豊富さは外の廃墟に比べると対照的である。満鉄が経営しているので、諸外国向け宣伝のため、採算は度外視しているのであろうが、漱石もその矛盾には納得できないものを感じた。

食堂に降り、窓の外に簇生《そうせい》する草花の匂いに包まれて、橋本と二人静かに午餐の卓に着いた。午後、佐藤友熊が旅順戦利品陳列館に案内してやろうと言って、誘いに来た。

旅順戦利品陳列館

二人は出迎えの馬車に乗り、新市街から龍河に架かった東洋橋を渡り、旧市街の東端にある旅順戦利品陳列館に向かった。そこは山の上の一軒家旧ロシア軍下士官集会所を改造したものであった。その山は樹と名の付く緑のものは一本も茂っていない禿山で、甚だ淋しい。当時の戦争に従事したというA中尉が一人陳列館の番をしていた。佐藤から砲台案内まで頼むと、

「今日はちと差支えがありますから四時までなら、ご案内いたしましょう。」

旅順戦利品陳列館（旧市街）

と言う条件で請け負った。

A中尉は何十種となく並べている戦利品について、一つ一つ丁寧に説明してくれるのみならず、二人を鶏冠山《けいかんざん》上まで連れて行って、草も木もない高い所から遥かの麓を指さし、自分の従軍当時の実戦譚をことごとく語ってくれた。山の突端に立ってサーベルを鞭代わりにして、あちこちと方角を指し示して、肝心の用事と時間はそっちのけにして独演場、満洲の赤い夕陽が、かなたの山頂に大きくなって落日するまで帰ろうとは言わなかった。

「もしやお忘れではございませんか。もうお時間ですが。」

と言うと、

「何、ようございます。かまいません。」

と断りながら、ますます講釈に熱が入り、興に乗って来る。余りの熱心さを不思議に思って、

「全体、何の御用がおありなのですか。」

と気の毒になって、聞くと、

「実は妻が病気で。」

と言う返事である。さすが横着な二人も、これ以上案内を願う厚顔無恥にはなれなかった。電燈を点けなければ人の顔もわからない頃になって、漱石たちの馬車は、旧市街の煉瓦塀の門前で止まり、

「それじゃ、私はここで失礼します。」

とA中尉は挨拶して、馬車を降り門の中に急いで入った。この煉瓦塀の中の病院にA中尉の夫人が入院していた。

漱石は、お世話になり、面倒を掛けたのにA中尉の名前を失念した申し訳なさに恐縮し、佐藤に、

「よろしく。」

とお礼の伝言を頼んだ。

繻子《しゅす》で薄鼠色の女物靴

A中尉が説明してくれた戦利品はあまりに多くて、漱石も二〇〜三〇枚記載しても足らないくらいだったが、残念ながらたいてい忘れてしまった。しかしただ一つ、忘れることができないものがあった。それは女の穿いた靴の片一方である。地は繻子《しゅす》で、色は薄鼠色であった。手榴弾や、魚形水雷や、偽造の大砲は、単なる言葉であって、漱石の頭の底に概念として残っていないが、この一足の靴だけは、色といい、形といい、いつでも意志の起こり次第鮮やかに思い浮かべることができた。

日露戦争後、あるロシア士官が、この陳列館を見学に来たことがあった。この時、彼はこの靴を一目見て、非常に驚き、

「これは私の妻が穿いていたものです。」

とA中尉に言ったそうである。この小さな白い華奢《きゃしゃ》な靴の所有者夫人は、戦争で死んでしまったのか、いまだ生存しているのか、わからない。

東鶏冠山砲台

漱石らは日露戦争戦跡東鶏冠山の砲台を見学するのに馬車で廻る。今までは佐藤の白馬を着けた馬車に乗っていたが、急峻な山道では登れないので、泥だらけの掘り出した馬車に乗り換えた。ロシア軍は山という山には山頂に砲台を構え、その砲台のことごとくに馬車を走らせて、砲台間を連絡できるように広い通路をつけたそうである。ところが、戦争が終わって、砲台間を往復する必要がなくなったので、道路は補修されず荒廃し、たまに戦跡見学の物好きが、泥だらけの零落した馬車を鳴動させた。

鶏冠山を下りる時、漱石たちの乗った馬の足掻きが何だか変だったので、降りて見ると、左前足の爪の中に大きな石がいっぱいにはまっていた。よほど厚い石とみえて爪から三センチほどはみ出している。気の毒に馬は跛行《はこう》して痛々しく車体を運んでいた。見るに見かねて漱石は馭者に注意すると、中国人の馭者は降りて、硬く詰まっていた石を叩いたり引っ張ったりして取ろうと

したが、とうとう取れなかった。諦めて馭者は上がり、漱石を見てにやにや笑い、取れない、駄目だという顔をして鞭を鳴らした。

漱石たちは旧市街から新市街のヤマトホテルに向かった。途中立派なロシア陸軍旅順方面最高指揮官ステッセル中将の家が遠く見えた。もう一つ、質素な板囲いの小さな、日本にもありそうな木造住宅があった。漱石は「其有名な将軍の名を忘れて仕舞つた。」と書いているが、一九〇四年一二月一五日、旅順東鶏冠山北堡塁において日本軍の二八サンチ榴弾砲を受けて壮烈な戦死を遂げたロシア軍旅順要塞第七師団長ロマン・コンドラチェンコ中将（一八五七～一九〇四）の住居であった。彼は旅順要塞築城に陣頭指揮、常に最前線に立ち、部下将兵を鼓舞し続けた。勇猛果敢な彼の戦死は、日本・ロシア双方から日露戦争のロシア軍屈指の名将と高く評価されている。戦後、戦死した場所に日本側によって、コンドラチェンコ中将戦死の記念碑が建てられた。戦死により中将になった。中国語表記は「康特拉琴柯」（または康特拉飲科）である。

ロマン・コンドラチェンコ中将

司馬遼太郎は『坂の上の雲』「二〇三高地」で「全旅順の守備兵は神経質で貴族的なステッセル中将よりもこの農民くさい顔をもったコンドラチェンコ中将の勇敢さ、能力に心酔しきっていた。」と書き、「水師営」では、「コンドラチェンコは、工兵出身の将軍にしては歩兵と砲兵に精通し、そしてなによりも独創性に富んだ作戦家であった。」と軍人としての能力にも高評価を与えている。

東鶏冠山から下を見下ろすと、麓から坑道（対溝）が続いている。兵隊たちは石を割って、穴を掘った。九月二日から一〇月二〇日まで、朝から晩まで一日四五センチ掘ったのが、一番の手柄であったそうだ。ロシア軍も坑道を掘り進め、両軍の兵士はこの暗い坑道の中で仕切りを境に僅か三〇センチほどの距離を取って戦争をした。頭を上に出すとすぐ撃たれるので身体を隠して、乱射したという。疲れると、射撃を止めて、両軍兵士敵味方で会話をしたこともあるとA中尉は言った。

「酒があるならくれ。」

とねだったり、

「死体の収容をやるから、撃つのを少し待て。」

と頼んだり、

「あんまり下らんから、もう喧嘩は止めにしよう。」

と相談したり、いろいろなことを言い合ったという話である。まだ前近代的な長閑な大らかさを持った戦場風景に漱石もほっと心休まる思いがしたことだろう。

「野菊に似た小さな花が処々に見える。凝《じっ》と日を浴びて停《たゝず》んでゐると、微《かす》かに虫の音《ね》がする。」（「満韓ところぐ〵」二十五）

漱石と橋本は馬車で新市街のヤマトホテルに帰った。

夏目漱石歓迎会――関東都督府民政部主催

夜、関東都督府白仁武民政長官の招待で正餐（歓迎会）が旅順ヤマトホテルであった。民政部の高等官たちはそろってカーキ色の制服を着て出席した。

正餐では、漱石の五高時代の教え子白仁三郎が白仁武の実弟であり、熊本時代紫溟吟社《しめいぎんしゃ》で俳句の手ほどきをしたり、漱石の朝日新聞社入社の際、主筆池辺三山との連絡係をしたりした間柄であったことが、話題になっただろう。伊藤幸次郎満洲日日新聞社社長、松木(不明)両氏も出席した。

食事が済んで別室に戻って話していると、佐藤が、

「明日は朝の中、二百三高地を見たらよかろう。案内を出すから。」

と言ってくれる。漱石も、

「良かろう。」

と答えた。佐藤は

「大した案内にも及ぶまいが。」

と言う。漱石は、

「我々は一私人で、プライベイトな遊覧に来たのだから、公務を帯びている人を使ってはすまないが、せっかく案内を付けてくれると言うなら、小使でも何でも構わない、非番か閑散の人を一人世話してくれ。」

と頼んだ。佐藤は懐中から自分の名刺を出して、端の方に鉛筆で何か書いて、

「じゃ、明日の朝八時にこの人が来るから、来たら一緒に行くがいい。」

と言った。

正餐は午後一〇時散会した。

二百三高地（爾霊山《にれいざん》）

九月一一日（土）午前八時、案内の市川が迎えに来た。強い日光が空にも山にも港にも輝いていた。馬車を乗り捨てて、木のない山にかかると、強い日光が毛穴から総身に浸み込むように空気が澄徹していた。

明るい足元からぱっと音がして、何物だか飛び出した。案内の市川が、

「鶉《うずら》です。」

と言ったので、初めてそうかと気が付いたくらい素早く、鶉は目を掠めて、空中に消えてしまった。

その時漱石たちはもう二百三高地（標高二〇三メートル）の頂上近くに来ていた。

「ここいらへも砲丸が飛んで来たんでしょうな。」

と聞くと、市川は、

「ここでやられた者は、多くは味方の砲丸自身のためです。それも砲丸自身のためというより、

砲丸が山に当たって、石の砕けたのを跳ね返したためです。こういう傾斜の甚しいところですから、いざという時には、すぐ遠くから駆け寄せて敵を追い退けるわけにいきませんので、みんなこういう所に平たくなって噛り付いているのであります。そうして味方の砲丸が目の前に落ちて、一度に砂煙が揚がるとその虚に乗じて一間か二間ずつ這い上がるのですから、勢い砂煙に交じる石のために身体中傷だらけになるのです。」

と戦場の悲惨を詳しく説明した。

一九〇四（明治三七）年一二月三日から五日にかけての二百三高地への集中攻撃では、南面と頂上に二八サンチ榴弾砲を連続撃ち込む戦法を取った。通常、突撃隊が突撃する直前は砲撃を中止するのが、常道であるが、それではロシア軍の砲撃を打破できないと判断し、五日には敵味方入り乱れる所へ間断なく集中砲火を浴びせかけた。

二百三高地（旅順）

味方の砲弾で死ななければ、勝利を収めることができないような熾烈《しれつ》な戦争は、あまりにも苛酷すぎると、漱石は思った。

もし日本兵が撃った砲弾で夫が戦死したと、その妻が知ったならば、どんなに思うだろうか、私は思う。名誉の戦死と信じていた父が、実は味方の砲弾で死んだのだと子が知ったら、父の死は無駄死にだったのだと、思わないだろうか。戦争とは惨酷で悲しいものである。一将功成りて万骨枯る、である。

漱石は二百三高地の頂上に登った。そこには道標に似た御影の角柱が立っていた。その右をだらだら降りた所が土を掘り返したように白茶けて見える。不思議なことにはところどころ黒ずんで見える。これが石油を襤褸《ぼろ》に浸み込ませ、火をつけて放り投げた所だそうだ。頂上から見ると、どちらが東で、どちらが西か、方角がまるで分らない。ただ広々として山頂がいくつとなく起伏している一角に、藍色の海が二ヶ所、平たく見えるのみであった。

案内してくれた市川は、この旅順攻撃の実戦に参加した戦士であった。従って、戦闘の説明も臨場感があり、詳細であった。

奥保鞏《おくやすかた》麾下の第二軍は一九〇四年五月五日遼東半島東側塩大澳《えんだいおう》（中国語音イエンダアアオ）に上陸、金州・南山を攻略、南下して大連を占領、旅順を孤立させ、今度は一路北進して遼陽に向かった。一方、同年六月六日、乃木希典《まれすけ》麾下の第三軍は遼東半島塩大澳に上陸、旅順要塞攻撃に向かい、一二月末やっと陥落させた。その間、兵士たちは屋根の下で寝たことはなかったと言う。ある時は、大陸の酷寒の水の溜まった溝の中に腰から下を濡らして、何時間も唇の色を変えて、ぶるぶる震えていた。食事は鉄砲を撃たない時を見計らって、いつでも構わず口中に運んだ。食事さえ雨が降って車輪が泥の中に埋まって、馬もずぶずぶ沈んでどうしても運搬できなかったこともあったという。

「今あんなことをすれば、一週間経たないうちに大病人になるでしょう。医者に聴いてみると、戦争の時は体の組織がしばらくの間に変わって、全く犬や馬と同様になるんだそうです。」

と市川は笑って言った。彼は今、佐藤の下で旅順の巡査部長を勤めている。

爾霊山　　　　　　　　　乃木希典
爾霊山嶮豈難攀
男子功名期克艱
鉄血覆山山形改
万人齊仰爾霊山

爾霊山嶮なれども豈《あに》攀《よ》じ難《がた》からんや
男子功名艱《かん》に克《か》つを期す
鉄血山を覆うて山形改まる
万人齊《ひと》しく仰ぐ爾霊山

旅順港

午後。漱石はヤマトホテルの二階から旅順港を眺めた。港は巾着の口を括《くく》ったように狭くなって外洋の黄海に続いている。袋の中は油を注いだように平らかで、光が強く照り返していた。研《と》ぎ澄まされたような、晴れやかな、鋭い、烈しい、綺麗な光だなと感じた。

佐藤が、

「港内を見せてやろう。さあ、行こう。」

と誘ったので、旅順に来たからには、陸軍の二百三高地、海軍の旅順港は日露戦争古戦場として必見の場所なのだろうと思った。同勢は漱石・橋本・佐藤・田中清次郎理事、市川の五人である。

海軍港務部に入ると、水兵がいきなり五人に対して敬礼をした。兵隊の敬礼を受けたのは生まれて初めてであった。佐藤が先に中へ入る。(52)河野左金太《こうのさきんた》海軍中佐の案内で五人は小蒸気に乗り移った。海軍下士や水兵たちは将校の命令一下、きびきびと服従し、簡潔明瞭である。鏡のように見えた湾の入口でも、小蒸気は波に揺られて上がったり、下がったりした。強い日差しに照り付けられて、漱石は胸が悪くなったが、河野《こうの》中佐は軍人だから、一向気が付かない。船から潜水夫に空気を送っているが、

「ああいうポンプで空気を送るのは、旧式でね。時々、水圧に堪えず潜水夫を殺してしまいます。」

と恐ろしいことを言った。

旅順口閉塞作戦とその失敗

アメリカに留学中の参謀秋山真之は、一八九八年米西《アメリカ・スペイン》戦争の観戦武官として参加し、キューバのサンチャゴ港口閉塞作戦を参考にして、旅順港口閉塞作戦計画を立てた。日本軍が旅順港口閉塞作戦のため、自ら沈めた艦船も多い。この旅順港口閉塞作戦というのは、一九〇四年二月二三日から五月三日にかけて三次にわたって決行された。旅順港口は幅二七三メートルと狭く、両側は浅瀬で巨艦が出入りできる幅は九一メートルしかない。日本海軍は、港口にボロ船を

横に並べてロシア艦隊を港内に封じ込め、港外に出られないようにする作戦であった。第一次閉塞隊の、かの広瀬武夫少佐（戦死後、中佐）は報国丸に乗り組み、港口の灯台下で擱座《かくざ》した。三月二六日、第二次隊にも広瀬は福井丸に乗って、港口近くでロシア駆逐艦の魚雷を受け、沈没し始めた。広瀬は退艦時に杉野孫七上等兵曹がいないのに気づき、三度捜索したが、見つからなかった。広瀬は杉野を諦め、ボートに乗り移った。閉塞船を爆沈させ、帰途、敵砲弾によって広瀬の身体は微塵に砕け散った。しかし、旅順港閉塞作戦は失敗し、旅順港内のロシア船艦は出入りしていた。軍神広瀬中佐の美談は華々しく喧伝されたが、閉塞作戦失敗は小さなニュースにしかならなかった。

閉塞船報国丸の残骸（旅順港）

漱石は「それから」十三で広瀬中佐の例を挙げ、英雄の空しさを描き、偶像にも新陳代謝や生存競争が行なわれることを指摘し、万世橋の広瀬・杉野軍神銅像建立に冷淡だった（行徳二郎「日記抄」『漱石全集』別巻、岩波書店、一九九六年二月六日）。

戦後、沈没船の引き揚げが始まったが、請負師の不都合で一九〇九年一一月までで打ち切られる予定だそうだ。湾内の機械水雷（機雷）は三千発ばかり敷設したらしいが、戦後、引き揚げ除去しているものの、まだいくらも残っていて、作業中爆発して、死んだ者もいるそうだ。

港の入口は左右から岸が聳えて、その上に砲台がある。そこから探照灯で照らされると、方角がわからなくなり、閉塞船も方向を見失い、目的地に辿り着けなかった船もあった。

漱石たちは小蒸気で港内に引き返した。一九〇四年一二月五日、日本陸軍は二百三高地を占領し、頂上に観測所を設け、二八サンチ榴弾砲をもって旅順港内のロシア艦隊を砲撃し、戦艦五隻中四隻、巡洋艦五隻中二隻、水雷敷設艦一隻中一隻、砲艦二隻中一隻、計八隻を撃沈させた。その撃沈された残骸の横を曲がって、小蒸気に乗った元の石垣の下に帰った。

向こう岸にはロシアの戦利品のブイや錨が並んでいた。

「あれで約三〇万円の価格です。」

と河野中佐が言った。

田中清次郎とすき焼き

ホテルに帰って、風呂に入ろうとしていたら、田中清次郎理事から、

「一緒にすき焼きを食べにいらっしゃいませんか。」

と誘いの伝言である。昼の疲れで胃の不安が生じ、毫も食う気にならなかった。すき焼きを食うより早く湯に入って、レースの蚊帳の中で穏やかに寝たかった。そこで、ボイに、

「今湯に入りかけているからね。少し時間がかかるかもしれないから、田中さんに、どうかお先へと言ってくれ。」

と頼んだ。すると傍にいる橋本が、

「そりゃいかんよ。せっかく誘ってくれるものを、そんな挨拶をする法はないぜ。」

とまた長い説教が始まりそうだから、

「うん、よしよし。それじゃあね。今湯に入っていますから、すぐ行きますって、そう言ってくれ。よく言うんだよ。わかったかね。」

とボイに念を押して風呂に飛び込んだ。

漱石は胃弱の顔を見せず、橋本・田中と連れ立ってホテルを出た。空はよく晴れて、星が遠くに見える晩であったが、月が出ないので、往来は暗かった。新市街はロシアが開発途上で敗退し、日本はその計画を踏襲し、その上独自の趣向を加味して発展途上であった。しかし、戦後四年経っても普請中、未完成であり、廃墟のままの状態であった。

漱石たちは半ば建築途中の荒涼たるロシア建物が点在する、草の生えた四角な空き地を横切り、ガス灯も電燈もない暗闇の道路をホテルのボイに案内されて二二〇メートルほど行くと、一軒の日本料理店に迎えられた。畳が敷いてあるが、壁の厚さが三〇センチほどもあって、大陸の防寒のため、純日本風の家屋ではない。

酌婦が四人出て来て、東京語を使わない。田中がわざと名古屋弁をまねてからかった。ところで、メインであるすき焼きはなかなか出て来ない。酒を飲めない漱石は魚をつついて手持無沙汰

であった。すき焼きが出ても、胃は美味を感知してくれなかった。すき焼きの主唱者田中清次郎は、

「天下に何がうまいって、すき焼きほどうまいものはないと思うがね。」

と、傍で見ていても羨ましいほどよく食べた。

漱石はしようがないから、畳の上に仰向きに寝ていた。酌婦の一人が、

「枕をお貸し申しましょうか。この枕ではお気にいりますまいが。」

と言って、自分の膝を漱石の頭の傍に持って来た。

「結構だから、もう少しこっちの方へ出してくれ。」

と漱石は頼んで、女の膝の上に頭を乗せて寝ていた。漱石があまり静かなものだから、膝を貸した女は眠ったのだと思って、顎の下をくすぐった。橋本も向こうの方で長くなっている。田中だけが女を相手に碁石でキシャゴ弾《はじ》き（喜佐古弾《きさご》き。きさご〈細螺〉は海産の巻貝）をやって大騒ぎをしている。

帰る時に、女将からしきりに泊まって行けと勧められた。門を出ると、また暗くなり、森閑として人気のない道路をホテルに帰った。漱石は影のように歩いた道と派手なすき焼き騒ぎを眼前に思い浮かべて、小説じみた心持ちがした。

民政長官官邸

九月一二日（日）朝、旅順ではいろいろお世話になったので、白仁武民政長官官邸（新市街御雪《みさき》

町一七号地第一八番官舎）に告別の挨拶に行く。官舎は壮麗な建物で、漱石も驚いて、

「結構なお住まいですが、もとは誰のいた所ですか。」

と聞くと、

「何でも、あるロシア大佐の家だそうです。」

と白仁は答えた。漱石は、

「こういう家に住んで、こういう景色を眼の下に見れば、内地を離れる賠償にはなりますね。」

と言うと、白仁も笑いながら、

「日本じゃ、こんな豪邸に到底入れません。」

と言った。

胃の調子が悪いと言うと強壮剤として用いる漢方薬の五《ご》加皮酒《かひしゅ》（ウコギの根皮を乾燥させたものを高粱酒に浸して作った中国の薬酒）を御馳走になる。

関東都督府民政長官官邸（旅順新市街）

佐藤友熊宅訪問

「明朝、朝食に鶉《うずら》の御馳走を食わせるから来ないか。橋本左五や田中清次郎も呼んでいるから。」

と友熊から招待された。

前日約束したので佐藤友熊警視総長官邸（旅順新市街鎮遠町）で朝食の鶉の御馳走になる。実良一一歳、実忠九歳、実信七歳、礼子四歳の四人の子供に会った。

漱石はぼんやりとした記憶で、朝食の御馳走に鶉を食ったのは、英国留学中、ケンブリッジに行った時、浜口担(53)に招かれたことを思い出した。

田中清次郎理事は既に来ていた。橋本左五郎も同席する。仙台袴を着けた佐藤が食堂に案内した。西洋流の食卓に会席膳を四つ並べて、鶉の朝食となった。御椀の蓋を取ると、鶉がいるので、不思議もなく食べた。皿の上の醬油で焼かれた鶉を美味しく食べた。三番目は芋か何かと一緒に煮られたものだったようだ。これらを平らげると、佐藤は、

「まだあるよ。」

と言って、次の皿を取り寄せた。次は西洋流の油揚げにした鶉であった。食べ終わらないうちに、油揚げはお代わりが出た。鶉が豊富であったため、漱石はつい食い過ぎた。胃の中に入った骨だけでも随分ある。大連に帰って胃の痛みが増した時、

「あまり鶉の骨を食ったせいじゃなかろうか。」

と橋本に相談したら、

「全くそうだろう。」

と答えた。

食事を終わって応接間に帰って来ると、佐藤が突然、

「時に君は何かやるそうじゃないか。」

と聞いた。佐藤も中村是公と同様に、俳句も小説も弁《わきま》えない文学音痴である。

「何かやるなら、一つ書いていくがいい。」

と言って、妙な短冊を出した。それを傍に置いて話をしていると、

「一つ書こうじゃないか。」

と催促する。

「今考えているところだ。」

と弁解すると、

「ああ、そうか。」

と言って、また話をする。しまいに墨を磨って、とうとう、

「手を分《わか》つ古き都や鶉鳴く」

と書いた。佐藤は短冊を取り上げて、

「何だ、年を分つ古き都や……」

と詠んだ。草書の「手」は「年」とよく似ているので、読み間違えたのである。

旅順停車場一一時二〇分発の汽車に乗って大連に向かう。

大連を去る

午後一時大連に到着、同行の田中清次郎理事が、

「私の家に来ませんか。少しは本を集めています。」

と言うので、行って蔵書を見せてもらう。ジョージ・スティーヴンズ George Steevens（1736～1800。シェイクスピア学者）のフォリオ（folio, 二つ折り判）のシェークスピアでロバート・ピール卿 Sir Robert Peel（1788～1850。元首相）の署名のあるものを見た。豪華版が多くあった。


二時半ごろホテルに帰る。俣野義郎が埠頭事務所の[54]桜木俊一を連れて来る。大連埠頭で講演をしてほしいとのことである。体調良くなく、勘弁してほしい。あいまいな返事をする。


胃が痛む。ゼムを嚙んだり、宝丹を飲んだり、通じ薬をやったり、日本から持って来た散薬を用いてみるが、効き目がない。山城町の大連医院に行った時、苦し紛れに、院長の[55]河西《かさい》健次に向かって、

「僕も一つ診察を願おうかな。」

と言うと、

「明日の一〇時ごろいらっしゃい。」

と親切に引き受けてくれた。ところが、翌日の一〇時頃になると、腹痛は治まり、診察のことはすっかり忘れてしまって、強い日差しの下、鳥打帽子を被って見学に駆け回っていた。


入浴して、六時ごろ、晩食をしたため、従事員養成所に行って、七時から八時まで約一時間、「物

の関係と三様の人間」と題して、講演をした。この講演で漱石は、人には「物と物との関係を明《あきら》める人」（科学者など）「物と物との関係を変化せしめる人」（軍人や満鉄社員など）「物と物との関係を味う人」（文芸家など）の三つのタイプがあり、社会の進展には、三様がバランスよく発展していく必要がある、と述べた。この講演を中村是公総裁・国沢新兵衛副総裁・田中清次郎理事など満鉄重役たちも傍聴した。

講演の内容は『満洲日日新聞』に掲載されたが、永年不明であった。二〇〇八年五月二四日付『朝日新聞』に「漱石「幻」の講演　旧満洲、地元紙にあった」として要旨が掲載された。岩波書店の『漱石全集』にも永く未収録だったが、一〇九年ぶりに『定本漱石全集』第二十五巻「別冊上」（二〇一七年）に収録された。

帰りに中村総裁社宅に寄り、国沢、田中も同席、犬塚信太郎理事も呼ぶ。橋本左五郎も遅れて来る。中村が、

「貴様、俺の通弁（通訳）にならんか。」

と言う。漱石も苦笑した。中村は橋本にも、

「牧畜をやる希望があるならやれ。」

とけしかける。明朝七時五〇分発の汽車は、今夜遅いので、明後日の急行に延期する。中村が、

「金が不足したら貸してやる。」

と約束する。橋本に旅行のプログラムを作ってもらうことにした。

歓談して一二時ホテルに帰った。

横浜正金銀行大連支店（大広場）

九月一三日（月）晴れ、朝、埠頭事務所所長相生由太郎と所員桜木俊一が来る。今夜埠頭のホールで講演を依頼されていたが、承諾を確約する。橋本も承諾する。中村から電話がかかり、

「今日、出発するのか。」

と聞いて来たと、ボイが取り次ぐ。漱石は、

「昨晩十二時まで話していたから、いつ立つか、わかっているはずだ。」

と言い、不審に思う。ボイが復命して、

「奥様がお聞きになっているのです。」

と言う。夕べ中村は妻に漱石のことを話さなかったと見える。あるいは田中と一緒にあれからどこかに飲みに行ったかもしれないと思った。

漱石は大山通(56)の横浜正金銀行（煉瓦造り二階建て、屋上中央と左右両側に対称的に合計三つのバロック様式の緑色ドームを持つ）で為替を受け取った。散歩から帰ると、腹が痛む。大連海関の立花政樹と今井達雄が来たので、共に昼食を食う。午後三時過ぎ中村是公来る。俣野義郎も来る。是公は馬の話を橋本としている。是公が、

「俺の馬に乗ってみろ。」

と自慢して言う。中村と橋本二人で馬に乗りに行く。漱石は途中から腹が痛くなったので、ホテルに帰った。

夕食を食べて、桜木俊一が迎えに来たので、埠頭の講堂に行く。先ず橋本左五郎が講演した。続いて漱石が一時間余り講演した。馬車でヤマトホテルに帰る途中、中村是公邸に立ち寄ったところ、不在であった。

大連停車場（1937年6月以前の小規模な駅）

満鉄連長線の急行列車

九月一四日（火）朝、大連ヤマトホテルの勘定を払おうとすると、フロントデスクの係が、「既にいただいておりますので、その必要はございません。ご心配なく。」と言う。中村是公が払ってくれているのであろう。

満鉄連長線急行列車寝台車

是公の総裁社宅に行き、千代子夫人にお別れの挨拶に行く。満鉄本社に行き、重役課長たちにお世話になったお礼と告別の挨拶をした。田中清次郎理事と共に立花政樹を訪問、別れの挨拶をした。

大連停車場に着く。是公をはじめ、満鉄社員諸氏に至るまで大げさに見送られた。是公が、

「貴様が生れてから、まだ乗ったことのない汽車に乗せてやる。」

と言うだけあって、急行列車は日本本土では見られない豪華列車だった。

コンパートメントcompartmentの車室は、トイレット・洗面所・化粧室が付属した立派な部屋であった。橋本が時刻表を見ながら、

「おい、この部屋は上等切符を買った上に、他に二五ドル払わなければ、入れないところだよ。」

と驚いた。なるほど時刻表にはそう書いてある。日露戦争に勝利して、大陸に進出した日本は、遅ればせながら、欧米列強並みの帝国主義の壮大な実験をこの満洲でやろうとしていたのである。それが南満洲鉄道株式会社であった。

午前一一時、急行列車は大連を出発した。旅行のプログラムは一切橋本に委任している。金がなければ、やるよと是公が言うので、いざとなればもらう気でいた。当座は大丈夫であったが、朝鮮に移る時、財布の中身が充実していないのに気づき、是公に無心した。

漱石は痛む腹を忘れて、瀟洒《しょうしゃ》な車室に横たわった。

三　熊岳城《ゆうがくじょう》

トロッコで熊岳城温泉へ

熊岳城（中国語音シオンヤオチョン）は大連から北へ一七八キロメートル、湯崗子《とうこうし》・五龍背《ごりゅうはい》と共に満洲三大温泉の一つに数えられていた。

車窓から見ると、山の裾に乏しい蕎麦《そば》畑があって、鳩が飛んでいた。

一三時四五分、瓦房店《がぼうてん》（中国語音ワーファンティエン）に停車し、一四時発車した。農民が身長より高い高粱を刈っていた。水牛のような、牛のような、豚のような動物が五、六頭、高粱を背に載せて、河を渡っていた。草山に牛や馬が草を食んでいる。山が高いので、仰ぎ見ると、馬が空を飛んでいるように見えた。

一五時三二分、熊岳城に到着した。停車場を降りると、柵の外に五、六軒の長屋のような低い家が見えるばかりなので、漱石は何だか汽車から置き去りにされたような気持ちになった。ここ

熊岳城停車場

からトロッコ（手押しの軽便鉄道）で一五分間、約二キロメートルあまり乗らなければ、温泉に着かない。

トロッコは日露戦争中、陸軍が作ったものを手入れもせずにそのまま使っていた。軌道（レール）の間からも、軌道の外にも、草が生えている。草の生えない、鉄色の二本の線路が真っ直ぐにどこまでも延々と貫いている。軌道の両側はことごとく高粱で、建物らしきものは、一軒も見当たらない。

トロッコは頑丈な細長い涼み台に鉄の車を着けたもので、中国人が勢いよく、うんうん押すと、トロッコは次第にスピードを速める。そうすると、彼らはひょいと台に腰を掛ける。やがて、速力が鈍ると、素足のまま飛び降りて、また肩と手を一緒にして、うんうん押す。坂を下る時は、スピードが出て、乗っている人の臓器に少なからず振盪《しんとう》した。漱石はこのトロッコに運搬されたため、衰弱した胃をなお一層悪化させた。口中清涼剤ゼムを含んで、早く目的地に着いてほしいと願った。滑らかに快適に走れば走るほど、胃にじんじんと堪《こた》える。漱石は鳥打帽子《ハンティング》の前庇《まえびさし》を深く下げて、日に背を向けるようにしていた。

苦痛の一五分、トロッコはようやく止まった。線路の左側だけが高粱畑を百坪あまり刈り取って、黒い砂地に長い平屋が建っていた。

ここ「温泉ホテル」は、福岡県遠賀郡戸畑町（現・北九州市戸畑区）出身の形田幾次郎が、一九〇四（明治三七）年四月、第一二師団酒保員として日露戦争中渡満し、師団の前進に随って各地の情勢を視察し、熊岳城の地は山あり河あり、天然の温泉が熊岳河の中から湧出していたので、荒涼たる満洲の地に居を定め、温泉場を創設経営したものであった。しかし、河の中の温泉のため、降雨出水すると、温泉家屋は流失し、矮小狭隘な家屋なので、来遊客を慰安満足させることができず、経営はすこぶる困難を極めた。清国官憲との間に紛擾《ふんじょう》を生じ、一時はほとんど閉鎖寸前の有様であった。満鉄は南満洲の景勝地として開発しようと計画し、軽便鉄道を敷設し、浴舎の建設に助力を与えるなど、温泉郷発展に扶助したので、ようやく曙光に接し、以来拮据《きっきょ》経営数年に及び、熊岳城温泉ホテルとして知られるようになった。一泊一円五〇銭から三円、昼食はその半額（『満洲十年史』附録「成功せる事業と人物」満洲十年史刊行会、一九一六年三月三一日再版）。この温泉ホテルの主人形田幾次郎は一九一五（大正四）年末、病没した後、妻つねが亡夫の遺志を継いでホテル経営を維持した。

熊岳城温泉

透明清澄にして硫黄臭を帯び、わずかに鉄味を含み、温度は平均摂氏五〇度、皮膚病その他諸病に効ありという。一九〇六（明治三九）年当時の日本軍駐屯守備隊長が熊岳河に浴槽三個を設けて、同楽温泉と名付けたという。（『南満洲鉄道案内』南満洲鉄道株式会社、一九〇九年一二月二五日発行）。

漱石と橋本左五郎は窓から外を眺めると、崖下に一軒の中国風の古い建物が回廊のように続いている。眼の下に川があり、深さは三〇センチ足らず。漱石は橋本の後について手拭をぶら下げて、幅三〇センチ足らずの橋を渡る。砂地を下駄で一町ほど行くと、板囲いの小屋に温泉があった。湯槽《ゆぶね》は大きな四角な桶を地の中に埋《い》け込んだようなものである。砂の中を潜って出る湯は、じくじくといかにも熱い。大きな湯槽に溜めて見ると、底まで見えるほど澄み切って綺麗だが、うっかり飛び込んで、熱さに飛び上がった二人は小屋を飛び出して、二〇〜三〇メートル先の共同風呂まで行って、どぼんと浸かった。

風呂から出て砂の中に立って、上流を見渡すと、川が緩やかに湾曲し、向こう側に大きな柳が五、六本見える。奥には村があるようだ。牛と馬が五、六頭水を渡って来た。犬が渡る。遠いので小さく動いている。皆茶褐色をして柳の下に近づいた。牛追いは牛よりもなお小さく見えた。水墨による文人画家の山水画、いわゆる南画を髣髴《ほうふつ》とさせた。高い柳が細い葉を収めて静まり返っている所は、中国めいて面白かった。

遠く左に屏風《びょうぶ》を立てたような連山が見える。橋本が中国語の通訳として連れて来た大重《おおしげ》に山の名を聞くと、知らなかったが、彼はすぐ土着の人に聞いて、

「高麗城子《ガオリチョンズ》と言うんだそうです。」

と教えてくれた。蓋平城北約一二キロメートル、青石関を過ぎ、高麗城子という村落の傍らに立つ山で、石城山とも言い、俗に高麗城と呼んでいた。

二〇〇四年九月四日、私は吉林大学日語系大学院生丁文博と遼寧省蓋県で調査中「高麗城村」という道標を見つけ、今も朝鮮族の村落があった。

夜、漱石は橋本と生まれて初めて撞球《ビリヤード》をした。

九月一五日（水）朝、温泉の湯に入ると、熱さ甚だしい。風呂の中で大連まで乗船した鉄嶺丸の乗客と再会する。営口からの帰りだと言う。その細君が記念帖（サイン帖）を出して、漱石にしきりに揮毫を求める。

高麗城村（遼寧省蓋県）　原武 哲

濡れた手拭を下げて、温泉の砂の中をぼくぼく橋の傍まで帰ってくると、崖の上から若い女が裸足で降りてきた。橋の横幅は三〇センチほどだから、双方突き進めば衝突してしまうので、どちらかが避けて待ち合わせなければならない。女はまだ土手を降りていないので、漱石は橋を渡ろうと橋板に足を踏み入れた。下駄を二、三歩踏み鳴らして、一間（約一・八メートル）ほど来た時、女も橋の中間で出会ってしまった。女が留まると思いきや、ひらりと板橋の上を舞うように進んで近づいて来た。漱石と女とは板と板の継ぎ目で行き合った。

「危ないよ。」

ととっさに声をかけると、女は笑いながら軽くお辞儀をして、漱石の肩に触れて渡り過ぎた。艶っぽい話が少ないこの紀行文の中で珍しく女の肌に辛うじて偶然触れる、数少ないシーンである。

空が曇って小雨が降っている。漱石は窓から首を出して、濡れた河原を眺めながら、

「またトロッコに揺られて、胃を痛め付けられては、かなわないな。俺は梨畑に行くのは止めて休養しようかしら。雨具の用意もしていないし。」

と言って、休むことにした。

苗圃《びょうほ》

雨具を持っている橋本は、農科の教授だけあって、しきりに梨や栗や豚や牛を見たがる。熊岳城には満鉄の苗圃（草木の苗を育てるための農場）約一〇ヘクタールがあり、各種の種植をなしていた。鉄道沿線植樹用樹苗養成に従事する傍ら果実蔬菜《そさい》その他農作物に関する試作をしてきた。一九一三（大正二）年、満鉄熊岳城苗圃は公主嶺農事試験本場の分場となり、約五〇ヘクタールの土地、経費五万三〇〇〇円に規模拡大した。

橋本は苗圃の主人（橋本の教え子）と通訳大重を連れて出発した。漱石は宿に残りつくねんとして、窓の中に映る山と水と河原と高粱とを眼の底に焼き付けた。

薄く流れる河の深さは前日と同じようにほとんど五、六センチしかないが、河の真中に鉄の樋が砂に埋もれながら首を出しているのに気が付いたので、漱石は旅館の女に、

「あれは何だい。」

と聞いてみた。女は、

「あれはボーリングをやった跡です。」

と答えた。漱石は満洲の女だけあって、術語を知っていると感心した。

「ついこの間、雨が降って、川上の方から砂を押し流してくるまでは、河の流れがまるで違ったあたりを流れていたのですよ。だから、あそこに浴場を新築するつもりでしたが、駄目になってしまいました。」

と言う。河の流れが一雨ごとに変わるようでは、めったな所に湯場を建てるわけにもゆくまい。なるほど窓の前の崖も河の水によって浸食されている。

鮎がこの川上で捕れるそうである。細雨が河原を潤している。遠くの山が雨に煙っている。秋の河を数匹の馬が渡る。雨が柳に降り注ぐ。黍畑の穂の色が濃く着いた模様は南宋画の世界である。

雨がようやく止んだ。漱石は退屈だから、横になった。

松山・黄旗山

一〇分もたったころ、宿の女がやって来て、

「ただ今、駅から電話がかかりまして、これから松山の梨畑においでになるなら、駅からトロッコを仕立てますが。」

という問い合わせである。

「今から行って間に合うのかな。」

と尋ねると、

「手押しではなく器械（手漕ぎ）トロッコですから、汽車と同じぐらい早いのです。」

という話である。胃は痛いが、乗ってみたい気もするので、出発の支度を始めた。

苦しい胃痛を一五分堪えて後、手押しトロッコは停車場に着いた。漱石は独り構内を徘徊した。器械トロッコは姿さえ見せない。嫌になって帰ろうと思った。すると、保線の駅員が来て、

「電話がかかり、松山から今器械トロッコが出たそうです。」

と言う。その松山は遥か向こうである。漱石はレールの上に立って、連綿と続く線路の彼方を飽くことなく眺め続けた。しかし、トロッコは来る気配はなかった。

やっと、トロッコが来る。器械トロッコですこぶる早い。

松山は駅の西南約四キロメートル、黄旗山また宝泉山といい、古名は松石山という。平らな勾配の緩い山である。一面芝が生えて、ところどころ岩が出ている。岩には苔が生えている。東京

王子の桜の名所飛鳥山公園の大きい丘のようなもので、桜の木を松の木に植え替えたようなものだと漱石は表現した。松の大きさは約三〇～四〇年の若い木ばかり芝の上に並んでいる。漱石は痛い腹を抑えて、とうとう頂上まで登った。頂上には蜀漢の豪傑関羽（関帝）を祀る関帝廟がある。関帝廟は武運を守護する武神であり、商売繁盛の財神でもあるという民間信仰が広がり、中国各地に祀られた。

土塀の門を入り正面に向かって、柱に掲げられた左右相対の聯を読んでいると、すぐ傍で梭《ひ》の音がする。廟守がおりそうなので、白壁を切り抜いた入口を潜って、中に入った。暗い土間を通り越して、奥を覗いたら、窓の傍に機《はた》を据えて、白い疎髯《そぜん》を生やした老翁が、せっせと梭《ひ》を抛《な》げて、粗く白い麻の布を織っていた。案内の男が二言、三言中国語で何か言うと、老翁は手を休めて暢気な大きい声で返事をした。

「七〇歳だそうです。」

と案内人は通訳してくれた。

「たった一人でここに住んで、食事はどうするのか。」

と通訳を煩わせて聞いてみた。

「下の家から運んでくるものを食っています。」

と言うことだ。

「その下の家というのが、梨畑の主人の所なのです。」

と案内人は説明した。

松山の上から遼東湾が見える。やがて、黄旗山を降りて梨畑に行こうとすると、

「正門から入るのは面倒なので、どうです、土堤《どて》を乗り越そうじゃありませんか。」

と案内人が言い出した。漱石は胃が痛く、少しでも近道がいいので、すぐ賛成した。蒲鉾形の土塀を向こう側に向かって走り下りた。胃は実に痛かった。樹の下を潜って三〇〜四〇メートルも来ると、向こうの梨畑に橋本左五郎を始め一行が床几に腰を掛けて、梨を食っていた。腕に金筋を入れた熊岳城駅長大宮市助までが一緒である。彼はこの年一九〇九（明治四二）年に満鉄を辞職して、万秋園を経営するそうだ。

漱石は胃の中に何か入れると、一時痛みが止むので、みんなに交じって梨を一つ、二つ食べた。そうして、梨畑の中をぐるぐる歩き廻った。木の数は二千本もあるという。ここの梨はまるで林檎《りんご》のように赤い色をしている。大きさは日本の梨の半分もない。小さいだけあって、鈴なりに枝を撓《しな》わして、累々とぶら下がっているところは、いかにも見事である。

背の高い、大きな、梨園の主人は、中国人らしく落ち着き払って立ち、紅梨の旨いやつを、使用人に命じて笊《ざる》にいっぱい取り出してみんなに御馳走した。案内人の話では、この主人は二千万とか二億万とかの金満家だそうだが、それは誇張であろう。脂《やに》の強いアメリカ煙草を吹かしていた。

梨にも食べ飽きたので、橋本が通訳の大重に、いろいろお世話になってありがたいから、お礼のため梨を三〇銭ほど買って帰りたいというようなことを中国語で話してくれと頼んでいる。それを大重がすこぶる厳粛な顔で中国語に通訳していると、主人は途中で笑い出した。三〇銭くらいなら、ただであげるから持ってお帰りなさいと言ったそうである。橋本は、じゃ貰って行こう

とも言わず、また三〇銭を三〇円に改めようともしなかった。ホテルに帰ると、女性従業員は客と一緒に梨畑に行って、梨を七円ほど土産に買って帰った話をして聞かせた。その時橋本は、「うんそうか、俺はまた三〇銭がた買って来ようと思ったら、三〇銭ぐらいなら進上する、と言われたよ。」

と澄ましていた。

　黄旗山（梨山・松山）一帯は、熊岳城の土豪咸《かん》文氏の所有であって、周囲の壁は泥でできた城壁のようで、上部は西洋のお城のように四隅に櫓があり、凸凹《とつおう》を作っている。行儀よく四角な孔がいくつも開けてあり、その孔から赤い旗が、孔の数だけちらちらと見える。まるで村のお祭りで、若い者が面白半分に作り物でも拵《こしら》えたのじゃなかろうかと、邪推するほど、子供じみたものであった。

馬賊と匪賊《ひぞく》

　ところが聞くと、この櫓は馬賊の来襲に備えるために、梨畑の主人咸《かん》氏が、わざわざ家の四隅に打ち建てたのだと聞いて、漱石は半ば驚き、半ば滑稽でおかしかった。まるで玩具のようである。ただなぜあんな赤い旗を孔の間から一つずつ出しているか、全然わからなかった。裏側に廻り階段を登ってみると、この赤旗一本が一挺の鉄砲を代表していることを知った。鉄砲は博物館にでもありそうな時代がかった古風な大きいもので、どれもこれも錆《さび》を吹いていた。弾丸を装填しても恐らく砲身から先に発射される気遣いはあるまいと思われるほど、安全に立て掛けられていた。もっとも赤い旗だけは、外から見えるように城壁の孔からぶら下げてあり、ご丁寧に鉄砲に括り付けてあった。

汚い顔をした番兵は後ろの小屋にごろごろしていた。馬賊の来襲に対する防備のため、雇われた番兵であるが、実は日当三〇〜四〇銭の苦力《クーリー》である。

「馬賊」とは、本来、華北・東北（満洲）において一定の縄張りを持ち、有力者の支援を受けて、他集団の略奪・襲撃・放火・誘拐などから守る武装自衛集団であり、騎馬で移動していた。しかし、武力が独立強大化し、無頼の徒を吸収して、縄張り外や支援を受けていない有力者を襲う「匪賊」になった者も多い。日露戦争中には、日本軍が彼らの一部と結託し、情報収集・敵陣後方攪《かく》乱《らん》に利用して、大きな成果を上げた。

櫓を降りて門を出る前に、

「家の内部を観る訳にいくまいか。」

と通訳を通じて頼むと、主人は頭を振って聞かなかった。女のいる所を見せる訳にゆかないと言うんだそうである。恐らく妻妾同居の姿を日本人に見せたくなかったのであろう。その代わり客間へ案内してやろうと番頭を一人付けてくれた。その客間は往来を隔てて向こう側にある一戸建ての家であった。外には大きな柳が、静かな葉を細長く空に曳いていた。

長屋門を入ると鼠色の騾馬《らば》が木の株に繋いである。漱石はこの騾馬を見ると、『三国志演義』の劉備玄徳の乗った馬を思い出した。騾馬というのを「満洲」に来て初めて見た。腹が太く、背が低く、全体が丸く、逞しく、万事邪気がないような好い動物である。

農学者の橋本に騾馬の講義をさせると、騾馬は牡驢馬と牝馬との交配によって作られた雑種、駃騠《けってい》は牡馬と牝驢馬との交配によって作られた雑種であって、両者とも一代限りの雑種で繁殖能力がないとのことである。騾馬は馬より小型であるが、力が強く、丈夫で粗食に耐え、運搬・労役に適しているが、駃騠は小型で華奢《きゃしゃ》な体格、使役に適さないとか、区別の説明を始めるので、漱石の頭脳は混乱するばかりであった。漱石は半分聞いて、黙って鞍のない騾馬の裸姿を眺めていた。首を伏せた騾馬はしきりに短い草を食っていた。

門の突き当りが客間で、お寺のように観音開きの扉を左右に開けて入る。内部は実に汚かった。

「客でも招待する時は、臨時に掃除をするのか。」

と聞いたら、

「そうだ。」

と答えた。主人咸文に挨拶して、松山を抜けたら、松の間に牛が放牧してあった。

大宮市助熊岳城駅長は道々どこから見つけ出すか不思議なくらい見事に初茸を見つけ出した。漱石と橋本も面白半分に探してみたが、全く見つけることはできなかった。

松山を下る時、漱石が、

「おい、満洲を汽車で通ると、甚だ不毛の地のようであるが、こうして高い山に登って見ると、沃野《よくや》千里という感があるね。」

と橋本に話しかけた。農学者橋本は満洲の大地が沃野であるか、不毛であるか、地質学的に充分に熟知しているからか、科学的にそう簡単に断言できないからか、要領のいい返事はしなかった。文学者漱石の沃野千里は、全く色彩から割り出した感じであった。松山の上から見渡すと、高い日に映る、茶色や黄色が、縞になったり、段になったり、模様になったり、霞で薄くされて、雲に接するまで、一面に平野を蔽うている。これは多分、高粱畑と荒れ地が縞模様になり、秋の薄い水蒸気で朦朧となった一望千里の地平線、満洲の大地を体感した漱石の表現であろう。

望児山・望小山

熊岳城駅の東北約三〇〇メートル、平野の中に島のように礫《れき》岩の丘が六個点在している。その中で喇嘛《らま》塔のあるものが、望小山（現在では望児山）である。塔は水難塔といい、八角の半喇嘛型、高さ約八・五メートルの磚築《せんちく》である。昔、一人の未亡人がいて、我が子が科挙の官吏登用試験を受けに渤海を渡り、都に上ったが、年月が経っても帰らず、母は日夜思慕、帰郷を待ち望んだが、遂にこの丘の頂上で我が子の名を呼びつつ、悶死したという伝説によって、この山を望児山または望小山という。

熊岳城望児山頂の喇嘛《ラマ》塔
原武 哲（左）と丁文博

「漱石日記」に「望小山と云ふ。裸山がある。上に塔が刻んである。」とあるが、「満韓ところぐ〵」には、「望児山」あるいは「望小山」の記述はない。おそらく、漱石は望児山に登ることもなく、奉天に向かう列車が停車場を出て北行する時、車窓右側に見たのみであろう。

二〇〇四年九月四日、私は吉林大学大学院生丁文博を通訳に連れて、望児山に登り、山頂の喇嘛塔から四囲を望見し、漱石が登らなかったことを遺憾に思った。

漱石は熊岳城停車場に来た時から腹が痛かったが、帰りもますます痛みは苦しかった。再び器械トロッコに乗って、停車場に来た時は耐えられないほど痛んだ。昼飯は食うどころではない。午後三時、停車場に着いたが、これから手押しトロッコに一五分間ばかり乗ってホテルに着いて飯を食うとすれば、一六時二〇分発の大石橋への汽車は間に合わない。やむを得ず、翌日に出発を延ばす。熊岳城の温泉ホテルに帰ると、女将が大宮駅長の持って帰った初茸を汁にして晩食の御膳に載せてくれた。初茸を食いながら、梨畑、馬賊、土の櫓・赤い旗の話をして、午後九時ごろ寝た。

その後、手押しトロッコは、温泉ホテルの繁盛とともに無蓋馬車鉄道が熊岳城停車場と温泉間を連絡するように替わった。

熊岳城出発、営口に向かう

一六日（木）。朝、晴れ。直ちに温泉風呂に入る。ホテルの風呂は熱くて、入れないので、露天の混浴の砂湯に入る。空を仰ぐと、あくまで澄みきって、満洲の空は美しい。柳の木を電話線の柱に用いている。柳の電柱から葉が出ていた。一面に朝顔が生えていた。

ホテルを出立しようとすると、女将の形田つねがサイン帖を持って来て、

「これに何か書いてください。」

と言う。女将は漱石を二人つなぎ合わせたように肥えている。初めはどこの誰だか判らなかったが、女将と知って驚いた。サイン帖を前に置いて、

「どうぞ。」

と手を膝の上に重ねた。その膝の厚さは約二五センチぐらいある。

サイン帖を開けると、第一頁にＨ林学博士、その次にどこそこの連隊長何のなにがしと書いてある。第三頁に記念の揮毫を遺す時間が差し迫って来た。橋本はサイン帖を見るや否や、われ関せずと向こうを向いて澄ましている。漱石は仕方がないから、

「書くには書くが、少し待ってくれ。」

と頼んだ。すると、女将は、

「そうおっしゃらずに、どうぞどうぞ。」

と二遍も繰り返してお辞儀をする。漱石は無論一時逃れの嘘を吐く気ははじめからないのだが、こう拝むようにされて書いてやるほどの名筆でもあるまいと思うと、困却と慚愧《ざんき》でほとほと持て余してしまった。すると橋本が例のごとく口を利いてくれた。

「この人は嘘を言う男じゃないから、大丈夫ですよ。今に何か書きますよ。」

と笑っている。漱石はまた世間話をしながら、その間に発句でも考え出さなければならなくなった。

汽車の時間は切迫するし、肥った女将は待っているし、漱石は切ない思いをしてやっと一句思い浮かんだ。浮かぶや否や、サイン帖の第三頁に、

「熊岳城にて」

と前書をして、

「黍《きび》遠し河原の風呂へかち渡る（『漱石全集』では「渡る人」）」

と認めて、ほっと一息吐いた。女将の御礼も受け取る暇のないほど急いでトロッコに乗った。電話線の柱に柳の幹を使ったのが、いつの間にか根を張って、針金の傍から青い葉を出しているのに気が付いて、あれでも句にすればよかったと思った。

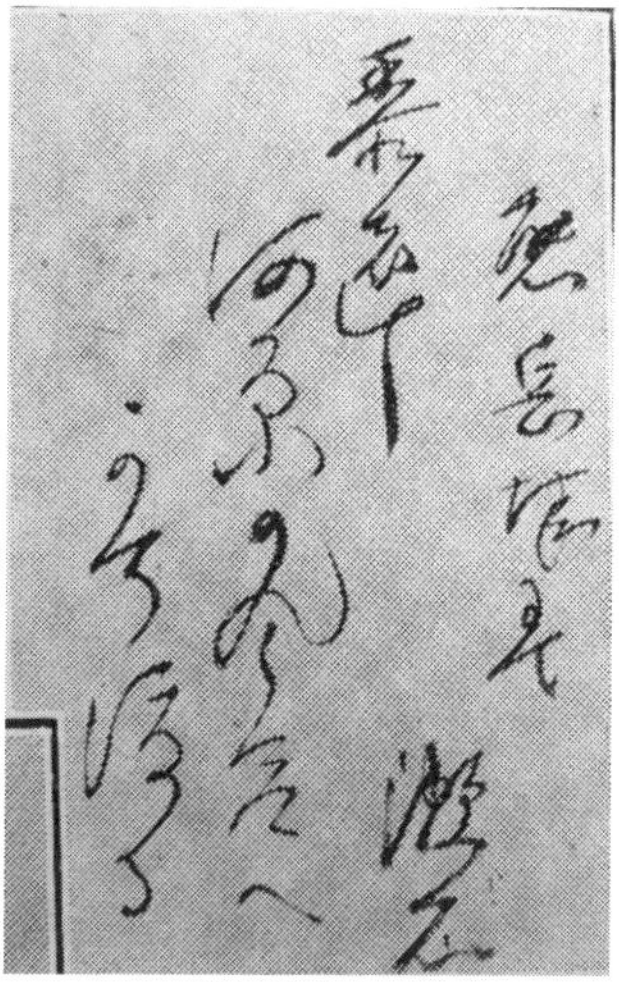
漱石俳句初案

このサイン帖の所在は現在不明であるが、後に『満洲八景』（熊岳城温泉ホテル発行、一九二九年六月）という冊子に漱石の揮毫による図版が掲載されているという。図版では、「黍遠し河原の風呂へかち渡る」とあるが、『漱石全集』第十七巻「俳句・詩歌」では「渡る人」となった。『全集』未収録の「初案」と思われる。「黍」（秋の季語）は日本の粳《うるち》・糯《もち》ではなく、高粱または玉蜀黍であ

ろう（西槇偉「熊岳城温泉と黄旗山の梨園」『Kumamoto』第二一号、二〇一七年一二月一五日。西槇偉・坂元昌樹編著『夏目漱石の見た中国――「満韓ところどころ」を読む』集広舎、二〇一九年三月二八日収録）。

熊岳城停車場を午後四時二七分発の汽車で出立、営口に向かった。

車窓から覗いてみると、いつの間にか、高粱畑はなくなっていた。さっきまでは遠くの方に黄色い屋根が所々見えていたが、

「きれいなものだ。」

と感心していたが、それも遂に消えてしまった。

「あれは屋根の上に玉蜀黍《とうもろこし》を干してあるんだよ。」

と橋本が説明してくれた。

後に、韓国では屋根の上に唐辛子を干していたが、松の木の間から見える一軒屋が秋の空の下で、燃え立つように赤かった。しかしそれが唐辛子であるということだけは、一目ですぐわかった。満洲の屋根は次の屋根までの間隔が遠いせいか、ただ茫漠たる単調を破るための色彩としか思われなかった。ところがその黄色い屋根も高粱もことごとく影を消してしまった。あるものはただの地面だけで、赤黒い茨のような草が限りなく生えていた。最初は蓼の種類かと思って聞いた。橋本はすぐ頭を振って、

「蓼じゃない。海藻だよ。」

と言う。平原の尽きるあたりを、眼を細くして見ると、暗くなった奥の方に、一筋鈍く光るものがあるように思われる。

「海辺かな。」

と橋本に聞いてみた。日はもう暮れかかっていた。際限なく蔓延《はびこ》っている赤い草（「鹸蓬草《けんぽうそう》」。〈『夏目漱石の見た中国』西槇偉「怪物の幻影」集広舎二〇一九年三月二八日〉）の向こうは薄い夕靄《ゆうもや》に包まれて、蒼く暮れかけた頃である。あからさまに目に映るすぐ傍をよく見詰めると、乾いた土ではない。踏めば靴の底が濡れそうに水分を含んでいる。橋本は、

「鹹気《しおけ》があるから、穀物の種が卸《おろ》せないのだ。」

と言った。

「豚も出ないようだね。」

と漱石は橋本に聞き返した。

漱石は汽車に乗って初めて、満洲の豚を見た時、

「あの黒い妙な動物は何だ。」

と橋本に真面目に質問した。彼は、

「豚だ。」

と答えた。それ以来、満洲の豚と怪物とは切り離せないものになった。

この薄暗い、苔のように短い草ばかりの、不毛の沢地のどこかに、あの怪物のような豚が、きっと潜んでいるに違いないと思った。しかし、一匹の怪獣豚に出会う前に、日はとっぷり暮れてしまった。目に余る赤黒い草の蔭は、次第に黒一色の夜に変化した。北の空に夕日の名残りのような明るい所が残っている。

その明るい雲の下が目立って黒く見える。あたかも高い城壁も影が、空を遮って長く続いているように見える。漱石は高い城壁らしき影を眺めて、いつの間にか万里の長城に似た古跡の傍でも通るんだろうと空想した。すると誰かがこの城壁の上を駆けて行く者がいる。はてなと思ってしばらくするうちに、また誰かが駆けて行く。不思議だ、変だと感じて、瞬きもせず城壁の上を見詰めていると、またたれかが駆けて行く。汽車は刻々と城壁に向かって近寄って来た。一定の距離まで来ると、漱石はにわかに失笑した。今まで人間と思い込んでいたものは、電信柱の頭に変化した。城壁らしく横長に続いていたのは、大きな雲であった。汽車は容赦なく電信柱を追い越した。高い所で動くものが漸く漱石の眼底を打ち払って消えた。

営口支線に乗り換えのため、午後六時三五分大石橋で下車。待ち合わせ五〇分間、食堂に入るも、思いの外、立派であった。七時二五分発営口行支線に乗り換えた。大石橋〜営口間は約二二・三六五キロメートル、途中に停車駅はない。

第二章　奉天へ

一　営《えい》口《こう》

営口と牛荘

午後八時五分、営口（中国語音インコウ）に到着した。

営口はもと遼河の吐出した泥土の堆積層からなった地域であって、今より一七〇年前までは寂寥とした一漁村に過ぎなかったが、地形の利便性は次第に商店街の移住を促し、一八六〇（万延元・咸豊《かんぽう》一〇）年の英清条約により各国互に市場を営口に開くに当たり、鎮海営（海上を鎮める砦の意）を駐屯させた。だから地元の人は、その後鎮海営または営子口と称し、今日では単に営口と呼ぶようになった。

元来、英清条約によって、開放を約定されたのは、現

営口（牛家屯）停車場

在地の上流八〇・四五キロメートルにある牛荘《ニュウチャン》であったが、条約締結後三年、英国領事が来任に当たり、遼河が年々浅くなって貿易港として、牛荘が営口に遥かに及ばないとみて、遠く牛荘に赴任せず、営口港に止まり、ここに領事館を建設して自ら牛荘と称し、今日に及んでいる。ここにおいて外国人は皆ここを牛荘と称しているけれども、その事実は営口であって牛荘城とははっきり区別すべきものである。

漱石が下車・乗車した初代営口停車場は牛家屯にあり、後に新市街まで線路を延長し、二代目の新しい営口停車場が一九〇九年一一月より乗客取扱いを開始した。

清林館

営口停車場前には、杉原泰雄（横浜正金銀行営口支店長）と天春又三郎《あまかすまたさぶろう》(57)（水道電気株式会社支配人営口局長）と橋本のモンゴルに連れて行った大重の三人が出迎えた。

横浜正金銀行営口（牛荘）支店

清林館の馬車に乗り、茫漠として広い道路を走り、営口停車場から三キロ二七〇メートル、二〇分間ばかりで旅館清林館（新市街）に着いた。清林館は西洋式ホテルであるが、内部は純然たる和風旅館である。部屋は綺麗で、器物も綺麗、はなはだ心地よい。

清林館の経営者は林屋仲太郎[58]といい、石川県金沢の出身、日露戦争酣《たけなわ》なる一九〇四（明治三七）年夏、林屋は遼寧省営口に来て、開業したが、日露戦争後の一九〇七（明治四〇）年四月一四日、日本軍政署の勧誘により、営口新市街に家屋を新築し、清林館と称して旅館を開業した。爾来設備を完備し客室を増築し、旧満洲における旅館中設備調度の完備していること清林館の右に出るものはないと言われ、中国満洲旅行の日本人は大抵この旅館に宿泊して、初めて旅情を慰めるを得たという。

漱石が湯に入ると、中国人が背中を流してくれた。

一七日（金）朝、橋本左五郎と杉原泰雄らは小寺牧場に行く。小寺牧場は小寺壮吉[59]の経営する合資会社小寺洋行の一事業で、「小寺農場」のことだろう。新市街から約四キロ、旧営口停車場近くの牛家屯にあった。

痛い腹を抱えて今さら豚を見に行くこともあるまいと思って、漱石は牧場行きを止めた。

小寺洋行は一九〇六（明治三九）年、営口を本店（新市街南本街）とし、まず貿易部を創設、続いて満洲主要工業である油房建設に着手、時の軍政官與倉喜《よくらき》平《へい》（一八六八〜一九一九。宮崎県。陸軍中将）中佐の油房事業の翼賛、土地買収の斡旋などもあり、営口に一三・二ヘクタールの広大な敷地に、一五〇万円を投じ、大阪から機械を買い入れ、一九〇八年竣工した。その後、一九一〇年一二月には敷地約二ヘクタールの大連油房を開設した。

一方、漱石は清林館の主人林屋仲太郎の案内で、馬車に乗り市街に出た。営口市街は遼河の河口から約二四キロメートル、遼河の北岸（右岸）、東西に沿って狭く、細長い八キロメートルばかりの町である。西側が旧市街中国人中心の町であり、東側に大石橋からの営口支線の終点一九〇九年一一月開業した新営口停車場を中心に新市街日本人町があった。戸数約九千戸、人口五万余人で、日本人は新旧市街合わせて戸数約五七〇戸、人口約二千人、他に附属地住民約三百人がいた（『南満洲鉄道案内』南満洲鉄道株式会社、一九〇九年一二月二五日発行）。

遼河の汚泥、渤海湾を埋め尽くす

往きはフェリーボートで遼河を横切る。遼河は内蒙古を源とし、盛京省（現・遼寧省）の西部を縦貫し、開原・鉄嶺・奉天・遼陽・営口を流れて、遼東湾に注ぐ大河である。灰のように動く濁流が轟々として空を呑む勢いで遠くから際限なく流れている。

後に哈爾濱に行く途中、満鉄地質調査所長木戸忠太郎の話によると、(60)

「満洲の黄土は其昔中央亜細亜《アジア》の方から風の力で吹き寄せたもので、それを年々河の流れが御叮嚀《ごていねい》に海へ押出してゐるのださうである。地質学者の計算によると、五万年の後には今の渤海湾が全く埋つて仕舞ふ都合になつてゐます」（「満韓ところ〴〵」四十）

と言う。河岸に立って、遼河の両岸の間を眺めていると、水量が泥の量よりも少ないくらい無限に押し寄せて来る。五万年はおろか、一、二ヶ月で遼河口はすっかり泥で塞がってしまいそうである。それでも三千トン級の汽船は悠々と自由に往来しているそうだから、中国の河は暢気なものである。ここに住む人間もまたもとより悠然たるもので、古来この泥水を呑んで、悠然として子を産んで、今日まで繁栄してきたのである。

たくさん浮かぶ船の間を横切って、北岸に着いた。向こう岸は何もない。ただ関内外鉄道（京奉線〈北京・奉天間〉営口支線）の営口停車場（河北停車場）があるのみである。北京へ行く急行列車に乗れば、溝帮子《こうほうし》で乗り換えて、北京方面に行くことができる。客が大勢乗り込んでいるので、下等室を覗いて見ると、腰掛もない平土間にみんなごろごろ寝ころんでいた。

舢《サン》板《パン》

帰りは舢板《サンパン》（三板・杉板とも書く）という河川沿岸を連絡する木造の平底帆船に乗った。河面のここかしこに浮かんで、形に合わせて大きすぎるぐらいな帆を上げている。帆の裏には細い竹を何本も横に渡してあるから、帆に角が立って巻き上げる時には、がらがらと鳴る。日本では見られない光景であった。

冬季は凍結し、春の初めには氷山が流れて来る。先が見えないので、流氷と流氷との間に挟まれると、命を取られそうになるという。ある時、氷に路を塞がれて危なくなったので、船を捨てて氷の上に上がり、乗り捨てた船を引き摺って向こう側に渡り、ようやくまた船に乗ったと言う林屋仲太郎の体験談である。

舢板《サンパン》は奇妙な岸に着いた。岸は石垣ではなく、葭《よし》（葦）を畳んでできた葭垣である。葭はいくらでも水を吸い込むので、水の力で浚《さら》われる恐れがないから、かえって安全なのである。天然の護岸工事が行なわれているのだ。冬の結氷期には浚渫《しゅんせつ》ができるという。

細い小路を突き抜けると、営口市街西部旧市街の中国人町の真ん中に出た。

「支那町は臭し。」と漱石は、日記に記している。大蒜《にんにく》と豚肉の脂の臭いは慣れない日本人にとっては強烈である。看板はお金をかけた金文字、たいへん高価で、千円もするものがあるそうである。前述の芳賀矢一「留学日誌」（一九〇〇年九月一四日）上海市内見物でも似た表現があるのは、面白い。

日清豆粕製造株式会社営口出張所

「大倉組の豆粕会社を訪ふ」（日記）とあるが、「豆粕会社」は日清豆粕製造株式会社のことで、一九〇七（明治四〇）年三月、大倉組（大倉喜八郎社長）および松下商店（松下久治郎社長）の両者が主な出資者となり、日清豆粕製造株式会社を東京市京橋区五郎兵衛町に創立設置した。大連軍用地区に約三・三ヘクタールの敷地に大連製造所を新築し、翌一九〇八年六月工事完成し、最新式機械を設備し、一日毎豆粕七千枚、豆油二一トンを生産する能力を備えていた。まだ大連が輸出入の事務能力を持たない頃、営口出張所がその任を負っていた。漱石訪問時、営口・大連の豆荷は大して差異なかった。やがて大洋に面した大連港の重要性が高まり、遼河土砂堆積による営口港の地位は低下し、油房の地位も逆転した。

漱石は日清豆粕製造株式会社をいまだ大倉組と思っているらしい。胸が痛むので、ポケットから粉薬を出して飲もうとするが、あいにく水がない。まだそれほど老練な患者でないので、一滴の水も用いずに散薬を飲み下す方法を発見していない。拝むようにして、林屋を煩わせて、水を探してもらう。林屋は、

「ええ、訳はありません。」

と言って、探しに行ったが、散々引っ張り回された。とうとう漱石は苦しくて道端に竦《すく》みそうになったころ、ようやく一軒の店に入った。盆栽などの据えてある中庭を通り抜けて、角の一部屋に案内された。水はなかなか出る様子はない。そして、

「こちらへどうぞ。」

と言って、二階に招ぜられた。階段を上がって廊下から部屋にはいると、日本人が二、三人事務を執っていた。

「さあ、どうぞ、おかけください。」

と言って、椅子を与えられたので、挨拶を交わした。水をもらいに飛び込んだところは、日清豆粕製造株式会社営口出張所であった。迎えてくれたのは、社員の倉田である。

『日清製油株式会社六十年史』（一九六九年一一月三〇日）にも「満韓ところぐ〵」（四十）のエピソードは載っており、倉田の姓はあるが名まで記載されていない。倉田はもとより日本から観光か視

察の目的でわざわざ営口までやってきた者と思っているらしい。まさか、著名な作家、夏目漱石が服薬のため通りがかりに水をもらいに立ち寄ったとは思ってもいない。薬を飲むための水が欲しいのに、水は容易に出ないし、湯も出ない。

「今、お茶を差し上げます。」

と言って、ボイがしきりに接客用のお茶の支度をしている。清林館の主人林屋が漱石の正体を明かしたのかもしれない。腹はますます痛くなってきた。漱石は林屋が恨めしくなった。しかし、倉田に対しては、それ相応の体裁を具えた応対をしなければならない。

「大豆が汽車で大連に出るようになってから、遼河を下って来る大豆の量は減ったでしょう。」

とか言うことを、真面目くさって質問していた。

一八六四（元治元・同治三）年営口開港、関税設置あり、一〇年目に貿易総額は約五四〇万円を計上した。爾来営口の発達は遅々として進まなかったが、満洲開発が進み、満洲貨物唯一の呑吐港となり、大豆・豆粕の販路の拡張は長足の進歩を遂げた。ロシアの東清鉄道により物資運輸は繁栄し、日露戦争までは営口貿易全盛時代であった。戦後の不景気は多少の影響はあったが、なお大連と相並んで満洲の二大貿易港たるを失っていない（『南満洲鉄道案内』一九〇九年一二月二五日）。

牛荘（営口）大豆及び豆粕出廻表（アメリカ・トン）によると、一九〇九年は豆粕一〇万九六三五トン、大豆四〇万八七八三トン、合計五一万八四一八トンで、一九一二年をピークに以降下降し、大連にトップの地位を譲った（『営口事情』手島喜一郎編、営口実業会、一九二〇年五月二〇日）。

営口の回教礼拝堂《モスク》

「屋根に上りて営口を見る。支那家屋の屋根は往来の如し。回々《フイフイ》教の寺だと云ふ。赤く塗つた塔の如きもの見ゆ。」（一九〇九年九月一七日付漱石日記）。

と、漱石は日記に記したが、「満韓ところぐ〳〵」には回教寺院の記載はない。口絵カラー写真「営口清真寺」を参考のこと。

屋根に上がって営口の町を見ると、中国家屋の屋根は往来の雑踏のようにごちゃごちゃとしている。中に赤く先端を塗った塔をもつ回教（イスラム教）の礼拝堂（清真寺。モスク）が見える。西槇偉の「怪物の幻影　熊岳城から営口へ」によると、「営口のイスラム寺院には東寺と西寺がある。後者の方が歴史が古く」とある。

『営口事情』（手島喜一郎編、営口実業会、一九二〇年五月二〇日）によると、「礼拝寺　同寺は清真寺にして光緒八年（一八八二年・明治一五年）回回《フイフイ》教徒の建立せるものにして又彼等の会議所たり　中には回回教徒の子弟を養育する学校をも開く　木牌《きふだ》に「萬歳萬萬歳」の文字を刻したるを本体とす」とあるので、ここが漱石が見た回教寺院だろう。

二〇〇四年九月五日、私は中国東北調査旅行の時、営口で赤く先端を塗った塔を持つモスクを見つけ訪問し、内部を見せてもらい、会議所・学校らしきものも見た。

「あなた方はイスラム教徒ですか。」

と質問され、イスラム教徒ではないと答えると、私たちは礼拝堂に入ったが、「萬歳萬萬歳」の文字を確認することはできず、礼拝は許されなかった。

漱石が営口訪問時の一九〇九年には、このモスクが既に存在していたことだけは確認した。

営口の劇場

清林館の主人林屋仲太郎が連れて来た牛島が、

「芝居を観に行きましょう。」

と言って漱石を劇場に連れて行く。まだ開演ではない。stall（劇場の一階正面席）はテーブル椅子式である。桟敷は階段式、随分広い。舞台《ステージ》は前に突き出している。登場口・下場口の二つある。

『営口事情』（一九二〇年）によると、「支那劇場　支那劇場は裕仙茶園、小紅楼茶園、小平康里茶園、大平康里茶園、水源茶園等ありて海港地として之等の娯楽機関多く中には専属の俳優を有し日夜観劇者絶えず又設備も他のものに比して発達す」とあるが、漱石が見た劇場が五つの中、どの茶園であるかわからない。

牛島が劇場の後ろへ出て、

「いや、裏は女郎屋だ。」

と言って、帰って来る。

漱石は清林館主人林屋仲太郎の案内で、狭い小路を入ると、左右は煉瓦の塀で、屋敷町のように人通りが少ない。この道を三六〜三七メートル行き、左手の門を入った。偶然に入ったので、家の名も主人の名も知らず、そこは中国人の遊廓、つまり女郎屋、売春窟であった。

営口の女郎屋――泥濘の中の妖花

門を入ると、狭い路地に左右には浅草の仲見世のような長屋が続き、小さい部屋（房）が三つあり、一番目は幕が垂れ、二番目は二畳敷ぐらいの土間の後ろの方を上がり框《かまち》のように腰を掛けるだけに仕切って、そこに若い女が三人、互いに靠《もた》れあっていた。漱石はその真ん中の、色の白い、眉のはっきりした、眼も朗らかな、頬から顎《あご》を包む弧線が春のように柔らかな女に見惚れた。女は目をそらして、空を見た。三人は少しも口を利かなかった。恐らく女たちは入ってきた男たちが日本人と知って拒絶の意志を表示しているのであろう。

漱石たちは突き当りの部屋に入った。狭い土間で、中央にはテーブルがあり、三人の男が食事をしていた。皿小鉢から箸茶碗まで汚いこと甚だしい。食べている男に至っては、なおさらまるで大連埠頭で見たクーリーのようで、汚かった。漱石は下男が台所で飯を掻き込んでいるのではなかろうかと考えた。次の部屋の入口を覗いて見て驚いた。向こうの壁に寄り添えて一脚の机が置いてあって、その右に一人の男が腰を掛けている。右手に筮竹《ぜいちく》のような、スペインのカスタネットのような快板児《クワイバンル》（竹板で拍子をとる打楽器）を持ち、机の上を叩き、左の掌に竹の切れを二つ入れて、カチカチと打ち鳴らしながら、せりふと歌を織り交ぜて調子を取る。竹を鳴らす男の左に女が三人立っている。その前には十二〜十三歳の少女が男を見詰めながら、細い咽喉を震わせて怖い魔物に魅入られて、身動きできないような高い声で歌う。部屋の入口には盲目が床几に腰掛け、暗い顔をして、悲しい陰気な、高い調子の胡弓（二胡）を弾いていた。漱石は一番目の部屋の眉のはっきりとした美人と、突き当りの部屋で飯を掻き込む汚い男たちと、奥の部屋の怪しげな音楽を奏し歌う怪しげな団体との三者を、不思議な矛盾だと感じた。漱石にとっては異次元・異文化・異様な体験であった。

二葉亭、ロシア人に騙される

林屋仲太郎は一九〇二（明治三五）年六月七日、徳永商店ハルビン支店に赴任する二葉亭四迷と共にウラジオストックを発ち、国境のポグラニチナヤ駅で急行列車を乗り換えたことがあった。二葉亭はハルビン行二等切符二枚をカネガイ（徳永商店員か）に二五ルーブル渡し、買わせたところ、出札係は二五ルーブル受け取って、四ルーブル足らぬと言う。そこでカネガイは林屋から四ルーブルを借り、切符を受け取った。再び出札係の所に行くと、出札係はまだ二五ルーブルを受け取っていないと言う。カネガイは哀れにも出札係の言動が理解できず当惑のあまり、口をもぐもぐさせるばかりで茫然自失。二葉亭が近づいて何事かと聞くと、出札係は大声でわめいている。列車は今にも出発しそうなので、切符を急がねばならず、二葉亭が出札係に行き、切符を二枚買う。その後、駅長に面会し、発車後直ちに発行切符数と売上金を精算し、余分の金が出ればそれを郵送してくれるように名刺を渡して頼む。駅長は承諾した。発車したのは払暁三時ごろであった（『二葉亭四迷全集』第五巻、「手帳六　遊外紀行」筑摩書房、一九八六年四月三〇日）。林屋は、「かつて二葉亭と一緒に北の方を旅行して、ロシア人に苛い目にあった。」と漱石に話したから、ロシア出札係の料金二重取りは明らかで、駅長の送り返しはなかったであろう。

営口での講演——趣味に就て

腹痛がするので、一二時半に横浜正金銀行杉原泰雄支店長の午餐の約束を断って、清林館に帰って寝る。午後三時ごろ杉原と橋本が呼びに来たので約束だから、支度をして営口倶楽部（会長は在牛荘日本領事館太田喜平領事）に行き、「趣味に就て」の演題で講演をした。この講演の内容は、一九〇九年九月二一日付『満洲新報』に「承前」として掲載されたが、前半部分は欠号である。岩波書店『漱石全集』第二十五巻に後半部分のみ収録された。

『営口事情』（一九二〇年）によれば、「日本人の倶楽部には有志の共立に係る営口倶楽部及満鉄社員の満鉄倶楽部又撞球場たる牛荘倶楽部等あり」とあるが、やはり満鉄倶楽部ではなく、在牛荘日本領事館太田喜平領事が会長を務める営口倶楽部だろう。西槇偉は『営口日本人発展史』（営口商工公会編纂、一九四二年一二月）によって、清林館から外に出ることなく、二軒先の営口倶楽部に出向いたと推定している。

晩食は水道電気株式会社支配人の天春又三郎《あまかすまたさぶろう》の斡旋で、既に準備ができていたが、腹痛で容体が怪しくなってきたので、好意だけを謝し断って清林館に帰り、また休息をとる。清林館は甚だ丁寧親切で、設備の行き届いた宿であった。午後五時過ぎ、橋本が帰って来たので、すぐに宿を出発し営口停車場に向かった。杉原・天春・領事官補大野守衛が見送りに来た。

博士になったり、ならなかったりの橋本左五郎

大連のヤマトホテルにいる時、満鉄から来た封書の表書きに「橋本農学博士殿」と書いてあったのを、橋本は眺めながら、

「これだから、いやになっちまう。」

と言って、漱石の方を向いて苦笑した。漱石は学者ぶって無暗に博士よばわりをされるのを苦にする意味なんだろうと思って、取り合ってやらなかった。

漱石は橋本が当然農学博士だろうと信じていた。是公もそう信じていたようだ。現に是公がある人に向かって、

「橋本って農学博士さ。」

と説明しているのを聞いたことがある。漱石もいつかの新聞で、橋本が博士になったことを確か

に承知したという記事を読んだ記憶がある。それで大連を出発して熊岳城に行く時も、栄誉ある博士の同伴者だという自覚がちゃんとあった。しかし、毎日食事を共にしているうちに、何かの拍子に、

「いや、俺は博士じゃないよ。」

と橋本が言い出したので、いくら本人が証明したって納得できないほど驚いた。一〇年近くも大学教授をしている人間を博士にしない方はないと考えた。何だか新聞でその授与式を見たような気がしたので、抗弁したが、橋本はやっぱり、

「博士ではない。」

と頑固に言い張って言うことを聞かない。漱石もやむを得ず、

「そうか。」

と言って、我を折った。橋本は気の毒ながらとうとう博士ではなく、ただの人間になってしまった。しかし、どこに行っても、

「橋本博士、橋本博士。」と言う。新聞を時々読むと必ず「橋本博士」と出ている。しまいには、

「おい、また博士だよ。」

と注意するのが面倒になった。橋本も済ましている。いちいち博士じゃありませんと訂正して歩くわけにもいくまい。漱石にも覚えがあった。釜山から下関に渡る船中で、東洋拓殖株式会社の嶺八郎（一八六八～一九三六。一八八九年一高仏法。一八九二年帝大法科卒）の妻にあった時、八郎は真面目な顔をして、

「この方は夏目博士。」

と引き合わせた。すると細君は、

「お名前はかねて伺っております。」

と丁寧にお辞儀をされたから、漱石もやむを得ず、

「はあ。」

と言ったなり、博士らしく挨拶をした。だから橋本が博士に慣れきって、満洲を朝鮮に渡るに何の不思議はない。漱石も一度は橋本の博士号を撤回したが、日を重ねるに従って何だか博士らしい気持ちがし出した。

後に安東県の旅館元宝館の番頭が、誤って「橋本博士」という荷札を漱石の手荷物の革鞄にぴったり結わい付けてしまった。漱石は腹が立ったが面倒だからそのままにしておくと、次の平壌の旅館で橋本と別れることになって、橋本の手荷物を停車場へ運び出す際に、漱石の革鞄を橋本のものだと思い込んで、旅館の男が停車場にどんどん持って行ってしまった。漱石は、慌てて、

「冗談じゃない。これは俺のものだ。」

と言って、取り戻した。橋本は面白がって笑っていた。それだから、橋本はまだ博士にならない。

一九一一（明治四四）年二月一九日、長与胃腸病院に入院中の漱石は、東京帝国大学文科大学の文学博士会から文学博士に推薦される。漱石は学位記を送り返し、学位制度の有害なるを訴え、文部省は一度授与したものは取り消せないと例の博士問題の騒動は四月まで続いた。授与した、

貰わないで決着がつかないまま、宙ぶらりんで終わった。一方、同年六月二六日、橋本は東北帝国大学総長の推薦により、農学博士の学位を授けられた。

二　湯崗子《とうこうし》

湯崗子へ

湯崗子（中国語音タンガンズ）温泉は唐の太宗高麗征討の際、軍兵がここに刀傷を癒したと伝えられる。東清鉄道時代にはロシア人の経営した浴場があったが、日露戦争後、日本人が修理を加え、四方の眺望広濶なる温泉旅館金湯ホテルが開業した。一泊一円五〇銭ないし四円で、昼食はその半額である。陸軍転地療養所があり、病兵はここにきて療養していた。泉質はアルカリ性で透明無色、胃腸、脚気、リューマチ、創傷などに効能ありという（『南満洲鉄道案内』一九〇九年一二月二五日）。

夜九時、漱石たちは湯崗子に到着した。停車場は縁日の夜店ほどに小さい。空には星があるが高いので、足元を照らしてくれない。寂しい汽車道を通って行くと、レールの色が前後一六〜一七メートルばかり、提灯《ちょうちん》の灯に照らされたり、消えたりする。

やがて右に切れて、堤のようなものをだらだらと降りたが、五、六歩を過ぎると、平地に出た。一つの提灯を先頭にして、寂寞たる平野にはびこる無尽蔵の虫の音に包まれながら歩いた。しか

湯崗子温泉

し、飯の菜に奴豆腐を一丁食った所が、その豆腐が腹の中に入るや否や急にコンクリートの塊に変化して、胃の中を塞いでいるような気持ちがする。顎の奥から締め付けられて、唾液が流れ出す。そのままにしておくと、嘔《は》きたくなる。嘔きたいのを我慢していると、足が竦《すく》んで動けなくなる。気分が悪いのを辛抱して、平原の中に一点の灯火を求めて歩いた。

虫声喞々《しょくしょく》の間を、彼方に見える一点が、今夜の怪しき容体の運命を決する孤《ひと》つ家《や》であると覚悟して、広漠たる曠《こう》野《や》をひたすら真っ直ぐに足を運んだ。淋しい野原にただ一軒の宿が金湯ホテルであった。平屋造りの西洋館で、床の高さが地面とすれすれになるほど低い。板間ではあるが、靴のまま出入りする。ホテルの女たちは草履を穿いていた。広い空き地にランプを灯して住まっているのかと思われるほど、浮き立たない建物だった。入ると、すぐの大広間に置いてあるオルガンさえ、以前の持主が忘れて置いて行ったものとしか思われなかった。茶や酒を作るバーのようなところを通り過ぎると、左右に部屋がある。

暗い廊下を突き当たって右に折れたウィングの端の部屋へ案内された。漱石たちの部屋は二室より成り、低い一室には絨毯・テーブル・ソファー・椅子があり、フロアーと同じ高さである。

もう一室は三〇センチばかりに階段があって、それを上がると、畳が敷いてある。壁は白くところどころ汚れている。夜具は真紅《しんく》の中国緞子《どんす》である。ホテルの小女が提灯をつけて、別館の温泉浴場に案内した。温泉には湯壺が三つあり、石段を一メートルほど降りて、入ると少し熱い。

橋本がしきりに、

「起きて、晩飯を食え。」

と勧めたが、気分が悪いので、食わず葛湯を飲んで寝た。食卓に何が盛られたか、眼を開けて見る元気さえなかった。

千山行断念

一八日（土）朝。漱石は体調に自信なく、千山行は始めから見合わせて、静養することにした。

橋本たちは、

「馬が来るそうだ。」

「まだ、来ないぞ。」

「いや、騾馬が来るそうだ。」

と騒動している。

そもそも千山は漱石に言わせれば、

「ただ山と谷と巌と御寺と坊主丈である」。

渓と山の奇勝は遼西の医巫閭山《いふりょざん》と共に満洲名山の双璧と称せられている。湯崗子停車場の東方約二四キロメートルにあり、峰巒攢簇《ほうらんさんそう》（大小の山峰が集まり群がり）、層巌磊砢《そうがんらいら》（幾重にも重なった巌石がごろごろと転がっているさま）は、千をもって数えることができると言われ、これによって、千山と名付けられた。山中渓谷の数は四六、奇勝百景と称されている。渓壑窈窕《けいがくようちょう》として、その山は奇岩怪石、神剷《しんさん》（神が断ち）、鬼削《きしょう》（鬼がけずる）の妙を極めたという。

この閑雅幽邃《ゆうすい》の境に五大禅寺（龍泉寺・大安寺・香巌寺・中会寺・祖越寺）と二五院が建立されている。

やがて、三匹の騾馬がやって来た。小汚い一匹は飛んだり蹴ったりして、どうしても大重を乗せようとしない。

中国人の少年が、

「馬が怖がっています。」

と言って、手拭で目隠しをして、両手で轡《くつわ》をしっかり押さえていた。大重は苦笑いをしながら、三、四度乗ろうとして、失敗したので、皆が喝采して、囃《はや》し立てた。漱石は大重の腰つきから推測して、千山まであれで乗り通すのは、きっと無理であろうと同情した。案の定、まだ目隠しをした大重の馬は、だんだん遅れた。

橋本は北海道住人だから、苦もなく鞍に跨った。

「今夜のうちに帰るんだ。」

と豪語してしきりに馬を急がせているらしい。

もう一人、熊岳城の苗圃長《びょうほちょう》（農事試験場長）は、橋本に教わったと言うだけに手綱さばきを心得ていた。彼も橋本に負けじと続いて行く。

漱石は千山行を中止したお蔭で、馬術家としての名誉を保ったと安堵した。

やがて大重、苗圃長の影は高粱に遮られて、どこへ向かったか、全く分らなくなってしまった。先刻からそこら辺を徘徊していた背の高い中国人二人もまた高粱の中に姿を隠した。この中国人は肩から背に斜めに長い鉄砲を釣り下げていた。

漱石は彼らを見た時、とっさに馬賊を連想した。馬賊は橋本たちと前後して高粱の底に消えた。

しばらくして、

「ドーン。」

という砲声が聞こえて、またしばらくして、三人の馬の前にどこからかあの背の高い馬賊が現れてきたら大事件だ、と想像していたが、何の音沙汰もなかった。ほっとしてホテルの部屋に帰って、狸の皮の上に横になった。

午飯《ひるめし》を食べてから、部屋の中でごろごろと静かに本を読んだり、居眠りをしたり、外を眺めると緩やかな草山に放牧の馬が点々と草を食んでいた。甚だ静かである。

海老茶袴《えびちゃはかま》の女

午後四時ごろ、漱石は手拭を提げて温泉風呂に行った。百メートルほど原の中を歩かなければならない。四方を石で畳み上げた中に階段を三段下りると、温泉の湯に足が届く。東清鉄道時代は、ロシア人が経営していたが、日露戦争後は日本人が修理して、面目を一新した。陸軍軍政時代は軍人が修理したものだから、立派にできている代わりに殺風景である。

「入浴時間は一五分を超ゆべからず」という布告めいた張り紙が入口に張り付けてある。温泉の温度は四五度から七〇度というから、かなり高温である。だから長時間の入浴を禁じているのであろう。この規則を犯しても、大したことはあるまいと、高をくくって、石段に腰を掛けたり、腹ばいに身を浮かしたり、頬杖を突いて寄りかかったり、いろいろ工夫をして、熱い温泉湯を冷まして、湯に浸かった。表に出て風呂場の後ろに廻ると、大きな池があった。若い男が破れ船の中に入ってしきりに竿を動かしている。漱石は、

「おい、この池は湯か、水か。」

と聞くと、若い男は世にも稀なる仏頂面をして、

「湯だ。」

と短く答えた。本当は、「魚はいないのか。」と聞いてみたかったのであるが、相手が無愛想、失礼千万な奴だったので、それぎり口を利くのを止めた。岸の上から底を覗くと、泡のようなものが浮いてくる。少しは湯気が立っているのかもしれない。

漱石は金湯ホテルに帰った。ホテル員に聞くと、この池に魚が泳いでいると聞いて、甚だ奇異に感じた。その上ここには水が一滴も出ないと教えられて、びっくり仰天してしまった。あの熱い温泉湯は冷たい水で冷ますことができないのだ。道理で入浴時間が一五分と制限されているのだった。

湯から帰る時、入口の大広間を通り抜けて、自分の部屋に行こうとすると、そこに見慣れない女がいた。

「ちょっと、いらっしゃい。私だけですから。」

どこから来た者かわからないが、染付模様を着た、海老茶色（黒みをおびた赤茶色）の袴を穿いて、深い靴を鳴らして行ったり来たりしている。学校の教師か、女学生の趣である。東京では見慣れた風景かもしれないが、渺茫《びょうぼう》たる草原の真只中にかくなる女性が天下るとは、とうてい信じがたい。漱石はむしろ怪しい趣、ひょっとしたら春をひさぐ女ではないかと、この女の姿をしばらく見詰めていた。

漱石は部屋に帰ってまた寝た。眼が醒めると、窓の外で虫の声がする寂寞と無聊《ぶりょう》を持て余し、洋間に出て、ソファーに腰掛けて、あたりに誰もいないのを幸いに、下手な謡をうなった。

そこにホテルの女が来た。

「さっきの原で出会った袴の女の人は誰かね。」

と聞くと、

「うちのホテルで知っている人なんでしょう。」

というが、あいまいで要領を得ない。

「昨夕《ゆうべ》、飯を済まして煙草を吸っていると、急に広間の方で、オルガンを弾く音がしたが、あの女が弾いたんじゃないか。」

と聞くと、

「いいえ、昨夕の人は宅の下女です。」

と言う。この原の中にそれほどハイカラな下女がいようとは思いがけなかった。さっきの袴はもう帰ったそうである。

漱石は独りソファーの上に座った。永い満洲の夕陽が傾き尽くして、原野の色が冷えてくるまでぼんやりと夢想に落ちた。静かな野原の中で、

「どうぞ、ちょっとお遊びにいらっしゃいませんか。私、一人ですから。」

と言う嬌《なま》めかしい声がした。その音調は完全な東京者である。

漱石ははっとして醒め、立ち上がって、窓の外を眺めた。あいにく窓には寒冷紗《かんれいしゃ》のカーテンが張ってあった。ガラス戸を開けて、首を外に出して見ると、もう一面に夕暮れが迫って、蒼い夕霧が女の姿を包み込んでしまったらしく、夢幻の中に消えていった。

晩餐は注文していた鶏のすき焼きを食べる。

夜に入る。宿の女が、

「今、中国人が提灯をつけて、迎えに行きました。」

と言う。暗い背戸に出て見ると、星のような光が暗い中に揺れていた。やがて豆粒のような灯となって遠くに見えた。女は、

「あれがお客様方です。」

と言う。

「いくら野原の広い所だって、彼ら以外にも灯が見えることもあるだろう。」

と尋ねても、

「やっぱりあれに間違いありません。」

と断言する。果たして橋本たちであった。

午後八時、橋本は背戸口に馬を乗り捨てて、

「そう骨を折って見に行く所でもないよ。」

と言った。大重は、

「馬から三度も落ちてしまいました。お尻が痛くてたまらない。」

と言う。

三　奉天

奉天に向かう

九月一九日（日）快晴。八時半起床。早速温泉に行く。胃も痛まず、千山観光にも行かず、休養を充分取って、甚だ気分爽快、愉快である。

午前一一時八分湯崗子発急行列車で奉天（現・瀋陽）に向かう。車窓に草山の頂上から岩がざくざくと出ているところが見える。一望百里四方高粱が皆色づいている。ところどころに丈の低い木がある。豆畑が漸く繁り始めた。

小西門（奉天）

遼陽・蘇家屯を経て、午後三時四〇分、奉天停車場に到着した。大連で中村是公が、

「奉天に行ったら、満鉄の奉天公所に泊まるがいい。」

と教えてくれたが、連れに橋本左五郎がいるので、多少遠慮した方が紳士的だろうと二人で相談が一決、瀋陽館に宿泊することにした。

瀋陽館は田実優[61]が一九〇六（明治三九）年一〇月、奉天小西門外に創業した奉天で最高の旅館である。満鉄直営の奉天ヤマトホテルは奉天停車場階上・階下の一部に建設中で、一九〇九年一〇月一日の開業直前であったので、漱石たちは泊まることができなかった。

奉天ヤマトホテルはその後旅客の増加に対応するため、奉天停車場構内で客室を増設していたが、到底時代の要求に伴わなかったので、大広場（現・中山広場）に北面して工費一八〇万円の予算で独立家屋として一九二六年一一月着工、一九二九（昭和四）年五月落成した。現在は遼寧賓館となった。

午後三時四〇分、奉天停車場（現・瀋陽站）に着く。

停車場から瀋陽館まで二〇分間かかった。着くとすぐ電話で満鉄の奉天公所所長佐藤安之助[62]（俳号・肋骨）の都合を聞き合わせる。よろしいということなので、直ちに行く。奉天城の小西門を入り、四平街を東に向かい、鐘楼から大南門に向かって行くと、一五分ばかりで奉天公所に着く。応接間でしばらく滞留した。満鉄の工務課長堀三之助[63]に会う。晩食に招待される。瀋陽館に帰り、入浴して再び奉天公所に行く。午後七時半、ビリヤード場で満鉄工務課島竹次郎（一九一〇年一二月一九日、安奉線線路巡視中沙河鎮駅構外においてハンドカー腰掛折損の奇禍に遇い二一日に死去）技師に会う。橋本と島が玉を突く。食堂で正餐の饗応があった。応接間で佐藤肋骨と俳句や俳人正岡子規たちの話をする。午後一〇時辞去して瀋陽館に帰る。

小西辺門（奉天）

奉天城

そもそも奉天は明代において瀋陽衛の城堡《じょうほ》（辺境守備隊軍事基地）であった。清の太祖愛新覚羅奴児哈赤《ヌルハチ》が一六一六（天命元）年清国を建国し、遼陽を都にしたが、一六二五（天命一〇）年瀋陽に遷都し、盛京と称した。満洲語ではムクデンという。一六三一（天聡五）年、瀋陽城の内城は築城され、中国の通例通り、正方形の区画に磚《せん》瓦《かわら》の城壁で囲まれ、周囲約六キロ、一六三七（崇徳二）年、内城の中央に金鑾殿《きんらんでん》と称する宮殿を建造した。城壁の東

奉天停車場（普請中）

面に北から小東門、大東門、西面に北から小西門、大西門、南面に東から大南門、小南門、北面に東から大北門、小北門と八門が開かれていた。門は朝開き、夜閉じたが、日露戦争後、小西門だけは、昼夜開放の鉄門とした。最も繁華な小西門から真っ直ぐ小西正街（四平街ともいう）を東に向かって行くと、小北門から南下する小北正街との交差点に鼓楼がある。さらに東へ小東正街を小東門に向かって行くと、大北門から来た大北正街との交差点に鐘楼がある。一六四四（順治初）年清の世祖順治帝が北京に遷都したので、瀋陽は留都・陪都となり、一六五七（順治一四）年、奉天府を設けて、奉天と呼ぶようになった。

　奉天停車場から馬車鉄道に沿って東に向かうと、まず小西辺門に着く。「陪都重鎮」の四文字と黄龍を排した門から東が外城であり、さらに東に進むと、小西門に達し、ここからが内城である。漱石が奉天公所に行く時、何度となく潜った門は奉天最大の賑やかな小西門である。

　外城は、正方形の内城を卵型の不整楕円形状に土壁で取り囲んでいる。今では土壁はところどころ破壊され、途切れているが、小西辺門から時計回りでいうと、小北辺門・大北辺門・小東辺門・大東辺門・大南辺門・小南辺門・大西辺門の八辺門を開いている。周囲は約一二キロメートル、内城だけでは収まらなくなった人口増加のため、辺城の土壁を築き、外城も次第に民家密集し幾多の胡同（横町）ができた。

日露戦争後、奉天は満鉄の附属地・商埠地・城内の三つに大別され、附属地は日本の行政区域で日本人が多く住み、商埠地は諸外国人のために開いた居留地、城内は中国人の行政区域であった。日本人は城内外を合わせて約三八〇〇人、内附属地に住するもの一四〇〇人余りであった（『南満洲鉄道案内』一九〇九年一二月発行）。

満鉄奉天停車場は、満鉄本線連長線（大連〜長春間）はもちろん、京奉鉄道（北京〜奉天間）との連絡駅で、安奉支線（安東〜奉天間）の分岐点として、満鉄全線中、最も主要な駅であった。駅舎の設計は、満鉄工務課建築係の太田毅が担当し、外観は赤煉瓦、窓周りは白色の石材を使用し、東京駅と同じ「辰野金吾様式」で、正面中央と両翼に三角破風を付け、半球ドームを載せた、ヤマトホテルを併設した満洲第一の豪壮な威容を誇った。一九〇九年起工され、一九一〇年七月竣工し、同年一〇月移転開業した。

漱石が奉天に来た一九〇九年九月は、既に起工していたが、建設途中で駅舎は開業していなかった。従って、漱石たちは建設中の新駅を見ただけで、一キロ北西寄りの仮駅舎（新駅に移転後は貨物取扱所となる）で降車したことだろう。

太平洋戦争敗戦後、奉天は再度瀋陽に戻り、遼寧省の省都、人口七百万人の工業都市瀋陽市となっている。

奉天の馬車鉄道公司

馬車《マーチョ》と洋車《ヤンチョ》

奉天停車場の仮駅には瀋陽館の馬車が迎えに来ていた。泥の中から掘り出して、炎天で乾燥させたように変色している。荷物と人間を纏めて一緒くたにして乗せ、構内を離れるや否や、中国人の馭者は油に埃《ほこり》の食い込んだ弁髪を振り乱して、凄まじく鞭を鳴らした。停車場付近の満鉄附属地は赤煉瓦の立派な建物が点々と見えるが、馬車鉄道（大倉組が敷設し、東京で使用していた車両を移転し、中国人が運転して、奉天停車場から小西門通りに通ずる日清合同馬車鉄道公司）が通る大通りは広いが塵埃濛々として、左右は茫漠としている。途中に喇嘛《ラマ》教（チベット仏教）の延寿寺西塔(64)が見える。漸く奉天城内に近づくに従って、茫々たる原野のごとき往来が左右の店舗入り組んで狭隘となった。鉄道馬車が道路の真中を駆けつつあるにも拘わらず、烈しい馭者の鞭の影は一分に一度ぐらいは、漱石の頭の上で閃めいた。満洲第一の大都会奉天の雑踏は馬車の前後左右、のべつに動いている。そこに騾馬を六頭も着けた荷車が来るので、牛を駆るようにのろのろ歩いていては、危険である。しかし傍若無人の境地を行くがごとく、盲滅法に飛ばす。平和愛好の儕輩《さいはい》にとっては、この種の無謀無法の制御には、堪えがたい。時々訳の分らない異人の奇声を発する。漱石はみだりに鞭を痩せ骨に加えて、旅客のご機嫌を取るのは、女房を叱って佳賓《まろうど》をもてなすようなものだ、と思った。

ある中国の古家をそのまま使った、お寺の本堂を客間に仕切ったような家に入った。釣り廊下を渡って正面の座敷を覗くと、骨董品がたくさん陳列してあったので、何事かと思ったら、北京に買い出しに行った道具屋が、帰り道にここで逗留中の見世を張っているのだった。素見に入って見るうちに時間がきたので、外に出た。今度は洋車《ヤンチョ》（東洋車。人力車）に乗った。人力車は日本人が発明したものだから、安全な乗り物だと思い込んでいたが、引き手が中国人だから、どうなるかわからない。車夫は自家用車ではなく、親方から借用した車で、一日何人乗せて日銭を稼ぐか、その日暮らしの苦力《クーリー》である。彼らはどうせ親方の車だから、毫も車に対する尊敬を払わない牽き方をする。ある時は、尻が蒲団の上に落ち着く暇がないほど揺れた。三〇センチばかり跳ね上げられることは、百メートルの間に一度ならず必ずあった。奉天の道路は田舎ほど凸凹ではないから、無暗に人力の上で踊りを踊る苦痛はないが、その牽き方は、いかにも快適さを求める乗客に対して配慮に欠け、残酷で、無技巧であった。ただ見境なく、闇雲に駆けさえすれば、

延寿寺西塔（喇嘛塔）

車夫の義務は終わると心得ている。漱石は車に揺られながら、乗客の神経に相応の注意を払わない車夫はいかにうまく上手に走ったって、決して人力車夫として成功しないだろうと考えた。しかし、果たして奉天の車夫で成功した者が幾たりいただろうか。車夫は暗い小西門の下を潜って、城内の満鉄奉天公所まで悪辣無双に牽いて行った。漱石は生きた風呂敷包みのように車の上で浮きつ沈みつしていた。

奉天の筆屋

奉天の筆屋

漱石は橋本と一緒に奉天の小西門の傍のある小さな筆屋に立ち寄った。漱石たちが立ち寄った筆屋の店の名は分らないが、武を重んじ、文を軽んじた八旗（清国満族の軍事組織）の故郷東北も治世三百年、遂に毛錐子《もうすいし》（筆）のために征服されてしまったのであろうか、都邑《とゆう》至る所筆屋の開店を見ないことはない。

橋本は筆と墨を買いに筆屋の敷居を跨いで、中に入った。漱石も続こうとして、身体を半分廂《ひさし》から奥に差し入れたが、中国家屋に特有の異臭にたじろぎ、一、二歩往来に出て佇んでいた。小西門は一八メートルぐらい先の十字路にあるので、漱石は鳥打帽《ハンティング》の廂に高い角度を与えて、振り仰いだ。時刻は日暮れに近く、夕日は瓦にも棟にも射さないで、眩しい部分はなく全体が粛然として喧噪の町の上に超然としていた。この門の色は、何百年も堆積した泥と塵埃の混ざった古色蒼然とした古い感慨以外に、特殊な絢爛《けんらん》たる彩りは一向に具備していなかった。樹木も城壁も瓦も土色一色に映る中に、軒に吊した風鈴だけが緑を吹いていた。瓦の崩れた間から長い草が生えていた。白い鳩が二羽廂の暗い影を掠《かす》めて飛んだ。漱石は久し振りに漢詩を作りたくなった。待っている間、平仄《ひょうそく》を合わせているが、一句も纏まらないうちに、橋本が筆と墨を抱えて出てきたので、興趣は一気にしぼんでしまった。

瀋陽館

奉天の瀋陽館は小西門外の西六条一六番地にあった。奉天停車場から三〇町（三・二七キロメートル）、鉄道馬車（一〇銭）、人力車（二〇銭）で行ける奉天では第一の平屋建ての和風旅館であった。二棟客間九室、宿泊料は特等五円、甲級四円、乙級三円五〇銭、丙級二円五〇銭、丁級二円で、昼食は二円、一円五〇銭、一円、八〇銭であった。電話二四番である。

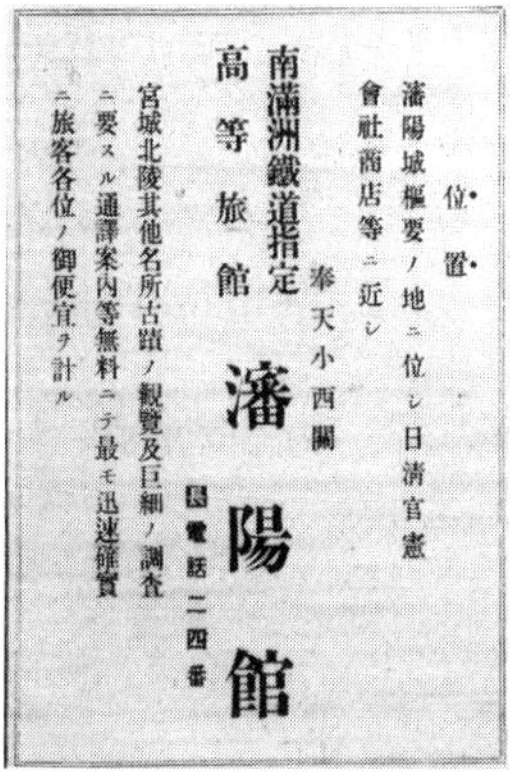
位置
瀋陽城樞要ノ地ニ位シ日清官憲
會社商店等ニ近シ
奉天小西關
南滿洲鐵道指定
高等旅館
瀋陽館
長電話二四番
宮城北陵其他名所古蹟ノ観覧及巨細ノ調査
ニ要スル通譯案内等無料ニテ最モ迅速確實
ニ旅客各位ノ御便宜ヲ計ル

茶を飲むと酸いような、鹹《しお》はゆいような、変な味がする。少し妙だと思って、茶碗を下において、橋本に聞いてみた。

橋本の講釈によると、

「奉天には昔から今日に至るまで、下水道というものがない。もちろん大小便の始末は不完全である。古代から何千年、何百年となく、奉天市民が垂れ流した、糞・小便が歳月の力で自然に地の底に浸み込んで、いまだに飲料水に祟《たた》りをなしている。」

と言う。一応はもっとものようだが、自然科学者のくせに少しも科学的でない。第一それほど肥《こえ》の利いている土地であるならば、穀類野菜ともに、もっと生育が良くできなければならないはずである。しかし、馬鹿馬鹿しくて、まともに議論する気にもならなかった。

「これは伝説だよ。」

橋本にうまく逃げられた。

風呂を用意してもらって、湯に入ると、濁っている。まさか黄色く濁っているわけではないが、お茶の味から演繹《えんえき》すれば、やっぱり酸っぱい湯に浸かっているようだ。鹹水《しおみず》にも溶けるという大連でもらった豆石鹸を、旅行鞄から出してくれればよかったと思った。風呂場も風呂桶も小さい。

宿の女が背中を流してくれる。

「お前さんは日本人かい。」

と聞いてみると、やはり日本人である。

「日本はどこの生まれだい。」

などと話をした。この女は初め瀋陽館に着いた時、漱石を橋本の随行と間違えて、

「そら、大重さん一緒にいらしった。」

大重は橋本がモンゴルに行く時、橋本と同じくこの旅館に泊まったことがあるそうだ。大重と顔が似ているから間違えたのか、態度が御供らしいから間違えたのかは、聴き質さなかった。窓の外に大きな甕《かめ》が埋けてある。汗や垢が例の酸っぱい水と一緒になって朝に晩に休みなく流れ込んでいる。だから汚濁の下水を時々汲み出さなければ、溜まって溢れてしまう。もちろん下水道も浄化装置もない。溜まった下水を中国人の男が石油缶に移して天秤棒で担いで、どこかに持っていく。漱石は風呂に浸かりながら、どこに持って行くんだろうと考えた。この汚水が結局どこに捨てられ、永年堆積された汚濁は住む人々にどう影響を与え続けるか、想像すると恐ろしくなった。

これでいて、御馳走がたくさん出る。胃の悪い漱石は料理のお膳の上を眺めただけで、腹がいっぱいになってしまう。夜は緞子《どんす》の蒲団に寝かせてくれる。旅館の帳場では、電話がひっきりなしにちりんちりんと鳴っている。上品な女将が、

「はあ、もしもし。」

とのべつ幕なしに繰り返している。この女将は「那須ノブ」（『吾輩は何処に泊らう乎』東京人事興信所、一九一〇年二月）であるが、オーナーが田実優、支配人（館主・女将）が那須ノブなのであろう。那須ノブは田実の内縁の妻で、一九二三年一月二五日、優が亡くなる前ごろ、入籍して、「田実ノブ」（一八八二年生）になった（『全国旅館名簿』神田屋商店出版部、一九二六年六月一八日）。ノブの弟久次郎（一八九六年八月島根県生。一九一六年南満洲工業学校卒）を田実優の養子にした。三〇年八月三日『全国都市名勝温泉旅館名鑑』（一九三〇年八月三日）では奉天「瀋陽館」の

館主は田実久次郎の名前で「琴平町　客室三一室　三四二畳　宿泊料五円〜一二円」とある。

漱石は、チョコレートのお菓子が食べたくなったので、

「チョコレートはあるかい。」

と宿の女に聞いてみると、すぐ電話で取り寄せてくれた。

旅館の座敷の廊下の向こうが白壁で、高い窓から日光が斜めに入って来て眩しくて仕方がない。その窓に嵌《は》められている障子は、葛飾北斎の描いた『絵本通俗三国志』(本当は弟子の葛飾戴斗が描いた挿絵)に出て来るように中国めいている。しかもあまり綺麗ではない。その上、部屋の中は、妙な異臭を放つ。中国人が執念深く置き去りにしていった臭いだから、いくら綺麗好きの日本人がこれまた執念深く掃除をしたって、依然として臭みは取れない。瀋陽館では一九一〇年奉天停車場付近の琴平町一二番地に新築移転する予定だと言っていた。そうしたら、この臭いだけは除去するかもしれない。しかし酸っぱい硬水は奉天のあらん限りの人畜に祟《たた》るであろうと、漱石は思った。

満鉄奉天公所

奉天公所は一九〇七(明治四〇)年六月、満鉄が長春に附属地買収の交渉事務所を設けたのが始まりであった。爾来沿線各地においても交渉案件の増加を見たので、統一的に交渉に当たらせるため、その代表機関を奉天城内大南門裡に設置し、満鉄公所と称した。満鉄の外交的機関で、

清国官憲との交渉を主な業務とした。当初迎賓館として宿泊にも利用していた。初代の所長は佐藤安之助（俳号・肋骨）であった。一九〇九（明治四二）年五月一日、満鉄公所は奉天公所と改称した。なお、一九二三（大正一二）年九月工費二〇万円で改築に着手し、二四年一二月竣工した。もちろん、漱石は古い方の奉天公所に行っていた。

満鉄奉天公所（奉天城内南大門裡）

黒い柱が二本立っている。扉も黒く塗ってある。鋲は飯茶碗を伏せたように大きく見える。中国人町である城内の真ん中に日本風の大名屋敷に似た門があろうとは、思いがけなかった。最初の門は純然たる日本式、次の門は純中国式である。それを通り越すと幅一・八メートルほどの三和土《たたき》が真っ直ぐに正面まで通っている。進んで行くと突き当りが正房、右の廂房は洋式、左の廂房は中国式、正房のすぐ左は純日本式である。

佐藤安之助はこの正房の一棟に純粋の日本間までも設けている。

「ちょっと、見たまえ。」

と言って、案内するから、後について行くと、思いがけなく玄関があって、次の間が見えて、その奥の座敷には立派な掛物が掛かっていた。左の廂房の扉を開いて、

「ここが中国流の応接間だ。」

と言う。紫檀の椅子ばかり並んでいる。西洋の客間と違っ

て、部屋の真ん中は塞いでいない。椅子が周囲に行儀よく据え付けてあって、中央を向いている。これでは客は向かい合って座ることができないから、皆隣同士で話すばかりである。中でも正面の二脚は、玉座ともいうべきほどに手数の込んだもので、上に赤い角枕が一つずつ乗せてあった。

「中国人てえものは、暢気なものでね。こうして倚《よ》っかかって、談判をするんです。」

と佐藤所長が教えてくれた。

佐藤は中国通だけあって、中国のことは何でも知っている。ある時漱石に向かって、弁髪まで弁護した。佐藤の説によると、

「ああいうぶくぶくの着物を着て、派手な色の背中へ細い髪を長く垂らしたところは、振るい付きたくなるほどいい。」

と言う。

これほど中国風の佐藤も、正房の応接間は西洋流で我慢している。その隣の食堂では西洋料理をご馳走になった。シャンパンも出た。それでシャツ一枚でビリヤードの玉を突く。その様子は決して中国流ではない。万事橋本から聞いたより以上に活発、積極的であった。

佐藤肋骨は日清戦争で右か左かどっちかの足を失くした。だから、俳句の別号を隻脚庵《せっきゃくあん》主人ともいう。ところがそれが左右どっちだか分らないくらい、自由自在に立ったり座ったりする。そうして軍人に似合わないような東京弁を使う。どこで生まれたか聞いてみると、

「神田の生まれよ。」

と言う。道理で東京弁のはずである。要するに佐藤安之助は中国好きであると同時に、最も中国に縁の遠い性質の人であると漱石は判断した。

「部屋が空いているから、泊まり給え。」

としきりに勧めたので、

「じゃ、帰りの最後の夜に、厄介になるかもしれない。」

と言うとすぐに、

「よろしい。ぜひ泊まってください。」

と快諾した。しかし帰りがけに橋本から、

「真夜中の汽車で、奉天を発車する時間割だ。」

聞くや否や、佐藤は、

「いや、そんな遅い汽車じゃ御免だ。準備がたいへんだ。」

と断られた。

「もう一つ早い汽車がいいじゃないか。」

と勧めたが、計画のプログラムはすべて一任しているので、已むを得ず、

「それならば、もし夜中の汽車でなかったら、泊めてもらおう。」

という条件を付けた。すると佐藤は、

「それならば、よろしい。」

と佐藤は答えた。ところが帰りにはやっぱり予定通り、夜半出発の汽車に乗ったので、とうとう

奉天公所には宿泊することができなかった。結局、漱石は満鉄奉天公所の寝室を知り得なかった。

北陵へ輗軏《げいげつ》たる車にて

九月二〇日（月）瀋陽館の馬車で北陵に行く。馬車は家並みを離れて、往来と言われないくらい広い所に出た。満洲の太陽は秋毫《しゅうごう》の先を鮮やかに照らすほど強烈である。目深《まぶか》に鳥打帽を被っても、直接照り付ける日射の光は、痛いほど焼き尽くす。馬の蹄に掻き立てられる微細な塵埃《じんあい》が車輪の下から濛々と立ち上って来る。旅館の番頭は、

「今日は結構なお日和です。少し風でも吹いたら、こんなものじゃありません。」

と喜んでいる。やがて、木も草も見えない、広い野原に出た。青いものが際限ない地の上皮に幾色かの影になって、一面に吹き出している。窮屈な人間界を超越して、清々したという意識が、漱石の頭を照らした。道はもともと付いていない。東西南北共に天が作った道であるから、轍《わだち》の跡は行く人の心任せであるから、思い思いの見当に伸びている。

蒲鉾型の丸い棺のようなものの中に、髪を油で練り固めた女が乗った中国人の馬車が来た。轅《ながえ》は短く、車輪は厚く丈夫で、騾馬《らば》に牽かせている。日本の平安時代の牛車《ぎっしゃ》のこぢんまりしたもののようである。だが、奉天郊外の原で見た中国人の馬車は、平安貴族の乗った牛車よりも雅《みやび》であった。その代わり乗っている人間は苦しそうである。漱石はこの車がごろごろ行く所を見て、輗《げい》た

り軏《げつ》たりと形容したくなった。輗《げい》の字も軏《げつ》の字もはっきりした意味を知らないが、乗っている人は定めし輗軏《げいげつ》たるものに違いないと思った。

一望千里平原であるが、地面を見ると、すこぶる凸凹している。

「おい、ここで馬車がひっくり返ることはあるまいな。」

と番頭に念を押すと、番頭は、

「ええ、大抵は大丈夫でしょう。」

と言うだけで、絶対大丈夫とは請け合わない。並んで座っている番頭の座が急に高くなったり、番頭が漱石より低くなってずり落ちたりする。また逆に漱石が番頭の帽子の上になったりするのは心地よくない。神経質で臆病な漱石は、馬車が傾く度に飛び降りたくなった。しかるに人の気も知らないで、馭者は盲滅法に馬を駆けさせる。

いつ車がひっくり返るかと冷汗《れいかん》三斗の思いをしているうちに、三〇～四〇本並んだ轍の幅一五センチもある深い悪路に乗り込んだ。しかも片方の車輪だけが、泥の中にぐしゃぐしゃとめり込んだ。もう一方の車輪は依然として固い土に乗っかっている。泥側に席を占めていた漱石は、足が土とすれすれになるまで車と共に泥濘に沈み込んでいった。番頭は漱石の頭の上にあるように感じられた。漱石は堪らず、馬車から泥中に飛び降りた。

原が急に叢に変わり、やがて、道の両側は藪のように緑の木が覆い被さり、ある所には松があったり、荒れ果てた庭園のように見えたりした。向こうに細長い石碑が立っていた。模様だけが薄く見えるが、彫られた字は読めない。

北陵

北陵は正式には昭陵といい、奉天城の西北約六キロの隆業山にある。清の第二代太宗・文皇帝（ホンタイジ）とその妃・孝端文皇后を葬った陵で、一六四三（崇徳八）年築造にかかり、翌一六四四（順治元）年文皇帝を葬る。初代の太祖・高皇帝（ヌルハチ）とその妃・孝慈高皇后を葬った福陵を東陵というのに対していう。

北陵正門

道が尽きて北陵の正門に来た。門には石を畳んで三つのアーチの入口があり、それぞれに三つの階段がついている。中央の階段は皇帝が参拝する時昇降する玉階である。左右二つの階段は臣下が拝趨《はいすう》する石磴《せきとう》（石段）である。門の左右の壁には大きな龍が彫り込んであった。

「これが正門ですがね。締め切りだから、壁に沿って廻るんです。」

番頭が言う。正門は大礼の時以外は開放せず、平常は堅く閉ざして、出入りする人は皆横門を通用している。漱石たちも馬車を高い土手に廻して、横手の門から中に入った。一抱えもある松ばかりが遥か向こうまで並んでいる下を、長方形の石で敷き詰めた間（磚道《せんどう》）から、短い草がもの寂しげに生えている。左右に象・駱駝《らくだ》・馬・麒麟・獅子・豹などの石像が並んでいた。象は大きくって、鷹揚《おうよう》で甚だ静かである。突き当りにある朱壁黄瓦の碑閣（亭）に入ると、大きな亀の背に頌徳碑《しょうとくひ》が建ててある。亀も大きく、石碑も高く、モンゴル語・満洲語（満族語）・中国語（漢語）の三国語の文章が彫ってある。その後ろの三層の隆恩門（楼）を入れば、正面に隆恩殿があり、廟の拝殿となっている。隆恩殿を囲む壁上は回廊になって四隅に角楼がある。漱石は、

「あの上を歩いてみたいね。」

北陵石象

と番頭に頼むと、

「ええ、今上がって見ましょう。」

正面にある廟の横から石段を登って壁の上に出た。隆恩殿の後ろに明楼が立ち、その奥は半月形になって、いわゆる寝陵を取り巻いている。

中国の少年が裸足でついて来た。番頭を捕まえてしきりにこそこそ何か言っている。番頭に聞くと、

「ええ、何……」

と曖昧な答えでごまかしている。また聞き返した。

「屋根の廂に付けてある金の玉を、この間、一つ落ちた時に、拾っておいたから、買ってくれ、と言うんです。表向きにすると厳しいものですから、こうして見物に来た時、そうっと

売り付けようとするんです。」

陵守の少年も狡猾だろうが、金の玉を安く買い叩こうという番頭も正直ではない。番頭はそっと銭をやって金の玉をポケットに入れたようである。恐らく、骨董趣味のある日本人観光客に高く売りつけようとするのだろう。

壁の上の回廊を歩くと、太い樹が眼の下に見える。

「桑があんなに大きくなっています。」

と番頭が指さした。一抱えもある。

「この四角な、角楼と角楼との一辺は、長さどのくらいかね。」

と尋ねると、

「へい、今勘定して見ましょう。」

と言いながら、一歩二尺（約六〇センチ）の割で、歩いて行った。漱石は番頭が歩数を勘定した壁の長さを「忘れて仕舞つた」と紀行文に書いているが、日記では、「百六十歩」と書いている。約九七メートルに当たる。

奉天城宮殿

午後二時より宮殿（瀋陽故宮）拝観に行く。清の太祖皇帝ヌルハチ（一五五九〜一六二六）が宮居とした奉天宮殿である。宮殿の中央に金鑾殿《きんらんでん》がある。一六三七（崇徳二）年に建造された。東西約一〇〇〇メートル、南北二五五メートルの敷地を持つ。東門を文徳坊、西門を武功坊、南門を大清門という。門内の東西に二層の楼がある。東を飛龍閣とし、西を翔鳳閣とする。宮内所蔵の宝器はこの両閣に収めている。

漱石はこの両閣で宝物を拝観したのであろう。真珠で龍を綴った衣服、ダイヤモンドの束の刀、玉の束に珊瑚の珠のぶら下がった刀、真珠入りの甲《かぶと》、金の玉璽《ぎょくじ》、車のついた花瓶などがあった。

奉天城宮殿（金鑾殿）

馬車に轢《ひ》かれた老人

漱石たちが北陵から帰りがけに、瀋陽館近くに差し掛かると、左側に人が黒山のように集まっている。この辺りは中国人の豆腐、肉饅頭、拉麵《ラーメン》などを売る食品や食事処の店が並んでいるところである。人だかりの黒い頭の下を覗くと、六〇歳ばかりの中国人男性が腰を下ろして、両脛《すね》を折ったまま、前方に投げ出していた。右の膝と足の甲の間を六〇センチほど、強い力で抉《えぐ》り抜いたように、脛の肉が骨の上を滑って、下の方まで無惨に縮れ上がっている。まるで柘榴《ざくろ》を潰して叩きつけたように見えた。こういう光景には見慣れているはずの番頭も、さすがにぞっとして肌寒くなったと見えて、

すぐ馬車を停め、降りて、中国語で何か尋ねている。漱石もわからないながら、聞き耳を立てて、

「何だ、何だ。どうしたんだ。」

と繰り返し聞いた。不思議なことに、黒山になって集まった中国人たちは、いずれも無言で老人の悲惨な傷を眺めていた。動きもしないで、至って静かなものである。地面に手を後ろに突いて、傷口を観衆に曝している老人の顔は、冷たく無表情であった。痛みも苦しみも、顔には現れていない。と言って、平然としているわけではない。老人の眼は、あたかもこの世のすべてを諦観した哲学者のように、どんよりと地面を凝視していた。

「方法がない」「どうしようもない」「程度の極端なことを表す」という意の「没法子《メイファズ》」は、天災人災いずれの、抵抗し難い圧倒的な力に対して、受動的で忍従的で無感動的でありながら、実は何物も信じてはいない弱者の生きる術なのである。いつ政変が起きても生き残る余地を確保しておくところでは、「没法子」は面従腹背と共に最適の処世術であった。

「馬車に轢かれたそうです。」

と番頭が言った。漱石は見かねて、

「医者はいないのか。早く呼んでやったらいいのに。」

と気が気ではなく、たしなめた。

「ええ、もう誰かが呼んでいるでしょう。」

と慌てない。この時番頭はもう平静を取り戻し、本来の感情を回復していた。また馭者の鞭が閃いた。埃《ほこり》だらけの馭者は、人にも車にも往来にも頓着なく、滅法無頼に馬を鞭打った。帽子も衣

服も黄塵を浴びて、瀋陽館の玄関にたどり着いた。漱石はようやく残酷に瀕死の重傷を曝した老人と絶縁したような心持ちがして嬉しかった。

現代の交通事故ならば、被害者の救出と加害者の捜査に協力することだろう。植民地の被支配者中国人の負傷に同情悲哀を感じても、積極的に行動をとることはできない。知らぬ異国の地ではある。言葉も通じず、風俗習慣も異なる異郷で、未知の老爺を医療施設に連れて行くことは困難だろう。宿に帰り着いた瞬間、悲惨残酷の心境から解放され、安堵したことは、決して責めることはできないだろう。

『土』が単行本になる時、長塚節は序文を漱石に頼んだが、序文にしては長い批評を寄せ、漱石はその中で、「長塚君は余の『朝日』に書いた「満韓ところぐ〵」といふものをSの所で一回読んで、漱石といふ男は人を馬鹿にして居るといつて大いに憤慨したさうである。」「然し君から軽佻の疑を受けた余にも、真面目な『土』を読む眼はあるのである。」と自分を批判した長塚の『土』を正面から真面目に評価した。

檜山久雄は『魯迅と漱石』（一九七七年）で魯迅の短編「小さな出来事」（『吶喊《とっかん》』）を紹介し、漱石の「満韓ところぐ〵」から魯迅の短編に思いを移す時、両者を「引き裂く歴史の断層というものに、つい吐息をつきたくなる」という。魯迅の「小さな出来事」は、「満韓ところぐ〵」の馬車に轢かれた老人の挿話と似ているので、しばしば比較される。

「一九一七年冬、〈私〉の乗った人力車がボロをまとった老婦人を引き倒した。先を急いでいた〈私〉は老婦人の怪我が大したこともなさそうなので、そのまま行くように命じた。ところが車夫は〈私〉

の命令を無視して老婦人を丁寧に助け起こし、目の前の交番に連れて行った。それを見て、〈私〉は一種の異様な感覚に襲われ、思わず、銅貨を巡査に手渡し、「これを車夫にやってくれませんか。」と言った。埃にまみれた車夫の後ろ姿が急に大きく見えてくると共に、自分に卑小さが絞り出されるのを覚えた。この小さな出来事は、いつまでも〈私〉を恥じ入らせ、反省を促し、勇気と希望を高めてくれた。」

という話である。教訓的、感傷的、作為めいた感じがしないでもないが、漱石の場合と同一場面設定ではないので、単純に比較はできないが、檜山は魯迅の「自己呵責のきびしさ」を評価し、相原和邦は漱石の轢かれた老人の「何等の表情もない」「曇よりと」した「其眼」と魯迅『吶喊』自序の中国人の「無表情」な「まったく動かず、石像のような」顔つきの共通点を挙げている（「漱石とナショナリズム―「満韓ところどころ」と「小さな出来事」―」）。

西槇偉の「老人を轢いた馬車の乗客は誰か 『盛京時報』の記事を手がかりに」（西槇偉・坂元昌樹編著『夏目漱石の見た中国 「満韓ところどころ」を読む』集広舎、二〇一九年三月二八日）によると、奉天の中国語紙『盛京時報附張』一九〇九年八月九日（陰暦）付「市井雑俎《しせいざっそ》」に、馬車が貧民を轢いた記事があるという。

「昨日一二時南満洲鉄道株式会社頭取某が四輪馬車で小西関大街、大井沿胡同入口で物乞いの某を轢き、車輪で左足を怪我させた。頭取は事故に気付き、御者に停車させ、巡察に名刺を渡し怪我人を病院に搬送させた。費用はすべて頭取が支払うことなど、後処理を終えて馬車で引き返した」(西槇訳。省略有)。

　この記事の事故と漱石の見た事故は、酷似しており、西槇は同一である可能性は高いと論じている。仮に漱石の見た事故を起こした馬車の乗客が満鉄重役であったとして、漱石が後に重役と知ったとしても、満鉄に遠慮して「満韓ところ〴〵」(『朝日新聞』)には名前を書けなかったことだろう。漱石が被害者を見たのは病院に搬送する前である。被害者の治療保証の示談が成立した後であろうか。加害の馬車は既に立ち去って現場にいないところをみると、被害者を病院に搬送する話が付いて、搬送を待っているのであろうか。集まって傍観する中国人たちは、無言で老人の傷を眺めている。彼らが口を利かないのは、残酷だからではない。加害者が満鉄の「お偉いさん」日本人だからで、「触らぬ神に祟りなし」「没法子《メイファズ》」と思っていたと思われる。漱石はまだ事情が分らず、

「早く呼んでやったらよいだろうに。」

とやきもきしながらたしなめる。

　さりながら、当時の置かれた状況を勘案すると、遅れて参加した弱肉強食の帝国主義・植民地主義の国際的趨勢では、精いっぱいのヒューマニズムかもしれない。

　父祖三代にわたる「一旗組」の子「満洲育ち」の私は、一三年間植民者として暖衣飽食の安逸を貪ってきた。その間、民族の尊厳と自由と独立を求めて、反満抗日の運動に身を挺した名もなき中国の人々もいたと後に知った時、忸怩《じくじ》たる思いに苛《さいな》まれた。

奉天の茶園

次に芝居を観る。どの芝居小屋に行ったか、はっきりとわからないが、左右の入口に「入相出将」（平時には朝廷に入って大臣となり、乱世には戦場に出て将軍となる）と書いて、中央に錦襴の幕を張っている。芸人たちは琵琶を弾き、歌を歌う。六、七人が卓（テーブル）を囲んでいる。外国人や日本婦人などがいる（漱石日記）。『朝鮮満洲支那案内』（鉄道省、一九一九年一〇月一日）によると、奉天に「支那劇場（茶園）は小西関及び小北関等に在り。」とあるので、内城の小西門・小北門付近の茶園（中国式の劇場・寄席。茶を飲みながら歌妓の弦歌を聴く所）に行ったのであろう。

一九九四年七月四日（月）、長春の吉林大学外国語学院日語系の客員教授だった私は、夏季休暇で一時帰国する途中、甘粛省に帰省する学生二名を通訳として北京に立ち寄った。頤和園《いわえん》・毛沢東紀念館・人民大会堂・故宮博物館・魯迅博物館・天壇公園を見学したが、一番記憶に残ったのは、観光名所ではなく、「天橋大茶園」であった。

北京の最も下町らしい所を、ホテルで紹介してもらって行った。午後七時半から九時半まで、料金は一人一二〇元くらいではなかったか。観劇と食事代が含まれていたが、当時としてはかなり高かった。広いホールには、六、七人座れるテーブルが何十か並んでいた。一人何十元分の大型の専用コインをもらい、劇場内の出店で好きな食物を買って食べる。会場は薄暗く、舞台のみ明るい。舞台のステージでは、京劇のような歌舞があり、漫才のようなお笑いもある。言葉はまったくわからないが、中国的な二胡・琵琶を主とした高い音の弦楽、打楽、吹奏楽や甲高い女の台

中国劇場（武戯）

詞や泣き声が鳴り響く。多分三蔵法師・孫悟空が出て来る『西遊記』や項羽・虞美人と劉邦が出る漢楚の争いか。あるいは『三国志』か『水滸伝』か。お笑いも言葉は理解できないが、お道化たしぐさや顔付きだけでも、笑えた。食事もコイン全部使い切れないほど多く、美味だった。数年後、北京に行った時、もう一度観たいと思って、行ってみたが、茶園はなくなり、高級レストランに変わっていた。

漱石たちが行った一九〇九年の瀋陽城内の茶園と、私たちが行った一九九四年の北京宣武区西経路の茶園とは、随分異なっていると思うが、少しは雰囲気を味わうことができたかと思う。

撫順に出発前夜、和田維四郎《つなしろう》[65]（元八幡製鉄所長官・日本鉱業会会長）一行七、八名が瀋陽館に入って来て、大騒動をしている。迷惑なことである。

四　撫《ぶ》順《じゅん》

撫順炭坑

撫順は石炭の町である。日露戦争の勝利で、ポーツマス条約の結果、大連〜長春間連長本線・

千金寨停車場（撫順）

千金寨炭坑事務所（撫順）

旅順支線・撫順支線の鉄道と共に、撫順・煙台・瓦房店の三炭坑が日本の所属に帰し、南満洲鉄道株式会社の経営するところとなった。撫順炭坑とは千金寨《せんきんさい》・楊《よう》柏堡《はくほ》・老虎台一帯の炭坑を総称するものであって、奉天の東方約三二キロメートルの地点にあり、渾河《こんが》を隔てて撫順城の南にある。

撫順炭坑の発見の歴史は、伝説によると、七、八百年前、高麗人が原始的な採掘をはじめたらしい。清は太宗が奉天に都を置いてから乾隆《けんりゅう》年間（一七三六〜一七九五）に到るまで、清朝太祖の墳墓東陵に近いので、採掘を二百年間禁じた。一九〇一（光緒二七）年清国人王承堯が採掘の特許を得て、採掘を再開した。一九〇五（光緒三一）年ロシア軍が五坑中三坑を武力占領して、採掘を始めた。同年三月一〇日、奉天大会戦で勝利した日本が占領し、一九〇七年四月一日、満鉄が野戦鉄道提理部から経営を継承し、新しく、日露戦争陸海軍の代表的将軍の名を付けた大山坑（竪坑）、東郷坑（竪坑）を開発した。

撫順支線は蘇家屯停車場より分岐して撫順に達する支線であるが、炭坑事務所のある最寄りの停車場は千金寨停車場であって、終着停車場撫順停車場ではない。千金寨〜撫順間は営業路線ではなく、石炭・貨物専用路線である。従って漱石たちが撫順に行った時、乗降した停車場は千金寨停車場であった。

九月二一日（火）、午前五時、前夜の大騒ぎで、眠い所を起こされた。

六時、奉天停車場で乗車すると、西洋人が二人いた。九時二〇分、千金寨停車場に着くと、漱石たちと一緒に汽車を降りた。出迎えの者が挨拶しているところを聞いていると、そのうちの一人は在奉天英国領事であった。漱石たちもこのイギリス人たちと一緒に炭坑事務所に行って、二階で[66]松田武一郎《たけいちろう》満鉄撫順炭坑坑長に逢った。背の低い松田は縞《しま》の縮《ちぢ》みのシャツの上に背広を着ていた。漱石たちと英国人を二ヶ所において、漱石たちには日本語、英人たちには英語と等分に話をした。漱石も橋本も英語を一切口にしなかった。だから英人とは言葉を交えなかった。かつて英語教師の漱石は英国留学中の屈辱的な負け犬根性を思い出していたかもしれない。橋本左五郎もドイツ留学やドイツ・フランス・イギリス・

松田武一郎（撫順炭坑坑長）

アメリカ調査視察を思い出したかもしれない。いずれも愛国者になって、英語を話さないでいた。やがて、松田坑長が案内になって、表に出た。貯水池の土堤に登ると、撫順市街が一望できる。劇場・病院・学校・教会・坑員住宅など、まだ未完成であるが、ことごとく煉瓦造りである。漱石が定期購読している英国月刊美術雑誌『Studio』にでも載りそうな近代的な建築物である。洒落《しゃれ》た家は一軒ごとに趣を異にして、十軒十色で個性的にヴァラエティがあって風雅である。まったく日本人が設計建築したものとは思われない。しかも一昨年四月よりほとんど一年は建築中という。聞くと、松田坑長は、

「みんな日本人がこしらえたものですよ。太田技師が設計したものです。」

と言う。明治四二年三月一日現在の南満洲鉄道株式会社『社員録』によると、太田姓の社員は六名いるが、やはり、撫順炭坑坑務課の太田美平治であろうか。

市街から目を移して、反対の方角を眺めると、起伏している、低い丘の向こうに煙突の先端が二ヶ所ほど微かに見える。双方とも距離は確かに四キロ以上あろうかと思われるので、広大な炭坑に違いない。松田は、

「どこをどう掘っても、一面の石炭ですから、それを掘り尽くすには百年、いや二百年以上もかかるでしょう。」

と言う。撫順炭坑の炭脈は南北約四キロ、東西約二〇キロにわたり、炭層の厚さは最厚五四メートル、最薄二四メートル、平均三九メートルで、単層中の夾雑物は六メートルを超えないという（『南満洲鉄道案内』一九〇九年一二月二五日）。

漱石たちが立っている傍でも二四〇メートルと二七〇メートルのシャフト（石炭鉱床に垂直に掘った竪坑《たてこう》）が抜かれていた。

満鉄が〇七年四月陸軍野戦鉄道提理部から引き継いだ当時の設備は、すべて軍事目的の急造的なものであったため、永久的使用に耐えるものではなかった。満鉄は千金寨三坑、楊柏堡二坑、老虎台二坑合計七坑で、引き継ぎ当時の出炭額は一日三、四百トンだったが、改造の結果、〇九年には一日二千トンに達するようになった。

満鉄はさらに深さ三百メートルの大山坑と東郷坑を開鑿《かいさく》する計画で、この二坑が完成（一九一一年）すれば、一坑一日二五〇〇トンの出炭の見込みという。

〇八年一〇月から〇九年三月までの半期の出炭量は、二八万六千トンで前期に比較すれば、約四割の増加を示した（『南満洲鉄道案内』）。石炭は夏に汽車で営口へ運び、ここから出港していた。冬は大連から出港させていたが、大連は大豆や豆油の出港だけでも大変だった。大量に出炭しても、貯蔵するところが不足する。故にどうしても、石炭を運ぶためには港が必要だった。

なお、撫順炭坑の露天掘が有名であるが、露天掘が始まったのは、一九一四年からであって、漱石が撫順に来た一九〇九年当時は全部坑内掘であった。

新たな炭層の発見により、千金寨停車場は一九一三年八月に撫順停車場に改め、一九二四年一一月露天掘の拡張により、永安台西麓に移転し、旅客専用仮駅舎が竣工した。

戦争の勝利というものがいかに莫大な利益を齎《もたら》すものか、漱石はどのように感じていただろうか。生産性の低い炭坑を見事に近代的な鉱業に発展させた日本の実力に眼を見張っただけだろうか。

事務所に帰って、午餐の御馳走になった時、英国人はお箸を使うことができず、飯も食べられなかった。この領事は中国に一八年間もいながら、二本の箸が使えないのは、意外であった。その代わり、中国語は達者だそうだ。坑長は多用で食事には来なかった。代わりの接待役は、英語で英国人に話し、日本語で漱石たちに話した。元来、英国人は proud プラウドな気風を帯びているので、紹介されない限りは、決して自分から他人に口を利かない。だから、漱石たちも英人に対しては同様にプラウドでいった。英国留学時代の苦い体験を引き摺り、なかなかフランクになれなかった。

坑内見学

昼食後は坑内見物になった。田島猶吉[67]（坑務課長）という技師が案内してくれた。入口で安全キャップを五つ灯し、スティックを五本用意して、各自分けて、一間四方くらいの穴をだらだらと下りた。一五メートル行くか行かないのに、坑内は真っ暗になった。カンテラの灯は足元を照らすにさえ不足する。通路は思いの外平らで、天井もかなり高かった。右に曲がって、手探りのように下りて行くと、漱石たちを先導していた案内の田島技師がぴたりと止まったので、後に続く漱石たちも止まった。

「ここに腰掛があります。坑《あな》にはいる者はここで五、六分休んで、眼を慣らすんです。」

撫順炭坑坑内作業

と言った。技師・漱石・橋本・英国人二名合計五名は休みながら、カンテラの灯で互いの顔を見合わせた。みんな立って黙っている。腰を下ろす者は一人もいない。地下数千尺、地獄のような坑内で、静謐《せいひつ》の中で時間が過ぎるのは、この世のこととも思えず、凄惨な気持ちになった。そのうち暗い坑内が自然と明るくなった。田島はやがて、

「もう、いいでしょう。」

と言って、またすぐ右に曲がって、奥へ奥へと下りて行った。漱石も続いて下りた。後の三人も続いて下りて行った。

漱石の「満韓ところぐ〳〵」は突然「まだ書く事はあるがもう大晦日だから一先やめる」と言って、打ち切られてしまった。この打ち切りの問題は、終わりに纏めて書きたいので、ここでは「日記」を頼りに旅を進めてみたいと思う。

第三章 「満韓ところぐ〵」中断以後

一 哈爾濱《ハルビン》

撫順から哈爾濱へ

一九〇九年九月二一日、午後五時二〇分発の直通列車で千金寨停車場を出発し、八時ごろ奉天停車場に到着した。中国料理の食堂に入り、遅い夕食を食べた。店内はロシア人が多い。賭博をやっている者もいる。

午後九時一五分奉天発列車の寝台車に入る。寝台が足りるとか足りぬとか、大騒ぎをしている。幸いボイがまぐれ当たりに下段の向かい合った寝台を二つ見出してくれた。カーテンで立て切ると暖房で暑い。

満鉄線最北端長春停車場―東清鉄道への乗り換え

九月二二日（水）寝台列車に寝ていると、

「四時です。」

と言って車掌が起しに来る。顔を洗う。午前五時長春停車場（満鉄連長本線の終着駅）に到着した。日本の満鉄線の線路幅は、列強が建設した中国各地の鉄道と同じ、一四三五ミリ（四フィート八インチ半）に対して、ロシアの東清鉄道は、シベリア鉄道と同じ、一五二四ミリ（五フィート）と軌道幅が違い、相互乗り入れ連結ができない。もともと東清鉄道の孟家屯停車場が満鉄線の終着駅であった。一九〇六年から〇七年にかけて一年有半、孟家屯停車場と寛城子停車場（二道溝）との連絡は、荒涼たる原野を人力と馬車に依る外ない不便さであった。一〇七年六月ロシアとの満洲鉄道接続問題も漸く解決を告げたので、満鉄線北端の孟家屯停車場から軌道を延伸し、ロシア側南端の寛城子停車場に接する西寛城子に仮停車場を作り、旅客・貨物の連絡運輸を開始したのは、同年八月三一日であった。その間、満鉄は長春城と寛城子停車場との中央の頭道溝付近を附属地として買収し、満鉄連長線（大連〜長春間）

長春停車場（左は東清鉄道、右は満鉄）

の終点と定め長春停車場と命名し、東清鉄道との連絡地とした。工事は進捗し、〇七年一一月三日、長春停車場は開業、当初は東清鉄道との連絡を優先し、八里堡に連絡所を定め、線路を相互に接続し、貨物そして旅客事務を取り扱った。〇八年一一月乗換ホームに煉瓦・石材混造の待合所を建て、木造建築の仮駅舎が竣工した。一九〇九（明治四二）年一月二二日、両鉄道代表者会合の上、長春・寛城子両停車場接続輸送手続き仮協約を締結し、同年二月二二日より新接続線路により旅客・貨物の連絡は完成した。西寛城子停車場及び八里堡連絡所は廃止され、満鉄と東清鉄道との連絡は、長春停車場に統一され、プラットホームを挟んで、軌道幅の異なる列車が相互に乗り入れることになった（『駅勢一班　3　其参』南満洲鉄道株式会社運輸課、復刻版、文生書院、原本は一九一三年後半か）。

なお、長春停車場の新駅舎は、市田菊次郎が設計し、煉瓦・石材混造で、一九一一年八月に起工、一九一四年三月に竣工した。

また長春～哈爾濱、哈爾濱～満洲里、哈爾濱～綏芬河の東清鉄道（一七三二・八キロ）がソ連から満洲国（日本）に一億四〇〇〇万円で譲渡協定の成立したのは、一九三五年三月二三日であった。

満鉄線長春停車場では、大連方面から来た満鉄線の乗客が、哈爾濱行の東清鉄道に乗り換えようと、座席があるとか、ないとか大混乱である。　長春停車場でロシア東清鉄道との連絡プラットホームでは英国人が、

「座席がない。」

と言って、怒鳴っている。

「That is all right.」

「This is abominable……」

とか言って、大騒動である。あいにく北京からの列車の連絡日で乗客は大変な混雑だ。

長春駅長北田正平が東清鉄道の哈爾濱《ハルビン》行切符を買って、和田維四郎一行と漱石たちのために三室続きの座席を取っておいてくれた。一等席は二、三人宛別々である。停車場内の両替屋が言うことには、

「ロシア人は用心しないと危ないです。針金で首を絞めて連れて行くそうです。今年の四月、両替をして帰る時、七、八人にやられて、きられたそうです。」

とある。

長春はそれほど寒くはない。一九二五年長春観測所発表によると、長春九月の気温は最高三一・三度、最低三・二度、平均一五・七度であるが、一〇月になると、最高二二・六度、最低零下七・一度、平均七・四度で寒暖の差が激しい（『長春事情』外務省通商局、一九二九年七月）。

漱石たちは午前五時三七分長春発哈爾濱行東清鉄道列車に乗り換えた。寛城子六時五五分発で哈爾濱に向かう。九時六分窰門《ようもん》（現・徳恵。長春より北八〇・一キロ）に着く。北に来たせいか、やや寒く感じる。二〇分間停車時間があるので、食事をとりに下車、飲食店に入ると、旅客は争って、食物を食べている。スープを皿に注いで、自分で食っている者もいる。九時二六分窰門を発車する。

余談であるが、後年プロレタリア作家葉山嘉樹が、開拓団員として中国東北地区北安省徳都県

哈爾濱停車場

双龍泉に渡り、敗戦後一九四五年一〇月一八日、帰国途中列車内で病死した。そこが漱石も食事をした徳恵駅（当時の窰門）であった。また、さらに後二〇〇二年九月一一日、私は徳恵市朱家村に教育支援のため「原武哲希望小学校」を設立した。

漱石は一〇時過ぎ松花江《スンホアジャン》鉄橋を通った。大砲を備えた所が見える。松花江は満洲語でスンガリー・ウラといい、ロシア語でもスンガリーといった。中国北東部、長白山から発し、吉林省・黒龍江省を流れる黒龍江《ヘイロンジャン》（ロシア語でアムール河）の最大支流で、全長一九二七キロメートルある。松花江の沿岸は葦などが茂った沼沢の沮洳《しょじょ》の地ではあるが、風光は明媚である。

ロシア人から油で揚げたロシア風肉饅頭ピロシキを買って食べる。中に米の入ったもの、肉の入ったもの、キャベツの入ったものとの三種があり、どれも美味である。車窓から哈爾濱の町を望む。西洋建築物が層々として見え規模宏壮に見える。午後三時、アール・ヌーヴォー様式の哈爾濱停車場（新市街西北端。長春より北二四〇キロ）に着いた。

国際都市「東方のモスクワ」哈爾濱

哈爾濱は松花江中流に位置する、現在黒龍江省の省都、中心都市である。日清戦争後、ロシアが三国干渉の結果、報酬としてシベリア鉄道短縮線の敷設権を獲得し、東清鉄道の拠点とした。松花江岸の寒村に過ぎなかった哈爾濱は、一八九八年七月ロシア・清国東清鉄道南満支線条約締結によって開発が始まった。一九〇七年、海関が設置され、ロシアの外、中国・日本・イギリスの貿易商が集まる国際都市として発展した。ロシアによって建設されたロシア人居住区はロシア市制が敷かれ、ロシア法が適用され、ロシア語が公用語であり、市長もロシア人から選ばれた。ロシア革命後、哈爾濱はソ連の影響を免れ、多くの亡命ロシア人、いわゆる白系ロシア人が流入し、定住したので、国際都市であり続けた。

哈爾濱の都市建設は、一八九八年、ロシアの東清鉄道技師によって始まった。香坊《シャンファン》（Starui Harbin スタールイ・ハルビン）に停車場（最初の哈爾濱駅）を作り、ニコライ教会を作り、市街地を建設した。翌九九年、その北に松花江停車場が開業し、松花江との間の秦家崗《チンジャガン》（Novi gorod ノヴィゴロド）を官庁街とした。一九〇三年七月、以前の松花江停車場を新しい哈爾濱停車場に改称し、新市街（現・南崗区）とした。一方、松花江河畔の商業地は埠頭区（Pristan プリスタン、現・道里区）と呼ばれ、キタイスカヤ（現・中央大街）をメイン・ストリートとする国際都市へと発展した。その北東部には中国人が多く集まる傅家甸《フージャディエン》（現・道外区）の四つの街区が成り立った。

藤井十四三

哈爾濱停車場に着いた漱石は、「長春の藤井氏」の斡旋で東洋館に行く。「長春の藤井氏」[68]とは満鉄『社員録』（一九〇九年三月現在）によると、藤井姓は四人いるが、庶務課で長春在勤の藤井十四三（トシゾウと読むか）と思われる。東京外国語学校露西亜語科を卒業した藤井は、〇七年三月南満洲鉄道株式会社に入社、総務部庶務課の一員として新設の長春停車場選定に当り、長春ヤマトホテル主任として、開設時より引き続き一五年間勤続し、庶務部奉天公所長春出張所長、長春地方事務所を兼務、主として渉外事務を担当し、接伴用務に従事していた。一九二〇（大正九）年三月満鉄運輸部長春ヤマトホテル支配人兼社長室公所派遣員を兼務した。天性の資質快活にして、社交に通じていたので、中村是公総裁の要請を受けて、ホテル事情に詳しい藤井が、漱石たちに哈爾濱の東洋館を斡旋したと思われる。

漱石が哈爾濱に来て一〇年後一九一九（大正八）年八月一九日、長春を訪れた国文学者で俳人の沼《ぬ》波《なみ》瓊音《けいおん》は、『鮮満風物記』一八（大阪屋号書店、一九二〇年一一月一七日）の中で、「地方事務所の藤井十四三氏、見るからに小気味よく頼もしき人」と言い、哈爾濱へ行く乗換の時に眉目秀麗な日本人が入って来た。この秀麗の人を見て藤井は大いに喜び、

「君が行くなら安心だ。」

と沼波を紹介する。長春植松商会の黒川武雄と言って、

「イルクーツクまで行く。」

と言う。藤井は、

「これは哈爾濱通です。」

と沼波に黒川を紹介した。そして藤井は黒川に、

「どうか君、もし哈爾濱公所から誰も迎えに出ていなかったら、君がこの方を公所まで送り届けてくれませんか。」

と藤井は親切に言ってくれた。黒川も、

「え、よござんす。」

　気安く引き受けてくれた。沼波も、

「壊れ物ですから。」

と沼波も下らぬ冗談を言い、

「すべて貴重品扱いでね。」

と藤井も笑いながら言ってくれた。

東洋館

　東洋館（埠頭区プリスタン・田地街ボレワーヤ街）は、営業主三角二郎、一九〇七年一月開業、哈爾濱第一の高級和風旅館である。煉瓦二階建て、客室一三室と四〇畳の大広間があった。宿泊料一泊特等五円、甲四円、乙三円、丙二円、昼飯半額で、料金から言うと、奉天の瀋陽館と変わら

ないが、漱石は「つまらぬ宿也」と日記に書いている。

主人の三角二郎は札幌露語学校出身で、日露戦争当時、シベリアのブラゴベシチェンスクにおり、ヨーロッパを経て送還された一人で、千人近くの送還者一行の総大将として同胞のために尽力した。ベルリンを経て帰還するまでの辛酸を記録した日記は、没収を免れ持ち帰った。講道館柔道の有段者であるが、漱石来哈当時はショボショボ眼に天神髭を生やした痩せ老爺で、玉突と弓に隠れて楽隠居に浸っていた（西村時彦編『欧米遊覧記』佐藤北江「満洲紀行」朝日新聞合資会社、一九一〇年一〇月）。

その後一九一一年一一月三日、東洋ホテルと改称して、埠頭区（現・道里区）石頭道街（モストワヤ）五四号に地上四階地下一階のホテルを新築開業した。

漱石来哈して六年後、哈爾濱を訪れた中野正剛は、

「旅館の主人三角君は長髯の痩男、耳遠くして、仙骨を帯びたり。古き講道館の三段にして、今の山下七段などと雄を争ひし豪の者、シベリア満洲を股にかけたる浪人にて、東洋旅館は最近に新築したるものなりと云ふ。」（中野正剛『我が観たる満鮮』政教社、一九一五年六月一日）

と描き、三角はまだ健在である。

しかし、その後は名古屋ホテルに変わった。

夏秋亀一《なつあきかめいち》

哈爾濱に到着した日、東洋館に[69]夏秋亀一が来て、紹介される。漱石たちは、

「馬車で市中を見物したいんですが。」

と言うと、夏秋が、

「じゃあ、私が案内いたしましょう。」

と案内役を買って出た。


　夏秋は一九〇九年七月満鉄から補助金を出してもらい、日満商会という石炭販売会社（新市街新買売街）を作り、その代表となった。しかし日満商会は、単なる石炭販売会社だけではなく、東北地方の石炭販路拡張と東清鉄道との貨物連絡並びに運輸事務の衝に当った。

　一九一五（大正四）年八月哈爾濱埠頭区（プリスタン。現・道里区）に新たに満鉄販売課出張所を設け、日満商会の販売事務をここに移した。これより先、日満商会は業務の整理を欠き、満鉄の運輸事務に支障を来す虞れがあるということで、満鉄運輸部営業課員を派遣して、東清鉄道側との連絡運輸事務の衝に当たらせ、日満商会の石炭販売と満鉄哈爾濱公所（一九一二年には哈爾濱事務所に改称）の連絡運輸事務との業務が分離された。

誕生年製造の外套

漱石は夏秋亀一の案内で馬車に乗り、市街を通って、大きな店に入った。一九〇九年九月当時、哈爾濱の「大きな店」と言われる洋服店は、一体どこだろうか。初め新市街秦家崗《チンジャガン》大直街（ロシア語地名・ボリショイプロスペクト）にあった「チューリン（秋林）百貨店」であろうかと考えてみたが、洋服店の後、公園や松花江鉄橋の見える所に行っているので、同じ埠頭区内であろうと推察される。チューリン百貨店はロシア人イヴァン・チューリンが、一九世紀後半会社を設立し極東でビジネスを拡大、その後アレクサンドル・カシヤノフが共同出資責任者として事業を統括した。一九〇〇年ごろ哈爾濱に進出し、チューリン百貨店は一九〇四年大直街に着工し、〇八年に開店した。キタイスカヤ（現・中央大街）の店舗は一九一六年着工、一九年開店なので、漱石来哈当時はまだできていない。

日本人経営百貨店の最初は松浦洋行（埠頭区キタイスカヤ。現・新華書店）であるが、哈爾濱に松浦洋行を開業したのは、一九一〇年であるから、漱石が哈爾濱に来た時は、まだ営業してない。結局、「大きな店」は埠頭区のある洋服店で、名前は未詳である。

漱石はある大きな洋服店の二階で外套を二二円で買う。小柄な漱石は腕の長さを詰め、背を少し修正する。一時間後に東洋館に届けると約束をした。東洋館に帰ると、外套が届いていた。漱石の外套は裏に「Superiority Low Made」とあった。「Superiority Low Made」とは、「安く作られた上等品」とでもいうのであろうか。pidgin English（中国の通商英語。英語に中国語・ポルトガル語・

マレー語などを混入した語。中国人が外国人と取引するのに用いる）を使う中国人か、英語に不慣れなロシア人が作ったラベルであろうか。矛盾した、妙な意味なので、二人は笑った。橋本のものには、「一八六七 年一〇月」とある。一八六七（慶応三）年というと、漱石の生まれた年である。橋本は一年前の一八六六年生まれである。一八六七年は、四二年前になるが、古着だったのだろうか。二人で大笑いした。

埠頭公園

それから「公園」に行く。当時の「公園」は埠頭（プリスタン）公園、後の道裡公園、現在の兆麟公園であろう。奥に芝居をやったり、舞踏をやったり、酒を飲んだりする場所がある。入園料は無料で、樹木鬱蒼として大道に多くのベンチが置かれて、老若男女がうち揃って逍遥したり、ベンチに腰掛けたり、親しげに語らっている。公園の東にビヤホール・喫茶店・芝居小屋その他遊戯室などが設けられている。漱石は「いづれも粗末なものなり。」と不満気である。上海のパブリック・ガーデンやロンドンのハイド・パークを思い出して、比較しているのかもしれない。

日本人石工も作った松花江鉄橋

それから「松花江の石橋を見る。日露戦争の時之を破壊せんとして成らざりしものといふ。長

松花江鉄橋（遊歩道）

い橋也。」（日記）と書いているが、「石橋」ではなく、「鉄橋」である。この哈爾濱の松花江鉄橋は一九〇〇年五月四日起工、同年九月一九日竣工した。しかも同年七月北清事変（義和団事変）による工事中断を挟んでいた。建設主任はロシア人のリエンドフスキー橋梁技師、工事にはロシア本国から来た三五〇名の熟練工が当たり、橋梁の材料は遠くワルシャワ（ポーランド）で製造され、オデッサ（ウクライナ）より海路、ウラジオストックに陸揚げされ、河川水運によって哈爾濱に運び込まれた。長さ九五六メートル、橋脚の石垣は長崎から来た日本人石工二〇名によって施工された。「将来、日本のものになるのだから頑丈に作った。」というエピソードが伝えられている（『哈爾浜（はるぴん）の都市計画』越澤明、ちくま学芸文庫、二〇〇四年六月九日）。「将来日本のものになる」という帝国主義、植民地主義的発想が大日本帝国臣民の中に浸透し、職人たちの士気を鼓舞する起爆剤に使われていた。

東清鉄道のロシア人技師長と契約を取り交わして日本人石工を提供したのは、文化勲章を受章した作家阿川弘之の父阿川甲一[70]である。甲一の愛人田中シツは長崎県島原出身であり、その縁故で長崎の石工が呼び集められたかもしれない。施工責任者阿川甲一の名前がロシア文字で彫り込まれたそうである。阿川弘之は後年父の名を彫り込んだ橋桁を探そうと思って哈爾濱で探したが、見つからずあきらめた（阿川弘之『亡き母や』講談社文芸文庫、二〇一二年）。エッセイスト・小説家の阿川佐和子（一九五三年一一月一日生）は甲一の孫で、弘之の長女である。

漱石は日本人石工提供のエピソードを聞いて、「鉄橋」を「石橋」と錯覚したのだろう。

一九〇四（明治三七）年日露戦争開戦後、「玄洋社の豹」と恐れられた思想家中村天風は、哈爾濱で諜報活動に活躍、この松花江鉄橋の爆破を試みたが、失敗した。

現在、新しい「哈斉客専松花江特大橋（哈爾濱・斉斉哈爾客車専用松花江特大橋）」が以前の鉄橋に併行して作られ、高速鉄道が走っている。二〇一四年四月一〇日、旧橋は閉鎖されたが、橋は遊歩道として観光資源となっている。

傅家甸《フージャディエン》――中国人街

「支那人の市街」とは埠頭区（プリスタン。現・道里区）の北東、傅家甸（現・道外区）のことである。東清鉄道附属地ではなく、清国は一九〇七年、濱江庁《ひんこうちょう》という行政機関を置いて、中国人中心の商業地区にした。しかし、一部の日本人の飲食店もあったのだろう。

赤い衣服を着たロシア人が二頭立ての馬車を御している。ロシア人の馬車は必ず二頭立てで立派である。中国人の馬車とは趣を異にしていた。

弁髪を垂らした中国人の馭者に対して、ロシア人の馭者は顔面の半分を鬚髯《ひげ》に埋め尽くされて、凹凸の多い石畳の道路をものともせず、車体は幾度か転覆しそうになったが、遮二無二疾走する。

ロシア人は馬を操ることにおいて中国人よりはるかに巧妙であるかに見えた。中国人の馭者は卑屈にぺこぺこするが、ロシア人の馭者は傲慢らしく見えて、規定の賃金を払えば、高く、「ハラショー。」（ロシア語で感動の意。素晴らしい。結構だ。よい。よろしい。承知した）。と叫び、嬉しそうに一笑して去るという。決して彼らは中国人のように、五〇銭与えれば、六〇銭要求し、一円与えれば一円五〇銭とつけ上がる狡猾さがないというのは、一九一五（大正四）年に満韓を旅行した中野正剛の『我が観たる満鮮』（政教社、一九一五年六月一日）の言である。新市街（ノヴィゴロド。秦家崗《チンジャガン》。現・南崗区）ではだいぶ立派な家がぽつぽつと建ちつつある。新市街を通って、埠頭区に入り、東洋館に帰った。

新市街——南崗《ナンガン》

九月二三日（木）朝、漱石は便所に行くと、冷気が肌を刺す。朝のうちに新市街を見ようと、東洋館の馬車に乗った。夏秋亀一に前日のお礼を言うために新売買街（現・南崗区）の日満商会を訪れ、離別の挨拶を交わす。新市街（ノヴィゴロド）大直街（ボリショイプロスペクト）の南西側の起点近くに東清鉄道管理局（漱石は本社と書いている。現・鉄道部哈爾濱鉄路局）を見る。ロシア帝国の清国進出の拠点である。

次に附属商業学校（イワノフ技手が施工を監督して建築）を見たが、一九〇六年ロシア人のために設立された東清鉄道附属中等教育学校である。ロシア人の増加に伴って一八九八年初等教育が始まり、中等教育の必要性に対応して、哈爾濱のみならず東清鉄道附属地における中等教育の中心的存在で、設備と教員の充実で知られていた。当時哈爾濱にはまだ大学は設立されていなかったので、最高の設備を誇る附属商業学校を見学に連れて行ったのである（中嶋毅「ハルビンのロシア人教育―高等教育を中心に―」）。

二〇一〇年九月六日、私は呂元明教授と哈爾濱附属商業学校が今どうなっているかを、調査した。地元の研究者によると、現在の哈爾濱第三中学であるというので、当時の校長に面会し、学校史などで沿革を調べたが、〇九年以前の附属商業学校時代の資料は見付けることができなかった。商業学校と現在の三中との関連についても、確証を得ることはできなかった。

漱石が「参謀本部」（日記）と書いているのは、ロシア軍鉄道守備隊司令部のことだろう。満鉄の附属地は長春までで、哈爾濱はロシア東清鉄道の附属地が残存し、鉄道を守備するためにロシア軍が守備隊として哈爾濱に駐留していた。

川上俊彦
（在哈爾濱日本総領事）

漱石たちは日本総領事館（ノーウオールゴーヤ街。現・果戈里《ゴーゴリ》大街二九八号）に行った。

在哈爾濱大日本帝国総領事館は、一九〇七年三月四日、哈爾濱市南崗頤園街に設立され、総領事川上俊彦が着任した。館員は領事官補森田寛蔵、外務書記生杉野録太郎、外務通訳生古沢幸吉、内藤九一、警部岡島初巳（『職員録（甲）』外務省、明治四二年五月一日）がいたが、一九二〇年には副領事一名が増設され、警察署と特別高等警察課が併設された。一九二四年、在哈爾濱日本総領事館は、南崗義州街二七号（現・果戈里大街と花園街と交差する所。旧・花園小学校）に移り、一九三六年二月二八日、車站街（ロシア語地名・ワクザールヌイプロスペクト。現・紅軍街一〇八号）の満鉄哈爾濱事務所を改築して、総領事館とした。現在は哈爾濱鉄路局対外経済技術合作公司となり、哈爾濱重要建築物に指定されている。

旅館の案内人は、

「この領事館の家主は、日露戦争の時通訳をして、たいそう大儲けをしたそうですよ。今じゃロシア人三人、中国人二人の妾を置いているそうです。」

と羨ましそうに言う。この領事館の家主は恐らくユダヤ系ロシア人であろう。

『戦地職業案内』（鈴木栄作、星岡書院、一九〇四年六月一六日）によると、陸軍通訳官はロシア語も中国語も必要性が高いが、払底していた。俸給は四〇円から百円内外で、戦地においては増給の見込みがあるということであった。いくら高給取りの日本人の通訳といえども、妾を五人も持って、自分の持ち家を総領事館に貸すなどということはあり得ないだろう。

旧哈爾濱——香坊《シャンファン》

ロシア軍士官住宅を見る。遥かに南方馬家溝《マジャコウ》を隔てて、旧哈爾濱（スタールイ・ハルビン Starui Harbin）を遠望する。ロシアは一八九八年に香坊《シャンファン》に仮の市街地を作り、哈爾濱と呼び、ロシア正教会のニコライ聖堂を建て、東清鉄道の香坊停車場（初めは哈爾濱停車場といった）を開設した。焼酎醸造所の部落があったので香坊といわれたここは、哈爾濱誕生の地である。当時は南崗をスンガリー市と呼んでいたが、新市街といわれたため、香坊は旧哈爾濱と呼ばれるようになった。

露助について

途中、ロシア人の子供が学校に登校している姿を見る。漱石はロシア人のことをいずれも「露助」と書いている。一般にロシア人の蔑称として「ロスケ」と言うが、語源は「Russkii の転訛か」（広辞苑）と伝えられている。漱石が、日露戦争に勝利したために勝者の優越感から、ロシア人を蔑視していたとは、思われない。

一九四五年八月、中国東北のソ満国境に圧倒的なソ連軍が、怒濤のごとく侵攻して来た。無敵のはずの関東軍は南方にふり向けられてもぬけの殻で、四五歳以下の男子は根こそぎ動員で招集され、開拓団は老人・女・子供だけで悲惨の極みであった。哈爾濱・新京（現・長春）・奉天（現・瀋陽）・私の疎開した安東（現・丹東）・私の妻が住んでいた大連の大都会でもソ連軍に占領され、兵士はマンドリンと通称された自動小銃を撃ち鳴らし、暴虐略奪の限りを尽くし、腕には時計を何個も飾り立て、万年筆を欲しがった。婦人は凌辱を恐れて、頭髪を切り、素顔に鍋墨を塗った。

「露助が襲ってくる！」

どの家も玄関や窓を金属や板で補強して進入を防御し、万一強行侵入された時は、男も女も地下室や天井裏に逃げた。

その時、敗戦国民日本人は、髭面紅毛碧眼のソ連兵を鬼畜蛇蝎のごとく、恐れ慄き、「ロスケ」という言葉は蔑称と言うよりも、恐怖、憎悪のことばであった。今も思い起こすと鳥肌立つ。

ロシア人留学生エリセーエフ

漱石が満韓旅行に行く二ヶ月ちょっと前、一九〇九(明治四二)年六月二四日、小宮豊隆がロシア人の東大生をこの日の木曜会に連れて来た。エリセーエフと言う東京帝国大学で日本文学・日本文化を学ぶこの留学生は、ロシアの高級食料品店エリセーエフ商会という富豪の二男で、後に欧米で最初の日本学者(ジャパノロジスト)となった人物である。請われて米国ハーバード大学の教壇に立ち、ライシャワーらの日本学者を育てた。この日の日記には、「日本語の研究の為に大学の講義をきく由。「三四郎」を持って来て何か書いて呉れ(と)云ふ。」と書いた。この日は入梅で激しい雨が降り、和服で木曜会に出席したエリセーエフが、袴の股立《ももだ》ちをとって来たので、漱石は本に「五月雨や股立ち高く来る人《きたるひと》」という俳句を作って書いたという。ところが、漱石の句を描いた『三四郎』は革命の騒動で行方不明になったそうだ(倉田保雄『エリセーエフの生涯―日本学の始祖―』中公新書、一九七七年四月一五日)。

漱石は敗戦国民ロシア人に対して特別優越感を持っていて、軽蔑しているわけでもなく、先進国同盟国国民イギリス人に対して劣等感を持っていて、卑下萎縮しているわけでもなく、国籍・民族に関係なく、本人次第で交際している。漱石の「露助」にそれほど侮蔑感は含まれておらず、俗称くらいの意味であろう。

夏目漱石と旧友橋本左五郎は、哈爾濱停車場に着き、午前九時哈爾濱発東清鉄道列車で長春に向かう。

漱石たちが列車に乗り込んだ哈爾濱停車場のプラットホームでは、三三日後の同年一〇月二六日午前九時、前韓国統監で枢密院議長伊藤博文が朝鮮独立運動家安重根《アンジュングン》に、ピストルによって暗殺された。川上俊彦総領事も負傷した。

二 長春

長春到着――三義旅館

長春は南満洲鉄道連長線の最北端の都市であった。停車場所在地は頭道溝といい、長春城北門から約二・二キロメートルのところにある。東一キロメートルを隔ててロシア東清鉄道の寛城子停車場があった。

午後六時一七分、漱石たちは長春停車場に着いた。和田維四郎一行は新設の長春ヤマトホテルに宿泊するので、手狭になるということで、長春ヤマトホテル主任藤井十四三の紹介であろうか、三義旅館（日本橋通一五）に行く。停車場から東南の日本橋通（旧・東斜街、現・勝利大街）を旅館

長春ヤマトホテル

に行く途中、中国人車夫は無暗に走らせ、旅館を通り過ぎてしまったので、同行の橋本左五郎と大重の人力車を見失った。日本橋まで来て、おかしいと気付き、車を停めて、旅館を尋ねるが、言葉が通じない。車を引き返していると、日本人に逢った。旅館の在所を尋ねると、旅館の者で、探しているところだった。

三義旅館は一九〇八（明治四一）年長春附属地で初めて開業した和風旅館である。宿泊料は一等四円ないし三円、二等三円ないし二円、三等二円ないし一円五〇銭で、昼食料は一等二円ないし一円五〇銭、二等一円五〇銭ないし一円、三等一円ないし七〇銭である。

なお同じ朝日新聞社の『朝日新聞』編集長佐藤北江は一一八日間の世界一周の旅の時、一九〇九年七月一六日に哈爾濱の東洋館に泊まり、一七日には長春の三義旅館と漱石と同じ旅館に泊まっている（西村時彦編『欧米遊覧記』佐藤北江「満洲紀行」朝日新聞合資会社、一九一〇年一〇月一〇日）。

長春の湯屋

旅館内に浴場もないものか、旅館の案内で横町の湯屋に行く。大阪式の浴場である。大阪式（関西式）とは、時代によって違いがあるだろうが、浴槽が浴場の中央にあり、周りに腰掛ける段差（踏み込み）がついている。それに対して東京式（関東式）は浴槽が浴場の奥の壁側にある。

漱石は銭湯（または洗湯）や湯屋（ゆや・ゆうや）や風呂という言葉は使うが、風呂屋という言葉は使ったことがない。

森鷗外が序文を書いた菊池正助・チトセ著『凍筆日記』（川流堂小林又七、一九一二年八月三〇日）の末尾の長春居留民の職業調査（一九一二年七月現在）によると、湯屋は日本人経営一戸、従業者男四人女三人であった。漱石が入ったこの一軒の湯屋の屋号も経営者の名もわからないが、大阪式の湯屋だった。ちなみに、一九一〇（明治四三）年末の長春日本人の戸数は七五五戸、男一四一二人、女九六三人だった（『関東都督府統計書』第五、一九一二年三月一〇日）。

湯屋には日本人が入っていた。按摩《あんま》が笛を吹いて通る。ここが清国（中国）の領土であるとは思われない。漱石は久し振りに内地に帰ったような寛闊な気分になった。

三義旅館では画の展覧会を開いている。流浪の画家が旅の資金稼ぎに広間で店開きしたものらしい。

長春座

女将が、

「芝居がありますから、行って御覧なさいませんか。」

と言う。漱石は、

「こんな外地でも日本の芝居小屋がもうできているのかね。」

と驚く。女将は、

「戦争が終わってすぐできました。長春の景気がわかります。」

と言う。

劇場名称	建築平方米	営業日数	観衆人数	収入金額（円）
長春座	四五〇	二〇〇	四四五〇〇	四九二〇〇
株式会社長春座	一〇七三	二四	四八〇〇	一〇五三〇

この当時、長春には長春座という日本の劇場が吉野町にできた。三義旅館から日本橋通を日本橋方面に南東一〇分ほどか。漱石らは観劇には行っていないだろう。

一九二〇（大正九）年満洲劇場状況一覧表（『満蒙年鑑』一九二三年度）によると、長春には長春座と株式会社長春座との二館がある。

古い「長春座」（初代）は、現在の勝利大街（旧・東斜街。後に日本橋通）と東一条街（旧・東一条通）との交差する東北角にあり、瓦と木を結わえた日本式「唐破風《からはふ》」を正面玄関に構え「長春座」と書かれた風格ある平屋造り建築であった。おおよそ漱石が長春に来た一九〇九年頃の設立であろう。

「株式会社長春座」（二代目）は、吉野町三丁目五番地（現・長江路五四一号）に一九一九（大正八）年竣工、資本金二〇万円、専務取締役は湯浅長四郎で設立された。一九四一（昭和一六）年二月失火し正門は一部残って民家となったが、一九八七年解体された。

漱石が長春に来た当時の芝居小屋は、初代の「長春座」だったであろう。

馬賊・邊見勇彦の事業――賭博場・華実医院

九月二四日（金）快晴前日湯屋に行って気持ちがよかったので、朝湯に入る。

中国語の通訳大重と長春ヤマトホテルの藤井十四三の二人が、市内を案内しようとやって来た。「賭博場をご案内しましょう。長春には一二～一三ヶ所ありますが、その中で大きな家の中に幾ヶ所もある奴が一ヶ所あります。そこに行きましょう。」

と言った。

馬車に乗り、日本橋通（前・東斜街）を南東に南広場を抜け、大馬路を南下して、長春城の北門から城内に徒歩で入った。城内は中国人街（旧市街）で雑踏の喧噪、極まりない。道路工事中で泥濘転倒し、墓地を発掘して、他所に移動しているようだ。大きな棺を七、八人で荷っていく。

長春の賭博場は、西南戦争で西郷軍の猛将と謳われた邊見《へんみ》（逸見）十郎太の遺児邊見勇彦《いさひこ》（江命波《ジャンロンポウ》）が取り仕切っていた。

邊見勇彦

邊見は豪勇無双の父十郎太が西南の役で戦死したため、母の手で養育され、二松学舎に入るものの、狭い日本に飽き足らず、己れを発揮するのは、東亜の中国大陸で自己の使命を一挙に爆発させるにしかずと、あらゆる危険を冒して、中国語を巧みに操り、中国人と紛う方なき弁髪を下げ、不逞の輩と交わりを結んで、一所不住の生活を送り、満洲馬賊の総元締と言われた。陸軍士官学校にも不合格になったので、正規の軍事訓練を受けたことはなく、『歩兵操典』一つ読んだこともなかったが、一たび日露戦争が勃発するや、同郷の特殊任務を帯びた橋口勇馬（喬鉄木）中佐と気脈を通じ、幾多の大陸浪人を御して、東亜義軍を組織した。戦場後方において、手下の中国人を使って、ロシア軍の鉄道・鉄橋を破壊し、糧食を強奪して、敵状を攪乱し、日本軍の勝利に貢献した。

戦後、邊見勇彦は奉天将軍の軍事顧問に招聘されたが、いくばくもなく辞して華日公司と看板を掲げて、奉天で公開の賭博場を開帳したが、三年ばかりで物議を醸し停止した。

決然奉天を蹴って長春に進出し、華実公司を創設し、長春城内の遊廓指定地に賭博場を経営する権利を得た。二重の門構えで、屋内中央に石畳の大広間を設けて、邊見に拾われた薄益三《すすきますぞう》（馬賊天鬼）が、賭場《とば》の帳場で差配して、莫大なテラ銭を得ていた。

漱石の『彼岸過迄』に、

「中で最も敬太郎を驚ろかしたのは、長春とかにある博打場《ばくちば》の光景で、是は嘗《かつ》て馬賊の大将をしたといふ去る日本人の経営に係るものだが、其所《そこ》へ行つて見ると、何百人と集まる汚ない支那人が、折詰のやうにぎつしり詰つて、血眼になりながら、一種の臭気を吐き合つてゐるのださうである。しかも長春の富豪が、慰み半分わざと垢だらけな着物を着て、こつそり此所へ出入するといふんだから、森本だつて何んな真似をしたか分らないと敬太郎は考へた。」（「風呂の後」十二）

とあり、「馬賊の大将をした」「日本人の経営」者とは、邊見勇彦をモデルにしたものである。

九月二四日、藤井十四三の案内で見た長春の賭博場での見聞であろう。

一九〇九年七月、賭場で稼いだ金で私立病院華実医院を設立したのであろう。医師一名、事務員一名、看護師二名を雇って、一九一〇年一年間で患者総数一三二三名（日本人四六五名、中国人八五八名）であった（『関東都督府統計書』第五、一九一二年三月一〇日）。

漱石は邊見に関する情報を、たぶん長春事情に詳しい藤井十四三から聞いたものであろう。

一九〇九年九月二四日付「漱石日記」の「芝居小屋二万五千円。道具立三千円」とあるのは、長春座に邊見が投資した額であろうか。それとも株式化した時の資本金か。

邊見は一九一二年ごろ、華実公司を支配人の薄益三に譲渡して、華実医院も他人に譲ったらしいが、華実医院の名は残った。

晩年、邊見は大連に隠遁《いんとん》し、春日小学校（現・大連第二十四中学）の筋向かいに住んでいたという（『大連歴史散歩』竹中憲一、皓星社、二〇〇七年一一月二六日）。

長春のインフラ

「電話は満鉄より都督府に譲る」（漱石日記）とあるのは、郵便・電信・電話事業は最初満鉄が鉄道運行上必要だったので、総合して満鉄が運営していたが、いつからか関東都督府直属になったことをさす。一九一九（大正八）年四月一二日、関東都督府が廃され、関東庁が設置されたので、電話は関東庁管轄となった。

「電気は満鉄営業」（漱石日記）とあるのは、当初から電気は満鉄の事業とし、大連ではロシアの東清鉄道附属事業の電気事業を継承し、長春では一九〇九年八月発電所建設に着手し、同年一二月竣成した。発電機および附属諸汽機はロシア統治時代大連発電所で使用していた二五〇キロワット発電機一台をそのまま移設して一九一〇年二月、長春電燈営業所を開始した。以後、電気事業はずっと満鉄が運営してきた。

「小学校（満鉄事業）」（漱石日記）とあるのは、当初から満鉄附属地の教育は満鉄が管掌するところであったことをいう。長春では一九〇八(明治四一)年五月、長春尋常高等小学校(後に室町小学校)が室町に開校して、生徒数は〇九年三月末現在で、尋常科男一五名、女二七名、計四二名、高等科男一名、女二名、合計四五名であった。なお、〇九年一一月小学校内に寄宿舎を設けた。
「病院も都督府に譲り渡す。」（漱石日記）とあるが、これは誤りではあるまいか。日露戦争後、南満洲鉄道株式会社業務開始以前に大連に関東都督府所管の大連医院があった。一九〇七（明治四〇）年四月、満鉄は野戦鉄道提理部所属の診療機関を引き継ぎ、本院を大連に、分院を撫順千金寨に、出張所を地方に八ヶ所設置した。同年一〇月、関東都督府所管の大連病院と分院・出張所を病院規程・薬価・諸料金規程を制定して、満鉄所管にした。

長春発電所

その時、長春にも出張所が置かれ、同年一一月一日より施行された。一九〇八年一二月には長春出張所は長春分院と改称した。〇九年三月病院規程を医院規定と改正し、大連病院は大連医院となり、満鉄社員以外の一般人も診療が受診できるようになった。一九一〇年四月長春分院に城内派出所が設置された。一三年八月一日より長春分院は長春医院と長春医院城内派出所になった。従って、長春医院は〇七年一一月より出張所―分院―医院を通じて、一貫して満鉄経営であり、一度も関東都督府所管になったことはない。漱石の聞き違いか、日記の記載間違いであろう。

　一九三二年三月、長春は満洲国の首都となり新京と改称されたが、四五年八月、日本の敗戦とともに元の長春に戻った。

今は吉林省の省都である。

　三義旅館の女将が、

「漱石先生。一筆、何か書いてください。」

と言う。何か書かされると、面倒なので、なるべく揮毫を頼まれないように警戒していたが、どこから聞いたものか、正体が知られてしまった。

「二帖に一つずつ書いていただけませんか。」

　欲張りだな、と困っていると、

「夫婦別れした時の用心のためですよ。」

と、女将は笑って答えた。

　漱石も苦笑して、一句目に、

「黍《きび》行けば黍の向ふに入る日かな」

　二句目に、

「草尽きて松に入りけり秋の風」

と書いてやった。

　なお、三義旅館は、一九一五（大正四）年から西村旅館（館主栗田マツ）と名称を変えた。

再び、奉天へ

昼過ぎ一二時三〇分長春停車場発の営口行下り急行列車に乗り、公主嶺《こうしゅれい》（中国語音ゴンチュリン）を経て、午後七時三五分昌図《しょうと》（中国語音チャントウ）で四五分間停車を利用して、晩食をとる。八時二〇分昌図発で午前一時過ぎ、奉天に着いた。以前泊まった瀋陽館まで約四キロ、中国人馭者の鞭の音を聞きつつ、馬車を走らせた。

鞭鳴らす頭の上や星月夜　漱石

九月二五日（土）

先に瀋陽館に泊まっていた和田維四郎一行と、また一緒になった。前夜は遅く到着したので、朝遅く起きると、和田一行は安東県に行く予定だそうだが、まだ出発していない。和田維四郎は玄関に理髪師を呼んで、散髪をしていた。

朝のうちに旅館の勘定を済ませる。

昼、漱石たちは小西辺門外の在奉天大日本帝国総領事館に行き、小池張造[71]総領事に逢った。奉天の日本総領事館は日本国が建設した建築物ではなく、満洲旗人で清国の勇将巴図《バトゥ》魯《ル》（清代武功ある者に賜わった勲記。満洲語で武勇の義）左宝貴《ズオバオグイ》

在奉天日本総領事館

小池張造（在奉天日本総領事）

の旧邸を租借したものであって、日露戦争の時に、山県有朋《ありとも》（陸軍参謀総長）・大山巖《いわお》（満洲軍総司令官）・野津《のづ》道貫《みちつら》（第四軍）・黒木為楨《ためもと》（第一軍）・奥保鞏《やすかた》（第二軍）・乃木希典《まれすけ》（第三軍）・児玉源太郎（満洲軍総参謀長）・川村景明《かげあき》（鴨緑江軍）の八大将作戦計画を合議した所として記念邸宅となっていた。

小池は前年一九〇八年一一月一三日、在サンフランシスコ初代総領事から第三代在奉天総領事に発令され、一二月九日着任した。日露戦争後、英米両国の満洲門戸開放の要求に対して、日本の満洲権益の強化を目指す第二次桂太郎内閣の小村寿太郎外務大臣は、二度の駐英公使館、駐清公使館に勤務、在ニューヨーク総領事、在サンフランシスコ総領事を経験した小池を用務帰国中に在奉天総領事に転勤させ、満洲統治問題の現地担当者として、ことに当たらせた。

漱石が奉天総領事館を訪問した時、総領事館には小池総領事の外、岡部三郎領事・副領事速見一孔・外務書記生深沢暹・東条勝順書記生・中野勇吉書記官・外務通訳生糟谷廉二・外務通訳生草政吉・警部斎藤嘉吉らがいたと思われる（『職員録（甲）』外務省、明治四二年五月一日現在）。彼らは漱石と出会った可能性がある。

瀋陽館で宿泊料を支払うと、思いの外、懐具合が寂しくなった。

中村是公が、お金が足りない時は、奉天公所に連絡せよ、と言われていたのを思い出し、奉天城内の満鉄奉天公所に行って、哈爾濱に行く前に逢ったことのある佐藤安之助所長に逢い、金を百円借りた。これで御土産が少しは買えると安心した。ここで犬塚信太郎満鉄理事とその妹に逢う。瀋陽館に帰る。すると、犬塚理事が工務課島竹次郎を連れて来る。また大阪朝日新聞通信員も来る。

後年のことであるが、中村是公は満鉄社員のために漢学者を招いて講演をしてもらいたいので、漱石に人選について相談した。漱石は漢学者よりも名僧の方がよかろうと思い、釈宗演《しゃくそうえん》禅師を推薦し、仲介を親友菅虎雄（一高教授・ドイツ語）に書簡（一九一二年九月二日付）で依頼した。一九一二（大正元）年九月一一日、漱石は中村是公・犬塚信太郎理事と共に北鎌倉東慶寺に釈宗演を訪ね、満洲巡錫《じゅんしゃく》を依頼した（漱石「初秋の一日」）。一九日、釈宗演の満洲巡錫の約束が成立したので、漱石・中村・犬塚三人は、小川写真館（京橋区日吉町）で写真を四葉撮影した。漱石一人で撮影した一枚は後に千円札の肖像に使われた。三人で撮った一枚は、漱石が前列右に、中村が前列左に腰掛け、犬塚が後列中央に立っている（松岡譲『漱

左より中村是公、犬塚信太郎、夏目漱石

石写真帖』一九二九年一月九日）。犬塚信太郎が漱石と一緒に撮った写真はこれ一枚である。

漱石は外出し、小西門辺りの先に橋本左五郎が行った筆屋に行き、筆七円と墨壺三円二〇銭を買った。旅館に帰ると、宿泊客目当ての商人がたくさん来て、売らんかなの大騒動である。漱石も中国人商人から絽の絹織物を三一円のところを二九円に負けさせて、買った。日本円に換算して二一円か二二円くらいのものである。

三　安　東

悪名高い「不安奉線」

九月二六日（日）朝早く瀋陽館を出発して、午前七時五五分奉天停車場発橋頭《きょうとう》行安奉軽便鉄道（奉天〜安東県間三〇四・二キロメートル）に乗車、安東県に向かう。

そもそも安奉線の軽便鉄道二フィート六インチ（七六二ミリ軌間）というのは、日露戦争中、兵器・弾薬・食料等軍需品輸送のため、鉄道大隊によって敷設されたもので、安東から奉天まで安奉線軍事用軽便鉄道が完成し全線開通したのは、日露戦争が既に終結していた一九〇五（明治三八）年一二月一五日であった。

軍用鉄道だった軽便鉄道は、戦後一般交通機関へ転用する必要性に迫られていた。同年一二月二二日、北京で日清満洲問題善後条約（北京条約）が締結され、安奉線軽便鉄道も満鉄本線と同じ国際標準軌間（一四三五ミリ）に変更することとなった。清国側は安奉線の改築工事に合意していたが、満鉄が〇九年一月に工事の開始交渉を始めたところ、一部区間の同意がないことを理由に、清国側は言を左右にして必要な土地の買収に応じなかった。日本政府は八月六日、交渉開始七ヶ月経過したが、清国政府の誠意が見られないので、改築を実行する、と清国政府に通告し、翌七日、満鉄は金福嶺トンネルとその前後の工事を強行着手した。日本の強硬姿勢に驚いた清国政府は、八月一九日、軌間は京奉鉄道と同様にする、両国委員が踏査決定した路線を承認することを条件に、用地買収の協議を開始し、工事開始を承認するなどの覚書を交わしたのである。

全長一七〇・一マイル（約二七二キロ）の区間に橋梁二〇五、総延長六九四〇メートル、トンネル二四、総延長八一〇〇メートルという難工事となった。乗るのは命懸け、「不安奉線」などと悪口を言われた、かつての軽便鉄道の姿は一変するはずであった。一九〇九年八月七日工事に着手し、一一年一一月一日、標準軌化が完成し、開通式が安東停車場で挙行された。

漱石たちが乗った軽便鉄道は、大変な混雑で身動き一つできない窮屈さで、ひたすら我慢していた。しばらくして駅員が来て、

「別に座席を拵えましょう。」

と言って、席を取ってくれた。今度はゆっくりと座ることができた。

再び渾河《こんが》を渡る。奉天南方を流れる遼河の一支流で、遼東湾に注ぐ。その畔は沼沢沮洳《しょじょ》の地でじめじめしていて、葦や荻が自生しているのが見える。

旅館瀋陽館で整えてくれたサンドウィッチ・葡萄・サイダー六本、水二本で昼食をとる。

午前一〇時四八分、石橋子《せっきょうし》から道は漸く山地に入り、今までの平野の景色が一変し、北に向かって断崖をなし、山容水態甚だ佳景である。山にはちゃんと樹木が茂っている。安奉線沿線は地勢峻険で、奇岩怪石が連なり、景勝の地である。長白山脈の支脈である伏羲山《ふくぎざん》・鳳凰山《ほうおうざん》・鶏冠山《けいかんざん》・摩天嶺などの奇峰が聳えていた。

この年八月七日から標準軌改築工事に清国承認なしに強硬着手し、全線三〇八・六キロメートル中、奉天〜石橋子間五八・六キロメートルは一一月三日から標準軌列車運転に切り替わる予定であったが、漱石の乗った奉天・石橋子間の列車は、まだ標準軌化されていなかった。

この大嶺は日露戦争史上名高い沙河《さか》の会戦で、梅沢道治《みちはる》少将（一八五三〜一九二四。仙台生。後に中将）率いる近衛後備歩兵一連隊がロシア軍レンネンカンプ大将の軍団に対して果敢に戦った戦場であった。

この大嶺には全長二八一・六四メートル、安奉線に入って最初のトンネルがある。漱石はトンネルの両側より道を作りつつある蟻のごときものを見た。山上にテントを張って苦力《クーリー》たちが休息していた。満鉄を始め、満洲の土木建築工事の肉体労働者の大部分は、これら中国人の苦力たちであった。始めて清流を見る。雲が山の角に現れる。山の角がちょっと影になっていた。

火連寨《かれんさい》に到着した。周囲山に囲まれた谷底にあり、火連寨河に沿っている。鉄道開通前は石炭馬車の通過が頻繁で、旅館・商店も多くて殷賑《いんしん》を極めていたが、今は衰微している。住民の半ばは回教徒で、風俗が他村に異なっている。

昼一二時一七分本溪湖《ほんけいこ》（中国語音ベンシフ。現・本溪）に着く。奉天から七七・七キロメートル、安東まであと一九八キロメートル、安奉線中、鳳凰城《ほうおうじょう》に次ぐ都邑である。漱石が来た一九〇九年ころは、石炭の街であったが、一九一一年ごろから製鉄事業を加え、鉄の街として飛躍的に発展した。

孟家堡《もうかほ》停車場は太子河平原の尽きる所にあり、ここから福金嶺は急坂なので、列車は山線牽引定数範囲内に分割して、半分の列車を孟家堡に置いて、橋頭《きょうとう》に出発する。また孟家堡に引き返して、置いて来たあと半分の列車を引いてまた橋頭に向かう。約五〇分を隔てて二回往復する。

橋頭は乱山の中にあって、山麓に細河の清流が流れている。ここから山を下る。四面みな山である。山は奇峰怪石、斧で襞を横に削ったようで、水の色は藍のごとく洋々として静かである。畳々たる崖の上には老松あるけれども、奇態なるものはない。牛馬が所々見える。たくさん畠に鶏頭を植えていた。この辺りでは鶏頭を煮て食べるそうである。

南坆《なんふん》（現在は南芬と書く）はもと南墳と書いた。清朝創業の功臣、甘粛巡撫だった豊恵山の墳墓があり、この地に祭田があったので、この地名が名付けられたという。

南坆といえば、忘れられない慚愧《ざんき》と懊悩《おうのう》の想い出がある。一四歳の私は一九四六年九月、引揚げ許可を受け、敗戦後一年二ヶ月過ごした共産党軍占領下の安東（現・丹東）を出発し、中国国民党・共産党内戦の真最中、帰国の途に着いた。安東を出て、列車が着いたところが南坆であった。ここ南坆から宮原までリュックサック一つで中国東北の早い秋雨にそぼ濡れつつ、団体を組んで橋頭あたりの山河を跋渉すること三泊四日、肺患の母・ミツエと祖母・タキ、妹・直美を連れて、中国人農家に食料を分けてもらい、一夜の宿を借りて、ひたすら母国を目指して歩いた。今、歩いた山が何という山だったか、わからない。渡った河が何という河だったか、わからない。内戦中ではあったが、休戦状態だったので、非武装地帯をただただ日本に帰りたい一心で歩き続けた。ここが日露戦争の古戦場であることも知らなかった。思い出しても胸が張り裂けんばかりに悲しく苦しくなる。思えば、私の人生観・人間観の方向はここで定まった（原武哲「虚しき戦いの果て」『新京・長春の記憶――子や孫に伝えよう戦争の悲惨さを』日本長春会、二〇〇九年一二月一日。『ありなれ』第五四号、安東会、再録、二〇一〇年一一月八日）。

安奉線中間点――草河口《そうかこう》

漱石たちは午後七時五〇分、草河口停車場に着く。日新館（開業一九〇六年、館主辰見安松）に宿る。入浴する。旅館は駅の正面にあり、和洋風二階建、普請中で星を望むことができた。

草河口（中国語音ツアオホーコウ）は安奉線のほぼ中央（奉天から一四七・三キロメートル、安東まで一二八・六キロメートル）にあり、安東県・奉天両停車場発の列車は各々草河口停車場を終点として停車するので、旅客はすべてこの地で一泊する必要があった。故に漱石が行った夜も客室はみな満室であった。日本人旅館が四軒ほどあり、一泊一円五〇銭から五円であった。一九一一年安奉線標準軌化が完成し、全線開通して、宿泊の要がなくなり、衰退していった。

二〇一〇年九月八日、私は東北師範大学呂元明教授の案内・通訳で丹東（安東）を再訪、草河口站付近で古老に聞いて日本人旅館日新館の跡を探したが、容易に発見することはできなかった。

九月二七日（月）快晴。午前七時三〇分草河口停車場を出発する。寝ながら車窓の山を見る。

山に日光が当たって、輝いていた。樹木にも日が光って、反射する。草河口から通遠堡《つうえんぽ》までの間、四方の山には草木があって、不愉快な無機質の砂土は見えず、山の形や畑の風景は、日本に似ている。鶏鳴さえ長閑に聞こえてくる。

　粟を刈る饅頭傘や〔下五なし〕

一二時一八分鶏冠山《けいかんざん》停車場に着く。

草河口停車場

約一時間ばかりの停車時間中に昼食をとる。駅前には「うどん・お手軽酒肴」などの暖簾《のれん》が下がっている。駅の南一・六キロあたりに鶏冠《とさか》のような形の小さい山が地名の由来である。

午後二時三八分鳳凰城《ほうおうじょう》停車場に着く。駅の北東一・一キロメートルあまりに明代に建てられた鳳凰城（中国語音フェンファンチェン）があり、安奉線では安東に次ぐ都邑（人口約八千人）である。町の東南に鳳凰山があり、奇峰怪巌が参差《しんし》として崛起《くっき》し、天空に聳え、山容は甚だ魁偉《かいい》である。

三等列車一輛を借切りの中国人富豪の一家族がここで下車した。

午後五時一〇分ごろ、五龍背《ごりゅうはい》（中国語音ウロンペイ）停車場に到着した。満洲三大温泉の一つで、無臭透明のアルカリ泉で心臓病などに効くという。大連でも会った満洲日日新聞社社長伊藤幸次郎は五龍背で下車した。温泉場は汽車からよく見える。漱石も「清楚なり」と「日記」に記した。

一九四二年ごろ、一〇歳の私は父に連れられて、五龍背温泉に行った覚えがある。

安東県《あんとうけん》到着――元宝館

午後六時五五分、安東県（中国語音アントンシエン）停車場に着く。安東の駅舎は一九〇七年軽便鉄道時代に開業し、一九一二（明治四五）年六月までは安東県停車場と称され、以後、安東停車場と改められた。

この夜は陰暦八月一三日、いわゆる十三夜である。漱石たちは明るい月夜で清国と韓国（現・朝鮮民主主義人民共和国。いわゆる北朝鮮）の国境鴨緑江《おうりょっこう》（中国語音・ヤーリュージャン。韓国語音・アムロクカン）を見る。古くは「アリナレ」と呼ばれていた。川幅は狭く見えたが、広い所では一六〇〇メートルはあるという。

人力車に乗り、元宝館（市場通三丁目一番地。一九一〇年の館主　中津とら　開業一九〇六年）に行く。漱石は「日記」で「玄陽館」と書いているが、当時安東に「玄陽館」という旅館はないので、「元宝館」が正しい。車上から見ると、安東の市街はことごとく日本風の町並みである。漱石は意外の感じがした。今まで旅した満鉄附属地といえども、完全な日本人街はなかった。中国風の風俗を残し、和漢折衷的な唐臭が町に染み付いていた。しかし、安東の町は、異国の感じがせず、家屋はみな日本流である。鍋焼き饂飩《うどん》が流して通る。

漱石は帰国後、『東京朝日新聞』（一九〇九年一〇月一八日）に「満韓の文明」と題して、

「満韓二国に於ける日本の差違ですか、安奉線を経過して安東県へ出ると此差違が著るしく眼につきます。満洲の経営は外部から見ると、日本の開化を一足飛びに飛び越して、直に泰西の開化を同等の程度のものを移植しつゝある様に見えます。だから日本内地の文明が行き渡りもせぬうちに巍然《ぎぜん》として宏荘なる建築がポツリ〳〵と広ツ場《ぱ》におつ立てられると云ふ様な不揃なハイカラで押し通して行きます。是は資本が満鉄と云ふ一手にあつて、此満鉄丈は西洋と対抗し得るハイカラな真似が出来るが、其他の資本金は甚だ微弱なもので到底普通の内地の中流程度にも及ばないと云ふ意味であります。」

と言い、国策としての巨大資本満鉄は、先進欧米列強と同等な文明を移植しつつあるが、その他の資本は微弱で内地の中流程度にも及ばないという。

ところが安東県に来て日本人街を見ると、町並みは一通り純日本式に揃っているが、満鉄の附属地ではなく、大資本を投じて作った町でもない。根津の新開地くらいの所である。その代わり何だか急に日本に帰ったような懐かしい気持ち

安東県停車場

になる。言い替えると、富の配分が一様に行なわれているけれどもその配分率は低いので、満鉄経営にかかる大連・奉天の病院のような大施設は建設されないだろうと、漱石は思った。

安東県

奉天〜安東間の安奉線は日本陸軍が日露戦争中に敷設した軍用鉄道で、本来ロシアから譲渡された東清鉄道ではなく、満鉄附属地の中には含まれない。安東の旧名は沙河鎮といい、大沙河が鴨緑江に合流する地点であるから、この名が付いた。元宝山を北に背負う。昔は辺外で人煙も見えない土地であったが、清朝の同治年間（一八六二〜七四年）に至って山東方面の漁業・農業の移住者が集まり、一部落を形成した。一八七六（明治九、光緒二）年に安東県の役所が置かれた。安東は鴨緑江を遡ること四〇キロメートルの右岸にあり、東南に江を隔てて韓国（現・朝鮮民主主義人民共和国）の新義州と接す。日本人市街は安東停車場（現・丹東站）の東部、鎮江山公園（現・錦江山公園）の東南部、中国人街沙河鎮（現・天宝区）の西部にあり、南には鴨緑江が流れている。日露戦争で日本陸軍第一軍（黒木為楨《ためもと》司令官）は安東を占領し、戦後、軍政管理下から居留民団経営となったが、一九二三（大正一二）年から満鉄管理の附属地となった。従って、安東県停車場中心の日本人街（新市街）は、沙河鎮停車場中心の中国人街（旧市街）とは隔絶、三面溝渠をうがち排水を備え堤防を築き、行政・教育・インフラなどは、区画整然と整備されていた。

また、日本の韓国統監府鉄道管理局は安東県に新義州停車場の派出所を置き、連絡船を設け、新義州・安東間の交通を自由自在ならしめ、日本の影響力が強かった。漱石が、清国東北部の南端ながら日本的な町造りに驚き、「意外の感」（日記）を持ったのも当然であろう。

満鉄工務課長堀三之助と逢う。多分、旅館に挨拶に来たのであろう。満鉄の乗車優待券（パス）について聞き合わせてくれる。

九月二八日（火）朝。元宝館に天谷操[72]（統監府鉄道管理局新義州駅書記兼安東県派出所主任）が訪ねてくる。たぶん、天谷の上司で、漱石予備門時代の旧友小《こ》城《じょう》齊《ひとし》（統監府鉄道管理局平壌出張所長）から漱石の面倒を見るように指示されていたのであろう。

統監府（韓国統監府は通称）は、第二次日韓協約に基いて大韓帝国の外交権を掌握した大日本帝国が漢城（現・ソウル）に設置した官庁で、初代統監は伊藤博文であった。鉄道管理局では鴨緑江鉄橋架橋のため、新義州に鴨緑江出張所を設置し、安東県に派出所を設け、その主任が天谷であった。一九一〇年八月二八日、日韓併合により統監府は朝鮮総督府に組織替えされた。

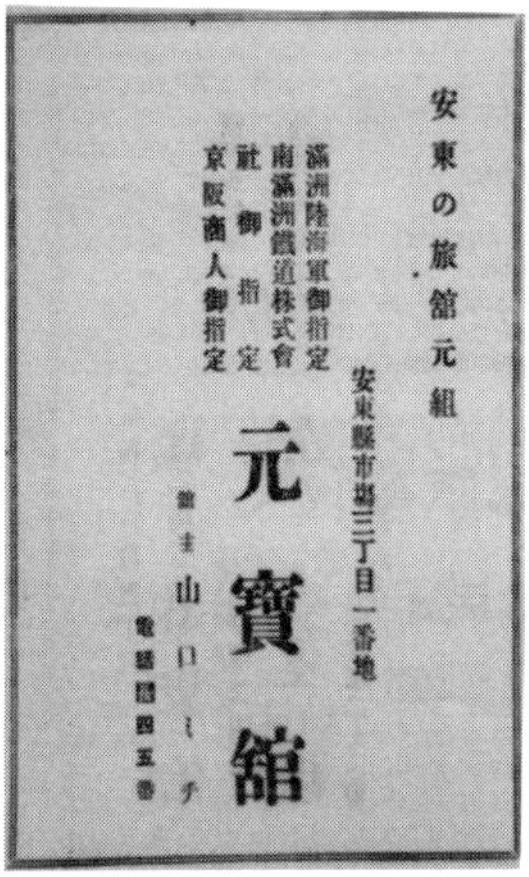

（一九二五年）

「昨日まで安東に滞在していましたが、用事ができましたので、鎮南浦に直行しなければならなくなりました。失礼いたしました。」

と言って、名刺を差し出す。

「もし旧義州に行かれたいなら、ご案内いたしましょう。」

と言うが、橋本と相談の上、

「午後の新義州発の汽車で出発して、平壌で多少ゆっくりしましょう。」

と言って、旧義州見物は断念した。

是公よりあらかじめ小城齊に依頼していた鉄道優待パスは、朝日新聞社の記者なので、上等の二週間通用のものを、新義州停車場で渡してくれるという。ただし、汽車は中等しかないそうである。

東益増遠で絹紬《けんちゅう》を買う

人力車を走らせて、名産絹紬(柞蚕糸《さくさんし》で織った薄地の平織物。淡褐色を帯びて筋がある)を買いに出た。

「今日はお盆ですから、休みの店が多いです。」

と言う。行ってみると、果たして大概休業であった。

漱石は沙河鎮(中国人街)中富街(元宝区)に東益増遠(経営者 趙生福)という雑貨商店(資本金八万元・取引高一一万一〇〇〇元)を訪ね、絹紬を一四円のものと五円のもの二疋《ひき》(二反続きの反物を単位として表す語)買った。他に支那繻子四尺を三円六〇銭で買う。東益増遠は中国人商店としては安東でも従業人員三四名を使う最大規模の店であるという(『安東誌』安東県商業会議所、一九二〇年三月二五日)。

関帝廟《かんていびょう》と天后宮

漱石は、北側の元宝山公園の中腹にある武神・財神の関羽を祭る関帝廟に登り、鴨緑江を望み、納骨堂に賽銭を上げる。西の鎮江山公園（現・錦江山公園）が日本人公園に対して、東の元宝山公園は中国人の遊園地であった。この元宝山には天后宮が、一八七六（明治九、光緒二）年建立され、媽祖《まそ》聖母を祀る航海安全の女神の廟として、遠近の信者の信仰を集めていた。一九四一年には天后宮を宝山寺と改め、今や二万平方メートル近くの面積に、九八〇〇平方メートルの建物は、丹東市（かつての安東。一九六五年紅い東方の都市を意味する丹東と改称）の最古の建造物となった。一九〇九年頃の総人口（中国人・朝鮮族・日本人）約二万人であった。

天后宮（安東元宝山）

私は二〇一〇年九月、丹東を再訪した時、呂元明教授の案内で、天后宮を訪ね、その一画に関羽像を発見、ここが関帝廟でもあったのだ、と思った。今、中国ではかつて全国各地にあった関帝廟はほとんど姿を消した。元宝山にあった関帝廟はどこに行ったのであろうか。

新中国になって、かつて漱石も訪れた関帝廟は近くの宝山寺（天后宮）に預けられたのではあるまいか。

そして、漱石は関帝廟と天后宮と続けて行ったのではあるまいか。

鎮江山公園南麓の満鉄社宅は安東県の中で最も近代的な住宅で、ヨーロッパ式であった。安奉線標準軌化工事関係者の住宅であろう。外装は洋館でも内部は和風だ。他の日本人住宅は日本式である。日本人の建物は粗末で、大抵トタン葺きであった。

日露戦争後、急速に多数の日本人が渡来し、軍政官は中国人街の西南部に安東県停車場（一九一二年六月まで。その後、安東停車場と改称）中心に日本人の新市街を設けた。安東居留民団管内内地人戸数・人口によると、一九一〇年一月戸数一四二五軒、男二八七四名、女二三〇九名、計五一八三名であった（『安東誌』安東県商業会議所、一九二〇年）が、年々中国人も増えているが、日本人人口も殖えている。

安東の新市街は、他の満洲の町に比べて、韓国に近いせいか、日本風を残し、中国風に染まることが遅い。

中国東北の洋車《ヤンチョ》はほとんど中国人が引くが、漱石は安東で初めて日本人の人力車に乗った。泥の中から掘り出したような塵埃まみれの大連・奉天の人力車に比べると、安東の日本人の引く車は、清潔でクッションもあり、毛の厚い膝掛けがあった。

かつて少年時代私は日本に一時帰国して、日本人が人力車を引いていたので、驚いたことがあった。日本人は単純な肉体労働をしないものだという驕りが、「満洲育ちの子」には幼児から身に沁みついていた。

安東に馬車は走っていなかった。

午前一一時半、昼食を認《したた》める。

韓国北端 新義州

安東から新義州に行くには、一般に鴨緑江渡船株式会社（小浜民次郎経営）の渡江賃一人片道一〇銭の石油発動機汽船で渡るのが通例である。しかし、漱石たちは、民間の小蒸気ではなく、韓国統監府鉄道管理局新義州駅安東派出所の連絡船に乗船したのではあるまいか。安東渡頭で天谷主任に案内されて乗船し、鴨緑江を渡り、新義州渡頭待合所で平壌の小城齊の指示を受けた新義州駅長の出迎えを受けているからである。

一九〇九年一二月、新義州停車場は三階建て煉瓦造りで本屋総建坪一二九坪（四二五・七平方メートル）、一階が駅務取扱室、二階・三階はレストランになった（『朝鮮鉄道史』第一巻〈朝鮮総督府鉄道局、一九二九年〉）。

新義州は鴨緑江南岸の朝鮮半島北端の都市である。一九〇六年四月全線開通した京義線（京城〈現・ソウル〉～新義州）の終着駅で、日本政府は鴨緑江に架橋し、安奉線に接続しようと目論《もくろ》んでいた。

漱石たちが通過した翌々年一九一一（明治四四）年一一月一日、安奉線全線が標準軌道で開通し、翌日、満鉄・朝鮮総督府鉄道直通運転開始のため、日清両国政府は「国境列車直通運転ニ関スル日清協定」を締結した。

鴨緑江大鉄橋は韓国統監府（一九一〇年八月日韓併合後は朝鮮総督府）が新義州〜安東間に二五〇万円の巨費を投じて、一九〇九年八月起工、一一年一〇月竣工し、二六ヶ月の歳月を要したが、冬期四ヶ月、夏期出水期一ヶ月休止するので、実質一六ヶ月で完成した。全長九四四メートル、船舶通航のため、東洋初の回転式鉄道鉄橋であった。これによって、釜山・京城・新義州・安東・奉天・長春と連続直通することになった。

さて、漱石たちは清国から韓国に国境を越えたので、検疫を受けて駅長室でしばし休憩した。安東から送ってくれた統監府安東派出所主任天谷操は、小蒸気に乗って安東に引き返し、一二時発の汽車で奉天方面に行くという。満鉄工務課長堀三之助と新義州渡頭で別れた。

漱石は平壌の小城齊より予め長官に依頼していた新聞記者（朝日新聞社員）用の優待パス（上等）を受け取る。しかし、今から乗る韓国の列車には上等車はなく、中等車が一室あるのみであった。室内は橋本と二人きりであった。車内の椅子は革製で、すこぶるcomfortable快適であった。

なつかしき土の臭や松の秋

かくて、新義州から平壌に向け、漱石たちは韓国の旅に出発した。

漱石の日記はまだ続くが、紀行文「満韓ところぐ\」は既に終わっている。私は『夏目漱石の中国紀行』として、拙著を書いて来た。私は一九四〇年八月、小学二年生の時、家族旅行で奉天から日本内地に一時帰国し、朝鮮半島を縦断し、寝台車中で平壌・京城を通過した。

敗戦後、ソウルには三度行ったが、漱石研究のためではなかった。三人の韓国人研究者と親しくなったが、とうとう共同で韓国における漱石の調査をする機会を逸してしまった。もはや韓国における漱石の調査をする余力は今の私にない。ここが限界と観念して、中国までで留めておきたい。

第三部　漱石の中の中国・韓国

文学としての「満韓ところ〴〵」と満鉄向けの「満韓の文明」

「満韓ところ〴〵」は、民族差別などの問題点があるものの、漱石らしい詩的な潤いを感じさせる場面もあるから、文学として評価することは賛成である。

漱石の「満韓ところ〴〵」には、大連埠頭の苦力《クーリー》や人力車車夫の描写など、民族的差別、侮蔑が問題になるが、旅順戦利品陳列所では、強烈な殺傷力を誇る手榴弾・大砲・魚雷よりも「小さな白い華奢な靴」に心ひかれた（二十三）。営口の旅館清林館の主人に案内されて見学した中国遊廓では、色白で眉のはっきりした、朗らかな眼を持つ美しい娼婦に驚き見惚れた（三十九）。奉天北陵の帰りに見た馬車に引かれた老爺に対する気遣い、哀憐と残酷からの解放（四十五）、漱石の小説を髣髴させるシーンが、散見され、詩的感興に誘われる。

大連港の苦力《クーリー》の「一人見ても汚ならしいが、二人寄ると猶見苦しい。」と言った言葉に、批判が放たれる。卒直な素朴な表現ではあるが、言い放たれた民族にとっては、民族の誇りを傷つける屈辱的な表現であろう。

これに反して、帰国後車中で新聞記者に語った談話「満韓の文明」（『東京朝日新聞』一九〇九年一〇月一八日）、「満韓の文明」草稿、「韓満所感」上・下（『満洲日日新聞』一九〇九年一一月五・六日）を合わせ読むと、漱石自身のゲラ刷り校正はなされていないので、漱石の本心が忠実に紙面に再現されていないかもしれないが、漱石の大日本帝国臣民としての勝利者、植民者的な矜恃と傲慢が垣間見える。

　中国人や韓国人は気の毒だ、中国人や韓国人に生まれなくてよかったと思った、と漱石は「韓満所感」に書いた。四十日間の大旅行のスポンサー南満洲鉄道株式会社と旧友中村是公総裁に対する配慮がたっぷり詰まった挨拶や謝辞、リップサービスであろう。それは余りにストレートな大日本帝国臣民としての勝利者の、漱石は「意気込み」と言っているが、よく言えば愛国心、矜恃と勝者の論理、「上から目線」の感覚で考え、感じている。

　まして、「日本人は進取の気象に富んで居て、貧乏世帯ながら分相応に何処迄も発展して行くと云ふ事実と之に伴ふ経営者の気概」（「満韓の文明」）に感心し、甚だ心地いい気持ちに浸っている。「個人の経済事状〔情〕を以て、個人の幸福に至大の関係を有するもの」（「韓満所感」下）と信じていた。満韓の在留邦人の生活程度は、日本国内生活者のそれに比して、数割増から数倍の高給を得ていたので、裕福そのものであった。だから、満韓で経営に従事している者は、自己の成功に満足し、愉快に執務している。満韓に渡った日本人が文明事業の各方面に活躍して見て大いに「優越者」となっている状態を、日本人も甚だ「頼母しい人種」だとの印象を深めた、という。

　この談話「満韓の文明」・「韓満所感」・「草稿」の三種はほぼ同趣旨で、「満韓ところ〴〵」に比べると、満鉄にかなり顧慮した節が見られる。

「もう一つ感心したことは、彼地で経営に従事してゐるものは皆熱心に其管理の事業に従事して、自己の挙げ得た成功に対して皆満足の態度を以て説明して呉れる事であります。幾多の人に逢つて色々な話しもして見ましたが悲観したり絶望してゐるものは一人もない様でした。悉く愉快に執務してゐる様に見受けました。」（「満韓の文明」）と満鉄幹部の精励恪勤《かっきん》ぶりを賛美している。

日清・日露戦争の勝利が日本人にもたらしたもの

日清戦争の勝利は、日中関係の国際的地位を完全に逆転させた。下関条約で日本は軍費賠償金として庫平銀（清の康熙《こうき》年間〈一六六二〜一七二二〉納税用に使った庫平という秤ではかった銀）二億両《テイル》（テイル tael 中国銀二分の一オンス　日貨約三億一千百万円相当）を七年賦で獲得した。これは当時の日本政府国家予算（約八千万円）の四年分に相当する膨大な利益であったが、その八四パーセントは日清戦争の戦費と陸海軍拡張の軍事費に支払われて、国民の生活を潤すことはなかった。三国干渉で遼東半島を清に返還した見返りに還付報奨金三千万両を得たが、日本国民は「臥薪嘗胆」のスローガンの下、ロシア・中国に対する報復の感情が扇動された。それは必然的にロシアに対する憎悪、中国に対する侮蔑を醸成していった。

日露戦争の勝利は、日本国民を有頂天にさせた。日本人の尊い生命（戦死、戦傷病死者約八万四千人）を失い、血を流した割に賠償金はなく、樺太（サハリン）の南半分しか領有することができず怒ったポーツマス講和条約反対の国家主義者たちを始め過激な国民は、日比谷公園で条約反対国民大会を開き、焼き討ちに発展、暴動化した。血で贖《あがな》ったのであるから、日本にもはや戦争継続の余力が残っていない真相を知らない世論は、屈辱条約と怒ったのである。弱腰と映ったのである。

この二つの近代戦争の勝利は、統一国家明治政府を強固な近代国家に仕立て上げると同時に、国民には戦争とは一種の賭博であり、射幸心をあおる結果となった。リスクもあるがリターンも大きいという観念を植え付けた。適者生存、優勝劣敗、弱肉強食の論理である。敗者中国人・ロシア人に対する民族的な融和よりも、蔑視に流れていった。漱石もヒューマニストとして、中国人や韓国人に対する「気の毒になる」同情や憐憫はあっても、なぜあのように非衛生的で、嗅覚に無頓着なのか、と考えたことはあっただろうか。

二度の近代戦で戦場となった清国（満洲）は、日露戦争では敗戦国でもないのに、ポーツマス条約にオブザーバーとしても参加すらできず、日本はロシアの東清鉄道の諸権益をロシアから移譲され、附属地を拡大させ、中国東北を一種の租界化していった。安奉線を強引に標準軌化し、満鉄の支線に繰り込み、条約外の附属地を拡大した。

満韓旅行中、漱石はただ一人の中国人の友も、ただ一人の韓国人の友も作り得なかった。歴史上の人物以外、中国人・韓国人の名前は出てこない。たいへん残念なことである。

水の豊かな日本と水の不足する中国東北

水の豊かな日本人は、汚れを水で洗い流す洗浄力を持っていることを充分知っているので、綺麗好き、清潔に神経質である。水も井戸を掘って汲み、カルシウム・マグネシウムの多い硬水で鉄分を含む生水は絶対飲まれず、不足する水は、「南船北馬」と言われる東北中国人にとっては飲まれない苦水《クシュイ》から煮沸して、飲める甜水《ティアンシュイ》を得ることは、きわめて難儀なことであった。大量に水を消費する風呂に頻繁に入浴はできない。

中国人がいかに貴重な水を大切にし、豊かな水に恵まれた日本人がどれほど水を贅沢に浪費するか、戦争中「満洲」開拓団に参加した日本人と現地中国人との水をめぐる軋轢《あつれき》を宮尾登美子は、『朱夏』（集英社文庫）の中で見事に描いている。

「日本語のできる彼（中国人）は、この頃日本人がこちら（満洲開拓地）へ進取して来て極端に水が減った、日本人くらい水を無駄使いする人種はない、神様も怒っている、と早口に言い返した。」

「この人たち（中国人）はそのために、入浴はもちろん洗濯もあまりしない習慣を持っており、綾子たち水の国から来た人間（日本人）が惜しげもなく使うのを、どれほどの深い憎悪をこめて見ていたろうと、これはずっとのちになって思ったことであった。」（第二章「飲馬河」）。

水に恵まれない民族は自然洗浄する機会に恵まれず、異臭を放ち、不潔になり勝ちである。私は幼少の頃、貧しい道路工事の苦力《クーリー》でさえ生水は絶対飲まず、沸騰させたお茶を大きな中華碗でふうふうしながら飲んでいた姿を路傍でしばしば見た。日本人が通常生で食べる胡瓜、トマト、キャベツの生野菜も、中国人はしっかり炒めて食べる。

奉天で私の家には若い中国人のボイラー技士が地下室に一人住んでいた。ある時、父は出張で家族全部風呂に入っても、お湯は温かく充分あったので、

「もったいないので、王さんにも入れてあげよう。」

と、初めて中国人を内風呂に入れてやった。翌日、風呂掃除に行った母は驚き仰天した。浴槽内は脂肪を含んだ垢がびっしりと浮いて、何度洗っても洗っても取れなかったと言う。

「半年に一度しか風呂に入らない中国人を、入れてやらなければよかった。」

と母は言った。

私は風土が民族性、風俗、習慣を形作ると初めて知った。

「日本人に生れてゐて仕合せだ」（「満韓の文明」）「支那人や朝鮮人に生れなくつてまあ善かつた」（「韓満所感」）は率直な実感かもしれないが、日本人に生まれた偶然性、中国人・韓国人に生まれなかった偶然性が、仕合せ・不仕合せの分岐点と、漱石が本気で思っていたとは思えないが、結果として日本人は進取の気象に富んで上昇しつつある「運命の寵児」と言い、中国人や韓国人は「目下不振ノ有様ニ沈淪」（「漱石日記」一九〇一年三月一五日）していると見ている。

このような感覚、思考は二大国に勝利して高揚した日本人の大部分が抱いたストレートな飾らぬ感覚かもしれない。

帝国主義・植民地主義

英国に留学した時、帝国主義の先鋒であるイギリスの矛盾――ボーア戦争（ブーア戦争・南ア戦争）帰還義勇兵凱旋歓迎行列に遭遇してこれを見た漱石は、トランスバール金鉱発見以来その利権をめぐって、トランスバール共和国・オレンジ自由国に軍事介入して、遂に武力占領、二国を植民地として併合してしまったことをどう思っただろうか。その後、二つの近代戦争に勝利した日本が、列強の植民地獲得競争に遅ればせながら参加したことに手放しで快哉を叫んだとは思わないが、現に日本政府、関東都督府、満鉄の進めている植民地化に無自覚、無批判であった。むしろ、それを推進実行した経営者の進取の気象を賛美している。立派な鉄道、炭坑、埠頭、製鉄所、ダム、発電所、学校、病院など日本国内にはない近代ヨーロッパ並みの最新設備が整えられたが、家主清国のための設備ではなく、あくまで借家人日本が高圧的強引に日本のために建設したものであった。ポーツマス条約により、ロシアが清国から得ていた関東州（遼東半島南部）と旅順〜長春間の鉄道・港湾・鉱山の諸権益を、日本は二五年間租借する権利を引き継いだ。遅れた中国民衆のために二五年後に返還する気は全くなかった。返還どころか、第一次世界大戦中の一九一五（大正四）年、欧米の関心が中国から離れた隙に日本は中国に対華二一ヶ条要求を突きつけ、山東省の旧ドイツ権益の継承、満鉄権益期限九九年間の延長などを強引に受諾させた。これは永遠に返還する意図はないということで、中国の領土でありながら、中国や中国人のためではなく、日本や日本人のための文明開化であった。

これによって中国内では反日運動が激化したが、漱石はこの動きを知っているはずであるが、これに対する発言はない。「目下不振ノ有様ニ沈淪」している弱者中国政府、中国人の立場に立って、その不当・非条理・非人間性を考えることはできなかったのだろうか。漱石死後一九一九（大正八）年の五・四運動へと発展した。

進取の気象に富む日本人が老大国清国や兄弟国韓国に対して、漱石はあたかも宗主国であるかのごとく振る舞う大日本帝国政府に対して、不快感を述べるでもなく、至極現状肯定的であった。

漱石が満韓旅行で出会った日本人は、満鉄の幹部職員、関東都督府・領事館の高級職員、高級軍人たちであった。漱石のいう「経営者」であって、普通一般のいわゆる「大陸浪人」や漱石が描いた「冒険者《アドヴェンチュアラー》」(adventurer。『門』の坂井の弟、御糸の前夫安井など)、「漂浪者《ヴァガボンド》」(vagabond『彼岸過迄』の森本、『明暗』の小林など)のような人々とは交流してない。漱石がいう「アリストクラチック aristocratic」(貴族的。一一月二八日付寺田寅彦宛書簡)な旅行だったので、お膳立てされたコース、青春時代の旧友を始めとして高級指導層となった人たちとの交歓であれば、「もう駄目だから内地に帰りたいなどと云つたものは一人もない」(「韓満所感」上)のは、当たり前であるが、一山も当てることなく、敗残の身を異国で曝した者は幾多もいたことだろう。

大連の「化物屋敷」の「細い廊下の曲り角で一人の女が鍋で御菜を煮てゐるのに出遭つた」(「満韓ところぐ〵」十六)。漱石がこの満韓旅行で会話を交わした唯一の下級満鉄社員の「御神《おかみ》さん」であるが、「水は上にありますか」「いえ下から汲んで揚げます」「其方は行き留りで御座います」と簡単な会話のみで、満洲・大連の生活や満鉄の仕事の話は全くない。

「満韓ところぐ〵」二十にも、大連埠頭近くの寺児溝あたりの二階建て住宅の前を埠頭事務所長相生由太郎と共に漱石が、狭い往来を通ると、裁縫をしたり、子供を寝かしつけたりしているお女房《かみ》さんたちが、丁寧に挨拶をするのに出会った。たぶん埠頭の下級職員の女房たちであろう。漱石は挨拶を受けただけで、彼女たちと口を利いたわけではない。

一九〇九年(明治四二)年度末、満鉄社員は三二五一名であって、他に傭人(日本人五五八九名、中国人六二六七名）が働いていた（『南満洲鉄道株式会社十年史』一九一九年五月）。「化物屋敷」に住んでいた下級社員はたぶん「傭人」と言われる労働者であろう。一九一五（大正四）年以降社員は職員・雇員・嘱託に分けられた。

また期限をきって金を貸し、期日に返済に行くと居留守を使い、翌日期限切れで抵当を取り上げる。また、千円の手付けに千円の証文を書かせて、訴訟を起こして、自分の宅地を無暗に増やして、縄張りを広くする悪徳日本人になり下がる者もいる（一九〇九年一〇月五日付漱石日記）。

もちろん、満鉄招待旅行とは言え、全コース案内付き、旅費・宿泊費丸抱えの大名旅行ではない。満鉄直営の大連・旅順のヤマトホテルは満鉄の接待で無償であったが、熊岳城以降の旅館代は支払っていると思われる。交通費は満鉄線・韓国統監府鉄道線ともに優待パス券（新聞記者用）が支給されているので無料である。大連・撫順は満鉄の案内付き、旅順は関東都督府・陸軍・海軍の案内である。熊岳城以降は橋本左五郎の立案のスケジュールのようである。韓国内はほとんど漱石の個人旅行と言っていいだろう。九月二四日、お金が足りなくなり、満鉄奉天公所佐藤安之助（肋骨）から百円借りた。中村是公総裁からの指示があったのであろう。出所は満鉄からか、総裁の渉外費であろうか。

奉天停車場に旅館瀋陽館から出迎えに来た馬車の馭者は、漱石たちを乗せると、凄まじく飛ばして、みだりに鞭を馬の尻の痩せ骨に加えた。額に八の字を寄せた漱石は、残酷な鞭にはらはらしながら怯え、苦痛を感じた。城内近くの雑踏にも拘《かか》わらず、無人の境を行くがごとく疾走させて、旅客のご機嫌を取るのは、女房を叱って佳賓をもてなすの類だと漱石は思った。

内田道雄は「満韓旅行の漱石」（『古典と現代』第六七号、一九九九年一〇月三〇日）で、「これは「後進国」の民衆の自ら差し招きつつある『運命』への苛立ちを吐露した一段なのである。」と論じた。

一九四一〜一九四三年頃、奉天の在満国民学校（現・小学校）三〜五年生だった私は、母と馬《マー》車《チョ》に乗った時、やはり中国人の馭者は、盲滅法に痩せた馬の尻に鞭を打った。馬の尻は余りに鞭打たれたためか、馬の毛は禿げ落ちていた。子供心に私は痛々しい馬の尻を見て、眼を背け、もっと馬に優しくすればいいのに、と酷い中国人を恨んだ。一刻も早く目的地に着く努力しているポーズを見せるために客にご機嫌取りをしているかどうか、子供だった私にはわからなかった。

もう一つ、満洲の経営は、日本の開化を一足飛び越して、近代的西洋文明の開化と同等なものを移植しつつあるという。だから、日本内地の文明がまだ普及してないのに、満鉄という国策会社の大資本（資本金二億円、内一億円は政府現物出資、残りは数回に分けて公募、株式額面は二〇〇円、年六分配当の一五年間政府保証、株式募集は日清両国人に限定したが、清国人の応募はなかった）で西洋並みの文明を実践しているが、安東・平壌・漢城では内地に帰ったようで、開化の程度は低いという。

ちなみに、一九四〇年前後、大連・奉天（瀋陽）・新京（長春）・牡丹江で幼少年時代を暮らした私の家は、スチーム暖房、ガスで炊事をして、水洗便所が完備していたが、戦後、日本に引き揚げてみると、九州では竈で薪や藁を燃やして煮炊きし、火鉢で暖を取り、便所は汲み取り式だったので、腰を抜かさんばかり驚いた。

漱石の言によると、朝鮮における日本の開化は、歳月と共に自然と南部から北部に競《せ》り上げたものて、満洲における日本の開化は満鉄という大資本で人工的に周囲に関係なく高度の開化を移植しつつあるという。つまり、満洲は西洋以上の高級な文明を作り上げるための壮大な実験場にすることであった。現地に住む中国人の開化という視点は完全に欠落していたのである。

一〇月一七日、漱石は自宅に帰り着いた。翌一八日から「満韓ところ〴〵」を書き始めたと思われる。一〇月二一日から『東京朝日新聞』に連載が始まり、一二月三〇日、中断されたまま終わる。『大阪朝日新聞』は一日遅れて始まり、一日早く終わる。

漱石と伊藤博文

漱石が哈爾濱停車場を出発した九月二三日から三三日後、一〇月二六日、前韓国統監伊藤博文（枢密院議長）は哈爾濱停車場のプラットホームで韓国人安重根《あんじゅうこん》（韓国語アンジュングン。一八七九～一九一〇）に狙撃された。

漱石は帰国後、『満洲日日新聞』（「韓満所感」〈上〉一九〇九年一一月五日）に満韓旅行の感想を乞われて執筆中、号外によって伊藤の死を知り、冒頭に漱石は伊藤博文暗殺の衝撃について書いた。

「伊藤公が哈爾賓で狙撃されたと云ふ号外が来た。哈爾賓は余がつい先達て見物に行つた所で、公の狙撃されたと云ふプラツトフオームは、現に一ヶ月前に余の靴の裏を押し付けた所だから、稀有の凶変と云ふ事実以外に、場所の連想からくる強い刺激を頭に受けた。ことに驚ろいたのは大連滞在中に世話になつたり、冗談を云つたり、すき焼の御馳走になつたりした田中理事が同時に負傷したと云ふ報知であつた。けれども田中理事と川上総領事とは軽傷であると、わざ〳〵号外に断つてある位だから、大した事ではなからうと思つて寝た。」（『新潮』二〇一三年二月号による）。と書いた。

稀有の凶変というより、つい一ヶ月前、自分の靴の裏を押し付けたプラットホームで伊藤が狙撃されたという場所の連想からくる刺激を受けた。そして、満韓旅行中に世話になった田中清次郎（満鉄理事）・川上俊彦（在哈爾濱総領事）は軽傷だった。中村是公総裁は倒れんとする伊藤を抱き起した。号外を読んだ漱石は自分と関係深い満鉄の線路を通過して、自分の知人と同乗同車してまだ記憶の新しい曽遊の地で斃れたのは、偶然の出来事と言いながら、漱石にとって「珍らしき偶然の出来事」と書いた。伊藤の死は政治上から見ていろいろ重大な解釈ができるだろう、と言って、漱石自身は門外漢だからその消息を報道する資格がないと解釈を避けている。

伊藤の遭難後、寺田寅彦宛の書簡に、

「帰るとすぐに伊藤が死ぬ。伊藤は僕と同じ船で大連へ行つて、僕と同じ所をあるいて哈爾賓で殺された。僕が降りて踏んだプラトホームだから意外の偶然である。僕も狙撃でもせ〔ら〕れゝば胃病でうん〳〵いふよりも花が咲いたかも知れない。」（一九〇九年一一月二八日付）

とあり、前半は「韓満所感」と類似しているが、後半は冗談めかしている。

『吾輩は猫である』十に、

「第一に眼にとまつたのが伊藤博文の逆か立ちである。上を見ると明治十一年九月廿八日とある。韓国統監も此時代から御布令の尻尾を追つ懸けてあるいて居たと見える。大将此時分は何をして居たんだらうと、読めさうにない所を無理によむと大蔵卿とある。」とある。

『門』三の二では、

「仕舞に小六が気を換へて、

「時に伊藤さんも飛んだ事になりましたね」

と云ひ出した。」

と伊藤の暗殺を取り込んだ。

伊藤博文暗殺の号外を見た宗助が、台所にいた御米に、

「おい大変だ、伊藤さんが殺された。」

と言う。御米は宗助に、

「どうして、まあ殺されたんでしょう。」

と聞き、弟の小六にも同じ質問をした。宗助は落ち付いて、

「矢っ張り運命だなあ。」

と言って、茶を旨そうに飲んだ。御米は納得できず、

「どうして又満洲などへ行ったんでしょう。」

と聞いた。

「本当にな。」

宗助は腹が張って充分物足りた様子であった。

「何でもロシアに秘密な用があったんだそうです。」

と小六が言った。

「おれ見たような腰弁は殺されちゃいやだが、伊藤さん見たような人は、哈爾濱へ行って殺される方がいいんだよ。」

と宗助は調子づいた口を利いた。御米は、

「あら、なぜ。」

「なぜって伊藤さんは殺されたから、歴史に偉い人になれるのさ。ただ死んで御覧、こうはいかないよ。」

宗助の皮肉な逆説は、漱石の伊藤に対する感情が投影している。

漱石が満韓旅行に出発する二ヶ月半前の日記（六月一七日付）に、松山中の教え子で宮内省会計審査官の松根東洋城の情報として、皇太子夫妻（後の大正天皇夫妻）の晩食の刺身代が五円、一日の肴代が三〇円、天皇の肴代一日一〇〇円以上であるが、事実は両方とも一円ぐらいしかかからぬそうである。後はどうなるかわからない。

「伊藤其他の元老は無暗に宮内省から金をとる由。十万円、五万円。なくなると寄こせと云ってくる由。人を馬鹿にしてゐる。」

と書いて、権力者の野放図な金銭感覚に怒り、伊藤に対して好印象を持っていない。

日清戦争の軍事賠償金二億両と三国干渉遼東半島返還還付報奨金三千万両は、日清戦費二二パーセント、陸軍拡張四六パーセント、海軍拡張一六パーセント、八幡製鉄五パーセント、皇室財産五パーセントが支出されたが、国民のためには、災害準備金三パーセント、教育基金三パーセントに過ぎなかった。全権大使だった伊藤博文は潤沢だった皇室費に目を付け、濡れ手で粟の予算を分捕っていたのであろう。「四度にわたる総理大臣としてのかれ（伊藤博文）の機密費も、皇室費からでている」（隅谷三喜男『日本の歴史22　大日本帝国の試煉』中公文庫）。政治家たちの傲慢に嫌悪感を持つのはわかるとしても、漱石が伊藤の政策、行政、治世について、どのように評価していたか、特に伊藤の植民地問題、韓国（朝鮮）・中国（満洲）関係についてどう考えていたか、気になるところである。文治派の巨頭である伊藤は、当初韓国の保護国化による一時的な実質的統治で充分であると考え、併合には反対であったという。しかし、一九〇九年七月六日の併合方針の元老・閣議最終決定に反対していない。この前後から伊藤は「日韓一家」という言葉を用い始める。家族主義の論理がここにも顔を出している（隅谷三喜男『大日本帝国の試煉』）。漱石はこういう伊藤の考えや動きをどう見ていたであろうか。

日露戦争前後の日韓関係

日清戦争後の下関条約で日露両国は朝鮮が完全な独立国であることを相互に確認した。摂政の大院君を排斥し、清の勢力を背景に政治を掌握した朝鮮李朝第二六代王高宗の妃閔妃《ビンピ》（一八五一年生）は、日清戦争後、ロシアと結び、日本排斥を企てたとして、日本公使三浦梧楼の陰謀により一八九五（明治二八）年一〇月八日、日本人壮士に惨殺された。漱石は正岡子規宛書簡で「小生近頃の出来事の内尤もありがたきは王妃の暗殺」（一八九五年一一月一三日付）と書き、『日本』

新聞記者正岡子規のジャーナリズム感覚に同調している。しかし、一四年後韓国旅行で漢城《ソウル》に来た時、一〇月五日、閔妃《ビンピ》墓に立ち寄ったと思われる（漱石日記）。その後、真相は明らかになるにつれて、漱石の気持ちも変わったものか。

日露戦争勝利後、米国大統領セオドア・ルーズベルトの勧告で一九〇五（明治三八）年七月二九日、内閣総理大臣桂太郎・米国陸軍長官ウイリアム・タフト協定によって、日本が米国のフィリッピン支配を、米国が日本の韓国支配を、承認した。相互に植民地の利益を認め合うという狡猾なかばい合いである。

同年八月一〇日からポーツマスで日本・ロシアの講和会議がはじまり、日本は朝鮮における指導・保護・監理を行なう権利を得て、関東州租借、大連〜長春間の東清鉄道をロシアから譲渡される条約を九月五日、成立させ、中国東北並びに韓国における多大の特権を手に入れ、遅ればせながら、欧米列強に続いて、植民地経営に乗り出した。

英・米・露政府から朝鮮半島に関する支配権を承認させた日本政府は、一九〇五年一一月、伊藤博文を特命全権大使として第二次日韓協約（韓国では乙巳《いっし》保護条約）を強行し、韓国皇帝高宗に受諾を迫り、韓国の外交権を接収し、事実上保護国とした。

翌〇六年三月韓国統監府が開庁、初代統監に伊藤博文が任命された。

一九〇七（明治四〇）年七月六日、韓国皇帝高宗はオランダ・ハーグの第二回万国平和会議に密使を送り、日本の不当性を訴えたが、認められず、一九日高宗は譲位したので、ソウルで二千人の青年らが譲位反対デモを行なった。

漱石は、小宮豊隆に手紙を送り、「朝鮮の王様が譲位になつた。日本から云へばこんな目出度事はない。もつと強硬にやつてもいゝ所である。然し朝鮮の王様は非常に気の毒なものだ。世の中に朝鮮の王様に同情してゐるものは僕ばかりだらう。あれで朝鮮が滅亡する端緒を開いては祖先へ申訳がない。実に気の毒だ。」（一九〇七年七月一九日付）と韓国に同情・憐憫を感じていた。

同年同月二四日、第三次日韓協約を結び、韓国の内政事項は日本政府の監督を受けることになり、八月一日、韓国軍隊は解散させられたので、一部軍隊は反抗して、日本軍と交戦状態になり、以後、翌年春まで反乱は韓国全土に及んだ。一〇月二九日、韓国警察官を日本官憲の指揮下に置く取極書を締結した。

一九〇九（明治四二）年六月一四日、伊藤は韓国統監を辞任、第二代統監に曾禰《そね》荒助《あらすけ》が任命され、伊藤は枢密院議長となった。同年七月六日の閣議で日韓併合の方針が確定し、同月一二日、韓国司法および警察事務委託に関する覚書を調印し、司法・監獄事務を日本が掌握した。同年一〇月八日、韓国統監府裁判所例が公布された。

そのような日韓併合直前に、伊藤はロシア訪問の途中、哈爾濱駅頭で韓国人安重根に狙撃され、死去した。

遂に、一九一〇（明治四三）年八月二二日、日韓併合条約は調印された。韓国は朝鮮と改称され、朝鮮総督府官制が設置され、初代朝鮮総督に寺内正毅が任命された。九月一一日、朝鮮における政治結社に解散を命令、同月一二日、朝鮮駐箚《ちゅうさつ》憲兵条例を公布した。

かくて、韓国は完全に日本に併呑されてしまった。日本地図では、朝鮮・台湾は日本内地と同じく、赤く塗られて、大日本帝国の領土となった。このような流れを、新聞を丹念に読んでいる漱石は、知らないはずはない。あるいは、新聞紙面から日本政府の帝国主義的植民地主義の狡猾な非人間性・不条理性を見抜けなかったのだろうか。

漱石の自家撞着こそ真面目・良心・正直

日本国民の大部分がそうであるように、漱石も日本は乗り遅れた帝国主義の列車に乗ることが、前進することであり、近代化であり、文明開化であると考えていたのであろうか。適者生存、優勝劣敗、弱肉強食は世の慣いとして、ロンドンで大英帝国の植民地政策の悲惨と矛盾を見聞きしていた漱石が、日本の植民地主義に寛大であったとは思われない。しかし、ヒューマニズムだけではどうにもならない、国際情勢、仕組、制度をどの程度理解して考えていただろうか。

しかし、日本から植民地満洲・韓国などに渡った日本人は、エリートの「経営者」ばかりではなく、一攫千金を狙って一旗揚げようと植民地に新天地を求めた「冒険者《アドヴェンチュアラー》」たち、国内に思うような職業がなく、挫折して根無し草《デラシネ》（フランス語 déraciné）のように大陸を放浪する「漂泊者《ヴァガボンド》」、権力側に追われ反体制運動に疲れ、外地に逃避所を求めた社会主義者もいた。

大陸に渡った日本人を描くのは、漱石が帰国後であるが、果たして満韓旅行の成果であるかどうかは、はっきりしない。

確かに『門』では、崖上の大家坂井の弟が連れて来る安井は満洲に渡り、遼河を利用して、豆粕大豆を船で下す、大規模な運送業を経営して、たちまち失敗して蒙古に流浪する。この話題のきっかけは、多分漱石が営口に行った時に林屋仲太郎から聞いた話であろう。

また『彼岸過迄』の森本が勤務していた大連の電気公園は、漱石が中村総裁から案内された開園間近の「電気仕掛で色々な娯楽を遣つて、大連の人に保養をさせる為に、会社で拵えた」[73]電気遊園のことである。夏目漱石家の女中をして、漱石夫妻が媒酌人を務めた西村梅の実兄西村濤蔭（本名・誠三郎）は、早稲田大学卒業後生活困窮により、漱石著作の校正などを手伝っていたが、一九〇九年一一月ごろ、漱石の紹介であろうか、満洲大連に渡り、満鉄、満洲日日新聞に勤め、一一年ごろには電気遊園嘱託月給三五円で勤務していた。森本が手紙で「来年の春には活動写真買入の用向を帯びて、是非共出京する」と書いたのは、漱石が西村濤蔭からの書簡を利用したものだろう。後に濤蔭は、満洲宣伝協会会長となり、社会主義的傾向から豹変して、満洲国絶賛、開拓団賛美、日満不可分論の宣伝マンに堕してしまった。

同じ『彼岸過迄』の長春の賭博場の話（「風呂の後」十二）は、漱石が長春で見物した邊見勇彦経営の賭博場がモデルであろう。

また、森本の手紙の末尾に「満洲ことに大連は甚だ好い所です。貴方の様な有為の青年が発展すべき所は当分外に無いでせう。思ひ切つて是非入らつしやいませんか。僕は此方へ来て以来満鉄の方にも大分知人が出来たから、もし貴方が本当に来る気なら、相当の御世話は出来る積です。但し其節は前以て一寸御通知を願ひます。左様なら」と書いてあったが、敬太郎はこの手紙を机の抽出に入れたまま放置無視されてしまった。

『明暗』の津田由雄の友人小林は、東京で食い詰めて朝鮮の新聞社に勤め、善良な細民の同情者を自認して、富裕者に反感を抱きつつ、接触を求めて漂泊する。

しかし、ただ珍奇なものを見物して、興味をそそられて素材に使ったものの、漱石に植民地や満韓に対する意識の変革を迫るものではなかった。

漱石の満韓旅行の成果として、「経営者」の視点のみでなく、もう一歩下がった「大陸浪人」や西村濤蔭のような左翼崩れや生身の中国人・韓国人をもう少し作中で活躍させ、体制に対する別の視点を求めるのは、ないものねだりであろうか。

漱石は書きながら「満韓ところ〴〵」に嫌気が生じ、自家撞着に陥って、中途半端な中断に到ったのは、むしろ人間としての真面目・良心・正直ではなかろうか。

補　注

（1）**上田万年《かずとし》**＝一八六七（慶応三）年、江戸名古屋藩下屋敷に生まれる。帝国大学和漢文学科卒業。九四年帝国大学博言学講座担当教授。九八年文部省専門学務局長兼任。九九年文学博士、国語学国文学国史学第三講座担当。一九〇八年三月帝国学士院会員となる。一二年三月東京帝国大学文科大学長に補せられる。一九年六月神宮皇学館長兼任となる。二六年一二月学士院選出貴族院議員。二七年三月東京帝国大学教授辞任、国学院大学長となる。七月東京帝国大学名誉教授。一九三七（昭和一二）年死去。

（2）**藤代禎輔《ふじしろていすけ》**＝一八六八（慶応四）年、千葉県検見川町に生まれる。帝国大学独逸文学科卒業。九六年第一高等学校教授。一九〇〇年満二年間のドイツ留学を命ぜられ、漱石と共にプロイセン号でヨーロッパに向かう。〇二年一〇月ごろ「夏目狂セリ」という噂が立ち、漱石を連れて帰国しようとしたが、応ぜず、心配するほどでもないと判断して、一船先に帰国した。〇三年二月東京帝国大学文科大学講師となる。漱石が「吾輩は猫である」を発表すると、藤代はこれを揶揄して、「猫文士気焔録」（『新小説』一九〇六年五月）を発表、ホフマンの「牡猫ムルの人生観」に触れていないことに不満を漏らした。〇七年八月、新設の京都帝国大学文科大学教授に任ぜられ西洋文学

（ドイツ文学）講座を担当した。一六年三月京都市立絵画専門学校長、京都市立美術工芸学校学校長を兼任。一六年八月京都帝国大学文科大学長となる。二七年四月、京都帝国大学医学部病院にて死去。〈原武哲編著『夏目漱石周辺人物事典』笠間書院〉

（3）**中川元《はじめ》**＝一八五一（嘉永四）年、信濃国飯田町生まれ。飯田藩貢進生として東京大学南校でフランス学を修学。文部省に出仕。七八年師範学科取調べのためフランスに派遣される。九一年一〇月第四高等中学校（現・金沢大学）校長。九三年一月第五高等中学校（現・熊本大学）校長となり、九六年四月ドイツ語教授菅虎雄を通じて、愛媛県尋常中学校雇教員夏目金之助を五高英語講師に採用した。六月教授に昇格させた。高等学校教授にも外国留学させる制度ができ、夏目漱石を英語研究のため英国留学生として推薦した。一九〇〇年四月第二高等学校（現・東北大学）校長となる。一一年一月仙台高等工業学校長となる。一九一三（大正二）年九月、仙台市で死去。〈『中川元先生記念録』故中川先生頌徳謝恩記念資金会、一九一八年三月二六日。原武哲編著『夏目漱石周辺人物事典』笠間書院〉

（4）**南満洲鉄道株式会社**＝略称満鉄。日露戦争勝利後、一九〇五（明治三八）年九月、ポーツマス条約により大連～長春間の東清鉄道とその支線・鉄道付属地・撫順・煙台炭鉱などの附属地を経営するための権利をロシア政府から継承した半官半民の国策株式会社。資本金二億円日本政府は株の半数を引き受け、民間株主に年六分の配当を一五年間保証し、経営は関東都督が監督した。初代総裁は後藤新平、中村是公は副総裁から第二代総裁に昇格した。〈『満鉄四十年史』財団法人満鉄会編、吉川弘文館、二〇〇七年一一月二〇日〉

（5）南満洲工業専門学校＝南満州鉄道株式会社経営の専門学校。一九一二（明治四五）年六月大連に南満洲工業学校を創設したが、時勢の進展に応じてさらに高等の学術技芸を教授し有為な専門技術者を養成しようと、一九二二（大正一一）年六月専門学校令による南満洲工業専門学校を設立した。建設工学科（建築・鉱山・土木・農業工学）・機械工学科（電気・機械工作・鉄道機械・鉱山機械）に分れていた。現在は大連理工大学になっている。

（6）対華二一ヶ条要求＝一九一五（大正四）年一月、中国袁世凱総統に大隈内閣は五号二一ヶ条の要求を提出した。関東州租借期限、南満洲鉄道権益期限の九九ヶ年への延長、満洲南部・東部内蒙古における日本の優位性の確立、漢冶萍煤鉄公司《かんやひょうばいてつコンス》の日華合弁化、中国沿岸の港湾・諸島の他の列強に対する割譲・貸与の禁止などであり、また希望条件として、第五号要求、中国政府の政治・財政・軍事顧問への日本人の雇用、地方警察の日華合同、日本経営の病院・寺院・学校の土地所有権の保障、兵器供与の受諾または日華合弁の兵器廠の設立、武昌・九江など五鉄道敷設権、福建省内の鉄道・鉱山・港湾設備に関する外国資本導入についての日本との協議義務、日本人の布教権保障などを要求した。この要求はたちまち国際問題化し、中国国内では反日・排日運動が巻き起こり、一九一九年の五・四運動が起るきっかけとなった。

（7）正岡子規＝一八六七（慶応三）年、伊予国松山生まれ。松山中学を中退し上京して、一八八四年九月、東京大学予備門予科に入学、寄席が好きなことから漱石と親しくなる。九〇年九月帝国大学文科大学に入学、絵画的な写生を旨とした俳句に集中する。九二年七月、漱石から卒業を勧められたが、大学を中退した。同年一二月日本新聞社に仮入社。『日本』俳句欄ができ、子規は選者となる。九五年日清戦争に従軍。同年八月松山中学英語教師の漱石の下宿に同居。九八年三月根岸短歌会を発足、短歌革新を叫ぶ。一〇月『ホトトギス』が高浜虚子発行人、子規主宰で発刊。漱石留学中の一九〇二年九月一九日死去。〈原武哲編著『夏目漱石周辺人物事典』笠間書院〉

（8）**大塚保治《やすじ》**＝一八六八（明治元）年群馬県木瀬村生まれ。旧姓小屋。東京大学予備門、第一高等中学校を卒業、九一年七月帝国大学文科大学哲学科を卒業、大学院で美学の研究を続ける。九二期後輩の漱石と共に大塚楠緒子の婿候補になり、保治が養子に選ばれ、大塚姓になった。九六年三月美学研究のためドイツ留学した。九九年東京帝国大学文科大学美学講座が新設され、初代教授に就任、一九〇〇年七月帰国した。入れ替えに漱石がロンドンに留学、ロンドンの下宿情報を大塚から聞いている。漱石は帰国後、前任校五高を辞職し、大塚の斡旋で東京帝大の英文学講師になった。漱石が教師を辞めて、朝日新聞社に入社する時、大塚は漱石を東大英文学教授に推薦したが、漱石は断って朝日に入社した。妻楠緒子が小説家を目指した時も、漱石が便宜を計った。一九二九年東京帝国大学を定年退官、名誉教授となる。一九三一年三月二日死去。〈原武哲編著『夏目漱石周辺人物事典』笠間書院〉

（9）**小宮豊隆**＝一八八四（明治一七）年福岡県京都《みやこ》郡犀川村生まれ。豊津中学校・第一高等学校卒業後、一九〇五年九月東京帝国大学文科大学独文学科入学。従兄の紹介で漱石宅を訪問、保証人になってもらって以来親しむ。漱石の木曜会に出席、漱石の「文学論」の講義にも熱心に聴講した。東大卒業後、漱石の周旋で慶応義塾大学でドイツ語の非常勤講師を務める。一〇年八月修善寺の大患では半月滞在、「修善寺日記」を書く。一九一六年一二月、漱石の死に際しては、遺体解剖の立会人になり、葬儀では門下生代表として弔辞を読む。岩波書店の『漱石全集』編集責任者として中心的に働く。東北帝国大学法文学部教授。『夏目漱石』、『漱石の藝術』は漱石研究の古典的出発点である。東北大学の「漱石文庫」は漱石蔵書の宝庫である。五〇年学習院大学教授となった。六六年五月死去。〈原武哲編著『夏目漱石周辺人物事典』笠間書院〉

（10）**橋口貢**《みつぐ》＝一八七二（明治五）年鹿児島市に生まれる。第五高等学校三年生の時、漱石が赴任してきた。一九〇二年貢は東京帝国大学法科大学政治学科を卒業。〇三年五高卒業生が、漱石の帰国歓迎会を開いた時、貢も漱石に再会して、交流が始まった。帰国後、神経衰弱気味だった漱石は、精神安定のため水彩画を描き、門下生と水彩画絵葉書を交換した。特に弟清（五葉）と共に絵画の巧みな橋口貢宛のものが群を抜いて多い。貢は〇五年一～一二月ごろ、中国（清国）の南京領事館に外交官として赴任していたが、一〇年四月ごろから交流が復活、中国趣味をけしかけ、中国の香炉・水滴・硯・書・織物・文鎮などを贈った。漱石の『心』の表紙は、貢が中国から届けた石鼓文の拓本を応用して使用した。一九三四年死去。〈原武哲編著『夏目漱石周辺人物事典』笠間書院〉

（11）**津田青楓**《せいふう》＝一八八〇（明治一三）年京都市生まれ。亀治郎。京都市立染織学校、関西美術院で学び、浅井忠たちに師事する。一九〇七年安井曾太郎と共にパリに留学しジャン・ポール・ローランスに師事する。一九一一年四月頃から小宮豊隆の紹介で漱石山房に出入りし、漱石の紹介で『東京朝日新聞』に挿絵を描くようになる。一二年頃から漱石に水彩画の手ほどきをする。

やがて漱石の縮刷本『鶉籠　虞美人草』・『道草』・『明暗』などの装幀も行なう。一九一三年、漱石は油絵に興味を持ち、青楓が漱石を指導するが、漱石は面倒臭がって放棄、南画に興味を持つ。青楓が「南画は写実に根拠がない、でたらめを描くからつまらない」と非難すると、漱石は「でたらめが描けるのでいいじゃないか」と反論した。一九七八年、九七歳で死去。〈原武哲編著『夏目漱石周辺人物事典』笠間書院〉

（12）**野上豊一郎**＝一八八三年、大分県北海部郡《きたあまべぐん》福良村生まれ。臼杵中学卒業後、第一高等学校入学、後の野上弥生子の家庭教師となる。漱石の英語の授業を受ける。一九〇五年一高を卒業、東京帝国大学英文学科に入学、漱石宅を訪問、木曜会のメンバーとなり、弥生子と結婚した。〇八年東大卒業。漱石と共に宝生新について謡を稽古した。〇九年法政大学、予科英語講師、万朝報社に入社した。二〇年大学令による法政大学が発足、教授、予科長、理事、学監・高等師範部長・図書館長を歴任したが、三三年九月、「法政騒動」が持ち上がり、漱石門下の森田草平と対立、野上は教授休職、森田も教授解職になった。その後、能研究に専念、『能　研究と発見』で文学博士になった。再び法政大学文学部長に迎えられ、学長・総長に就任、学園の復興に尽力した。五〇年二月、死去。〈原武哲編著『夏目漱石周辺人物事典』笠間書院〉

（13）**中村是公**《よしこと》＝一八六七（慶応三）年一一月二三日～一九二七（昭和二）年三月一日。安芸国（広島県）佐伯郡五日市村の酒造家柴野宗八の五男として生まれた。広島県尋常中学を卒業、大学予備門に入学、漱石も同じ町内に下宿していたので、二人は親しくなった。漱石ら成立学舎出身者が中心となって十人会を結成した時、是公は成立学舎出身ではなかったが、これに参加し、江ノ島徒歩旅行に共に行った。一八八六年九月頃、是公と漱石は松坂町で共同生活を始め、江東義塾の教師になった。漱石はこの当時の生活を「永日小品」の「変化」で回想した。一八九〇年二月、岩国の中村家の養子となる。一八九三年七月帝国大学法科大学法律学科を卒業する。大蔵省試補、大蔵属、秋田県収税長を経て、一八九六年四月台湾総督府民政局事務官となり、参事官、土地調査局次長を歴任。一九〇二年四月出張先のロンドンで留学中の漱石と偶然再会、経済的生活困難を心配する。土地調査局長、専売局長、総務局長、財務局長を歴任、台湾総督府在任一〇年に及ぶ。一九〇六年一一月満鉄副総裁になり、〇八年一二月、満鉄総裁に昇任した。一九〇九年九月、旧友漱石を満韓旅行に招く。一九一三（大正二）年総裁を満期退職。一九一七年五月貴族院議員に勅選され、鉄道院副総裁に就任、一八年四月鉄道院総裁になったが、九月には辞任した。一九二四年一〇月、東京市長に就任、二六年六月東京市長を辞任した。一九二七年（昭和二）年三月一日胃潰瘍のため、赤十字病院で死去。享年六一、勲一等瑞宝章を授せられた。〈青柳達雄『満鉄総裁中村是公と漱石』勉誠社、一九九六年一一月二五日〉

（14）**中根重一**《しげかず》＝一八五一（嘉永四）年一〇月二五日、備後福山藩士中根忠治の長男として江戸藩邸に生まれる。貢進生に選ばれ上京、下谷の大学東校（後の東京帝国大学医学部）に入学、主にドイツ語を勉強した。七七年六月、新潟県医学所にドイツ語通訳兼助教として赴任した。同年七月、重一の長女鏡子が郷里福山で生まれ、父重一のいる新潟に母子で行く。重一はフォック講述の『眼科提要』翻訳出版した。八一年七月、上京医師を捨て官吏の道に進む。一八八二年三月、太政官御用掛となり、外務省翻訳官、法制局参事官、法制局書記官となり、九四年二月、貴族院書記官長と順調に官僚の出世街道を歩んだ。一八九五年愛媛県尋常中学校雇教員夏目金之助と重一の長女鏡子との間に縁談が持ち上がり、重一が調査すると、漱石の評判はよく、写真を交換し、年末に見合いをして、婚約した。

九六年四月、漱石は熊本の五高に転出したが、縁談は進められ、六月結婚式は熊本で執り行われた。九八年一〇月、大隈内閣総辞職し、一一月、中根も辞職し、九九年九月終身官の行政裁判所評定官に任命されたが、末松謙澄が内務大臣になる時、地方局長になり、末松が辞任した時、中根も辞めて無職になった。その後は相場に手を出し失敗に失敗を重ね、零落した。

一九〇〇年七月、英国留学する漱石は、熊本を引き払い上京し、留守家族を中根家に預け、ロンドンに向け出航した。留守家族手当月二五円では生活できない鏡子は、父重一から借金してやり繰りしたが、失脚後は貧窮に陥った。〇三年六月ごろから漱石は精神状態不安定になり、別居して鏡子は娘たちを連れて実家中根家に一時帰った。「お前の親父は不人情だ。」と漱石は離婚を考えたが、重一や鏡子は応じなかった。鏡子は夏目家に帰ったが、重一は落魄して、矢来町の自宅も手放し、借家住まいになった。『道草』の御住（細君）の父親は重一をモデルにしていると思われる。行政事務官として政治的経済的手腕を評価する重一は、学問・文芸の世界に価値を置く漱石を世間知らずの稚気として軽蔑していた。虚栄心の強い重一は、自尊心を捨てられず、長男倫《ひとし》を漱石宅に借用証の保証人に捺印を頼みに行かせた。漱石は義弟に保証人になれない理由を説き、他から借りて、返却の当てのない金を中根家に与えた。一九〇六年九月一六日五五歳で死去、漱石は葬儀に参列しなかったが、費用の一部を引き受けた。〈原武哲編著『夏目漱周辺人物事典』

笠間書院〉

(15)芳賀矢一《はがやいち》＝一八六七(慶応三)年、越前国足羽郡(現・福井市)生まれ。東京大学予備門予科に漱石・是公・子規らと共に入学、八九年七月第一高等中学校と改称され卒業、九月、帝国大学文科大学国文学科に入学、九二年七月卒業、大学院に入る。九八年東京帝国大学文科大学助教授となった。一九〇〇年六月、文学史攻究法の研究のため一ヶ年半のドイツ留学命ぜられ、夏目漱石・藤代禎輔と共に、九月八日横浜からプロイセン号で西洋に向かった。芳賀の「留学日誌」(『芳賀矢一文集』芳賀檀編、冨山房)は、漱石の「日記」(『漱石全集』第十九巻、岩波書店)に較べると、詳細で緻密である。漱石は帰国する芳賀をロンドンで見送った。帰国した芳賀は東京帝国大学文科大学教授に任ぜられ、国語学国文学第二講座担当し、文学博士を授与され、学者の王道を行く。一九〇三年一月、帰国した漱石は、東大文科の講師になったが、一高との兼任であった。漱石が「文学博士」号を拒否した時、上田万年と芳賀は、説得に来たが、見解の相違は埋められなかった。一九二二年三月、東大を定年退官、名誉教授になった。二七年、死去。〈原武哲編著『夏目漱石周辺人物事典』笠間書院〉

(16)プロイセン号＝北ドイツ・ロイド汽船会社 Norddeutscher Lloyd, Bremen 所有の汽船。同社は一八五七(安政四)年二月二〇日ブレーメンに設立され、一八八六(明治一九)年から東アジア航路に就航する。一九一二(明治四五)年七月に、ハンブルグ＝アメリカ郵船 Hamburg-America Line と合併して、ハーパク・ロイド Hapag-Lloyd's としてドイツ最大の海運会社となった。プロイセン号 Preussen は船長キルヒネル Kirchner で、『ロイス船名録』(一八九五―九六年版)によれば、二檣二煙突総トン数五六一五総トン、長さ四五四・三フィート（一三八・五メートル）、幅四五・〇フィート（一三・七メートル）甲板数三層、平均時速一二・五ノットの貨客船だった。一八八六年七月進水。同年一一月就船。一八九四年、船体延長工事を受けた。横浜―ブレーメン東アジア航路は二週一回、一九〇〇年から実施された（『海事史研究』第七四号「漱石の欧州航路体験」山田迪生、二〇一七年一二月）。

（17）**狩野亨吉**《かのうこうきち》＝一八六五（慶応元）年、出羽国大館生まれ。八四年東京大学予備門卒業、八八年七月帝国大学理科大学数学科を卒業、八九年九月帝大文科大学哲学科二年に編入、九一年七月哲学科を卒業した。九二年七月第四高等中学校（現・金沢大学）教授となる。九三年七月ごろ、狩野は漱石を四高英語教師として招こうとしたが、断られた。九八年一月、狩野は漱石から招かれて、第五高等学校教頭となった。しかし、同年一一月第一高等学校長に推薦され、以後八年間校務以外一切外の世界を振り向かず、一高のために献身的に尽瘁した。一九〇三年四月、狩野は英国留学から帰国、熊本に帰りたくない漱石のために一高英語講師を依頼した。一九〇六年七月京都帝国大学文科大学が開設され、倫理学教授となり、初代学長に補され、教官人事で東大にない特色を出した。漱石にも英文学教授の口をかけたが、断られた。大学教師を辞めた漱石は京都で狩野と再会した。狩野は唯物論者安藤昌益を世に紹介、〇八年一〇月、京大を退官、二度と官に仕えることはなかった。市井の古書収集家・骨董鑑定家として陋巷に埋もれて生涯を過ごした。一九四二年一二月死去。〈『狩野亨吉の生涯』青江舜二郎、明治書院、一九七四年一一月三〇日。原武哲編著『夏目漱石周辺人物事典』笠間書院〉

（18）寺田寅彦＝一八七八年、東京市麹町生まれ。高知県立尋常中学校卒業。一八九六年第五高等学校入学。九八年頃漱石を訪ね、俳句の添削を乞い、『ホトトギス』『日本』に投稿する。九九年東京帝国大学理科大学物理学科入学。一九〇〇年九月漱石英国留学時には横浜まで見送りに行く。一九〇四年東京帝国大学理科大学講師、〇九年東大理科大学助教授となり、ベルリンに留学、一一年帰国、一六年東大理科大学教授に昇任した。漱石の英国留学、寅彦のドイツ留学の四年半余を除けば、漱石の死に至るまであたかも家族のごとく、否、家族以上に親密に、子弟を超越して、兄弟か、義兄弟のように信頼を置いていた。俳句・随筆の文学的指導、漱石小説の素材提供など多岐にわたって交流し、「吾輩は猫である」の寒月君、「三四郎」の野々宮宗八などのモデルに擬せられている。漱石没後、一七年岩波書店『漱石全集』編集委員となる。二〇年吉村冬彦の筆名で随筆・俳句研究や科学随筆で独特な領域を開拓していった。三五（昭和一〇）年死去。〈原武哲編著『夏目漱石周辺人物事典』笠間書院〉

（19）戸塚機知《みちとも》＝一八六八（明治元）年、幕府御抱医師戸塚静甫を父として生まれる。九三年七月帝国大学医科大学卒業する。一九〇〇年九月漱石らとヨーロッパ向け出発、〇二年一一月一二日までドイツに駐在し、細菌学を研究する。帰国して陸軍軍医学校教官三等軍医正となる。クレオソートを主成分とする「正露丸」（日露戦争当時、ロシアを征伐するというところから「征露丸」と言われたが、太平洋戦争後、「征」は好ましくないとして、「正」に改められた）を開発した人物という説がある。一九一〇年七月一日死去。

（20）稲垣乙丙《おとへい》＝一八六三（文久三）年一一月四日信濃国上諏訪に生まれる。松本師範学校を卒業後、小学校訓導となり、東京師範学校を卒業、東京農林学校を経て、帝国大学農科大学を卒業、大学院で研究。一八九四年九月高等師範学校教授、九九年五月東京帝国大学農科大学講師を嘱託され、一九〇〇年一月農学博士の学位を授けられる。同年九月漱石らとヨーロッパに出航、三年間ドイツに留学し農学を研究、ヨーロッパの初等及び補習教育の農業科教授法を取調べ調査した。〇三年一〇月帰国。盛岡高等農林学校教授を経て、〇六年東京帝国大学農科大学教授に任ぜられ、農林物理学・気象学講座を担当した。著作に『農学階梯』などがある。二二年定年退官。二八年三月二七日死去。

（21）**鈴木禎次**《ていじ》＝一八七〇（明治三）年七月静岡に生まれる。第一高等学校を経て、帝国大学工科大学造家学科を卒業する。三井銀行建築係に就職した。九八年漱石夫人鏡子の次妹中根時子と結婚し、漱石の義弟となった。一九〇三年一月漱石が英国留学から帰国したのと入れ替えに、英仏諸国留学に出航した。英・仏・独・伊・北欧・米を廻り、〇五年六月帰国した。同年九月名古屋高等工業学校（現・名古屋工業大学）教授となる。一六（大正五）年一二月九日漱石が亡くなった時、鏡子の意志で親族代表として禎次が葬儀責任者となった。雑司ヶ谷霊園の夏目漱石・鏡子の墓は鈴木禎次設計、菅虎雄揮毫の墓碑銘をもって一周忌に完成した。二二年三月名古屋高等工業学校を定年退官、鈴木建築事務所を開設した。四一年八月一二日死去。〈「漱石の義弟鈴木禎次」『漱石と明治文学』助川徳是、桜楓社、一九八三年五月。原武哲編著『夏目漱石周辺人物事典』笠間書院〉

（22）**ノット夫人**＝Mrs. Nott。一九〇〇年七月一三日か一四日、漱石はスイス人のファーデル

（ドイツ系）に紹介され、Miss. Nottと一緒に住んでいるMrs. Nottを訪ねている。たぶん、英国留学が決まったので、ロンドンの大学や下宿の状況について情報を得たいと思って、訪問したのであろう。ノット家は熊本市黒髪五丁目一二番地の大崎熊三郎宅であったらしい。夫のMr. Nottは一八六三（文久三）年七月の薩英戦争の時、艦長として鹿児島に来たと伝えられている。イギリスのケント州に帰り、聖公会（イギリス国教）の宣教師（ロー・チャーチ派）として、九州管区で伝道をしていた。

一九〇〇年九月一一日、漱石らがプロイセン号で英国に向かう途中、長崎からNott夫妻が乗船した。娘のMiss. Grace Nottは三〇代の宣教師で、電信学校でイタリア語を教えて、熊本に残った。一〇月四日午前、インド洋上で甲板の椅子で読書中、突然Mrs. Nottから「夏目さん」と声をかけられる。翌五日、午後のお茶に招待される。同日午後三時半、Mrs. Nottを一等船室に訪れる。夫人は知人を紹介して、誰にでも「夏目さんの英語はお上手でしょう」とお世辞を言う。漱石は赤面する。夫人の英語は音調低く早口で、日本人にとって聴き取りにくくて閉口した。無暗に調子を合わせて挨拶をすれば、危険である。恐縮して控え目にしていた。いろいろな談話をして、イギリスに到着後の紹介状のようなものを頼んだ。夫人はケンブリッジ大学のアンドルーズ（ペンブルック・カレッジ副校長）への紹介状を書く約束をした。六日夫人が漱石の部屋の外で『聖書』を小脇に挟んで立っている。部屋から出てきた漱石に紹介状を書くため、留学目的と専攻分野を尋ねる。毎日半時間ずつ英会話を教えてもらう約束をする。一〇日、Mrs. Nottは漱石に英訳『聖書』（一八九八年改訳。オクスフォード版。現在、東北大学図書館漱石文庫蔵）を贈る。

ロンドンに着いた漱石は、一〇月三〇日駐英日本公使館に行き、Mrs. Nott からの手紙や電報を受け取る。一一月一日午後一時、Mrs.Nott の紹介状を持って、ケンブリッジ Cambridge University のペンブルック・カレッジ Pembroke College のチャールズ・フリー・アンドルーズ Charles Free Andrews を訪ねた。しかし、ケンブリッジ大学の聴講は断念した。その後、漱石がロンドン留学中、Mr. Rev. P. Nott や Mrss. Nott や Miss. Grace Nott などと文通・訪問など交流を深めている。〈武田勝彦『漱石　倫敦《ロンドン》の宿』近代文芸社、二〇〇二年一二月一〇日〉

（23）**菊池謙二郎**＝一八六七（慶応三）年一月一九日、常陸国水戸に水戸藩士の二男として生まれる。茨城中学校中退、東京大学予備門を経て第一高等中学校卒業。一八九三年七月、帝国大学国史学科を卒業した。九四年一月、山口高等中学校教授となり、九五年三月、菊池は漱石を山口高等中学校に招聘しようと声をかけたが、既に松山中に行く覚悟を決めていたので、断られた。九五年八月、岡山県津山尋常中学校長、九七年四月、千葉県尋常中学校長となったが、知事と対立し依願免職となる。九八年七月第二高等学校長になったが、また学校騒動が起こった。漱石は「多少の難関に遭遇する事却て未来の為め結構かと存候」（九九年一月一四日付狩野亨吉宛漱石書簡）と、菊池の硬直した剛情な性格を危惧し、不安を除去し健全なる将来を願った。しかし、菊池の頑固は直らず、南京三江師範学堂では、菅虎雄と確執を起し、漱石も藤代禎輔もこぞって菅を応援した。一九〇六年四月、茨城県立水戸中学校長の時、全国中学校会議で文部大臣に内閣の居直りと立憲思想との関係を質問したり、いくつかの舌禍事件を起こし、遂に依願免職となった。衆議院議員となり、治安維持法に反対した。一九四五年二月三日没。妥協を知らない純粋原理主義者・理想主義者で、周囲と衝突すること多く、漱石は学生時代、親しく交流したが、後に講演依頼を断るなど敬遠しがちで、親近感を持ち得なかった。「吾輩は猫である」の八木独仙のモデルという説もあるが、単なる暗合であろう。〈『菊池謙二郎』森田美比、耕人社、一九七六年九月一〇日。原武哲編著『夏目漱石周辺人物事典』笠間書院〉

(24) **神田乃武**《ないぶ》＝一八五七（安政四）年二月二七日、幕臣松井永世の二男として江戸に生まれる。一八六八年神田孝平の養子になった。一八七一年森有礼に従ってアメリカに渡り、八年間勉学してアマースト大学を卒業、一八七九年帰国した。大学予備門・文科大学・学習院・東京外語などで英語を教えた。一九一二年から東京高商で教えたが、日本中等学校英語教育に尽した功績は大きく、その編集した中等学校英語教科書は、明治・大正を通じて広く使用された。一八九八年養父孝平死去の後、男爵を継ぎ、貴族院議員となり、しばしば海外に出張して民間外交に尽くした。東京キリスト教青年会の創設に協力し、ローマ字運動を起し、速記術を広め、友人と正則中学校を創設した。一九二三（大正一二）年一二月三〇日死去。英文の『Memorials of Naibu Kanda』『神田乃武先生・追憶及遺稿』（一九二七年七月、刀江書院）。

(25) **金玉均**＝一八五一年二月生。朝鮮李朝末期の開明的政治家。朝鮮近代化に努力。日本の民権派や日本政府と協力、八四年一二月甲申政変（京城事変）を断行したが、清国の干渉で失敗、日本に亡命して一〇年間本国政府の刺客をさけて放浪。スパイに誘い出されて上海に渡り、九四年三月、朝鮮旧守派の刺客洪鐘宇によって上海の東和洋行で暗殺された。「大逆無道玉均」としてその死骸は朝鮮に送られ、曝し首になった。甲午の改革で開化派内閣が組織されて、反逆罪は解かれ、一九一〇年、奎章閣《けいしょうかく》の大提学に追贈された。

（26）**麦都思**＝原名・**Walter Henry Medhurst**。一七九六（寛政八）年四月二九日〜一八五七（安政四）年一月二四日。会衆派のイギリス人宣教師、中国学者、出版人。上海に入った最初の宣教師であり、中国語訳聖書の翻訳・改訂・出版に尽力した。中国名は麦都思（マイ・ドウ・シ）。「麦杜斯」とも表記する。日本では『英和・和英語彙』の著者として知られている。

（27）**大橋乙羽《おとわ》**＝一八六九（明治二）年六月四日、山形県米沢市生まれ。小学校卒業後、商家奉公し、一八八八年一二月処女小説『美人の俤』を発表した。東陽堂社主吾妻健三郎の寓目する所となり、東陽堂の美術記者として『風俗画報』『絵画叢誌』の編集に当たった。一方、政治小説『霹靂一声』（一八八九年六月、国粋堂・松成堂）を刊行し、石橋思案・尾崎紅葉に知られ八九年硯友社同人となった。『文庫』（『我楽多文庫』改題）に『こぼれ松葉』（八九年七月）を発表した。政治小説を払拭して、硯友社風の風俗小説に一変した。九〇年一〇月、『露小袖』を『新著百種』第一〇号として刊行、『霜夜の虫』『小夜衣』などの悲劇的小説を書いた。一八九三年一二月『上杉鷹山公』を博文館より刊行、館主大橋佐平に知られ、一八九四年一二月大橋家に入婿して博文館の支配人となった。紀行文学としては『千山万水』を一八九九年一月、博文館から刊行した。営業面でも敏腕を揮い、博文館を明治における出版王国たらしめた。一九〇一（明治三四）年六月一日病没。〈『明治文學全集22　硯友社文學集』筑摩書房。『明治文學全集94　明治紀行文學集』筑摩書房。昭和女子大学『近代文学研究叢書』第五巻、「大橋乙羽」〉

（28）**『満洲日日新聞』**＝満鉄総裁後藤新平の提唱により満洲開発機関として理想的新聞を発行

を企画し、一九〇七年一一月三日、東京印刷株式会社を中心に設立し、『満洲日日新聞』発行と印刷事業を経営した。一九〇九年一月伊藤幸次郎が社長になり、創刊以来紙面に挿入してきた英文欄を分離して、小型の『マンチュリヤ・デーリー・ニュース』を本紙の附録として発行することにした。伊藤社長は在任一年にして、一九一〇年一月退任した。本社は大連市東公園町（現・魯迅路）一七番地、満鉄本社の斜め前にあった。本紙は月六〇銭、英字紙は月二〇銭。〈『満洲十年史』附録「成功せる事業と人物」伊藤武一郎、満洲十年史刊行会、一九一六年二月五日。『支那在留邦人興信録附録事業録』東方拓殖協会、一九二六年。『満州における日本人経営新聞の歴史』李相哲、凱風社、二〇〇〇年五月一〇日〉

（29）**久保田勝美**＝一八九五年帝国大学法科大学政治学科卒業。日本銀行を経て、一九〇六年一一月二六日南満洲鉄道株式会社理事、会計主幹を務め、一九一三年一二月二六日退任。

（30）**清野《せいの》長太郎**＝一八六九年～一九二六年。高松市生まれ。一八九五年帝国大学法科大学卒業。内務省警保局に出仕し、一八九六年富山県参事官、一八九七年二月神奈川県参事官、一八九七年七月内務省事務官、書記官など歴任。一九〇三年人口学万国会議に委員としてベルギーに派遣された。一九〇六年一月秋田県知事となる。一九〇六年一一月二六日満鉄理事、一九一〇年一一月二六日再任、一九一三年一二月二六日退任。一九一六年兵庫県知事、神奈川県知事、内務省復興局長官になる。一九二六年九月一五日歿。五八歳。〈『大正人名辞典』上巻、第四版、一九一八年一二月二五日、東洋新報社。『日本人名大事典』第三巻、平凡社、一九三七年一〇月二二日〉

（31）**田島錦治**＝一八六七年～一九三四年。経済学者。一八九四年帝国大学法科大学政治学科卒

業。ドイツ留学を経て一九〇〇年京都帝国大学教授。二松学舎時代からの漱石の旧友。

（32）**真龍斎貞水**＝一八六一（文久元）年～一九一七（大正六）年。講釈師。本名早川与吉。初名は双龍斎貞鏡。一八九九年四代目真龍斎貞水を襲名。

（33）**柳川春葉**＝一八七七（明治一〇）年三月五日、東京下谷二長町に生まれる。尾崎紅葉に入門玄関番となる。一八九三年処女作『怨之片袖』を『探偵小説』第一二集として春陽堂より刊行、『更紗』を京都の織物雑誌に載せた。一八九七年六月、紅葉の補筆した『白すみれ』を『国民之友』に発表、出世作になった。一八九八年二月、春陽堂に入社した。『行路心』（『文藝倶楽部』一八九九年七月）、『泊客』（『新小説』一九〇三年一月）などの好短編は、人生、家庭でのささやかな波乱を、温雅な筆致で細かく描き出しており、物静かなで哀感をたたえた佳作であった。『古駅』『枯蘆』など短編があるが、『夢の夢』『錦木』『やどり木』などの通俗小説としての成功は彼を家庭小説の作家たらしめることとなった。『家庭小説　母の心』『富と愛』『蘆音《あしおと》』などを経て代表作『生《な》さぬ仲』（『東京毎日新聞』一九一二年八月一七日～一三年四月二四日）が発表されるや、彼の家庭小説作家としての名声は、菊池幽芳を圧するものがあった。『かたおもひ』『母』『銀の鍵』などの家庭小説がある。一九〇七年ごろから劇作、脚色に着手し、一九一一年松竹の嘱託となり、『不如帰』『婦系図』（一九〇八年上演）は、ともに春葉の脚色になる。〈『近代文学研究叢書』第一八巻「柳川春葉」昭和女子大学。『明治文學全集22　硯友社文学集』筑摩書房〉

（34）**伊藤幸次郎**＝一八六五（慶応元）年七月一二日東京生まれ。一八九六年帝国大学法科大学英法科卒業。東洋汽船会社に入社し、支配人となり、一九〇九年同社を辞し、一月満洲日日新聞

社社長となるが、一年で辞職。日本鋼管株式会社取締役支配人。中央製鉄株式会社取締役。日本レール・瓦斯管販売株式会社・日支炭鉱汽船株式会社各監査役。日本工業倶楽部、学士会会員。一九二八年歿。〈『大衆人事録』一九二八年版、猪野三郎編、帝国秘密探偵社、一九二七年一〇月二〇日〉

(35) **大阪商船株式会社**＝一八八四(明治一七)年五月、資本金一二〇万円、使用船総トン数一万七千トン、航路マイル数約八千五百マイル、僅かに瀬戸内海を航行する一小汽船会社に過ぎなかった。日露戦争の旅順陥落直後の一九〇五年一月、大連在勤員事務所(〇六年二月出張所変更、〇九年五月支店昇格)を北大山通一三番地日本橋詰に開設し、大阪〜大連線を就航せしめた。〇六年九月大正通二丁目五八番地に移転した。〈『大阪商船』野村徳七商店調査部編、一九一一年四月。『大阪商船株式会社五十年史』一九三四年六月二〇日〉

(36) **大河平《おこひら》武二**＝一八六一(文久元)年日向国(宮崎県)西諸県郡大河平に鹿児島藩士大河平源太左衛門の二男として生まれる。幼いころは藩儒について学び、一二歳で故郷を出て、福岡中学校、英語学校、英和学校、海軍予備校などに学び、一八八三(明治一六)年兵庫県御用掛となり、九六年同県兵事課長に任ぜられる。後、辞職して、大阪商船会社に入社、神戸支店副支配人となる。〈『大日本人物誌』八紘社、一九一三年五月一五日〉

(37) **畔柳《くちやなぎ》芥舟《かいしゅう》**＝一八七一(明治四)年〜一九二三(大正一二)年。本名都太郎《くにたろう》。山形県生まれ。帝国大学文科大学英文学科卒業。『太陽』の文藝欄、『反省雑誌』(『中央公論』の前身)の文界時評欄を受け持ち、文芸評論家の地位を確立した。一八九八年第一高等学校の英語教師となり、一九〇三年以降漱石と同僚となった。「硝子戸の中」十五では講演の謝礼について意見の交換をしている。

（38）沼田政二郎＝一八七三（明治六）年四月一六日京都府生まれ。沼田粂次郎の三男。一八九〇年七月分家する。一八九七年東京帝国大学法科大学政治学科卒業。日本郵船課長、台湾銀行庶務課長を経て、一九〇六年満鉄入社、秘書役兼調査役、庶務課長に進み、電気作業所所長・築港事務所所長を兼任、一九一一年九月九日満鉄理事任命、一九一四年一月一七日退任。一九一四年第六十五銀行取締役、一九二四年東洋拓殖株式会社理事、一九二五年九月復興建築助成株式会社の創立後社長に就任、一九三七年退職した。日本倶楽部・工業倶楽部・学士会・鉄道協会各会員。〈『明治大正史』第一五巻、実業之日本社、一九三〇年一二月一五日。『大衆人事録』東京篇、帝国秘密探偵社、一九四二年一〇月五日第一四版〉

（39）大連ヤマトホテル＝満鉄経営の純西洋式ホテル。フランス式煉瓦造り二階建て面積約一五五〇平方メートル（四七〇坪）、貴賓室一、客室三五、応接室一、大食堂・小宴会室各一、待合室一、談話室一、最近の欧字新聞雑誌、図書および写真帖などを備えた。球戯室二、アメリカ式・フランス式・イギリス式ポケット付球戯台各一台を据え付け、また娯楽用としてドミノ・ルーレット・カード・碁・将棋などを備える。酒場を球戯室の一隅に設け、各国の高等酒類および煙草を備え、附属理髪所では理髪師業に従い、理髪用椅子はアメリカ式最新式水力自在椅子を使用する。別館は本館に隣接した煉瓦造三階建て客室一三、応接室一を持つ。冬期はスチーム暖房を設備し、夜は館内ことごとく電灯を点じ、宿泊はアメリカ風・ヨーロッパ風の二風あって旅客の好みに応ずる。食事調理はフランス式に則り、使用人は英語を解し乗船乗車券は館内で発売し、船車発着の際にはホテルの制服を着した送迎人を埠頭および停車場に出し、馬車は貴賓用幌馬車、イギリス式ヴィクトリアおよびオムニバスなど数両を準備する。なお、専用スチーム洗濯所があり旅客急用のクリーニングは一日以内に調達することができる。設備の便利・完備は満洲第一の洋式ホテルである。宿泊料は二円以上一〇円までである。食事料は朝食一円、昼食は一円五〇銭、晩食一円七五銭、球戯料はアメリカ式球戯台一ゲーム二五銭、イギリス式ポケット球戯台一ゲーム五〇銭。理髪料はカット五〇銭、髭剃り二五銭、シャンプー二五銭、入浴料一回五〇銭。〈『南満洲鉄道案内』南満洲鉄道株式会社一九〇九年一二月二五日〉

(40) 国沢新兵衛＝一八六四（元治元）年一一月二三日高知県生〜一九五三（昭和二八）年一一月二六日没。一八八九（明治二二）年七月、帝国大学工科大学土木学科卒業。一八八九年八月九州鉄道技師、九二年七月鉄道庁鉄道技師、九三年一一月逓信省鉄道技師を経て、九九年六月欧米に派遣され、一九〇〇年帰朝、金沢出張所長、〇二年鉄道局設計課、〇四年陸軍省御用掛を兼務した。一九〇六年一一月満鉄理事、一九〇八年一二月副総裁、一九一三（大正二）年一二月退任、一九一四年七月副総裁、一九一七年七月理事長、一九一九年四月退任。一九一五年工学博士になる。衆議院議員、帝国鉄道協会会長、朝鮮京南鉄道取締役会長、大同殖産社長、日本通運初代社長、青山学院院長、社会福祉法人家庭学校理事長などを歴任した。〈『大衆人事録』帝国秘密探偵社、一九四二年一〇月五日第一四版。『鉄道先人録』日本交通協会、日本停車場出版、一九七二年一〇月一四日。『日本近現代人物履歴事典』秦郁彦、東京大学出版会、二〇〇二年五月二〇日〉

(41) 上田恭輔《きょうすけ》=一八七一(明治四)年〜一九五一(昭和二六)年。東京市赤坂区中之町三(現・東京都港区赤坂)生まれ。一八八六(明治一九)年アメリカ・インデアナ州に留学、コーネル大学を卒業した。一八九五年マスター・オブ・アーツの学位を、一八九九年五月ドクトル・オブ・フィロゾフィの学位を授けられた。同年九月ロンドン大学・オックスフォード大学に留学して植民地制度の研究、フランスのパリでは植民地裁判所構成法並びに司法行政に関する調査をして、ヨーロッパ・アフリカ・地中海沿岸・南洋の植民地を視察して帰国した。英語・フランス語・ドイツ語・中国語に通じ、一九〇二年八月、台湾総督府覆審法院に勤務、日露戦争時は陸軍大将児玉源太郎の通訳官を勤めた。一九〇五年六月関東都督府に入り、〇七年四月四月満鉄に入社、調査役、〇九年社長秘書役兼参事。美術評論家として活躍し、『支那陶磁の時代的研究』など著書多数。上田恭輔宛漱石書簡が五通、岩波書店『漱石全集』第二十四巻(一九九七年二月二一日)に収録された。〈『支那在留邦人興信録』東方拓殖協会、一九二六年一一月一一日。『満洲紳士縉商録』日清興信所、一九二七年四月二五日〉

(42) 大連倶楽部=日本橋から北西に伸びる児玉町と北に延びる北大山通りの交差する所にある大連民政署が、一九〇八年、大広場(現・中山広場)に新築移転したので、尖塔を持つ庁舎を改築新装して、大連倶楽部とした。現在、大連重点保護建築・全国重点文物保護単位。

(43) 立花銑三郎《せんざぶろう》=一八六七(慶応三)年五月一日岩代国(福島県)下手渡に生まれる。一九〇一(明治三四)年五月一二日没。大学予備門で漱石と同級になる。一八九二年帝国大学文科大学哲学科卒業。学習院教授となり、漱石を学習院招聘に努力したが失敗した。一八九九年教育学研究のためイギリス・ドイツに留学した。一九〇一年三月、感冒に罹り帰国を決意、ロンドンのアルバート・ドックに停泊中の常陸丸の立花を、漱石は見舞った。しかし、立花は上海沖の船中で客死した。なお、漱石は立花政樹と同藩の柳河藩と「満韓ところ〴〵」十で書いているが、立花銑三郎は隣の三池藩（現・福岡県大牟田市）である。隣同士の柳河藩の支藩で同姓なので、同藩と思い違いをしたのであろう。なお、銑三郎の長兄小一郎は陸軍大佐の時、ポーツマス講和会議で小村寿太郎全権の随員を勤め、陸軍大将・貴族院議員・福岡市長を歴任した。〈『立花文学士遺稿』正木直彦編、秀英社、一九〇三年一月二七日。原武哲編著『夏目漱石周辺人物事典』笠間書院〉

(44) 田中清次郎＝一八七二（明治五）年五月一六日山口県生。第一高等中学校を経て一八九五年七月帝国大学法科大学（英法）卒業。九五年七月三井物産入社、監査方、九五年一一月香港支店、九八年四月ロンドン支店、一九〇二年八月上海支店、〇三年六月本店参事、〇三年八月サンフランシスコ出張員、〇四年五月本店営業部、〇四年九月長崎支店長、〇六年七月香港支店長、〇六年八月船舶部長、〇六年九月香港支店長、〇六年一一月退社。〇六年一一月～一四（大正三）年一月満鉄理事（兼港務課長ついで兼営業課長）、一九一〇年一一月ロシア出張、一九一二（大正元）年一一月～一九一三年二月ロシア出張。山東鉱業会長。一九三五（昭和一〇）年七月～三九年六月小野田セメント取締役。日露協会幹事。三八年九月満鉄顧問、三九年四月～四二年三月兼満鉄調査部長。一九五四年二月四日没。〈『日本近現代人物履歴事典』秦郁彦、東京大学出版会、二〇〇二年五月二〇日〉

(45) 川村鉚次郎《りゅうじろう》＝一八六九（明治二）年四月二一日、長野県に川村清音の二男として生まれる。

一八九四（明治二七）年帝国大学法科大学政治学科卒業。大蔵省官房に勤務、一九〇一年中立銀行副支配人兼台湾出張所長となり、次いで一九〇五年二月一四日京都市長の西郷隆盛の庶子西郷菊次郎から京都市高級助役に推される。一九〇八年九月一八日京都市助役を辞任し、満鉄に入社、調査課長、一七（大正六）年理事。営口水道電気株式会社社長に就任。大連汽船株式会社監査役、大連油脂工業株式会社監査役、遼陽電気公司監事。二〇年辞任。大安生命保険会社専務取締役、朝鮮殖産株式会社常任監査役、ロックアスハルト工業株式会社監査役兼任。三五（昭和一〇）年大日本商事株式会社社長。学士会、日本倶楽部会員。〈『大衆人事録』一九二八年版。『大衆人事録』、東京篇、帝国秘密探偵社、一九四二年一〇月五日、第一四版〉

(46) **村井啓太郎**＝一八七五（明治八）年一二月一日〜一九五一（昭和二六）年一一月一七日。久留米藩士村井林次の長男として福岡県久留米市京町に生まれる。京町小学校、中学明善校、第五高等学校、東京帝国大学法科大学政治科を卒業し、大阪朝日新聞社に入社し、一九〇七（明治四〇）年三月、新聞記者を辞めて、発足したばかりの南満洲鉄道株式会社嘱託となり工務課兼運輸課に勤務。一九一四（大正三）年八月職員に列し地方課長に任ぜれる。一九二〇（大正九）年満鉄を辞し、その年一二月大連市長に推薦せられた。一九二四（大正一三）年一〇月、満洲銀行頭取となった。著書『露国憲法』文明堂、一九〇四年。〈原武哲編著『夏目漱石周辺人物事典』笠間書院〉

(47) **谷村正友**＝『満洲商工人名録』（一九一二年）には東京高等商業学校卒業生で満鉄運輸課の所属（岩波書店『漱石全集』第十二巻「注解」二〇〇三年三月六日第二刷）とあるが、南満洲鉄道株式会社『社員録』明治四十二年版には、谷村正友の名はない。この時は「豆の商売を営んで」いたのだろう。その後、満鉄に入社したのかもしれない。

『谷村正友（本科三年）「実践科取引商品中砂糖ノ生産地ニ於ケル相場ト重ナル需要地ニ於ケル相場トノ関係取調報告書」東京高等商業学校出版、修学旅行報告、一九〇〇年六月』が残っている。
(48)相生由太郎《あいおいよしたろう》＝一八六七(慶応三)〜一九三〇(昭和五)年。福岡市生まれ。生家貧困のため苦学、福岡県中学修猷館を卒業、旧藩主黒田家の貸費生に選ばれて、高等商業学校（後の東京高等商業学校、東京商科大学。現在の一橋大学）に入学。その直後父を亡くし、生死の問題に煩悶、一八九四年鎌倉円覚寺の釈宗演に参禅した。九二年高商を卒業、日本郵船、兵庫県柏原《かいばら》中学校教諭、三井鉱山を経て、一九〇四年三井物産門司支店に転じた。一九〇七年満鉄に入社、大連埠頭事務所長となり、大連埠頭の統一と荷役作業の満鉄直営を計画実現した。一九〇九年一〇月、満鉄を退社、福昌公司（後に福昌華工株式会社に移管）を設立し、八千人中国人労働者の港湾労働提供、土木建築請負業、貿易海運保険業を営業した。一九一一年には寺児溝東山町に牛馬のように酷使されていた中国人クーリーのために一万六千人収容の華工《ファゴン》(苦力と言う奴隷的呼称を排した)宿舎「碧山荘」を建設した。
満洲重要物産同業組合副組合長、満洲水産会社取締役、大連商工信託会社取締役、大連商工会議所会頭、大連市議会議員、大連取引所信託株式会社社長、大連機械製作所社長、満洲塗装、帝国自動車製作所各社長、白河艀船、復州鉱業監査役、満蒙鉱業株式会社取締役、大連郊外土地各監査役などを歴任した。〈『満洲と相生由太郎』篠崎嘉郎、福昌公司互敬会、一九三二年一月三日〉
(49)犬塚信太郎《のぶたろう》＝一八七四(明治七)〜一九一九(大正八)年一二月一〇日。佐賀県西松浦郡犬塚駒吉の子として生まれる。一八九〇年東京高等商業学校（現・一橋大学）を卒業直ちに三井物産会社に入社し、一九〇六年一一月南満洲鉄道株式会社創立と同時に理事に任じられ、以後一九一四（大正三）年七月まで約八年間在任し、豪宕《ごうとう》にして周密細心、剃刀のごとき鋭さを示し、時に奔放不羈《ふき》、一切を挙げて部下に一任し、責任は断乎として自己がとるという風で、中国革命に対して隠然たる援助者であった。立山水力電気会社・大湊興業会社・ジョホール護謨《ゴム》栽培会社などの重役となった。四五歳で没す。〈『鉄道先人録』日本交通協会、日本停車場出版、一九七二年一〇月一四日。『東亜先覚志士記伝』下、黒龍会編 原書房、一九六六年六月二〇日。『父と娘の満洲 満鉄理事犬塚信太郎の生涯』小川薫、小川忠彦、新風舎、二〇〇六年九月〉

（50）**小城齊**《こじょうひとし》＝一八六五（慶応元）年八月一六日〜一九一八（大正七）年六月四日。鹿児島県川辺郡武田村（現・南さつま市）に生まれ。一八八一年一七歳で上京、二松学舎に入学し、漱石と出会い親しく交わる。八三年成立学舎に入り、漱石・橋本左五郎・佐藤友熊らがいた。八四年東京大学予備門に入学、十人会を作り、江の島徒歩旅行をした。一年落第した漱石よりも一年早く、第一高等中学校を卒業、九二年帝国大学工科大学土木科を卒業した。内務省に入り、韓国統監府鉄道管理局建設課長として日露戦争に参加、捕虜となってモスクワに連行されたが、非戦闘員だったので、優遇されて帰国した。一九〇九年漱石の満韓旅行時は韓国統監府鉄道管理局平壌出張所長として歓待している。漱石日記（一九〇九年六月一八日付）によると「中村蓊平壌にて小城を訪ふ。小城は骨董を集めゐる由。小城と骨董とは岩崎と武士道の様な感がある。」という。漱石は「負ふ草に夕立ち早く逼《せま》るなり」の句を送る。一八年肺結核のため帰国、鎌倉において五二歳で亡くなった。〈原武哲編著『夏目漱石周辺人物事典』笠間書院〉

（51）**旅順ヤマトホテル**＝満鉄経営。新市街の中央に位し、旅順停車場より一・〇九キロメートルあまり、煉瓦造り三階建て、面積一二・八七アールあまり、貴賓室一、客室一三、応接室一、読書室一を有し、最近の欧字新聞・雑誌などを備える。球戯室《ビリヤード》一、米国式球戯台三台を据え付け、酒場《バー》には各国高級酒・タバコ類を備える。大宴会場、小宴会室、食堂、小食堂各々一ある。大宴会場は五〇～六〇人晩餐もしくは一七〇～二〇〇人の立食場に当てることができる。その他理髪室がある。停車場の送迎あり。宿泊料は貴賓室一人一泊三食付き一〇円より一二円まで。普通客室一人一泊三食付き七円より八円まで。食事料朝食一円、昼食一円五〇銭、晩食一円五〇銭。理髪料四〇銭、鬚剃料金二〇銭。球戯料一ゲーム一五銭。現在は「桜花城大酒店」となっている。〈『南満洲鉄道案内』南満洲鉄道株式会社、一九〇九年一二月二五日〉

（52）**河野《こうの》左金太**＝一八六五（慶応元）年九月一日～一九三二（昭和七）年四月八日。静岡県生まれ。海軍兵学校第一三期。一九〇〇年一〇月戦艦「武蔵」副長。一九〇八年五月「秋津洲」艦長。同年八月旅順港務部長。一九一〇年三月大佐。一九一五年二月関東丸指揮官。同年九月九月一三日佐世保港務部長。一九一六年一二月一日少将。一九一七年一二月一日予備役編入。従四位勲二等。二・二六事件に関与し自決した河野寿は三男。〈『陸海軍将官人事総覧　海軍編』上法快男・外山操編、芙蓉書房、一九八一年一〇月。『日本海軍士官総覧』復刻版「海軍義済会員名簿」一九四二（昭和一七）年七月一日調、戸高一成監修、柏書房、二〇〇三年〉

（53）**浜口担**＝一八七二（明治五）年六月二日～一九三九（昭和一四）年一〇月二日。和歌山県生。一八九一年慶応義塾卒、一八九四年東京専門学校英語政治学科卒、一九〇二（明治三五）年ケンブリッジ

大学経済学科卒業。留学中、浜口は漱石を招いて、朝食に鶉を食べている。武総銀行取締役、豊国銀行文書課長・取締役。猪苗代水力電気会社庶務・営業課長監査など歴任、衆議院議員。日露戦争の功により勲四等を賜う。ヤマサ醤油株式会社取締役、昭和麒麟麦酒、麒麟麦酒株式会社監査役。〈武田勝彦『漱石 倫敦《ロンドン》の宿』近代文芸社、二〇〇二年一二月一〇日〉

(54)**桜木俊一**＝一八八二(明治一五)年八月一五日名古屋生まれ。一九〇六年七月京都帝国大学法科大学を卒業し、交通および植民地政策研究の目的で、〇六年八月東洋汽船株式会社に入社したが、〇八年九月退職して、同年一〇月三日南満洲鉄道株式会社に入社し、一九一〇年一月社命により、欧米に留学し、ニューヨーク・ブッシュ・ターミナル会社のニューヨークおよびハリマン鉄道線において水陸交通、倉庫、港湾事務を実地研究し、一九一二年五月帰社した。一九一四(大正三)年三月満鉄埠頭事務所上海支所に転任し、一九一八年八月支所長に任ぜられる。上海日本居留民団行政委員に推選せられ、同委員会議長として民団事務に当り、一九二〇年共同租界行政委員に当選した。〈『支那在留邦人興信録』上海・漢口、東方拓殖協会、一九二六年〉

(55)**河西《かさい》健次**＝一八六八(慶応四)年二月二四日〜一九二七(昭和二)年五月一四日。長野県生まれ。一八六八年二月二四日帝国大学医科在学中、陸軍医官候補生に採用され、一八九三年、帝国大学医科大学卒業。一八九四年五月陸軍三等軍医に任ぜられ、日清戦争に出征し、凱旋後、京都帝国大学大学院を終え、伏見衛戍《えいじゅ》病院、台北衛戍病院付を経て、一九〇四年日露戦争には三等軍医正として出征、満洲軍総兵站《へいたん》総軍医部員となった。一九〇六年ドイツに留学し、一九〇八年帰朝して医学博士の学位を授与された。一九〇八年四月、現役のまま満鉄入社、大連医院長兼医長兼地方部衛生課長を兼務した。一九一一年四月、奉天（現・瀋陽）における万国ペスト研究会議に列席し、一二月一等軍医正に進み、一九一二（大正元）年奉天の南満洲医学堂が設立すると初代堂長として創始の業に当たり、一九一四年、その基礎が強固になったので、堂長を辞し教授になった。予備役に編入され、東京新宿に武蔵野病院を設立した。在郷軍人会大連支部長。征露丸（後に正露丸）を発案した。六〇歳で没す。一九〇七年奉天の満洲医科大学（現・中国医科大学）前庭に堀進二制作の河西健次像が建てられた。墓地は多磨霊園（一一―一―六）にある。

〈『大正人名辞典』下巻、第四版、東洋新報社、一九一八年一二月二五日。『大日本博士録』井関九郎、発展社、一九二二～三〇年。『日本人名大事典』第二巻、平凡社、一九三七年七月二三日〉

（56）**横浜正金銀行**＝一八七九（明治一二）年一一月、国立銀行条例により中村道太（愛知県）ら大隈重信大蔵卿へ創立出願。同年一二月、大蔵卿から三条実美太政大臣に上申聴許。一八八〇年二月、横浜に開業、資本金三百万円。一九〇〇年一月、日中貿易開発の目的で中国東北に初めて牛荘（営口）支店を開設した。一九〇四八月、日露戦争開戦と共に日本軍の金庫事務を取り扱う青泥窪《チンニーワ》（大連）出張所を設け、円銀を本位とする軍票手票を発行、戦後はその回収を図り、一九〇六年九月、関東州および清国における横浜正金銀行券発行権を得た。一九〇五年七月、牛荘総支店を撤去して、青泥窪出張所を大連支店と改称、一九一〇年七月、満洲（奉天・旅順・鉄嶺・遼陽・安東・長春）総支店に昇格した。一九〇八年二〇余万円を投じて大広場（現・中山広場）北側（大山通一号）に横浜正金銀行大連支店（現・中国銀行大連分行）を新築した。
なお、一九四六年一二月、横浜正金銀行は東京銀行と改称、一九九六年（平成八）年四月、三菱銀行と合併して、東京三菱銀行となり、二〇〇一年四月、三菱信託銀行・日本信託銀行と共に東京三菱フィナンシャル・グループの子会社になった。二〇〇六年一月、UFJ銀行と合併して、三菱東京UFJ銀行となり、さらに現在、三菱UFJ銀行となった。〈『満洲十年史』附録「成功せる事業と人物」伊藤武一郎、一九一六年二月五日。『大連開業二十年連合祝賀会記念誌』一九二四年一二月一〇日。『横浜正金銀行』土方晉、教育社歴史新書、一九八〇年一二月一〇日〉

(57) 天春又三郎《あまかす》＝一八七五(明治八)年、三重県桑名郡益生村に生まれる。一九〇二(明治三五)年韓国仁川で『仁川商報』という新聞を発行し、社長として主筆を兼ね、かたわら穀物協会及び穀物市場の理事となった。『仁川商報』は後に『朝鮮日日新聞』と改題し、その社主となる。一九〇六(明治三九)年八月、営口に来て、営口における日本の利権擁護を確実、かつ完全にする目的をもって水道電気株式会社を発起し、営口のインフラ整備に尽力した。日本人中国人合同をもって資本金二百万円の株式会社を組織した。営業種目は水道・電車鉄道・電話・電燈その他各種の電気事業を経営した。〈『満洲紳士録』前編、藤村徳一・奥谷貞次、東京堂・宝文堂・盛文館、一九〇七年一〇月七日。『南満洲鉄道株式会社第二次十年史』一九二八年七月二五日〉

(58) 林屋仲太郎＝石川県金沢市出身。一九〇二(明治三五)年ロシア帝国ウラジオストックに航海し、二葉亭四迷と共にハルビンに赴いたが、当時日本人に対するロシア官憲の圧迫は甚だしくて、何ら商業にも指を染めることはできなかった。林屋はその後清国(中国)を南下して、旅順・大連・芝罘《チーフー》(山東省の港湾都市。現・煙台)を経て、天津に出て、同年秋北京城外観音寺街に茶商の傍ら陶磁器を取り扱う一商店舗を開業した。

一九一一（明治四四）年、湯崗子温泉を満鉄より引き受け、満洲三温泉（熊岳城・湯崗子・鳳凰城）中随一と称されるようになった。〈『満洲十年史』附録「成功せる事業と人物」湯崗子、伊藤武一郎、一九一六年三月三一日再版〉

（59）小寺《こでら》壮吉＝一八八一（明治一四）年三月九日兵庫県神戸市で小寺泰次郎の次男として生まれる。三年間神戸商業学校に学び、上京して東京開成中学校に転じ、第一高等中学校英語科に入学、アメリカ留学の志望であったが、兵役のため果たせず、一年志願兵として入営した。一九〇四（明治三七）年四月、日露戦争に当たり砲兵として出征、功をもって勲七等に叙せられる。一九〇六（明治三九）年再び旧満洲に渡り、営口と大連に小寺油房を設け、同時に満洲特産物輸出貿易に従事した。その油房機械は最新水圧式搾油法を採用し、土地買収その他設備費のみでも数百万円に上り、一日の製粕力は営口・大連を合わせて、優に一万二千枚に達し、貿易部一年間の取引高は三千万円以上を算する。すなわち、三井・鈴木の豪商と相比肩して、満洲貿易界の泰斗と言われている。その他、船舶運輸・保険代理業・農園を業とする。妻はせい（一八九三年生）、長男は祐吉（一九一六年生）、長女ふみ（一九一二年生）、二女ます子（一九一四年生）。〈『満洲十年史』附録「成功せる事業と人物」伊藤武一郎、一九一六年三月三一日再版。『支那在留邦人興信録』営口・大連、東方拓殖協会、一九二六年発行〉

（60）**木戸忠太郎**＝一八七二（明治五）年四月一四日、生咲市水の二男、大崎ノブの長男として京都市中京区竹屋町通河原町に生まれる。木戸孝允の養子となる。一八九八（明治三一）年東京帝国大学理科大学地質学科卒業、東京鉱山監督署、農商務省鉱山局、八幡製鉄所などに勤務、

一九〇七（明治四〇）年三月南満洲鉄道株式会社地質調査所所長、参考品陳列所長、一九二三（大正一二）年退社。〈『支那在留邦人興信録』大連、東方拓殖協会、一九二六年。『第十二版大衆人事録』猪野三郎監修、帝国秘密探偵社・国勢協会、一九三七年一一月一七日〉

（61）**田実優**＝一八七六（明治九）年一月五日、鹿児島藩士田実良左衛門の四男して鹿児島県日置郡上伊集院村字春山に生まれる。鹿児島尋常中学造士館を卒業し、東京の善隣書院に入り、宮島大八の薫陶を受け、中国語を修め、一九〇〇年卒業した。同年北清事変（義和団事件）の時、陸軍通訳となり従軍、連合軍北京占領後も引き続き駐屯軍の通訳として北京の治安に貢献し、〇一年辞任して北京警務学堂の教習となり、警察官僚の養成に尽力し、同学堂監督川島浪速を輔けて清国新警察制度樹立に寄与した。この間、満洲撤兵問題に関して日露の国交険悪を呈し来《き》たるにおよび、対露開戦直前、陸軍と画策、ロシアの電信線を切断、北京・サンクトペテルブルグ間の通信を途絶させる任務を遂行して北京に帰還した。

開戦後、警務学堂を辞し、清国政府より双竜四等勲章を授与された。その後、陸軍高等通訳に任ぜられ、特別任務班に投じ、ロシア軍の側背を脅かす使命を帯び、活躍した。戦後、功により勲六等旭日単光章を授けられた。軍政署辞任後、奉天に居住し、石油・綿糸絹布などの卸売に従事し、一九〇六（明治三九）年一〇月奉天小西門外に高級旅館「瀋陽館」を開業した。一九一〇年満鉄後援の下、奉天琴平町に新築移転したが、さらに工費約一〇万円を投じ、豪壮雄大な家屋を改築した。客室四〇余室に浴場数か所を設け、売店・理髪室の設備もあり、千代田自動車商会を専属として旅客の利便を計った。女子従業員二〇数名、従業員総数六〇数名、純日本式庭

園を有していた。旅館業の外、南満洲銀行取締役、南満洲鉄道株式会社諮問委員などとなった。一九二三（大正一二）年一月二五日、満四七歳で病没した。〈『東亜先覚志士記伝』下、黒龍会編、一九六六年六月二〇日「明治百年史叢書」原書房。『満洲紳士録』前編、藤村徳一・奥谷貞次、東京堂・宝文館・盛文館、一九〇七年一〇月七日。『支那在留邦人興信録』奉天、東方拓殖協会、一九二六年一一月一一日〉

（62）**佐藤安之助**＝一八七一（明治四）年一月二一日、東京市、徳川家用達商人高橋正兵衛の四男として生まれる。佐藤喜兵衛の養子となる。近衛師団歩兵四連隊兵卒を経て、九五年二月陸軍士官学校卒業。五月少尉、近衛師団歩兵三連隊付、九六年一〇月参謀本部出仕（編集部員）九七年一〇月中尉、同年一二月～一九〇〇年一二月陸軍大学聴講生、〇一年二月参謀本部付天津駐在、〇一年三月大尉、同年六月清国駐屯軍司令、〇四年二月参謀本部付北京駐在、同年七月満洲軍司令（同年九月営口、〇五年三月新民府軍政署）、〇五年七月少佐、同年一二月満洲軍司令部付、ついで北京駐在、〇七年一月満鉄奉天公所長となり、〇九年九月漱石と会う。一〇年五月～一一年一一月ヨーロッパ出張、同年九月中佐、一九一三（大正二）年関東都督府陸軍部付（兼満鉄）、一五年大佐・参謀本部付スイス駐在、一六年七月スイス公使館付武官、一九年七月少将、同年一一月参謀本部付、二一年教育総監部付臨時軍事調査委員長、二二年四月退役、二三年九月～二六年一月陸軍省嘱託。二八年衆議院議員当選、立憲政友会に所属、田中實軍事外交中国問題の専門家。田中義一首相の秘書官となる。パリ講和会議に西園寺公望全権大使の随員となる。東洋協会理事、拓殖大学評議員、大阪毎日新聞社友。趣味は俳句で正岡子規門下、「土間の奥蓬萊見

ゆる炉の間かな」「どやどやと土間に万才入り来たる」など。一九四四（昭和一九）年三月一四日死去。文書・記録は拓殖大学図書館に「佐藤文庫」として寄贈された。主著に『満蒙問題を中心とする日支関係――共存共栄か？・共亡共枯か？』（日本評論社、一九三一年）など。〈『日本陸海軍総合事典』秦郁彦編、東京大学出版会、一九九一年一〇月一五日〉

（63）**堀三之助**＝一八六八（慶応四）年二月一日、鹿児島市堀四郎兵衛四男として生まれる。一八九二年七月帝国大学工科大学土木科卒業。九三年一一月逓信省鉄道技師、鉄道庁全国鉄道線路調査係、九八年六月鉄道作業局建設部監査係、鹿児島線建築事務所、一九〇四年六月野戦鉄道提理部工務課長、一九〇七年三月南満洲鉄道株式会社建設課長、同社工務課長、工務局長、〇八年四月～〇九年一月ヨーロッパ・アメリカを視察。〇九年九月漱石と会う。一九一四（大正三）年五月同社総務部技術局長心得、技術局長、一九一九年同社を退社。二〇年一月東亜土木企業株式会社取締役技術長、一九二五年一一月株式会社金福鉄路公司を創設、大倉組主頭を社長に、自ら取締役副社長となり経営に当る。一九三四（昭和九）年日満土木建築協会長に就任した。〈『大衆人事録』第一二版、猪野三郎監修、帝国秘密探偵社、一九三七年一一月一七日。『満蒙日本人紳士録』満洲日報社、一九二九年五月二五日。『満洲紳士縉商録』日清興信所、一九二七年四月二五日。『支那在留邦人興信録』大連・旅順、東方拓殖協会、一九二六年〉

（64）**西塔**＝奉天城外の四方に護国寺塔という都城鎮護のための勅建にかかる四座の喇嘛《ラマ》塔があった。延寿寺にあるのが西塔、法輪寺にあるのが北塔、永光寺にあるのが東塔、広慈寺にあるのが南塔という。西塔はその代表的なもので、基壇・塔身・相輪の三部からなり、基壇にある大きな浮彫の唐獅子の一つ一つに喇嘛教の権勢がしのばれる。喇嘛教はモンゴル族によって信仰されたチベット仏教の俗称。仏塔は元の時代にチベットから中国に伝えられて。清の太祖ヌルハチは喇嘛僧を優遇し、喇嘛教は最も勢力があった。

（65）**和田維四郎**《つなしろう》＝一八五六（安政三）年三月一五日若狭国（福井県）小浜藩上士和田耘甫の二男として小浜で生まれた。明治初年小浜藩貢進生として大学南校、開成学校鉱山科を経て、一八七五（明治八）年文部省学務課に出仕、東京開成学校教師、東京博物館員を兼ねた。七七年東京大学理学部助手を嘱託せられ、一八七八（明治一一）年二月東京大学理学部助教、同年八月内務省御用掛、七九年六月地理局地質課長、八〇年三月勧農局地質課長、八一年七月農商務省権少書記官兼東大勤務、同年一〇月東大理学部講師、八二年二月地質調査所所長、八四年二月ドイツ出張、八五年九月農商務省少書記官、同年一〇月兼東京大学教授、同年一二月地質局長心得、八六年三月地質局長兼理科大学教授、八七年九月農商務省参事官、八九年九月兼鉱山局長、九〇年六月鉱山局長兼理科大学教授、同年同月～九一年七月兼地質調査所所長、九三年四月免官、九五年一〇月～九六年一〇月御料局嘱託、九五年一二月兼同生野支庁長、九七年一〇月～一九〇二（明治三五）二月製鉄所長官、理学博士号授与、一八九九年四月欧米出張、一九〇二年二月休職、日本鉱業学会長となる、〇二年八月一八日懲戒免職、〇三年四月六日特旨により免懲戒、一九一七（大正六）年一二月～二〇年一二月貴族院勅選議員。一九二〇年一二月二〇日死去。六四歳。編著に『日本鉱物誌』『本邦鉱物標本』、著書に『嵯峨本考』『訪書余録』など。〈『日本近現代人物履歴事典』秦郁彦編、東京大学出版会、二〇〇二年五月二〇日。『幕末明治海外渡航者総覧』第二巻、人物情報編、柏書房、一九九二年三月二一日。『東亜先覚志士紀伝』下、黒龍会編、一九六六年六月二〇日「明治百年史叢書」原書房。『日本人名大事典』第六巻、平凡社、一九三八年一〇月三一日。「和田維四郎小伝」（下）佐々木享『三井金属修史論叢』第六巻、一九七一年一一月二〇日〉

（66）**松田武一郎《たけいちろう》**＝一八六二（文久二）年三月、岡崎藩士松田徹の長男として三河国（愛知県）岡崎本多邸に生まれる。一八八三（明治一六）年帝国大学工科大学採鉱冶金学科卒業。同年一二月三菱炭坑会社に入社、高島・中島・松島炭坑に従事、一八九〇年福岡県新入炭坑長に転じ、九三年鉱業組合常議員に挙げられ、九六年再選され、同年三菱鯰田炭坑長となり、筑豊における三菱炭坑総括となる。九九年三月工学博士の学位を授与される。一九〇一（明治三四）年一二月米英鉱業視察の途に上り、〇二年九月帰朝した。在英中推選されてロンドン採鉱冶金学会正会員となる。帰国後、三菱鯰田炭坑長に復帰した。「金剛錐鑿岩《すいさくげん》法」・「松島煤田の試掘に就いて」・「高島炭坑の扇風機に就いて」等の論文を公にして鉱業界に貢献した。〇八年満鉄撫順炭坑長に任ぜられ、一一年二月一〇日死去した。著書に『有要金石論』。〈『大日本博士録』第五巻、工学博士之部、復刻、アテネ書房、二〇〇四年一一月二〇日〉

（67）**田島猶吉**＝一八七二（明治五）年一月一二日大阪市に生まれる。一八九九年七月東京帝国大学工科大学採鉱冶金学科卒業した。一九〇〇年一月秋田県阿仁鉱山技師となる。〇一年一二月足尾銅山技師に転じた。鉱員暴動事件の時、古河鉱業会社足尾鉱業所坑部課本山坑場長だった。〇七年四月南満洲鉄道株式会社に入社し、撫順炭坑開坑係主任、同年一二月坑務課長となる。

一〇年一一月欧米諸国へ出張、一一年七月帰国する。一九一八(大正七)年六月撫順炭坑次長となった。〈『支那在留邦人興信録』撫順、東方拓殖協会、一九二六年一一月一一日〉

(68) **藤井十四三**＝一八八一(明治一四)年三月藤井真一の長男として山口県に生まれる。一九〇六年七月東京外国語学校露西亜語科を卒業。〇七年三月南満洲鉄道株式会社に入社、守田利遠《としとお》中佐(一八六三〜一九三六。後の陸軍少将)と共に調査し頭道溝の不毛の地を最適と判断、買収して附属地とし、同年八月ここを長春停車場に選定した。

満鉄参事秘書役等を歴任した。〇八年四月後藤新平総裁に随い、ロシアに出張した。また第一次世界大戦の前後シベリアに八回出張し、黒龍江線に三回旅行した。長春倶楽部評議員である。趣味の野球は有名である。〈『社員録』南満洲鉄道株式会社、一九〇九年版・一九一三年版・一九二一年版。『支那在留邦人興信録』東方拓殖協会、一九二六年一一月一一日。『大衆人事録』第一二版、猪野三郎監修、帝国秘密探偵社、一九三七年一一月一七日。『長春発展誌』伊原幸之助、隆文堂書店、一九二二年一二月二〇日〉

(69) **夏秋亀一**《かめいち》＝一八七四(明治七)年一月一一日佐賀市赤松町に生まれる。一八九二年に東邦協会露西亜語学校入学後、間もなく退学した。母が副島種臣(外務大臣・内務大臣などを歴任)の姪だったので副島家から通学、一八九五年七月第一高等学校政治科を卒業、一八九九年七月東京帝国大学法科大学政治学科卒業後、農商務省海外実業練習生として中国および欧米各国を視察し、横浜の原富太郎に雇われ、一九〇〇年九月ロシアに到り、ロシア女性と結婚した。生糸および日露貿易業に従事した。一九〇二年モスクワで後藤新平と会見、以後その腹心として日露政治折衝の裏面で重要な役割を果たす。一九〇六（明治三九）年一一月後藤新平満鉄総裁就任後、満鉄社外理事格で後藤の第一回満鉄東清鉄道連絡協定会議の通訳として親露政策に沿って活躍した。一旦帰国、数年ならずして、再びロシアに赴いた。〇八年九月、『大阪朝日新聞』特派員として露都サンクトペテルブルグに赴任中、神経衰弱の不眠症に悩んでいた作家二葉亭四迷と知り合い、禁煙を勧めたため、四迷は一時病状は好転したが、〇九年二月二四日ロシア帝国ウラジミル大公の葬儀に長時間参列、肺炎と診断され、肺結核を発症、四迷に帰国を促し、露都で見送ったが、四迷は日本に達せず死去した（夏秋亀一「露都の一年間」『東京朝日新聞』一九〇九年五月一六日）。一九〇九年ハルビンに居住し、満鉄の補助金で日満商会（石炭販売会社）を創立、代表となる。ハルビン居留民会副会長に選挙せられ、また北満製粉株式会社取締役・株式会社松花銀行監査役に就任した。奉天琴平町に定住した。後に著述に従事、もっぱら反共、反財閥を主張した。著書に『西伯利《シベリア》の将来』・『最新統計学』（博文館、一九一一年）・『共産主義・社会主義の解剖』・『赤露の秘密』（万里閣、一九三〇年）など。なお、「夏秋」の姓の読みは「ナカバ」説（国会図書館典拠データ）があるが、今一つ典拠が不充分である。

〈『支那在留邦人興信録』東方拓殖協会、一九二六年一一月一一日。「日本における白系ロシア人史の断章」沢田和彦『スラヴ研究』第四七号、二〇〇〇年〉

（70）**阿川甲一**＝一八七〇（明治三）年一一月二六日山口県美祢郡伊佐村の阿川利七の長男として生まれた。一八九一年関西法律学校（現・関西大学）卒業、一八九三年和仏法律学校（現・法政大学）卒業。ウラジオストックに渡りロシア語を学習。一八九四年シベリアでウスリー鉄道建設工事を請け負う。一八九七年ハバロフスクに移住、ドイツ人商人ゲーツマンに見込まれ、食料雑貨毛皮販売ゲーツマン商会の番頭(月給七五ルーブル)として会計事務を取り扱う。一八九九年ゲーツマン商会を辞職、満洲のハルビンに渡り、写真館を開業。一九〇〇年東清鉄道の松花江鉄橋の礎石建設工事を請け負い、日本人石工を提供。ハルビン在留日本人会総代。居留民会長となる。一九〇一年帰朝、大阪に住む。一九〇四年日露戦争勃発し、奏任官待遇で文官通訳官として満洲の戦線に出る。戦後長春に土木建築請負業阿川組を設立、満鉄・関東庁及び一般土木請負に従事する。その後長春に本拠を構え、吉林・范家屯・公主嶺・四平街・ハルビンに支店や出張所を設置した。建築材料販売及び特産物売買を業務とした。長春商業会議所会頭・長春倉庫株式会社社長・范家屯銀行専務・満洲木材株式会社取締役・阿川洋行主。一九二〇年満洲の事業を支配人に任せて隠退。大阪の家をたたんで、広島に移住。一九四八年六月、中風で死去。満七七歳。作家阿川弘之の父。〈『亡き母や』阿川弘之、講談社文芸文庫、二〇一二年二月一〇日。『支那在留邦人興信録』東方拓殖協会、一九二六年一一月一一日。『大衆人事録』第一二版、猪野三郎監修、帝国秘密探偵社、一九三七年。『長春発展誌』伊原幸之助、隆文堂書店、一九二二年一二月二〇日〉

(71)小池張造＝一八七三(明治六)年二月八日〜一九二一(大正一〇)年二月二五日。松川藩士・郡長小池友謙の長男。第一高等中学校卒業、一八九六年七月帝国大学法科大学政治学科卒業。同年九月外交官及領事官試験合格。同年九月外交官補・朝鮮国在勤。九七年一〇月英国在勤。一九〇〇年一二月加藤高明外務大臣秘書官兼外務書記官。〇一年一〇月公使館三等書記官・清国在勤。〇二年一二月英国在勤。〇三年六月二等書記官。〇六年一二月総領事・ニューヨーク在勤。

○七年一一月サンフランシスコ在勤。○八年一一月奉天在務。安奉線改築問題で清国に対し強硬方針で日本の満洲特殊権益を強奪した。一二年一月大使館参事官・英国在勤。一三年一〇月外務省政務局長。加藤外相の下で対華二一ヶ条要求の原案を作成。一六年一一月三〇日大使館参事官・英国在勤（未赴任）。同年一二月二日依願免本官。同年五月一二日久原本店理事。同年六月一〇日〜七月一日欧米出張。一八年一月〜二一年二月久原鉱業取締役。四八歳。〈『日本近現代人物履歴事典』秦郁彦、東京大学出版会、二〇一三年〉

（72）**天谷操**＝東京府士族。一九〇四年七月東京外国語学校韓国語科卒業。韓国統監府鉄道管理局新義州駅安東県派出所の主任書記。一九〇七年韓国統監府鉄道管理局臨時建設部主記課書記。○九年韓国統監府鉄道管理局運輸掛新義州駅書記。一九一〇年内閣韓国鉄道管理局書記。一一年朝鮮総督府鉄道庁新義州駅書記兼鴨緑江建設事務所書記。一三年朝鮮総督府鉄道庁新義州荷受所書記。朝鮮総督府より、一三年八月一日「韓国併合記念章ヲ授与セラル　鉄道局書記勲六等天谷操」。

（73）**西村濤蔭**《とういん》（誠三郎）＝生没年未詳。一八八五年頃の生まれか。号は濤蔭。岩波書店新版『漱石全集』第二二巻一九〇四年六月二七日付畔柳芥舟宛漱石書簡「二の組の西村」を濤蔭と推定しているが、一高卒業生名簿には名がない。中退か別人であろう。早稲田大学卒業。『満洲早稲田大学校友会』名簿にその名が見える。一九〇七年八月四日付高浜虚子宛漱石書簡で、西村が「糸桜」という小説を持参して、『ホトトギス』に出したいそうで、請け合ったが「虞美人草」執筆で読むひまがない、虚子に送るか、預かっておくか、西村に聞き合わせている。その事実だけを通知する。『ホトトギス』には「仏様」「ごみ箱」「京の月」「顔」を発表した。「仏様」では植民政策と言って隣国を侵略したり、野蛮人を泣かせて面白がったり、笑ったり、と言って、植民地主義を批判し、社会主義的傾向が見えるという。〇八年八月ごろから夏目家に出入して、木曜会のメンバーとなる。その後、妹の梅は夏目家の女中となり、住み込む。〇九年一月梅は病気で、医者に往診を依頼するが、盲腸炎の疑いがある（『永日小品』「火鉢」の御政）。梅、一四日入院。

以後、西村は熱心に木曜会に出席。『文学評論』『三四郎』の校正をしたり、大掃除の手伝いをしたりする。漱石に借金の申込をして一〇円を借りている（五月六日付日記）。同年「濤蔭学力未熟にて人のいふ事も自分の云ふ事もよく分らず。段々悟るべきなり。濤蔭衣食の途に窮して愈没落せば書生に置いてくれといふ。」（五月二〇日付日記）。五月三〇日、西村破産したので、住み込ませてくれと頼む。六月一日から夏目家に住み込む。『それから』の門野の一面がある。漱石満韓旅行中、満鉄関係者に紹介してもらい、〇九年一一月、満鉄就職のため大連に赴任。西村兄妹の事情は、『明暗』の小林と妹の金《きん》との境遇に類似している。著書に『満洲物語』（照林堂書店、一九四二年一月二五日）があり、なお、妹の梅は一一年五月二七日、漱石夫妻の媒酌で森川弦二（美添紫気《よしぞえ》）と結婚するが、濤蔭は大連にいて、式には列席していない。

写真説明

口絵「大連老虎灘　日本之建築物」呂元明東北師範大学教授水彩画　生前原武哲のために著書口絵として贈らる。

口絵　営口清真寺（回教礼拝堂）「回々《フィーフィー》教の寺だと云ふ。赤く塗つた塔の如きもの見ゆ。」（明治四二年九月一七日付漱石日記）二〇〇四年九月五日撮影。

9頁　上田万年（文部省専門学務局長）『明治文學全集』44「落合直文・上田萬年・芳賀矢一・藤岡作太郎集」筑摩書房　一九六八年一二月二五日発行。

9頁　藤代禎輔（第一高等学校教授）藤代素人『鶩筆餘滴』弘文堂、一九二七年六月一五日発行。

9頁　中川　元（第五高等学校校長）『中川元先生記念録』一九一八年三月二六日発行。

13頁　NHKドラマスペシャル『大地の子』右から仲代達矢・原武和子・原武哲・NHKチーフプロデューサー河村正一　一九九四年九月一八日　長春市美麗華大酒店。

15頁　吉林省徳恵市「原武哲希望小学」捐贈儀式、二〇〇二年九月一一日撮影。

15頁「漱石句碑・菅虎雄先生顕彰碑」久留米市梅林寺外苑、二〇一三年一〇月二〇日除幕式。

21頁　大塚保治（東京帝国大学教授）『夏目漱石――漱石山房の日々』群馬県立土屋文明記念文学館、二〇〇五年刊。一九三〇年撮影。
24頁　小宮豊隆（東北帝国大学教授）『昭和文学全集』第二五巻、角川書店、一九五三年一一月発行。
25頁　野上豊一郎（法政大学教授）『近代文学研究叢書』第六七巻「野上臼川」昭和女子大学近代文化研究所、一九九三年七月二〇日発行。
27頁　中村是公（満鉄総裁）『南満洲写真大観』金沢求也、満洲日日新聞社、一九一一年二月一五日発行。
32頁　芳賀矢一（東京帝国大学教授）『國語と國文學』「芳賀博士追悼号」至文堂、一九二二年四月一〇日撮影。
32頁　狩野亨吉（第一高等学校校長）原武哲『夏目漱石と菅虎雄《すがとらお》』教育出版センター、菅高重提供、一八九一年七月撮影。
33頁　プロイセン号『芳賀矢一文集』芳賀檀編、冨山房、一九〇〇年九月付絵葉書。
34頁　寺田寅彦（東京帝国大学理科大学学生）『寺田寅彦全集』第一巻、岩波書店、五高時代、一八九七年撮影。
34頁　鈴木禎次（名古屋高等工業学校教授）瀬口哲夫（編著）『鈴木禎次及び同時代の建築家たち』二〇世紀の建築文化遺産展実行委員会、二〇〇一年発行。
39頁　立花政樹（清国税務司）『英語青年』研究社、一九八〇年一二月号。
41頁　江海北関（二代目）洪波（上海在住）提供。

42頁　東和洋行（上海）『上海の日本文化地図』陳祖恩、上海文芸出版有限公司、二〇一〇年六月発行。
47頁　パブリック・ガーデン　英文園規　洪波（上海在住）提供。
47頁　パブリック・ガーデン　音楽堂　洪波（上海在住）提供。
61頁　張園　大門口「上海第一名園　張園」パンフレット　張園大客堂にて頒布。
63頁　愚園　洪波（上海在住）提供。
81頁　香港クイーンズ・ロード『香港走過的道路』増訂版、劉潤和・高添強著、三聯書店〈香港〉有限公司、二〇一一年八月香港増訂版第二次印刷　艾春燕《アイチュンヤン》（香港在住）提供。
83頁　香港ヴィクトリア・ピーク・トラム　同右　艾春燕（香港在住）提供。
100頁　久保田勝美（満鉄理事）『南満洲写真大観』金沢求也、満洲日日新聞社、一九一一年二月一五日発行。
100頁　清野長太郎（満鉄理事）『南満洲写真大観』金沢求也、満洲日日新聞社、一九一一年二月一五日発行。
101頁　伊藤幸次郎（満洲日日新聞社長）『満洲写真大観』別所友吉、満洲日日新聞社、一九二一年一月二〇日発行。
101頁　後藤新平（満鉄初代総裁）『南満洲写真大観』金沢求也、満洲日日新聞社、一九一一年二月一五日発行。
109頁　大連埠頭の荷役『南満洲写真大観』金沢求也、満洲日日新聞社、一九一一年二月一五日発行。
112頁　満鉄総裁社宅（大連露西亜町）『南満洲写真大観』金沢求也、満洲日日新聞社、一九一一年二月一五日発行。

114頁　大連ヤマトホテル（二代目。一九〇九年当時）『南満洲写真大観』金沢求也、満洲日日新聞社、一九一一年二月一五日発行。

116頁　国沢新兵衛（満鉄副総裁）『南満洲写真大観』金沢求也、満洲日日新聞社、一九一一年二月一五日発行。

117頁　日本橋（大連）『南満洲写真大観』金沢求也、満洲日日新聞社、一九一一年二月一五日発行。

119頁　大連倶楽部『南満洲写真大観』金沢求也、満洲日日新聞社、一九一一年二月一五日発行。

121頁　電気遊園（大連伏見台）『南満洲写真大観』金沢求也、満洲日日新聞社、一九一一年二月一五日発行。

123頁　中央試験所（大連伏見台）『南満洲写真大観』金沢求也、満洲日日新聞社、一九一一年二月一五日発行。

127頁　秋の西公園（大連）『南満洲写真大観』金沢求也、満洲日日新聞社、一九一一年二月一五日発行。

129頁　立花銑三郎（学習院教授）『立花文學士遺稿』一九〇三年刊。一九〇一年一月二六日ベルリン撮影。

130頁　満鉄本社（大連東公園町）『南満洲写真大観』金沢求也、満洲日日新聞社、一九一一年二月一五日発行。

131頁　田中清次郎（満鉄理事）『南満洲写真大観』金沢求也、満洲日日新聞社、一九一一年二月一五日発行。

131頁　川村鉚次郎（満鉄調査課長）『南満洲鉄道株式会社第二次十年史』一九二八年七月二五日発行。

134頁　俣野義郎（満鉄鉱業課）原武哲『喪章を着けた千円札の漱石』笠間書院、俣野仁一提供、晩年撮影。

144頁　橋本左五郎（東北帝国大学教授）朝鮮総督府農事試験場編『朝鮮総督府農事試験場二拾五周年

記念誌 上巻』、一九三二年。

146頁 **満鉄大連医院**（山城町）『南満洲写真大観』金沢求也、満洲日日新聞社、一九一一年二月一五日発行。

147頁 **満鉄社宅**（近江町）『南満洲写真大観』金沢求也、満洲日日新聞社、一九一一年二月一五日発行。

148頁 **北公園**（大連露西亜町）『南満洲写真大観』金沢求也、満洲日日新聞社、一九一一年二月一五日発行。

149頁 **川崎造船所**（大連浜町）『南満洲写真大観』金沢求也、満洲日日新聞社、一九一一年二月一五日発行。

152頁 **大連発電所**（浜町）『南満洲写真大観』金沢求也、満洲日日新聞社、一九一一年二月一五日発行。

154頁 **関東都督府民政部**（旅順新市街）『南満洲写真大観』金沢求也、満洲日日新聞社、一九一一年二月一五日発行。

155頁 **大島義昌陸軍大将**（関東都督）『南満洲写真大観』金沢求也、満洲日日新聞社、一九一一年二月一五 日発行。

155頁 **白仁武**（関東都督府民政長官）『南満洲写真大観』金沢求也、満洲日日新聞社、一九一一年二月一五日発行。

156頁 **大連民政署**（大広場）『南満洲写真大観』金沢求也、満洲日日新聞社、一九一一年二月一五日発行。

156頁 **旅順民政署**（旧市街）『南満洲写真大観』金沢求也、満洲日日新聞社、一九一一年二月一五日発行。
158頁 化物屋敷（大連露西亜町）『図説　大連都市物語』西澤泰彦、河出書房新社、一九九九年八月二〇日発行。
167頁 村井啓太郎（満鉄工務課・運輸課）『筑後名鑑　久留米市之巻』一九二二年刊。
169頁 水煙管『南満洲写真帖』守屋秀也、満洲日日新聞社、一九一七年八月二〇日発行。
171頁 相生由太郎（満鉄大連埠頭事務所所長）『満洲と相生由太郎』篠崎嘉郎、福昌公司互敬会、一九三二年一月三日発行。
171頁 犬塚信太郎（満鉄理事）『南満洲写真大観』金沢求也、満洲日日新聞社、一九一一年二月一五日発行。
177頁 佐藤友熊（関東都督府警視総長）『南満洲写真大観』金沢求也、満洲日日新聞社、一九一一年二月一五日発行。
177頁 小城齊（韓国統監府鉄道管理局平壌出張所長）吉峯美智子提供。
180頁 旅順表忠塔（旧市街）『南満洲写真大観』金沢求也、満洲日日新聞社、一九一一年二月一五日発行。
182頁 旅順停車場『大連舊影』人民美術出版社、李元奇、一九九九年四月刊行。
184頁 旅順ヤマトホテル（新市街）『大連舊影』人民美術出版社、李元奇、一九九九年四月刊行。
186頁 旅順戦利品陳列館（旧市街）『南満洲写真大観』金沢求也、満洲日日新聞社、一九一一年二月一五日発行。

189頁 **ロマン・コンドラチェンコ中将**（ロシア軍旅順要塞第七師団長）『大連近百年風雲図録』遼寧人民出版社、一九九九年八月発行。

193頁 **二百三高地**（旅順）『南満洲写真大観』金沢求也、満洲日日新聞社、一九一一年二月一五日発行。

197頁 **閉塞船報国丸の残骸**（旅順港）『南満洲写真大観』金沢求也、満洲日日新聞社、一九一一年二月一五日発行。

201頁 **関東都督府民政長官官邸**（旅順新市街）『南満洲写真大観』金沢求也、満洲日日新聞社、一九一一年二月一五日発行。

206頁 **横浜正金銀行大連支店**（大広場）『南満洲写真大観』金沢求也、満洲日日新聞社、一九一一年二月一五日発行。

207頁 **大連停車場**（一九三七年六月以前の小規模な駅）『南満洲写真大観』金沢求也、満洲日日新聞社、一九一一年二月一五日発行。

207頁 **満鉄連長線の急行列車**『南満洲写真大観』金沢求也、満洲日日新聞社、一九一一年二月一五日発行。

208頁 **満鉄連長線急行列車寝台車**『南満洲写真大観』金沢求也、満洲日日新聞社、一九一一年二月一五日発行。

210頁 **熊岳城停車場**『南満洲写真大観』金沢求也、満洲日日新聞社、一九一一年二月一五日発行。

211頁 **熊岳城温泉**『南満洲写真大観』金沢求也、満洲日日新聞社、一九一一年二月一五日発行。

213頁 **高麗城村**（遼寧省蓋県）二〇〇四年九月四日撮影。原武哲。

222頁 熊岳城望児山頂の喇嘛塔《ラマ》 原武哲（左）と吉林大学院生丁文博 二〇〇四年九月四日撮影
225頁 漱石俳句初案「熊岳城にて 黍遠し河原の風呂へかち渡る」『満洲八景』（熊岳城温泉ホテル発行）一九二九年六月発行。
229頁 営口（牛家屯）停車場『南満洲写真大観』金沢求也、満洲日日新聞社、一九一一年二月一五日発行。
230頁 横浜正金銀行営口（牛荘）支店『南満洲写真大観』金沢求也、満洲日日新聞社、一九一一年二月一五日発行。
231頁 清林館（営口）『南満洲鉄道案内』広告。一九〇九年一二月二五日発行。
246頁 湯崗子温泉『南満洲写真大観』金沢求也、満洲日日新聞社、一九一一年二月一五日発行。
254頁 小西門（奉天）『さらば 奉天 写真集』藤川宥二、国書刊行会、一九九四年一一月二〇日発行。
255頁 小西辺門（奉天）『さらば 奉天 写真集』藤川宥二、国書刊行会、一九九四年一一月二〇日発行。
256頁 奉天停車場（普請中）『南満洲写真大観』金沢求也、満洲日日新聞社、一九一一年二月一五日発行。
258頁 奉天の馬車鉄道公司 『さらば 奉天 写真集』藤川宥二、国書刊行会、一九九四年一一月二〇日発行。
259頁 延寿寺西塔（喇嘛《ラマ》塔）『南満洲写真大観』金沢求也、満洲日日新聞社、一九一一年二月一五日発行。
260頁 奉天の筆屋 『南満洲写真大観』金沢求也、満洲日日新聞社、一九一一年二月一五日発行。
261頁 瀋陽館（奉天）『南満洲鉄道案内』広告。一九〇九年一二月二五日発行。
265頁 満鉄奉天公所（奉天城内南大門裡）『南満洲写真大観』金沢求也、満洲日日新聞社、一九一一年二月一五日発行。

270頁　**北陵正門**『南満洲写真大観』金沢求也、満洲日日新聞社、一九一一年二月一五日発行。

271頁　**北陵石象**『南満洲写真大観』金沢求也、満洲日日新聞社、一九一一年二月一五日発行。

273頁　**奉天城宮殿**（金鑾殿）『南満洲写真大観』金沢求也、満洲日日新聞社、一九一一年二月一五日発行。

279頁　**中国劇場**（武戯）『南満洲写真大観』金沢求也、満洲日日新聞社、一九一一年二月一五日発行。

280頁　**千金寨停車場**（撫順）『南満洲写真大観』金沢求也、満洲日日新聞社、一九一一年二月一五日発行。

280頁　**千金寨炭坑事務所**（撫順）『南満洲写真大観』金沢求也、満洲日日新聞社、一九一一年二月一五日発行。

281頁　**松田武一郎**（撫順炭坑坑長）『南満洲写真大観』金沢求也、満洲日日新聞社、一九一一年二月一五日発行。

285頁　**撫順炭坑坑内作業**『南満洲写真大観』金沢求也、満洲日日新聞社、一九一一年二月一五日発行。

287頁　**長春停車場**（満鉄・東清鉄道連絡停車場）左は東清鉄道、右は満鉄。『南満洲写真大観』、金沢求也、満洲日日新聞社、一九一一年二月一五日発行。

290頁　**哈爾濱停車場**『図説　満洲都市物語―ハルビン・大連・瀋陽・長春』西澤泰彦、河出書房新社、一九九六年八月二〇日発行。

298頁　松花江鉄橋（遊歩道）西槇偉氏提供　二〇一七年八月二二日撮影
301頁　川上俊彦（在哈爾濱日本総領事）『南満洲写真大観』金沢求也、満洲日日新聞社、一九一一年二月一五日発行。
306頁　長春ヤマトホテル　『南満洲写真大観』金沢求也、満洲日日新聞社、一九一一年二月一五日発行。
310頁　邊見勇彦　『馬賊頭目列伝』渡辺龍策、秀英書房、一九八三年三月二五日発行。
313頁　長春発電所　『南満洲写真大観』金沢求也、満洲日日新聞社、一九一一年二月一五日発行。
315頁　在奉天日本総領事館　『南満洲写真大観』金沢求也、満洲日日新聞社、一九一一年二月一五日発行。
316頁　小池張造（在奉天日本総領事）『南満洲写真大観』金沢求也、満洲日日新聞社、一九一一年二月一五日発行。
317頁　中村是公・犬塚信太郎・夏目漱石『漱石写真帖』小川一眞撮影、松岡譲編、第一書房、一九二九年一月九日発行。
323頁　草河口停車場　『南満洲鉄道写真帖』三船写真館、一九〇九年一二月一五日発行。
325頁　安東県停車場　『写真に見る満洲鉄道』高木宏之、光人社、二〇一〇年九月一七日発行。
327頁　元寶館（安東県市場三丁目）『安東之現勢』川口清徳、弓倉文栄堂、一九二五年九月発行、広告。
329頁　天后宮（安東元宝山）絵葉書。発行所未詳。
413頁　淪陥期中国東北作家との座談会（一）

○上段左
呂元明（東北師範大学教授・主著『被遺忘的在華日本反戦文学』）
田力健（別号孟語・評論「淪陥期的東北戯劇」）
李民（別名王度・林適民・林時民・杜白雨・呂奇、詩集『新しき感情』）
劉遅（本名劉玉璋・別号疑遅・劉郎・馳夷、小説集『花月集』・小説「郷仇」・「雪岺之祭」）
吉林大学外国人教師招待所（長春）一九九四年一二月三日。
○上段右
姚遠（評論「東北十四年来的小説与小説人」）
吉林大学外国人教師招待所（長春）、一九九四年一二月三日。
○下段左
李正中（別号韋長明・柯炬、小説「筍」・散文「黒竜江之夜」・詩歌「長街行之一」書『正中翰墨』）
李樹謙（遼寧省文学芸術界連合会副主席）
田兵（本名金純斌、別号金湯、小説「T村的年暮」「麦春」）
遼寧省瀋陽迎賓館、一九九五年一月四日。
○下段右
李素秀（山丁の妻。『梁山丁研究資料』）
李樹権（遼寧師範大学出版社）
梁山丁（本名梁夢庚・別号山丁・阿庚・茅野、編著『燭心集』・主著『緑色的谷』）
劉丹華（別号森叢、文集『春秋漫筆』・詩選『旅痕心曲』）
鉄漢（別号郁其文、主著『鉄漢作品選集』「生之牧鞭」・評論「東北文芸工作者的新使命」散文「帰郷」）
遼寧省瀋陽迎賓館、一九九五年一月四日。

414頁　淪陥期中国東北作家との座談会（二）
○上段左　遼寧省瀋陽迎賓館、一九九五年一月四日。
○上段右　張鴻恩（楊絮の夫。瀋陽新華印刷庁）
楊絮（別号楊憲之、詩歌「心的跳動」「零乱的情緒」「悼」・散文「夜行者的低吟」）
○下段左　遼寧省瀋陽迎賓館、一九九五年一月五日。
○下段右　遼寧省瀋陽迎賓館、一九九五年一月五日。
関沫南（散文「某夜書簡」「我与文学与牢獄」・小説「在夜店中」「両船家」・評論「論文学創作的美学基礎」）

陳隄（黒竜江大学教授、別号殊瑩、小説「棉袍」「生之風景綫」「歪歪屯的春天」・詩歌「夢的恋」）

哈爾浜松花江凱莱商務酒店、一九九七年八月三〇日。

〔参考書＝岡田英樹『文学に見る「満洲国」の位相』研文出版〕

あとがき

一九九二年八月、勤務校の短期研修で夏目漱石の「満韓ところぐ〳〵」の臨地研修を志して、既に二八年になった。一九九四年吉林大学外国語学院日本語系の客員教授として一年間長春に赴任して、于長敏院長・宿久高日語系主任・学生・卒業生の協力を得て、資料を博捜し、帰国後も一四回中国東北（旧満洲）の漱石曾遊の地を訪問、谷学謙東北師範大学教授や卒業生と交流して、貴重な事実を探査することができた。

日本社会文学会川崎大会で知遇を得た東北師範大学呂元明教授が、吉林大学着任した五日後、外国人教師宿舎（吉林大学専家招待所）の私の部屋を訪ねてくださった。初めての任地でまだ無案内な私の気持ちを和らげようとユーモラスな語り口、たどたどしい日本語で明るく語られた。その後、呂教授はしばしば拙宅を訪ねて、旧満洲国時代の遺跡旧日本大使館跡、旧国務院跡などを案内したり、長春図書館副館長を紹介してくださったり、古書店に連れて行ってくださったり、氷の張った南湖公園の湖上を徒歩で渡ったりした。呂教授の周旋で長春在住の劉遅〔疑遅〕・姚遠・李民〔王度・杜白雨〕・田力健〔孟語〕（一九九四年一二月三日、吉林大学外国人教師招待所）、瀋陽在住の梁山丁〔山丁〕・田兵〔金湯〕・劉丹華〔森叢〕・楊絮〔楊憲之〕・李正中〔柯炬・韋長明〕・鉄漢〔郁其文〕・李樹謙・李樹権（一九九五年一月四日、五日、遼寧省瀋陽迎賓館）、哈爾濱在住の陳隄《てい》（一九九五年八月一五日、長春美麗華大酒店）・関沫南（一九九六年八月三〇日、松花江凱萊商務酒店）諸先生など、淪陥期《りんかんき》（一九三一年〈九《ジュウ》・一《イ》八《パ》〉柳条湖で日中両軍が衝突、満洲事変から三二年三月満洲国建国、三七年〈七《チ》・七《チ》〉盧溝橋事件を経て、四五年八月一五日、日本敗戦〈中国光復《グァンフ》〉に至る淪落陥《りんらくかん》没《ぼつ》の十四年間）の中国作家との座談会を開くことができた。いずれも近代東北文学史に名を残す老作家である。特に劉遅・山丁・陳隄三先生は東北を代表する文豪であり、親しく歓談いただき、高著を受贈され、感激も一入《ひとしお》であった。

一九九六年八月の日本社会文学会では、中国側の代表的な窓口として東北学術視察（斉斉哈爾《チチハル》・黒河・孫呉・呼蘭・拝泉）を、二〇一〇年九月の個人旅行として哈爾濱・丹東（呂教授の故郷）を案内してくださった。令夫人が亡くなられた後、お会いした時、とめどなく滂沱《ぼうだ》と涙を流されたお顔は忘れ難い。今や、故人になられた呂元明老師御夫妻のご冥福を祈りたい。

吉林大学日語系の崔崟教授には原武哲希望小学ではたいへんお世話になった。家族ぐるみのお付き合いをしてくださった。二〇〇四年九月熊岳城・営口・湯崗子の調査探訪では地元の方たちを紹介してくださった。私の幼少年期を過ごした牡丹江にも案内してくださったり、来日された時、四国旅行を両家で共にしたのも懐かしい。

吉林大学日語系九六年卒業生洪波（上海在住）さんには一九〇〇年当時の上海情報について、実に綿密に調査して、的確な情報、貴重な資料を探し出していただいた。

また、吉林大学日語系九五年卒業生艾《アイ》春燕（香港在住）さんには一九〇〇年前後の香港写真を探査していただき、貴重な資料を提供していただいた。

同じ吉林大日語系九五年卒業生香港フェニックステレビ（鳳凰衛視）東京支局長李淼（Li Miao）さん、島根大学講師王欣さんにもご教示いただいた。

漱石ファンの英語教師山口範子（船橋市在住）さんは膨大なデジタル資料の中から二〇世紀初頭の旧満洲資料を見つけ出してくださった。

熊本大学西槇偉教授（比較文学）には中国文化・中国語についてご教導いただいた。

写真撮影は酒井到氏を煩わした。深く謝意を申し上げる。

版元鳥影社百瀬精一社長には出版全体について、言い尽くせぬ恩恵を被った。改めて感謝の念を表したい。

お名前は挙げないが多くの皆さんのお蔭で、拙著が二八年間を経て出来上がった。研究者にとって本を出すことは、新生児の誕生のように嬉しい。あと何冊出版できるか、心もとないが、生きる目標として力を尽くしたいと思う。

二〇二〇年五月一四日米寿誕辰

筑後久留米　江戸屋敷寓居にて　　原武　哲

淪陥期中国東北作家との座談会（一）

〈左より〉呂元明・田力健・李民・劉遅
1994年12月3日　吉林大学外国人教師招待所（長春市）

〈左より〉原武哲・姚遠・田力健
1994年12月3日　吉林大学外国人教師招待所

〈後列左より〉原武哲・原武和子
〈前列左より〉李正中・李樹謙・田兵
1995年1月4日　遼寧省瀋陽迎賓館

〈後列左より〉李素秀（妻）・李樹権・李樹謙・原武和子・呂元明
〈前列左より〉梁山丁（夫）・原武哲・劉丹華・田兵・鉄漢
1995年1月4日　遼寧省瀋陽迎賓館

〈左より〉原武哲・呂元明・梁山丁・李素秀（妻）
1995年1月4日　遼寧省瀋陽迎賓館

〈後列左より〉呂元明・原武哲・原武和子
〈前列左より〉劉丹華・張鴻恩（夫）・楊絮（妻）
1995年1月5日　遼寧省瀋陽迎賓館

〈左より〉原武和子・李正中・劉丹華・田兵・張鴻恩・楊絮・原武哲・李樹謙・呂元明
1995年1月5日　遼寧省瀋陽迎賓館

〈左より〉関沫南・女性・陳隄
1996年8月30日　松花江凱莱商務酒店（哈爾浜）

人名索引

凡　例

○この人名索引は「序章」（九頁）から「本文」「補注」「写真説明」「あとがき」（〜四一四頁）までの人名を五〇音順に配列したもので、「目次」「人名索引」「奥付」は含まれない。
○「夏目漱石」は頻出するので除外した。
○数字は頁数である。
○外国人の中、中国人・韓国人は漢字で表記し、見出しは日本語で音読し、日本人の次に配列した。例えば、「魯迅」は「ロジン」で配列し、中国語読み「ルウシュン」ではない。
○外国人の中、欧米人はカタカナで表記し、ファミリー・ネームで引く。例えば、「マルクス，カール」で配列し、末尾に（独）のように（　）内に国籍を略記する。
○作品中の人名（架空人物名）も含めているが、［　］内に作品名を略称で入れている。作品名略称「吾輩は猫である」→「猫」、「坊っちゃん」→「坊」
○当該項目でゴシック体の頁数は、その項目中でタイトルに挙げられたり、「補注」で取り上げられたりした代表的な記載がある個所である。
○同一頁中で同一人物が二回以上出ても、頁数は一度のみ示す。

人名索引

人名索引

る

ろ

わ

〈著者紹介〉
原武　哲（はらたけ　さとる）
1932年5月14日福岡県大牟田市生まれ。
九州大学文学部国語国文学科卒業。
福岡女学院短期大学国文科助教授、教授を経て、1994年1年間中国吉林大学外国語学院日語系客員教授、福岡女学院大学人間関係学部教授。現在、福岡女学院大学名誉教授。
主な著書
『夏目漱石と菅虎雄―布衣禅情を楽しむ心友―』（教育出版センター、1983年12月）。『喪章を着けた千円札の漱石―伝記と考証』（笠間書院、2003年10月）。編著に『夏目漱石周辺人物事典』（笠間書院、2014年7月）。『夏目漱石外伝―菅虎雄先生生誕百五十年記念文集―』（菅虎雄先生顕彰会、2014年10月19日）など。

夏目漱石の中国紀行

定価（本体2800円＋税）

乱丁・落丁はお取り替えします。

2020年10月12日初版第1刷印刷
2020年10月16日初版第1刷発行
著　者　原武　哲
発行者　百瀬精一
発行所　鳥影社 (choeisha.com)
〒160-0023 東京都新宿区西新宿3-5-12トーカン新宿7F
電話 03-5948-6470, FAX 03-5948-6471
〒392-0012 長野県諏訪市四賀229-1(本社・編集室)
電話 0266-53-2903, FAX 0266-58-6771
印刷・製本　モリモト印刷
© HARATAKE Satoru 2020 printed in Japan
ISBN978-4-86265-815-9 C0095